UN CABALLERO ATREVIDO

MARY JO PUTNEY

Un Caballero Atrevido

Titania Editores

ARGENTINA — CHILE — COLOMBIA — ESPAÑA
ESTADOS UNIDOS — MÉXICO — PERÚ — URUGUAY — VENEZUELA

Título original: *No longer a Gentleman*
Editor original: Zebra Books,Kensington Publishing Corp., New York
Traducción: Claudia Viñas Donoso

1.ª edición Noviembre 2012

Copyright © 2012 by Mary Jo Putney. Inc.
All Rights Reserved
Copyright © 2012 *by* Ediciones Urano, S. A.
Aribau, 142, pral. — 08036 Barcelona
www.titania.org
atencion@titania.org

ISBN: 978-84-92916-32-0
E-ISBN: 978-84-9944-375-1
Depósito legal: B-25785-2012

Fotocomposición: María Ángela Bailen
Impreso por: Romanyà Valls, S.A. — Verdaguer, 1 — 08786 Capellades (Barcelona)

Impreso en España — *Printed in Spain*

Dedicada a Mayhem Consultant, por su paciencia
y amabilidad. ¡No siempre es fácil vivir con una escritora!

Agradecimientos

Mi gratitud al Creative Cauldron; ¿cuántas historias hemos inventado juntas? ¡Muchísimas!

Y a toda la fabulosa gente de Kensington, que se interesa tanto por mis libros.

Capítulo 1

*E*ra llegado el momento de bailar con el diablo otra vez. Cassie golpeó la puerta de la casa Kirkland con la aldaba en forma de cabeza de dragón, pensando en qué misión la esperaría esta vez.

El mayordomo abrió la puerta y, al reconocerla, le hizo una venia invitándola a pasar.

—Su señoría está en su despacho, señorita Fox.

—No hace falta que me indique el camino —dijo ella, dirigiéndose hacia la parte de atrás de la casa.

Ya era hora de que Kirkland la enviara a Francia. Durante años había viajado secretamente entre Inglaterra y Francia, en misiones de espionaje o como mensajera, a las órdenes de Kirkland. El trabajo era peligroso y francamente satisfactorio.

Kirkland, por fuera un caballero frívolo y ocioso, era secretamente un experto en reunir y analizar información. Esta vez la había retenido en Londres más tiempo que de costumbre para que participara en una desesperada investigación para desbaratar una conspiración contra la familia real y descubrir a los conspiradores; lo habían conseguido, se habían celebrado una boda y la fiesta de Navidad y ella ya estaba desasosegada. Trabajar en hacer caer el régimen de Napoleón le daba finalidad a su vida.

Golpeó la puerta del despacho y la abrió al oír la invitación a entrar. Kirkland, que estaba sentado ante su escritorio, tan bien vestido como siempre, se levantó cortésmente cuando ella entró.

Con su pelo moreno, sus anchos hombros y rasgos clásicos, nunca dejaba de ser guapo, pero ese día su cara tenía señales de tensión, a pesar de su sonrisa.

—Te ves más anónima que de costumbre, Cassie. ¿Cómo te las arreglas para ser tan poco recordable?

—Con talento y práctica, puesto que el anonimato es muy útil para una espía —contestó ella, eligiendo una silla al otro lado del escritorio, frente a él—. Pero tú, señor, tienes aspecto cetrino esta tarde. Si no te cuidas mejor, caerás con otro ataque de fiebre y descubriremos si eres indispensable o no.

—Nadie es indispensable —repuso él, sentándose—. Rob Carmichael podría hacer mi trabajo si fuera necesario.

—Podría, pero no desearía hacerlo. Rob prefiere con mucho el trabajo en la calle, cascando cabezas.

Eso se lo había dicho el propio Rob; eran íntimos amigos y de vez en cuando algo más que amigos.

—Y es muy bueno en eso —convino Kirkland, y comenzó a juguetear nervioso con su pluma—. Pero no voy a caer de mi puesto muy pronto.

—No es propio de ti estar tan nervioso —dijo ella—. ¿Me has encontrado una misión más peligrosa que lo normal?

Él esbozó una sonrisa sin humor.

—Siempre es peligroso enviar agentes a Francia. Mis escrúpulos aumentan cuando la misión es más personal que de interés fundamental para Gran Bretaña.

—Tu amigo Wyndham —dijo ella al instante—. Déjate de escrúpulos. Siendo el heredero del conde de Costain, valdría la pena correr unos cuantos riesgos buscándolo aun en el caso de que no fuera amigo tuyo.

—Tendría que haber supuesto que lo adivinarías. —Dejó la pluma quieta en la escribanía—. ¿Cuántas veces has seguido posibles pistas acerca de Wyndham?

—Dos o tres, con una extraordinaria falta de éxito.

Y ella no era la única agente que buscaba pruebas de que Wyndham, desaparecido tantos años atrás, estuviera vivo o muerto. Kirkland no renunciaría jamás a la búsqueda mientras no tuviera la prueba de lo uno o de lo otro.

—No he querido reconocerlo —suspiró Kirkland—, pero siempre temí que lo hubieran matado cuando terminó la Paz de Amiens y a todos los ingleses los recluyeron en una ciudad prisión para que no pudieran regresar a Inglaterra. Él no se habría dejado arrestar mansamente; podrían haberlo matado por resistirse. No se ha sabido nada de él desde el año tres, cuando se reanudó la guerra.

—Puesto que no está en Verdún con el resto de los reclusos y no se han encontrado señales de él, esa es la explicación más probable. Pero esta es la primera vez que te oigo admitir la posibilidad.

—Wyndham siempre estaba tan a rebosar de vida —musitó Kirkland, pensativo—. No parecía posible que lo hubieran matado de manera tan sin sentido. Sé que es posible, por supuesto. Pero me parecía que decir eso en voz alta lo haría cierto.

Cassie encontró sorprendente esa admisión en Kirkland, cuyo cerebro tenía fama de ser agudo y objetivo.

—Dime algo sobre Wyndham —dijo—. No sobre su rango ni su riqueza sino sobre cómo es como persona.

A Kirkland se le relajó la expresión.

—Era un chico encantador de pelo dorado, capaz de engatusar a una serpiente y quitarle las escamas. Travieso, pero sin una pizca de maldad. Lord Costain lo envió a la Academia Westerfield con la esperanza de que lady Agnes consiguiera manejarlo sin sucumbir a su encanto.

—¿Y lo consiguió? —preguntó Cassie; había conocido a la formidable directora y la creía capaz de manejar a cualquiera.

—Bastante bien. Lady Agnes le tomó cariño; todo el mundo lo quería. Pero no le permitía salir impune de su mal comportamiento.

—Debes de tener una nueva pista, si no no estarías hablando conmigo de esto.

Nuevamente Kirkland cogió su pluma y comenzó a juguetear con ella.

—¿Te acuerdas del espía francés que descubrimos cuando estábamos investigando la conspiración contra la familia real?

Cassie conocía algo al hombre gracias a su relación con la comunidad de emigrados franceses.

—Paul Clement —dijo—. ¿Él te ha dado información referente a Wyndham?

—Clement había oído el rumor de que justo cuando terminó la tregua un joven noble inglés ofendió a un funcionario del gobierno llamado Claude Durand. Sé el nombre pero muy poco más. ¿Has oído algo sobre él?

Cassie asintió.

—Es de una rama poco importante de una familia francesa noble. Cuando comenzó la Revolución él se volvió radical y denunció a su primo el conde, y estuvo presente cuando lo guillotinaron. En recompensa, quedó dueño del castillo de la familia y de una buena parte de su riqueza. Ahora ocupa un alto cargo en el Ministerio de Policía. Tiene fama por su brutalidad y su incondicional lealtad a Bonaparte, así que es peligroso ofenderlo.

—Wyndham podría no haber sobrevivido a una ofensa que enfureciera a un hombre como ese. Pero Clement oyó decir que Durand había encerrado al noble inglés en la mazmorra de su castillo. Si ese noble era Wyndham, existe la posibilidad de que siga con remota.

Cassie no se molestó en señalar que esa era una posibilidad muy remota.

—¿Quieres que investigue la información de Clement?

—Sí, pero no corras ningún riesgo. —La miró severo—. Me preocupas. No le tienes suficiente miedo a la muerte.

Ella se encogió de hombros.

—No la busco. El instinto animal me impide hacer tonterías. No tendría que ser difícil localizar el castillo de Durand y averiguar entre la gente de la localidad si tiene un prisionero inglés rubio.

Kirkland asintió.

—Las mazmorras no fueron hechas para que alguien sobreviva ahí mucho tiempo, pero, con suerte, podrás enterarte de si Wyndham está o estuvo prisionero ahí.

—¿Tenía la fuerza para sobrevivir a años de cautiverio? No me refiero a fuerza física solamente, sino a temple o fortaleza mental. Un hombre se puede volver loco en una mazmorra, sobre todo si está encerrado solo.

—Nunca supe qué tipo de recursos interiores tenía Wyndham. Todo se le daba bien, deportes, estudios, amistades, admiradoras. Nunca tuvo que enfrentar ningún reto. Podría tener una fortaleza o un aguante inesperados. O podría haberse quebrado bajo la primera verdadera presión que enfrentaba. —Pasado un buen rato, añadió en voz baja—: No creo que hubiera soportado bien la prisión. Mejor que lo mataran rápidamente.

—La verdad puede ser difícil, pero es mejor saber qué ocurrió y aceptar la pérdida a dejarse roer por la incertidumbre eternamente —señaló Cassie—. No puede haber muchos nobles ingleses que ofendieran a funcionarios poderosos y fueran encerrados en prisiones particulares. Si está o estuvo en el castillo Durand, no tendría que ser difícil saber cuál fue su destino.

—Me cuesta creer que podríamos tener una respuesta pronto —musitó Kirkland—. Si realmente está ahí y vivo, entérate de qué es necesario hacer para sacarlo.

—Me marcharé a finales de esta semana —dijo Cassie levantándose y pensando en los preparativos que debía hacer; entonces se sintió obligada a añadir—: En el caso de que por algún milagro esté vivo y puedas traerlo a Inglaterra, tiene que haber cambiado muchísimo en todos estos años.

—¿No hemos cambiado todos? —suspiró Kirkland cansinamente.

Capítulo 2

París, mayo de 1803

*E*s hora de despertar, mi bello niño dorado —musitó la tentadora con voz ronca—. Mi marido no tardará en llegar.

Grey Sommers abrió los ojos y la obsequió con una indolente sonrisa.

—¿Niño, Camille? Creí haberte demostrado otra cosa.

Ella se rió y se echó hacia atrás un enredado mechón de pelo moreno.

—Sí que lo demostraste. Debo llamarte mi bello hombre dorado. Por desgracia, es hora de que te vayas.

Y Grey se habría marchado si ella no lo hubiera atormentado con una caricia que expulsó el sentido común de su cabeza. Hasta el momento había obtenido poca información de la deliciosa madame Durand, aunque había aumentado sus conocimientos en las artes amatorias.

Su marido era un importante funcionario en el Ministerio de Policía, y él había tenido la esperanza de que le hubiera hablado de asuntos secretos a su esposa; en particular, ¿le habría dicho que pondrían fin a la Paz de Amiens para reanudar la guerra? Pero a Camille no le interesaba la política; sus talentos estaban en otras cosas y él estaba muy bien dispuesto a probarlos otra vez.

Una vez satisfecha la lujuria, volvió a dormirse. Despertó cuando la puerta se abrió violentamente y entró un hombre furioso con una pistola en la mano y seguido por dos guardias armados. Camille chilló y se sentó en la cama.

—¡Durand!

Grey se bajó de la cama por el lado opuesto, pensando vagamente que la escena parecía la de una farsa de teatro. Pero la pistola era muy real.

—¡No lo mates! —suplicó Camille, con el pelo moreno desparramado sobre sus pechos—. Es un lord inglés, y matarlo causará problemas.

—¿Un lord inglés? Este debe ser el tonto de lord Wyndham. He leído informes de la policía sobre tus movimientos desde tu llegada a Francia. No tienes mucho de espía, muchacho. —Curvó los labios en una horrible sonrisa y amartilló la pistola—. Ya no importa lo que piensen los ingleses.

Grey se irguió en toda su estatura, comprendiendo que no podía hacer ni una sola maldita cosa para salvar su vida. Sus amigos se reirían si se enteraban de que encontró la muerte desnudo en el dormitorio de la esposa de otro hombre.

No, no se reirían.

Lo invadió una sobrecogedora calma. ¿Todos los hombres se sentirían así cuando la muerte era inevitable? Por suerte tenía un hermano menor para heredar el condado.

—Le he agraviado, Ciudadano Durand —dijo, y lo enorgulleció lo tranquila que le salió la voz—. Nadie puede negar que tiene una causa justa para dispararme.

El brillo de rabia asesina en los ojos de Durand pasó a uno de fría crueldad.

—Ah, no —dijo en voz baja—. Matarte sería demasiado misericordioso.

Capítulo 3

Londres, 1813

Cassie volvió a la casa particular cerca de Covent Garden que mantenía Kirkland para alojar a sus agentes. Ella se alojaba en Exeter Street 11 siempre que estaba en Londres y eso era lo más cercano a un hogar que tenía.

Hacer su equipaje no le ocupó mucho tiempo, porque siempre que volvía de Francia hacía lavar su ropa y la guardaba bien dobladita en el ropero a la espera de la próxima misión. Era invierno, así que eligió la ropa de más abrigo y botas de media caña. Todos sus vestidos estaban bien confeccionados, pero eran sencillos y sosos, puesto que su objetivo era pasar desapercibida.

Estaba terminando de elegir la ropa cuando sonó un golpe en la puerta y una voz femenina dijo:

—El té, señora.

Al reconocer la voz, abrió la puerta y se encontró ante lady Kiri Mackenzie, que estaba equilibrando una bandeja con la tetera, las tazas y un plato con pasteles. Lady Kiri era una joven alta, hermosa, de buena cuna, rica y segura de sí misma hasta la médula de los huesos. Sorprendente que se hubieran hecho amigas.

—¿Cómo supiste que estaba aquí? —preguntó—. Creí que seguías en tu luna de miel en Wiltshire con tu sir Damian recién armado caballero.

—Volvimos ayer a la ciudad —contestó Kiri—. Puesto que estaba cerca de Covent Garden, se me ocurrió venir aquí a ver si estabas. —Dejó la bandeja en la mesa—. La señora Powell dijo que te encontraría aquí, así que, ¡mira! Te he traído el té.

Cassie sirvió un poco de té y le pareció que le faltaba un poco.

—Me alegra que hayas vuelto a tiempo para hacerme una visita. Me marcharé a finales de esta semana.

Kiri se puso seria.

—¿A Francia?

—Ahí es donde soy útil.

—Ten cuidado —dijo Kiri, preocupada—. Mi breve roce con el espionaje me ha dado un atisbo de lo peligroso que puede ser.

Cassie vertió otro poco de té y decidió que estaba listo.

—Esa fue una circunstancia especial —dijo, sirviendo té en las dos tazas—. La mayoría de las cosas que hago son muy vulgares.

Kiri no pareció convencida.

—¿Cuánto tiempo vas a estar ausente?

—No lo sé. Un par de meses, tal vez más. —Puso azúcar a la taza y se sentó en la silla—. Ten presente que soy medio francesa, así que no voy a un país extranjero. Tu eres medio india, así que supongo que lo entiendes.

Kiri lo pensó.

—Entiendo lo que quieres decir. Pero India puede ser peligrosa aun cuando yo sea medio india. Lo mismo vale para Francia. Y más cuando estamos en guerra.

Cassie cogió un pastel.

—Este es mi trabajo. —El pastel estaba relleno con frutos secos y pasas, muy sabroso—. Es mi vocación, en realidad.

—Por lo que he visto, eres muy buena para espiar —dijo Kiri, cogiendo un pastel con especias; siempre había buena comida en la cocina de la señora Powell—. ¿A Rob Carmichael le importa que estés lejos tanto tiempo?

Cassie arqueó las cejas, sorprendida.

—¿Perdón?

Kiri se ruborizó.

—Perdona. ¿No debía saber lo de tu... vuestra relación?

Kiri debió haberla visto con Rob, pensó Cassie. No era sorprendente, pues las dos habían estado viviendo bajo ese mismo techo varias semanas.

—Nuestra relación es de amigos —dijo secamente.

—Y yo debería ocuparme de mis asuntos —dijo Kiri en tono pesaroso—. Pero es un hombre excelente. Pensé..., me pareció que había algo más que amistad entre vosotros.

Cassie sintió una fuerte punzada de... envidia, supuso, de que Kiri pudiera creer en el amor. No era que su amiga no hubiera tenido que superar problemas: su padre murió antes que ella naciera y dado que era mestiza y criada en India había tenido que enfrentar prejuicios cuando su familia llegó a Inglaterra.

Pero Kiri tenía una madre y un padrastro amorosos, por no decir riqueza, posición y belleza que la protegían de un mundo muchas veces cruel. Ella, en cambio, había nacido con esas mismas ventajas, pero las perdió a edad muy temprana, junto con su fe en los finales felices.

Recién casada y locamente enamorada de un hombre digno de ella, Kiri no tenía la experiencia para saber las muchas maneras en que pueden conectar hombres y mujeres; una angustiosa necesidad de contacto físico y cordialidad puede unir a dos personas incluso sin amor.

Pero no deseaba intentar explicar eso, así que simplemente dijo:

—La amistad es una de las mayores bendiciones de la vida. No necesita ser algo más.

—Reconozco mi error —dijo Kiri, poniendo cara triste—. Te agradezco la paciencia con que me has educado sobre los asuntos mundanos.

—Has aprendido rápido —rió Cassie—. Kirkland dijo que te contrataría como agente al instante si no fueras, por desgracia, aristócrata. —Pensó un momento—. Probablemente te ha dado el trabajo de escuchar lo que se dice en el Damian's, puesto que ahí van a jugar tantos altos cargos del gobierno y diplomáticos extranjeros.

—Puede que se haya hablado de la posibilidad —dijo Kiri, haciendo un pícaro guiño. Devoró otro pastel y abrió su ridículo—. Mientras estaba en el campo dediqué algún tiempo a jugar con un aroma que podrías encontrar útil. —Sacó un frasquito del ridículo y se lo pasó—. Lo llamo Antiqua.

Cassie cogió el frasquito con entusiasmo. Kiri descendía de un largo linaje de mujeres perfumistas, y creaba perfumes maravillosos.

—¿Útil? —dijo—. Yo creía que los perfumes eran para la seducción y la frivolidad.

—Huélelo, a ver qué te parece —dijo su amiga en tono misterioso.

Obediente, Cassie destapó el frasquito, cerró los ojos y olió. Y volvió a olerlo.

—Huele a... algo anticuado, húmedo, de cierta manera limpia, si eso tiene sentido. Terrenal y... ¿muy apagado? ¿Cansado? No es exactamente desagradable, pero no tiene nada que ver con tus perfumes florales y de especias.

—Si captaras este aroma al pasar, ¿en qué pensarías?

—En una anciana —contestó Cassie al instante.

—¡Perfecto! —dijo Kiri regocijada—. El olor es potente. Ponte un poco de Antiqua cuando desees pasar desparcibida o que te infravaloren. Las personas te van a creer vieja y débil sin saber por qué.

—¡Muy ingenioso! —exclamó Cassie y volvió a oler—. Detecto una insinuación de lavanda, pero no reconozco nada más.

—Usé esencias que no uso a menudo, y cuando las uso normalmente las disimulo con fragancias más agradables.

—Cuando estoy en Francia suelo viajar en una carreta tirada por un poni, como vendedora ambulante de diversos artículos para señoras. Cintas, encajes y cosas de esas. Me visto y arreglo para verme, fea, sosa y no recordable; esto se va a sumar al efecto. —Puso el tapón al frasquito—. ¿Tendrías tiempo para prepararme más antes que me vaya?

Kiri sacó otros dos frascos.

—Cuando me pareció que el aroma daba resultado, preparé más cantidad. —Se rió—. Me puse un poco, pasé sigilosa por un lado de Mackenzie y no me reconoció, hasta que le capté la atención haciendo algo muy indecoroso.

Cassie se rió.

—Si pudiste pasar por su lado sin que lo notara, a mí este aroma debería hacerme invisible.

Kiri frunció los labios.

—Si vas a viajar como vendedora ambulante, tengo un remedio que podría convenirte llevar contigo.

—¿Perfumes que no están a la altura de tus gustos pero que son agradables de todos modos? Eso sería maravilloso.

—No se me había ocurrido —dijo Kiri—, pero es una buena idea. Tengo un buen número que no son exactamente lo que deseo, pero son agradables y contienen tantos ingredientes caros que no los voy a tirar. Puedes quedártelos. Pero lo que tenía pensado es lo que llaman esencia de ladrones.

—¿Qué diablos es eso y para qué lo querría una honrada ama de casa del campo?

Kiri sonrió de oreja a oreja.

—Lo descubrí cuando estaba investigando antiguos aromas de Europa. Según cuentan, durante la Peste Negra sorprendieron a unos ladrones robándoles a los moribundos y a los muertos. Para salvarse de la horca, ellos ofrecieron la fórmula de la esencia que les permitía cometer sus robos sin contagiarse de la enfermedad. Hay diferentes recetas, pero normalmente contiene una base de vinagre en el que se remojan otras hierbas como clavo de olor y romero, y limón. Los vinagres de hierbas son remedios tradicionales, así que es un buen comienzo.

—Fascinante —comentó Cassie—. ¿Y da resultado?

—No tengo ni idea. Tal vez podría prevenir enfermedades más normales, como la tos y el resfriado. Dado que normalmente estoy sana, no sé si la esencia de ladrones es eficaz. La versión que elegí es algo fuerte, pero no desagradable, y huele como debe oler algo que hace bien. Es perfecta para una vendedora ambulante que no estaría viva si no diera resultado.

—Me encantará tener un poco —dijo Cassie—. Lo usaré yo. Viajar por la campiña francesa en una carreta en pleno invierno es una receta para coger resfriados. Te lo diré si la esencia de ladrones me mantiene sana.

—Te enviaré un poco mañana, junto con los demás perfumes. —Volvió a hurgar en su bolso y sacó un precioso frasco de cristal rojo con un tapón delicadamente curvado—. Una última cosa. Este es para cuando vuelvas a Inglaterra, para volver a ser tú misma.

Recelosa, Cassie abrió el frasco y se puso una gota en la muñeca. Se la olió y se quedó inmóvil como una piedra. La fragancia era una exquisita mezcla de lilas y rosas, incienso y luz de luna, luz del sol desaparecida y sueños no hechos realidad. Y en el fondo, las sombras de la noche más oscura. Le atrapó el corazón con dolorosa intensidad.

—Ahora que te conozco mejor decidí crear un perfume personal para ti —explicó Kiri—. ¿Qué te parece?

—Es soberbio —dijo Cassie, poniéndole el tapón al frasco con más fuerza de la necesaria—, pero no sé cuando tendré ocasión de ponerme algo como esto.

—Lo detestas —dijo Kiri tristemente—. Me imaginé que podrías detestarlo.

Cassie contempló el precioso frasquito reposando en su palma.

—No lo detesto. No... sólo que no deseo llevar encima tanta verdad.

—Tal vez algún día lo desees.

—Tal vez —dijo Cassie, pero lo dudaba.

Capítulo 4

Castillo Durand, verano de 1803

Cuando comprendió que Durand no lo deseaba muerto, Grey luchó siempre que se le presentó una oportunidad. Pero la resistencia no le consiguió que lo mataran, aunque sí numerosas magulladuras, moretones y laceraciones.

Si hubiera sabido lo que lo aguardaba, habría puesto más empeño en tratar de acabar con su vida.

Los hombres de Durand estaban bien entrenados y eran brutalmente eficientes. Tan pronto como lo capturaron, uno de los guardias se apoderó de su elegante ropa confeccionada a la medida, le dio toscas ropas y zapatos de campesino y le ordenó que se las pusiera.

Una vez que estuvo vestido lo esposaron, le ataron los tobillos, lo amordazaron, le vendaron los ojos y lo arrojaron en una fétida carreta; encima le arrojaron paja sucia y hedionda. Desesperado intentaba respirar mientras la carreta traqueteaba por las calles adoquinadas de París. Cuando perdió el conocimiento por el sufrimiento, estuvo seguro de que no despertaría jamás.

Pero despertó. Cuando recuperó el conocimiento descubrió que podía respirar si no se movía mucho y no se dejaba invadir por el terror.

Cuando salieron de las calles adoquinadas y continuaron por un camino rural lleno de surcos y baches creyó que se iba a volver loco de terror y angustia. Siempre le había gustado la luz del sol, las luces brillantes y la buena compañía. Y ahí no veía nada, no podía hablar, ni siquiera podía gritar de desesperación.

Perdió la noción del tiempo, no sabía cuánto tiempo llevaba traqueteando la carreta. Varios días, pero era imposible saber cuánto tiempo llevaba sumido en la más absoluta oscuridad.

Por la mañana y por la noche le daban comida y agua y le permitían hacer sus necesidades. Tenía el cuerpo tan rígido por las ataduras que casi no podía caminar. A veces caía una fría lluvia de primavera, pero su maldita buena salud lo libró de la fiebre pulmonar.

Finalmente terminó la pesadilla. La carreta entró en un patio de piedra, le quitaron las ataduras de los pies y lo hicieron entrar en una casa.

Tener los ojos vendados le había agudizado los sentidos. Se dio cuenta de que la casa era grande y estaba construida principalmente de piedra. Un castillo, tal vez. Lo hicieron bajar por una estrecha escalera de peldaños desiguales, lo que apoyaba su teoría.

A los guardias, que ya reconocía por sus voces y olores, se les unió otro hombre que tenía una voz gutural, hacía ruidos raros al andar y olía fuertemente a ajo. Chirrió una puerta y le dieron un empujón; por poco consiguió no estrellarse contra el suelo de piedra.

Le quitaron la mordaza y la venda de los ojos. Retrocedió, deslumbrado por la luz de la antorcha, que le hizo doler los ojos después de tantos días en la oscuridad. Los guardias que lo habían traído se quedaron en silencio en la puerta mientras el hombre ancho de rasgos crueles se situó ante él apoyado en un bastón de cuya cabeza de bronce colgaban tiras de cuero.

—Soy Gaspar, tu carcelero —dijo el hombre, amenazante con su voz gutural; hablaba el francés de los peores barrios bajos de París—. Durand me ha ordenado que te mantenga vivo. —Torció la boca en una fea sonrisa satisfecha—. Me parece que no vas a encontrar el alojamiento a que estás acostumbrado, mi pequeño lord goddam.

Grey tuvo que hacer un esfuerzo para entenderlo. De niño había aprendido el francés de la nobleza, y no le habían enseñado los toscos dialectos de los pobres y de las provincias. Las cosas estaban cambiando rápidamente. ¿Volvería a oír hablar en inglés alguna vez?

Recordó que los franceses llamaban «goddams» a los ingleses desde por lo menos la época de Juana de Arco; el apodo era la maldición que decían constantemente los soldados del ejército inglés. Resignándose a ser un «goddam» dijo:

—Si quiere mantenerme vivo, sería bueno tener comida y agua.

Gaspar soltó un ladrido de risa.

—Por la mañana, chico. Ahora tengo otras ocupaciones. —Miró hacia los guardias—. Quitadle la chaqueta y la camisa al goddam.

Los guardias entraron y obedecieron en silencio. Grey estaba tan agarrotado y magullado que no podía pelear bien, así que no pudo impedir que le quitaran las desgastadas chaqueta y camisa que le quedaban grandes. Jamás en su vida se había sentido tan impotente.

Entonces llegó lo peor. Mientras los dos guardias lo mantenían inmovilizado, Gaspar comenzó a azotarle la espalda; vagamente cayó en la cuenta de que las tiras de cuero eran las trallas y el bastón el mango del látigo.

Después de unos doce o más dolorosos azotes, le flaqueó el cuerpo y quedó medio desmoronado sujeto por los dos guardias.

—Dejadlo caer —dijo Gaspar, despectivo—. Quitadle las esposas. Ya no son necesarias; el goddam no tiene manera de salir de esta celda.

Grey quedó tendido en el suelo y apenas notó el ruido de la llave abriendo las manillas que le sujetaban las muñecas. Los guardias se incorporaron y salieron de la celda detrás de Gaspar, que salió cojeando, golpeando ominosamente el suelo de piedra con la pierna de palo.

Cuando se cerró la maciza puerta y giraron la llave, quedó en la más absoluta oscuridad; incluso desapareció la luz por debajo de la puerta al alejarse los carceleros.

Le subió el terror a la garganta al imaginarse que estaría atrapado en la oscuridad hasta que muriera gritando. ¿Cómo llamaban los franceses a la prisión definitiva, *oubliete*? Pero eso era un pozo, ¿no?, ¿en que el prisionero quedaba en el fondo? Ese nombre significaba olvidado, porque a los prisioneros se los olvidaba y se los dejaba morir.

27

Tuvo la loca idea de que la guillotina podría ser mejor. Al menos la muerte tenía lugar al aire libre y, aunque horrorosa, era rápida.

Pero aún no estaba muerto. Liberado de la mordaza, la venda en los ojos y las ataduras, podía respirar y moverse. En cuanto a la oscuridad, no lo había matado en el interminable viaje y él no permitiría que lo matara todavía.

Se incorporó hasta quedar de rodillas y a tientas buscó la camisa y la chaqueta, que habían dejado caer cerca. El peso de la tela le produjo una oleada de dolor en la lacerada espalda, pero necesitaba protegerse de aquel frío mordaz.

Entonces aguzó los oídos. Todo era silencio absoluto, sólo interrumpido por el sonido de goteo de agua en alguna parte muy cerca. Dada la humedad que lo rodeaba, eso no lo sorprendió.

¿Qué había visto de la celda antes que se marchara Gaspar? Paredes de piedra, suelo de piedra, todo húmedo y sólido. La celda no era grande, pero tampoco diminuta. Tal vez ocho pasos por lado, con un cielo muy alto. En el rincón a la izquierda había algo; ¿un jergón, tal vez?

Tambaleante consiguió ponerse de pie y avanzó hacia la izquierda con los brazos extendidos para evitar choques; de todos modos se golpeó de refilón contra un ángulo de una pared a la que se acercó, pero unos cuantos moretones más no cambiarían nada.

Tropezó con algo blando. Arrodillándose exploró palpando y encontró un jergón de paja y un par de toscas mantas. Un lujo, comparado con lo que había soportado desde que lo capturaron.

Volvió a incorporarse y pasó la mano a lo largo de la pared para descubrir las dimensiones de la celda; continuó por la pared lateral hasta la del fondo, opuesta a la puerta. Cuando estaba más o menos a la mitad, chocó con un obstáculo de piedra y cayó pesadamente al suelo.

Más magullones, condenadamente dolorosos, pero no tenía nada roto, comprobó cuando recuperó el aliento y se palpó las nuevas lesiones. Explorando con las manos identificó dos bloques irregulares de piedra.

Uno tenía la altura de una silla, así que se incorporó y se sentó, aunque no pudo apoyar la dolorida espalda en la pared. Cuando remitió el dolor de las rodillas, cayó en la cuenta de que nunca había apreciado la comodidad de las sillas.

El otro bloque de piedra estaba a algo más de dos palmos de distancia, tenía forma más o menos rectangular y la altura de una mesa. Se sintió francamente civilizado.

Cuando le disminuyeron los dolores, reanudó la exploración, avanzando con más cautela y lentitud aún. En el rincón más alejado sintió el sonido de agua bajando por la pared de piedra. No era mucha pero tal vez suficiente para no morirse de sed si no le ofrecían otra bebida.

No encontró ningún otro bloque de piedra. El único otro elemento que localizó era una puerta de madera maciza con su marco. Nuevamente dio la vuelta por las cuatro paredes, caminando más lento. Esta vez, en el rincón donde bajaba humedad sintió el movimiento de aire. Arrodillándose descubrió un agujero del tamaño de dos puños; el agua caía ahí, y sintió el tenue olor a excremento humano.

Así que ahí era donde hacían sus necesidades los prisioneros. Hizo uso de ese servicio y después caminó hasta el jergón, se envolvió en las mantas y se tendió de costado para no hacerse daño en la espalda.

A pesar del agotamiento se encontró mirando la oscuridad pensando qué lo aguardaba. El comentario de Durand de que ya no importaba lo que pensaran los ingleses sugería que la guerra estaba a punto de reanudarse después de un año de tregua.

No lo sorprendía saber eso. Había visto indicios de que los franceses estaban aprovechando la tregua para reorganizarse para otra ronda de conquistas. Dado que él se había unido a los muchos británicos que se precipitaron a viajar a París cuando comenzó la tregua, su amigo Kirkland le pidió que tuviera los ojos bien abiertos y le comunicara lo que veía.

Él aprovechó eso como pretexto para seducir a una mujer casada, y estar en esa celda era la consecuencia de ese acto. Aunque en realidad Camille no necesitaba mucha seducción; mirando en retrospectiva, no sabía bien quién sedujo a quién.

Buen Dios, ¿qué sería de él? ¿Podría Durand pedir rescate por él? Sus padres pagarían lo que fuera para tenerlo de vuelta. Pero

Durand deseaba hacerlo sufrir. Eso podría significar estar prisionero eternamente ahí en la oscuridad.

No eternamente; hasta que se muriera. ¿Cuánto tiempo pasaría hasta que él suplicara que lo mataran? Saber que era posible que muriera ahí en la oscuridad, solo y no lamentado, le hizo retumbar de miedo el corazón. Resueltamente combatió el miedo.

Desmoronarse no debía importarle puesto que no había nadie ahí para burlarse de su debilidad. Pero a él le importaba. Todo en la vida le había salido, e incluso cuando lo habían sorprendido haciendo alguna de sus diabluras, había sufrido pocas consecuencias. Hasta ese momento. Resignándose a vivir en la oscuridad, combatió a sus demonios hasta que desapareció el miedo y se quedó profundamente dormido.

Al despertar a la mañana siguiente vio que entraba luz por una estrecha ventanuca horizontal situada cerca del elevado techo.

Ante esa hermosa vista, lloró.

Capítulo 5

Francia 1813

Al sol de última hora de la tarde el pueblo Saint Just du Sarthe se veía muy semejante a cualquier otro pueblo del norte de Francia, con la única diferencia de que estaba situado al pie de una colina en cuya cima se elevaba un castillo medieval. Conduciendo su carreta por la colina enfrentada a la del castillo, Cassie se detuvo a contemplarlo.

No le había resultado difícil localizar la sede de la familia Durand; había tenido la suerte de que el tiempo seco y frío le ahorrara quedarse empantanada en la nieve o el lodo. Había viajado sin prisas, deteniéndose en los pueblos y aldeas a vender sus cintas, botones y tiras de encaje, además de los perfumes de Kiri y unos cuantos remedios.

No sólo había vendido, sino también comprado prendas de ropa y productos de trabajo manual que podía vender en otras partes. En resumen, se había comportado como una vendedora ambulante.

Golpeando el lomo de su robusto poni con las riendas, reanudó la marcha y entró en el pueblo. Era lo bastante grande para tener una taberna, La Liberté. Se detuvo ahí, con la esperanza de encontrar comida caliente e información.

En el bodegón sólo estaban tres ancianos juntos bebiendo vino en un rincón. Una mujer robusta de edad madura estaba ocupada en sus quehaceres detrás de la barra, pero levantó la vista con interés cuando ella entró. No sería muy común ver ahí a una desconocida viajando sola, y ella caminaba con el andar pausado de una mujer mayor.

—Buenos días, señora —saludó—. Soy madame Renard* y he entrado aquí con la esperanza de encontrar comida caliente y una habitación para pasar la noche.

—No se ha equivocado de lugar —rió la mujer—. Este es el único lugar. Soy madame Leroux, la posadera, y tengo una habitación sencilla, un buen estofado de cordero y pan fresco si le interesa.

Cassie calculó que la posadera sería una buena fuente de información.

—Eso y una copa de vino tinto me irán muy bien. Antes iré a dejar a mi poni en su establo.

Madame Leroux asintió.

—La comida estará lista cuando vuelva.

El poni estaba tan contento como ella por haber encontrado techo y comida. Volvió al bodegón, eligió una mesa cerca del hogar, y se sentó, agradeciendo el calor.

Se estaba quitando la capa cuando la posadera salió de la cocina con una bandeja con el estofado, pan, queso y vino.

—Gracias, señora. ¿Me acompañaría a beber una copa de vino? Viajo con artículos de señora para vender, y quizás usted sepa si en el pueblo habría algún interés por mis mercancías.

Madame Leroux se sirvió una copa de vino y se sentó cómodamente en la silla de enfrente.

—Gracias. —Con expresión curiosa le preguntó—: ¿No es peligroso viajar sola?

Además de su caminar lento, Cassie se había teñido el pelo con canas, y llevaba el perfume Antiqua, por lo que seguro que se la veía inquietantemente frágil.

—Tengo cuidado, y no he tenido ningún problema.

—¿Qué vende?

Cassie enumeró sus mercancías entre bocado y bocado del excelente estofado. Cuando terminó la enumeración, la posadera dijo:

---

* Renard: zorro, en francés; fox: zorro, en inglés.

—Mañana tenemos nuestro mercado semanal en el pueblo. Estando a mitad del invierno, se agradecerán artículos nuevos. Creo que le valdrá la pena haberse detenido aquí.

Cassie bebió un trago de vino.

—¿Y ese castillo que se ve sobre el pueblo? ¿Podría encontrar clientela ahí? Tengo unos perfumes verdaderamente finos preparados por una princesa india.

La mujer sonrió apreciativa.

—Interesante descripción, pero el castillo Durand es un lugar silencioso, sin actividad. El amo viene muy rara vez de visita y su esposa menos aún. Nunca hay ningún huésped, a no ser que contemos a uno o dos prisioneros en la mazmorra, y dudo que tengan monedas para comprar.

—¿Una mazmorra? —repitió Cassie, adecuadamente horrorizada—. ¿En la Francia moderna?

—Los hombres poderosos no renuncian fácilmente —dijo la posadera cínicamente—. Los Durand han sido señores del castillo desde siempre. Se los llama los Lobos de Durand. Al último lo guillotinaron por ser aristócrata, pero ahora hay un primo ahí, no muy diferente del último, aparte de que se hace llamar «ciudadano» en lugar de señor conde. Se dice que este Durand tiene a un noble inglés encerrado en la mazmorra, pero yo tengo mis dudas. ¿Dónde habría encontrado a un noble inglés?

—Sí que parece improbable —convino Cassie, disimulando su entusiasmo—. Pero supongo que habrá criadas, ¿no? Después del mercado podría subir ahí a enseñar mi mercancía.

—Vaya por su cuenta y riesgo —dijo madame Leroux—. La mitad del pueblo ha caído con la gripe, por eso yo estoy tan tranquila aquí. Me han dicho que la mayoría de los criados del castillo están enfermos también. No es el tipo de enfermedad que suele matar, pero produce mucho sufrimiento. Será mejor que se mantenga alejada.

—Yo podría tener algo para eso —dijo Cassie—. La princesa india que hizo los perfumes también me dio un remedio que ella llama esencia de ladrones. Reza la leyenda que durante la peste que hubo años atrás, los ladrones la usaban para poder robar a los muertos sin contagiarse. Yo me la he puesto en este viaje y no me he enfermado a pesar del tiempo.

Se agudizó la mirada de la posadera.

—A mí podría interesarme eso también.

Cassie hurgó en su bolsa y sacó un frasquito.

—Pruebe esto. Se pone unas pocas gotas en la palma, se frota las manos y luego las ahueca juntas sobre la nariz para inhalar la esencia.

Madame Leroux siguió las instrucciones, y se le movieron las ventanillas de la nariz al oler la fuerte mezcla.

—Huele como si tuviera que hacer un efecto. ¿De verdad da resultado este remedio?

—De una mujer de negocios a otra, debo reconocer que no lo sé de cierto, pero ni siquiera he tosido una sola vez desde que comencé a usarlo.

Madame Leroux volvió a olerse las manos.

—¿Tal vez podríamos trocar su esencia por su alojamiento en mi habitación?

Después de una enérgica sesión de regateo, llegaron a un acuerdo y Cassie le entregó un frasco más grande de esencia de ladrones.

Madame Leroux se echó a reír.

—Si va al castillo y cae con la gripe por lo menos sabrá que no es buena.

—Espero que lo sea —contestó Cassie, sonriendo. Ya tenía un buen motivo para ir al castillo, donde podría enterarse de si el amigo de Kirkland desaparecido tanto tiempo atrás estaba realmente en la mazmorra de Durand—. Pero tal vez me dirija al próximo pueblo. Esta región es nueva para mí. ¿A qué distancia está el próximo pueblo en que haya alojamiento? En verano me gusta acampar al aire libre con mi poni, ¡pero en febrero no!

—Entre tres y cuatro horas de trayecto si el tiempo se mantiene bueno.

—Entonces continuaré camino después del mercado —dijo Cassie. Rebañó lo que quedaba del estofado con el trozo de pan—. Pero si vuelvo a pasar por este camino sin duda me alojaré aquí.

Capítulo 6

Castillo Durand, verano de 1803

A la luz de la mañana Grey vio que la maciza puerta de la celda tenía dos ventanillas, que se abrían desde fuera, una a la altura de la cabeza y la otra cerca del suelo.

—Desayuno, su señoría —dijo una voz burlona, mientras dos manos pasaban una barra de pan y una jarra con una infusión tibia, al parecer de menta, por la ventanilla de abajo—. Devuelva la jarra después, si no no tendrá comida.

Él tenía hambre, así que obedeció. Desde entonces, los desayunos eran normalmente pan con algo de mantequilla y la infusión de menta. Nada de caro té chino para los prisioneros.

Las comidas eran poco abundantes pero más variadas. Podía ser un plato con estofado, o tal vez verduras con un hueso con algo de carne. De vez en cuando un huevo cocido. La mejor parte era el vino en una copa de peltre. Siempre era un vino nuevo y áspero, pero le daba algo que esperar con ilusión. De tanto en tanto se divertía brevemente pensando que, debido a que estaba en Francia, la comida de la prisión no era tan mala como podría haber sido.

Aparte de las comidas, su vida era letalmente monótona. Siempre se sentaba bajo la estrecha franja de luz del sol que entraba por la ventanuca. Esa luz lo salvaba de la locura pero no de la desesperación. Habiendo vivido rodeado de personas, no había comprendido que el contacto humano era tan esencial como el aire para su vida. Ahí no veía a nadie, ni siquiera a sus carceleros, por lo que no podía emplear su legendario encanto para mejorar su situación.

Se sentía como un pájaro atrapado en un cuarto pequeño, golpeándose desesperado contra las paredes. Pero no había nada, absolutamente nada, que pudiera hacer para escapar. El mortero que unía las piedras era nuevo, duro e impermeable. La estrecha ventanuca que dejaba entrar la bendita luz estaba tan por encima de su cabeza que ni saltando lograba cogerse del alféizar.

Todo su mundo era piedra gris. Los únicos «muebles» de la celda eran el jergón de paja con mantas oscuras y las dos piedras que formaban un tosco asiento y una mesa. A veces veía un atisbo de una mano regordeta colocando la comida en el suelo y después retirando el plato y la copa vacíos. De vez en cuando Gaspar abría la ventanilla de arriba para escupir insultos. Él comprendía que estaba francamente mal cuando esperaba con ilusión esas ocasiones.

Cuando la primavera dio paso al verano la celda se volvió más cálida. Cuando llovía, el hilillo de agua que bajaba por la pared se hacía más grueso y podía limpiarse un poco. Intentaba no pensar en los nuevos cuartos de baño que había hecho construir su padre en la casa sede de la familia, Summerhill; bañeras llenas de agua caliente, y grandes, para sumergirse hasta el mentón.

No, no se atrevía a pensar en su casa. Como un animal en hibernación, se refugiaba en el sueño; se pasaba la mayoría de las horas del día y la noche tendido en el jergón envuelto en las mantas, en una oscura niebla de melancolía. Sólo las comidas lo sacaban de su estupor.

Eso cambió el día que lo visitó Durand. Flotando en la niebla entre sueño y desagradable insomnio, tardó en darse cuenta de que se estaba abriendo la puerta de la celda. Seguía tendido en el jergón cuando entró Durand.

—Mírate, Wyndham —dijo este, despectivo—. Tres meses de prisión te han convertido en un cerdo sucio y embotado. ¿Qué mujer se dejaría acariciar por ti ahora?

La furia fue como un latigazo que lo sacó del letargo; al instante se levantó y se irguió ante Durand. Como sus compañeros de la Academia Westerfield, había aprendido las técnicas de la lucha india llamada kalarippayattu, que les enseñaba Ashton, el compañero medio indio. Sin duda podría vencer a un político de edad madura.

Durand le hurtó el cuerpo con insultante facilidad, y luego le cogió el brazo, lo hizo girarse y lo obligó a arrodillarse torciéndoselo en la espalda, causándole un dolor atroz.

—No eres otra cosa que un niño, y encima débil. —Lo empujó hasta dejarlo en el suelo, lo soltó, retrocedió y le dio una patada en el vientre—. La inglesa es una nación de enclenques. Por eso la victoria francesa es inevitable.

Sin aliento por el dolor de la patada, Grey resolló:

—¿Se reanudó la guerra?

—Naturalmente. La Paz de Amiens sólo fue una pausa para reclutar más hombres y construir más armas. En los próximos meses invadiremos Inglaterra y seremos los amos de Europa.

Grey no deseaba creer eso, pero podría ser cierto. En París había oído decir que los franceses estaban construyendo barcos y reuniendo un ejército en Boulogne.

—Antes Napoleón tendrá que apañárselas con la Armada Real —logró decir, con una vocecita débil y rasposa.

—Tenemos planes para encargarnos de tu armada —dijo Durand, muy seguro. Entonces le cambió la expresión—. Después de la invasión es probable que tu familia ya haya muerto y su fortuna haya sido confiscada. Me gustaría saber si ahora sería prudente ofrecerte a ellos a cambio de un rescate. ¿Cuánto pagarían por su hijo y heredero, Wyndham? ¿Cien mil libras? ¿Doscientas mil?

A Grey se le contrajo el corazón. Buen Dios, ¡estar libre de ese lugar! Su familia pagaría lo que fuera por tenerlo de vuelta. Harían...

Arruinarían a toda la familia por él. Sus padres, su hermano y su hermana menores, todos pagarían su estupidez. No podía hacerles eso.

Esforzándose en sacar una voz burlona, dijo:

—Sin duda ya creen que he muerto, y que me pudra. ¿Por qué cree que he pasado meses en Francia? Era un hijo caro e inútil. Mi padre estaba furioso conmigo y consideró mejor tenerme fuera de su vista. Me habría repudiado si hubiera podido. —Se encogió de hombros—. Tengo un hermano menor que es mejor en todos los sentidos. Él será un excelente conde. Yo no soy deseado ni necesitado ahí.

—Una lástima —dijo Durand, con cierto asomo de pesar—. Pero totalmente creíble. Si fueras hijo mío, tampoco te querría de vuelta. Así pues, continuarás aquí hasta que te pudras.

Dicho eso, giró sobre sus talones y salió de la celda. La llave giró en la cerradura antes que Grey lograra ponerse de pie.

¿Había desaprovechado la única oportunidad de salir de esa mazmorra vivo? Difícil saberlo. Durand era un canalla tramposo y bien podría coger el rescate y no liberar al cautivo; o igual enviar su cadáver a Inglaterra.

Pero el hombre tenía razón al burlarse. Él había estado revolcándose en la autocompasión y desesperación, debilitándose en cuerpo y espíritu. Si hubiera estado en mejor forma podría haberle roto el cuello. No habría podido escapar del castillo, pero habría sido gratificante matar a ese cabrón.

Había perdido la noción del tiempo. Tres meses, dijo Durand. Su impresión era que llevaba ahí tres años, pero por el largo de su barba, eran tres meses. Era verano, así que estaban en agosto. Acababa de pasar su veintiún cumpleaños.

Si hubiera estado en Inglaterra sus padres habrían organizado una gran celebración en la sede familiar, invitando a los amigos aristócratas y a todos los familiares Costain. Y él habría disfrutado inmensamente de la fiesta.

En lugar de eso, estaban lamentando su desaparición o posible muerte. Quería a su familia, pero siempre los había dado por descontado, aun cuando no podría haber pedido mejores padres. Quería muchísimo a sus hermanos, que lo respetaban y admiraban. Les había fallado a todos. De lo único que podía enorgullecerse era de haber desalentado a Durand de pedir un rescate.

No podía, no «debía» continuar en esa actitud, debilitándose. En primer lugar, debía comenzar un programa de ejercicios para recuperar su fuerza.

Examinó la celda pensando qué era posible hacer en ese espacio. Podía correr en un mismo sitio para desarrollar resistencia. Con el cuerpo rígido, comenzó, trayendo a la memoria lugares en que había estado, paisajes que había visto, para poder salir mentalmente de esas horribles paredes.

Corrió hasta que sintió una puntada en el costado; entonces se tendió en el suelo boca abajo e intentó levantar el cuerpo sólo apoyado en los brazos. En otro tiempo eso le había resultado fácil. En ese momento sólo logró levantar el cuerpo seis veces y se desplomó, jadeante.

Otra manera de desarrollar los músculos era levantando las piedras que servían de asiento y de mesa. Se agachó a coger la más pequeña; era más pesada de lo que había supuesto. Sólo había conseguido levantarla seis pulgadas cuando se le soltó. Al caer al suelo saltó una lasca del borde de abajo.

Jadeante de cansancio, juró que levantaría esa maldita piedra una y otra vez hasta estar lo bastante fuerte para llevarla a peso dando la vuelta a todo el perímetro de la celda. Entonces comenzaría con el bloque más grande que servía de mesa.

Podía hacer ejercicio todos los días y lo haría; ¿qué otra cosa tenía que hacer?

Más importante tal vez, debía fortalecer su mente. Siempre había sido perezoso en sus estudios; conseguía apañárselas con poco estudio y la ayuda de su excelente memoria. Lady Agnes se había encargado de que aprendiera en la Academia Westerfield, pero sus años en Oxford habían sido bastante inútiles. Entró al Christchurch College, donde los hijos de caballero como él asistían a las clases a modo de pasatiempo entre las diversiones sociales. Kirkland y Ashton, en cambio, típico de ellos, estudiaron en Balliol, el colegio relacionado con la pura inteligencia.

Pensó en las memorizaciones que exigían diferentes maestros. ¿Cuánto de *De Bello Gallico, Comentarios a las guerras de las Galias*, de Julio César era capaz de citar en latín?

«Gallia est omnis divisa in partes tres». Galia está dividida en tres partes. Sabía la frase en latín y en inglés, así que la tradujo al francés. Dado que también tenía la voz débil por falta de uso, la dijo

en voz alta y la repitió para ejercitar la voz hasta que estuvo tan cansado que no pudo continuar.

Shakespeare. Había estudiado al Bardo, y también actuado en algunas de sus obras en casas de amigos. Siempre lo elegían para uno de los protagonistas y aprendía fácilmente los parlamentos. *«El mañana y el mañana y el mañana avanzan en pequeños pasos, de día en día, hasta la última sílaba del tiempo recordable».*

No, no, nada de Macbeth estando ahí. ¿Qué recordaba de *Noche de Epifanía*? Sí, eso sería mucho mejor. *«Si la música es el alimento del amor, seguid tocando siempre, saciadme de ella, para que mi apetito, sufriendo un empacho, enferme, y así muera».*

Le gustaba cantar y tenía una voz decente, así que podría cantar todo lo que quisiera. Sería bueno para su alma y para conservar la capacidad de hablar.

Y debía llevar la cuenta del tiempo; no debía dejar pasar los días sin darse cuenta. Recogió la lasca que saltó cuando se le cayó la piedra que servía de asiento. El día en que estaba sería para él el 15 de agosto de 1803. Con el trozo de piedra rascó la pared a la altura de la cabeza cerca de la puerta, marcando esa fecha; cada día rascaría una marca.

Oía las campanas de la iglesia del pueblo. Si las escuchaba con atención sabría qué días eran domingos y podría determinar los días festivos principales.

A partir de ese momento su vida tendría finalidad. Tal vez nunca tendría la oportunidad de liberarse, pero si se presentaba una, por pequeña que fuera, estaría preparado.

Poco a poco su cuerpo debilitado se fue fortaleciendo. Y también su mente. Lo sorprendía lo mucho que recordaba de sus clases. Siempre le había gustado leer, así que cada día elegía un libro de su biblioteca mental y recordaba todo lo posible de él.

No hablaba consigo mismo en voz alta porque hacerlo lo hacía sentirse demasiado parecido a los locos que vio cuando uno de sus amigos más tontos lo llevó al Hospital Bedlam, el manicomio. Este amigo encontraba divertido observar a los pacientes desquiciados;

él lo encontró tremendamente inquietante. El recuerdo de esas almas atormentadas seguía acosándolo, sobre todo los días en que pensaba si no estaría cayendo en la locura.

Pero no mucho después de la visita de Durand le llegó una bendición inesperada. Aunque no hablaba en voz alta, no tenía ningún escrúpulo en cantar. Cada día cantaba varias canciones, y además de disfrutar de la música tenía el gusto de comprobar cómo se le iba normalizando la voz después de tres meses de desuso.

Un día acababa de terminar una entusiasta interpretación de una canción inglesa de borrachos cuando una voz femenina joven susurró en francés por la ventanuca de arriba:

—Buen día, señor. ¿Es cierto que usted es un milord inglés?

Se levantó de un salto, emocionado. ¡Otro ser humano! Y mujer.

—Lo fui, señorita, pero ahora soy un prisionero sin importancia.

La chica se rió.

—¡Un verdadero milord! Nunca he conocido a un goddam. ¿Cómo llegó aquí?

—Me porté mal —contestó él, solemnemente.

Ella volvió a reírse, y tuvieron una breve conversación a través de la ventanuca, que estaba a unos dos palmos del suelo del patio, supuso. La chica era una criada del castillo y dijo llamarse Nicolette, aunque él sospechó que ese no era su verdadero nombre.

La chica le dijo que no podía estar mucho rato ahí porque el ama de llaves era una dragona y temía que la echara si la sorprendía. Pero después iba a verlo una o dos veces a la semana, muchas veces con una de sus amigas.

A algunas de las chicas las escandalizaba deliciosamente la posibilidad de hablar con un milord inglés prisionero. Nicolette era una chica buena que tenía cierto interés en él como persona; de vez en cuando le dejaba caer una manzana u otra fruta por entre los barrotes de la ventanuca. Él las devoraba, impresionado de que siempre hubiera dado por descontadas las manzanas.

Nicolette le hablaba de su novio y un día fue a despedirse con mucho afecto, pues se iba a marchar para casarse. Él le dio su bendición, porque no tenía ninguna otra cosa para darle.

De las demás criadas ninguna iba a verlo con frecuencia, pero seguía teniendo visitas de vez en cuando. Durante un tiempo fue a verlo un bullicioso mozo de establo joven, que le enseñó canciones francesas de borrachos tremendamente obscenas, hasta que lo despidieron por borracho.

Para él eran entrañables esos momentos de normalidad. Le servían para mantenerse cuerdo.

Capítulo 7

Francia, 1813

*M*adame Leroux tenía razón, y Cassie hizo buen negocio en el mercadillo de la plaza del pueblo. Le gustaba bastante ser vendedora ambulante. Y, puesto que no dependía de las ventas para mantenerse, podía ser flexible en los precios. Era un placer venderle una bonita cinta a una chica que nunca había poseído nada bonito.

La esencia de ladrones se hizo popular también. Con las enfermedades de invierno desenfrenadas, las compradoras probaban cualquier cosa que pudiera servir. Las clientas también estaban interesadas en oír noticias, como siempre en todos los pueblos aislados.

«Sí, las noticias de Rusia fueron malas, pero el emperador escapó sano y salvo, y, ¿no quedaría precioso este largo de encaje en el vestido de novia de su hija?»

A mediodía ya no había clientas, así que era el momento de ir al castillo. Volvió a La Liberté, comió una espesa sopa de legumbres, le agradeció la ayuda a madame Leroux y se marchó de St. Just du Sarthe. En lugar de dirigirse al próximo pueblo, subió al castillo. El estrecho camino era lúgubre y ventoso, y el castillo era igualmente lúgubre, comprobó cuando llegó.

El castillo propiamente dicho estaba rodeado por imponentes murallas que se veían intactas; nadie había sacado piedras de ellas para hacer otras cosas. Las macizas puertas estaban abiertas, para que personas y vehículos pudieran entrar y salir fácilmente, pero tenían el aspecto de que se podían cerrar en caso de emergencia.

Pasó por la puerta sin ningún problema. El patio interior estaba protegido del frío viento por las murallas. Al no ver a nadie condujo hasta la parte de atrás y dejó la carreta con el poni en el establo, que estaba prácticamente vacío. Después se echó al hombro la bolsa de vendedora ambulante y salió a buscar la puerta de servicio.

Después de probar dos puertas y comprobar que estaban cerradas con llave, encontró una que se abrió al empujarla y entró en un corto corredor que llevaba directo a la cocina. La larga cocina estaba bien resguardada y había en ella olores agradables, pero sin nadie a la vista.

—¡Hola! —gritó—. ¿Hay alguien aquí?

—¿Qué desea? —contestó una rasposa voz femenina.

Una corpulenta mujer se levantó de un sillón de madera junto al hogar y cojeó hacia ella. Su cara redonda parecía hecha para sonreír, pero estaba envuelta en chales y tosía cada unos pocos pasos.

—Soy madame Renard, vendedora ambulante, y veo que usted es una candidata para mis pastillas para la garganta. —Buscó en su bolsa y sacó un paquete de pastillas de miel con limón; sabían bien y aliviaban la tos—. Estas.

—Cogeré una si no le importa. —La mujer sacó una pastilla del paquete y se sentó en un banco—. Gracias. Soy la cocinera, madame Bertin.

—Me han dicho que la mayoría de la gente está enferma aquí en el castillo —dijo Cassie. Paseó la mirada por la cocina; en un quemador del hornillo de leña había una olla sobre un fuego del que sólo quedaban unas pocas brasas—. Me parece que le vendría bien una ayuda. ¿Quiere que le encienda el fuego?

—Se lo agradecería muchísimo. En esa olla hay caldo de pollo. ¿Me haría el favor de servirme un poco? —Le vino un fuerte acceso de tos—. Todos están enfermos en cama, ni siquiera pueden bajar la escalera. —Más tos—.Tengo comida caliente para el que quiera, pero hasta el momento no ha venido nadie y no es mi trabajo servir a los criados.

Cassie vio un cucharón colgado por un lado de la cocina de leña, así que lo cogió, sirvió caldo en un tazón metálico y se lo pasó.

—¿Nadie está grave, espero?

—El ama de llaves murió hace poco, pero era vieja y ya estaba enferma. No creo que nadie esté en peligro de muerte, pero la gripe de este invierno es muy debilitante y uno se siente como un gatito durante días. —Madame Bertin bebió del caldo caliente, apreciativa—. He conseguido mantener el fuego para que no se apagara y me las arreglé para preparar este caldo, pero ya estoy demasiado cansada para hacer cualquier otra cosa.

Viendo la oportunidad, Cassie preguntó:

—¿Le importaría pagarme algo por la ayuda, señora? Yo podría llevar bandejas con pan y caldo a los criados que están enfermos y tal vez hacer algunas otras cosas en la cocina.

—Sería una verdadera bendición. Veamos, ¿quiénes viven en...? —Pensó un poco—. Hay seis criadas en el ático y dos hombres en el establo. La escalera está ahí, poco más allá de esa puerta, pero son cinco largos tramos para llegar al ático. ¿Se ve capaz de subirlos?

—Soy más ágil de lo que parezco. Ayudaré con mucho gusto. Cuando las personas están enfermas necesitan tomar algo caliente. —Removió el caldo con el cucharón—. Y me alegrará ganar unas pocas monedas también. ¿Dónde guarda el pan? Queso también iría bien. Es fortalecedor.

—La despensa está ahí —dijo madame Bertin apuntando—. Buena cosa que el ciudadano Durand no esté aquí. Estaría furioso azotándolos a todos para que hicieran sus trabajos aunque estén tan enfermos que no se puedan tener en pie. Pero ¿qué podría ocurrir en un lugar tan tranquilo como este en mitad del invierno? Todos podemos descansar uno o dos días hasta que estemos bien para volver a trabajar.

—Una suerte —convino Cassie.

Fue a la despensa a buscar lo necesario, llenó dos tazones de loza, cortó pan y queso y llevó una bandeja al establo, donde fue recibida con mucha gratitud. Cuando volvió a la cocina preparó más bandejas para las criadas. Siendo seis, tuvo que hacer dos viajes por la estrecha escalera de piedra. No era de extrañar que madame Bertin ni siquiera lo hubiera intentado.

Como dijera esta, nadie estaba a las puertas de la muerte, pero todas las criadas yacían flácidas en sus camas, débiles, cansadas, y las alegró mucho que les llevaran comida. Cassie elevó una silenciosa oración rogando que la esencia de ladrones la protegiera. Enfermarse así mientras viajaba sería muy malo.

Cuando volvió a la cocina vio que la cocinera estaba adormilada en el sillón junto al hogar. La cubrió con una manta, tapándole las piernas, y se la remetió. Era el momento de enterarse de si había una mazmorra con algún prisionero.

—¿Hay alguna otra persona a la que deba llevar comida?

Madame Bertin frunció el ceño.

—Están los guardias y los prisioneros en la mazmorra. El carcelero jefe, Gaspar, siempre envía a un hombre a buscar la comida, pero uno está enfermo, Gaspar salió a hacer algo en alguna parte y el que está ahí ahora no se atrevería a abandonar su puesto.

—O sea, que el guardia y los prisioneros necesitan comida ¿Cuántos prisioneros hay?

—Sólo dos. Estando todos enfermos, los han descuidado. Uno de ellos es un sacerdote. —Se santiguó—. Está muy mal encerrar a un sacerdote, pero Durand se enfurecería por la impertinencia si alguien se lo dijera.

—¡Espantoso! —convino Cassie—. ¿Quién es el otro prisionero?

—Dicen que es un lord inglés, aunque yo no le he visto nunca, así que no puedo decirlo de cierto. —Movió tristemente la cabeza—. Sin duda un inglés se merece una mazmorra, pero no el sacerdote. Es viejo y frágil y necesita mucha comida caliente con este tiempo.

—Yo les llevaré la comida a todos —dijo Cassie, comenzando a preparar una bandeja—. Ha dicho que no ha visto nunca a los prisioneros. ¿No los sacan al patio a hacer ejercicio?

—Ah, no. El ciudadano Durand es muy estricto con los prisioneros. Nunca los sacan de sus celdas y los guardias nunca entran en ellas tampoco. Les pasan la comida a través de un hueco en la puerta. —Volvió a santiguarse—. Los pobres diablos ya deben de estar medio locos.

Cassie apretó los labios sin dejar de poner cosas en la bandeja. Después de diez años de incertidumbre, la búsqueda de Kirkland podría estar a punto de acabar, pero su amigo desaparecido tanto tiempo podría estar tan deteriorado que no tendría posibilidades de recuperación.

Capítulo 8

Castillo Durand, 1805

Grey miró al gorrión que se había posado en el alféizar de su ventanuca.

—Entre, señor Pájaro. Le he guardado un poco de pan. Espero que valore el sacrificio que significa eso.

El pájaro ladeó la cabeza, indeciso, así que Grey silbó su mejor imitación del canto del gorrión. Tranquilizado, este voló hasta el suelo y comenzó a picotear las migas que él le había guardado.

Le gustaba hablarle a los pájaros. Nunca lo contradecían, y lo divertía su descarada disposición a acercársele.

—Amor interesado —musitó, arrojándole otro trozo de pan—. No muy diferente de ser un premio cotizable en el mercado del matrimonio.

Ya tenía edad para experimentar algo de eso antes de su desastrosa decisión de visitar París. Kirkland y Ashton, que estaban más atentos a los asuntos políticos, le aconsejaron que hiciera un viaje corto, pues la paz no duraría, pero, típico de él, no les hizo caso. Era el niño dorado, heredero de Costain, al que no podía ocurrirle nada.

Y ahí estaba, dos años después, volviéndose loco poco a poco por el aburrimiento y agradecido por la fugaz compañía de un gorrión. Pero por lo menos estaba más fuerte y en mejor forma que antes, y su voz cantante había mejorado.

Le arrojó otro trozo de pan. El gorrión lo cogió con el pico, estuvo un momento con la cabeza ladeada y luego se elevó y salió volando por la ventanuca. Grey lo observó hasta que desapareció, con una envidia tan intensa que le dolió. Ah, poder volar hacia la libertad. Atravesaría el Canal volando y llegaría a casa, a los hermosos campos y colinas de Summerhill.

Dado que su acompañante se marchó, se levantó y comenzó a correr en el mismo sitio, trayendo a la mente imágenes del hogar de su infancia. Aquel fue un tiempo feliz en Summerhill, que gozaba del clima templado de la costa sur. Campos fértiles y ganado gordo y feliz. Le gustaba cabalgar por la propiedad con su padre, aprendiendo los usos y actividades de un granjero sin siquiera pensarlo. Su padre había sido un buen profesor, que desafiaba su mente y su curiosidad.

El conde también le hablaba del gobierno, de la Cámara de los Lores y de lo que se esperaría de él algún día, cuando fuera el conde de Costain; pero esto estaba tan lejos en el futuro que era inimaginable. Sus padres eran jóvenes y vigorosos, y él tendría muchos años para correrla antes que llegara el momento de establecerse.

Y esa fue la actitud que lo llevó a esa celda. Cansado de correr aminoró la velocidad a caminata y finalmente se sentó en su asiento de piedra. ¿A qué asignatura podría dedicarse ese día? Historia natural, decidió. Intentaría recordar los nombres de todos los pájaros que había visto en Dorsetshire.

Su lista había llegado a 23 cuando oyó ruidos en el pasillo. Aun era muy temprano para que fuera la comida. Miró la puerta, pensando si tal vez Durand le venía a hacer otra visita. El ministro ya no se mofaba de él cara a cara, desde aquella vez en que él lo arrojó al suelo y estuvo a punto de infligirle lesiones mortales.

Lo habría conseguido si Durand no hubiera traído a un guardia con él. El guardia le dio una paliza salvaje, pero valió la pena. Desde entonces, Durand se conformaba con burlarse a través de la ventanilla de la puerta; el muy cobarde.

Se preparó para lo que fuera que se presentara, pero las pisadas se detuvieron antes de llegar a su celda.

Oyó gruñidos y luego el golpe de la puerta de la celda contigua al cerrarse. Después los pasos se alejaron y todo volvió a quedar en silencio. Buen Dios, ¿podría haber otro prisionero tan cerca, al otro lado de la pared? Si pudiera hablarle.

Pero la pared era demasiado gruesa para que la penetraran los sonidos. Tal vez podría situarse ante la puerta y gritar, pero la puerta también era gruesa y las dos aberturas estaban cerradas por fuera. Si gritaba atraería la atención del malvado Gaspar antes de que lograra hacerse entender por el nuevo prisionero.

Desasosegado caminó de un extremo al otro de la pared común, pasando las manos por la sólida superficie. Si lograra encontrar una manera de comunicarse. Deseó aullar de frustración.

Se sentó en el suelo con la espalda apoyada en la pared común, combatiendo la tentación de golpear la piedra con la cabeza. Entonces oyó una voz, una voz suave, pareja, ronca. Se quedó inmóvil, pensando si no estaría realmente perdiendo la chaveta.

No. El sonido venía del agujero del rincón que servía de cloaca. Con creciente emoción fue a arrodillarse junto al agujero y escuchó. Sí, oía claramente las palabras. En latín. ¿Una oración? La celda contigua tenía que tener un agujero similar que de alguna manera se comunicaba con el de la suya y desde ahí bajaría un conducto a un pozo negro subterráneo.

Medio loco por la esperanza, gritó en francés:

—¡Señor! Señor, ¿me oye?

Paró la letanía en latín y una voz culta contestó:

—Le oigo. ¿Es usted otro prisionero?

—¡Sí, en la celda contigua! —Tragó saliva, temiendo echarse a llorar—. Me llamo Grey Sommers y soy inglés. Llevo aquí más de dos años. ¿Quién es usted?

—Laurent Saville. Me llaman padre Laurent.

¿Padre Lorenzo?

—¿Es sacerdote?

—Sí —repuso el otro, y continuó con una nota de ironía en su calmada voz—: Mi delito ha sido amar más a Dios que al emperador. ¿Y el suyo?

—Durand... —dijo Grey y titubeó, incómodo por tener que reconocer su pecado ante un sacerdote; pero los sacerdotes debían perdonar, ¿no?—. Durand me sorprendió con su esposa.

—¿Y está vivo? —dijo Laurent, sorprendido.

—Pensó que la muerte sería demasiado misericordiosa —dijo

Grey a borbotones—. Hábleme de usted. ¿De dónde es? ¿Dónde ha estudiado, qué temas conoce? Hábleme, por favor, de cualquier cosa. —Apretó los puños para obligarse a parar—. Perdone, es que hace tantísimo tiempo que no he tenido una conversación con otro hombre

La ronca risa fue muy calmante.

—Nací y me crié cerca de aquí. Tendremos todo el tiempo que necesitemos para conversar, no me cabe duda. Cuénteme cómo es la vida en la mazmorra de Durand.

El sacerdote tenía razón. Tendrían muchísimo tiempo para hablar, hasta que uno de ellos muriera.

Aunque valoraba las ocasionales conversaciones con las criadas, tener a una persona con quien hablar en cualquier momento cambió inmensamente las cosas. Y no podría haber tenido una persona mejor que el padre Laurent, que era amable, juicioso y culto, y estaba tan dispuesto a compartir sus conocimientos como él a aprenderlos. A veces cantaban juntos.

Además, mejoró la comida. Supuso que en la cocina habría una buena católica que consideraba que un sacerdote se merece una comida decente, y eso lo benefició a él.

Laurent era mayor y de salud más frágil. Durante un invierno terrible estuvo tan enfermo de fiebre pulmonar que estuvo a punto de morir. Enconces fue cuando Grey aprendió a rezar.

El padre Laurent sobrevivió; y continuaron manteniéndose cuerdos mutuamente.

Capítulo 9

Francia, 1813

Dado que madame Bertin no tenía noticia de que el guardia y los prisioneros estuvieran enfermos, eligió para ellos un sustancioso estofado de salchichas en lugar del caldo de pollo. Llevando una bandeja con comida para tres, Cassie bajó con sumo cuidado la traicionera escalera de piedra. No le convenía romperse la crisma estando tan cerca de encontrar una respuesta.

Al llegar al pie de la escalera se encontró en un corto pasillo que acababa en una puerta; la puerta estaba cerrada con llave. Teniendo las manos ocupadas, la golpeó con el pie.

—¿Señor? ¡Le traigo la comida!

Al instante oyó el sonido de una llave al girar en la cerradura, se abrió la puerta y se encontró ante un hombre corpulento y fornido.

—¡Adelante, adelante! Comenzaba a pensar que me habían olvidado. —Al mirarla, añadió desconfiado—. No te conozco.

—Todas las demás están en cama con la gripe, así que me ofrecí para ayudar —explicó Cassie—. ¿Pongo la bandeja en su mesa?

El guardia asintió y retrocedió, ya relajado al ver que su visitante era una anciana frágil.

—Gaspar volverá pronto, pero tengo la orden de no dejar jamás sin vigilancia a los prisioneros, así que no podía subir a la cocina.

Decía mucho acerca del carácter de Durand que lo obedecieran incluso cuando se hallaba a cien millas de distancia y su guardia estaba hambriento. Mientras dejaba la bandeja en el extremo del escritorio, paseó disimuladamente la mirada por el cuarto. En el otro extremo del escritorio había varias sillas, y encima unos naipes; el guardia había estado jugando a alguna forma de solitario. Ese trabajo tenía que ser espantosamente aburrido.

Tan pronto como puso el plato de estofado, el guardia se sentó a comer. Le sirvió vino del decantador que traía.

—Tengo las comidas para los prisioneros también. ¿A las celdas se va por esa puerta?

El guardia asintió y bebió ruidosamente un trago de vino.

—Las celdas están ahí, pero no se preocupe. Deje la bandeja aquí y yo les llevaré las comidas una vez que haya comido. —Se limpió la boca con el dorso de la mano—. ¡Si queda algo cuando yo termine de comer! Tengo mucha hambre.

¿Así que si él estaba hambriendo los prisioneros se morirían de hambre? Disimulando la ira, Cassie dijo amablemente:

—Si necesita más comida para ellos yo puedo traerla cuando vuelva a buscar los platos. Y tal vez podría traer más vino para usted, ¿eh?

Él le sonrió enseñando unos huecos entre los dientes.

—Entiende las necesidades de un hombre, abuela.

Diciendo eso desprendió un trozo de pan y lo remojó en el estofado.

Cassie vio un llavero colgado de un clavo cerca de la puerta que llevaba a las celdas. Aunque Kirkland la había enviado solamente a verificar su información, jamás se presentaría una oportunidad mejor para liberar a Wyndham si estaba ahí. Y aunque no fuera él, ella liberaría a cualquier otro pobre diablo que estuviera languideciendo en ese infierno.

La atención del guardia estaba en la comida, no en ella, así que retrocedió, se situó detrás y aplicó presión en dos puntos muy bien elegidos de su grueso cuello.

—¡Mierda!

Al interrumpirse la irrigación sanguínea al cerebro, el hombre abrió la boca para protestar y luego cayó hacia delante hundiendo la cabeza en su plato. Cassie mantuvo la presión hasta estar segura de que estaba inconsciente.

Retiró la mano y le ató rápidamente y bien las muñecas y los tobillos y lo amordazó. Después tuvo que dedicar un momento a ponerlo detrás del escritorio de forma que no estuviera visible inmediatamente si entraba alguien. Entonces cogió el llavero. Si Gaspar iba a volver pronto, tenía que actuar rápido.

Tuvo que probar varias llaves hasta encontrar la correcta. Se abrió la puerta y la hediondez del corredor estuvo a punto de arrojarla de espaldas. Buen Dios, ¿cómo sería pasar diez años sin bañarse?

Procurando desentenderse de la fetidez de cuerpos sin lavar, echó a caminar por el mal iluminado pasillo. La pared de la derecha era de piedra lisa. En la de la izquierda había cuatro puertas. Su olfato le dijo que las celdas ocupadas eran las del final del pasillo. ¿En cuál estaría el hombre que buscaba?

Cuando se detuvo oyó el sonido de una voz masculina que salía de la última puerta. Pestañeó, sorprendida. ¡El hombre estaba cantando! Tenía una agradable voz de barítono.

Escuchó la letra y sonrió sin querer al darse cuenta de que estaba cantando una canción francesa tan verde que ni ella misma conocía todas aquellas obscenidades. No era el sacerdote, entonces.

Ahora a comprobar si era Wyndham. Con la esperanza de que Dios lo hubiera librado de volverse loco, encontró una llave que podría ser e intentó abrir la cerradura. A la tercera prueba acertó. Abrió la puerta y se encontró cara a cara con un monstruo de pesadilla, con el pelo y la barba inmundos cayéndole sobre una ropa harapienta.

Los dos se quedaron inmóviles, mirándose. ¿Ese era el niño dorado de Kirkland? Tenía los hombros anchos y estaba flaco como un lobo hambriento. Era difícil saber cuál era el color de su pelo cubierto por tanta suciedad; no era moreno, pero tampoco rubio. Sus únicos rasgos distintivos eran sus ojos: de color azul gris, de mirada sorprendemente intensa, bordeados por pestañas oscuras.

Llegó a su fin el momento de sorpresa, y él se abalanzó hacia ella con expresión de locura asesina en sus ojos.

Capítulo 10

*E*n un mundo de interminable monotonía incluso los cambios pequeños se notan inmediatamente. Grey estaba corriendo en el mismo sitio cuando el sonido de una llave en la cerradura lo puso alerta al instante. Esa puerta no se abría desde aquella vez en que estuvo a punto de matar a Durand. Desde entonces este le hablaba por la ventanilla cuando venía a mofarse de él con historias de las fabulosas victorias francesas y predicciones de la inminente derrota de los británicos.

Pero si la visita era de Durand o de Gaspar, ellos sabían qué llave debían usar. ¿Un guardia? A ninguna otra persona se le permitía bajar hasta ahí. Se acercó a la puerta. A un lado estaban las marcas hechas por él cada día, que equivalían a diez años. Miles de marcas señalaban días interminables. Si veía la más mínima posibilidad de escapar, atacaría.

La puerta se abrió y entonces vio a una mujer. La conmoción lo dejó paralizado. Buen Dios, una mujer, la primera que veía en diez años. Era vieja y sosa, nada digna de recordar, pero indudablemente era una mujer. La maravilla de eso lo inmovilizó.

Se recuperó de la sorpresa al caer en la cuenta de que esa era su oportunidad para escapar de esa asquerosa celda. Ella sería incapaz de impedírselo, y, además, ni siquiera llevaba un arma. Se abalanzó hacia ella.

Estaba a punto de coger el llavero cuando ella le puso una zancadilla, le cogió el brazo estirado y aprovechó su propio impulso para arrojarlo al suelo con el brazo torcido dolorosamente en la espalda. Quedó tendido boca abajo, jadeante. ¿Años de ejercicio constante y una frágil vieja lo arrojaba al suelo?

—¿Es usted lord Wyndham? —preguntó ella en voz baja, y en inglés—. He venido enviada por Kirkland a ayudarlo.

Hacía tanto tiempo que no oía hablar en inglés que le llevó un momento interpretar las palabras. Wyndham, Kirkland, ¿ayuda?

—O sea, que no es Wyndham —dijo ella en francés—. No importa, si desea escapar lo ayudaré si me promete no volver a atacarme.

—Soy Wyndham —dijo él, también en francés—. Hace muchísimos años que no hablo en inglés. No la iba a atacar, simplemente iba a tratar de escapar. ¿Me permite levantarme?

Ella le soltó el brazo. Él se puso de pie, regalándose los ojos con la vista de otro ser humano. Mejor aún, una mujer limpia y normal. Impulsivamente la rodeó con los brazos, apretando su cálido cuerpo al de él, con el corazón retumbante.

Ella soltó una maldición y le dio un empujón.

—Por favor —rogó él, con la voz trémula—. He estado tan... tan hambriendo de contacto humano. Sólo un momento, ¡por favor!

Ella se relajó y se dejó abrazar. Buen Dios, qué agradable. Una mujer cálida, viva, con un suave olor a lavanda que le recordaba a su abuela. Deseó no soltarla jamás.

Pasado un momento ella se apartó.

—Basta —dijo en tono compasivo—. Debemos salir de aquí. En el castillo están casi todos en cama con la gripe, así que creo que podemos salir sin problemas si tenemos cuidado. Tengo una carreta tirada por un poni en la que se puede esconder hasta que estemos lejos. ¿Tiene algo que quiera llevar con usted?

Él emitió una amarga risa.

—No tengo ni una maldita cosa, aparte del Père Laurent que está en la celda contigua.

Cogió el llavero de la mano de ella y comenzó a buscar entre las llaves.

Ella tocó una.

—Pruebe esta. Es similar a la que abrió su celda. ¿Puede caminar rápido el sacerdote?

—Ha estado enfermo. No sé cuánto más va a durar en este maldito lugar.

Ella frunció el ceño.

—Eso podría poner en peligro nuestra escapada.

—No me marcharé sin él —le dijo secamente metiendo la llave en la cerradura.

—Muy bien, pues.

La mujer podía ser vieja y sosa, pero sabía cuándo discutir sería perder el tiempo.

Le temblaron las manos al tratar de girar la llave en la cerradura; un acto tan sencillo, pero tremendamente irreal después de diez años en que no había hecho nada tan sencillo y normal. Pero la fría llave de hierro era sólida en su mano, y esa caída al suelo arrojado por ella había sido muy real.

—¿Quién es usted? —preguntó, moviendo la llave en la cerradura.

Ella se encogió de hombros.

—He tenido muchos nombres. Llámeme Cassie o Renard.

Cassie el Zorro. Dado que se las había arreglado para entrar en el castillo y liberarlo, era un buen nombre.

Se abrió la puerta y por fin se halló ante el hombre que lo conocía mejor que nadie en el mundo. Laurent estaba tendido en el jergón. Encima de su cabeza, en la pared de piedra, había una cruz dibujada con sangre, que ya se veía marrón; el lugar sagrado personal del sacerdote.

Cuando se abrió la puerta el padre Laurent se incorporó apoyado en un brazo. Era delgado, de pelo blanco y estaba andrajoso, pero él lo habría reconocido en cualquier parte por la tranquila sabiduría que reflejaba su cara.

Una sonrisa iluminó la cara del sacerdote y le tendió la mano.

—Grey, por fin nos conocemos en persona.

Grey le cogió la mano y lo puso de pie.

—Conocernos y escapar, por cortesía de esta señora. Debemos actuar rápido. ¿Puede caminar?

Al sacerdote se le meció el cuerpo y se habría caído si él no lo hubiera sujetado. Exhaló un ronco suspiro.

—Creo que no. Deben marcharse sin mí. Es mejor que escapen ustedes a que nos capturen a los tres.

—¡No! —exclamó Grey. Le pasó el brazo por la cintura; el anciano estaba en los huesos, y tan frágil que parecía que se podría quebrar, pero nuevamente ese contacto humano era un placer imposible de expresar con palabras—. Me marcharé con usted o no me marcharé.

—El padre Laurent tiene razón —dijo Cassie ceñuda—. Debemos escapar del castillo, eludir la persecución a través de Francia y viajar de vuelta a Inglaterra. Me parece que el buen padre no será capaz de subir la escalera.

—¡Yo lo llevaré! —exclamó Grey.

—Es muy tozudo —le dijo el sacerdote a Cassie, con voz débil—. Pero si logramos alejarnos del castillo me pueden dejar a salvo con una sobrina mientras ustedes dos huyen para salvar la vida.

—De acuerdo —dijo ella, con ojos preocupados—. Pero debemos darnos prisa. El sargento Gaspar puede volver en cualquier momento.

Mientras el padre Laurent alargaba la mano para tocar la cruz de sangre en gesto de despedida, Grey siseó en voz baja:

—Espero que vuelva ese canalla.

Afortunadamente, Cassie el Zorro no lo oyó.

Capítulo 11

*D*irigiendo la marcha por el pasillo a Cassie los instintos le gritaban que debían caminar rápido, y esos instintos le habían salvado la vida varias veces. Pero dado que Wyndham acompañaba al sacerdote, apoyándolo y casi llevándolo a peso, avanzaban lento. ¿Tendría él la fuerza suficiente para subir en brazos al sacerdote después de años de maltrato y poca comida?

Le aumentó la inquietud al oír pisadas irregulares más allá del cuarto de los guardias.

—Viene alguien —dijo en voz baja.

Bajaba la mano para sacar su cuchillo oculto cuando Wyndham dijo en tono glacial, amenazador:

—Es Gaspar. Ese es el sonido de su pierna de palo. Venga, sujete al padre Laurent.

Dándole alcance, apoyó el peso del sacerdote en ella; automáticamente Cassie cogió del brazo al cura para que no se cayera. Y así ocupó la mano con que usaba el cuchillo.

Antes que ella pudiera protestar, Wyndham pasó por su lado con una expresión tan salvaje que ella guardó silencio, pasmada. Caminaba como un animal salvaje al que acaban de liberar de una jaula, a largas zancadas que lo llevaron al cuarto de los guardias en segundos.

Al pie de la escalera apareció el hombre de la pierna de palo. Le bajó la mandíbula por la sorpresa de ver a un prisionero avanzando hacia él.

—¡Mierda!

Gruñendo maldiciones sacó una pistola del bolsillo de su abrigo. Antes que pudiera amartillarla y apuntar, Wyndham ya se había abalanzado hacia él emitiendo un gruñido que casi sonó no humano.

Se oyó el sonido de rotura cuando le torció el cuello. El sargento Gaspar cayó como una marioneta a la que le han cortado las cuerdas. El final llegó tan rápido que ni siquiera se podía llamar una lucha.

Ella debió hacer algún sonido, porque el padre Laurent le dijo en voz baja:

—No soy un hombre violento, pero he de decir que Gaspar recibió menos de lo que se merecía.

Diciéndose que Wyndham debió aprender las técnicas de lucha india en la Academia Westerfield, Cassie se tragó el horror, pero mientras apoyaba al sacerdote en el último trecho del pasillo, le pasó por la cabeza la idea de si no habría dejado en libertad a un lobo loco.

Cuando llegaron al cuarto de los guardias, Wyndham ya había arrastrado al hombre fuera del hueco de la escalera y lo estaba desvistiendo rápidamente.

—Padre Laurent, esta ropa lo mantendrá más abrigado —dijo secamente.

Un hombre práctico, Wyndham, pensó Cassie.

—Dejé al guardia detrás del escritorio —dijo—. Tendría que seguir inconsciente. Es más alto, así que su ropa le quedará mejor a usted. Pero no lo mate, por favor.

Wyndham dejó la ropa de Gaspar en la silla y se agachó a sacar al guardia, todavía flácido, de detrás del escritorio.

—Trabaja bien —dijo, aprobador—. Primero ayudaré al padre Laurent a vestirse.

Cassie comprendió que un sacerdote anciano podría no desear la ayuda de una mujer. Se agachó sobre el guardia y le soltó las ataduras para poder desvestirlo.

Estaba empezando a volver en sí, así que volvió a dejarlo inconsciente. Tuvo buen cuidado de no aplicar la presión tanto rato que le quedara dañada la mente. Siempre hacía todo lo posible para evitar herir o matar sin un buen motivo.

El hombre pesaba, pero ella era más fuerte de lo que parecía. Cuando terminó de desvestirlo, el sacerdote estaba vestido y sentado a la mesa comiendo de un plato con estofado. Y al servirle el vino, él dijo en tono de disculpa:

—No nos han dado comida desde ayer por la mañana.

—Casi todos están enfermos en el castillo —explicó ella—. Yo me ofrecí a llevar las bandejas, y así fue como logré encontrarlos.

—Supongo que Grey y yo debemos agradecer que nadie se nos acercara jamás, pues parece que eso nos ha librado de la enfermedad. —Rebañó lo que quedaba del estofado con un trozo de pan—. El buen Dios actúa de formas misteriosas.

Cassie había visto muchísimas pruebas de eso, además de que, al parecer, la deidad tenía un pícaro sentido del humor.

—¿Grey? —preguntó.

—Mi nombre es Greydon Sommers —dijo Wyndham escuetamente—. Hace un buen tiempo que no me siento un vizconde de cortesía, así que prefiero que me llame Grey.

Ella entendía eso muy bien. Sirvió lo que quedaba de vino en una copa para Grey, teniendo buen cuidado de no mirarlo mientras se quitaba la andrajosa ropa. La desgastada tela de esa ropa habría sido transparente si no fuera por la capa de suciedad.

—Estoy listo —dijo él.

Ella se giró a mirarlo y vio que la ropa del guardia le quedaba tan holgada en torno a la cintura que le daría dos vueltas, pero la altura era apropiada, y las prendas estaban limpias y eran abrigadas comparadas con las que se había quitado. Si no fuera por la mata de pelo enredado y largo hasta medio camino hacia la cintura, se veía normal; bueno, normal aparte del peligroso brillo de sus ojos grises.

—Iré al establo a sacar mi carreta para dejarla ante la puerta de atrás —dijo—. En lo alto de la escalera hay un rellano. Espérenme ahí hasta que yo vuelva a buscarlos. Tengo la esperanza de que podamos salir sin que nadie nos vea.

Wyndham se acercó un plato con estofado y comenzó a comer, cogiendo la comida con la mano, como un salvaje de la selva.

—Sacar la carreta le llevará unos minutos, así que primero comeré.

—Simplemente no retrase nuestra partida —le dijo ella.

Salió y subió rápidamente la escalera. Esperaba que los hombres no comieran tan rápido que enfermaran.

Cuando llegó al rellano abrió la puerta y asomó la cabeza, cautelosa. Silencio. Se dirigió hacia la puerta de atrás, caminando sigilosa. Tenía que atravesar un extremo de la cocina. Madame Bertin estaba en el otro extremo, roncando sonoramente sentada en su sillón junto al hogar.

Con la esperanza de que eso durara, salió del castillo y atravesó el patio en dirección al establo. El viento soplaba más fuerte y estaba más frío que cuando llegó. Se aproximaba una tormenta, la sentía en el aire.

Su poni la estaba esperando pacientemente, habiendo terminado de comer el heno que ella había cogido de la provisión que tenían en el establo. Le quitó la manta que le cubría el lomo; estaba caliente y olía a caballo, pero eso no tenía gran importancia comparado con el olor de los prisioneros.

Había hecho construir la carreta con doble fondo, para llevar cargamento útil y a personas cuando era necesario. Para acceder al compartimiento se levantaba un tablón en un lado. Puso la manta dentro. El compartimiento no era cómodo, pero tenía paja limpia y la manta de caballo aportaría calor y amortiguaría la dureza de la madera del fondo. En el espacio cabían justitos dos hombres.

Condujo la carreta hasta la puerta, dejó amarrado el poni a la puerta y entró. Madame Bertin seguía roncando.

Wyndham, o sea Grey, y el sacerdote la estaban esperando en el rellano en lo alto de la escalera, el sacerdote apoyado en su amigo más joven. Se llevó un dedo a los labios indicándo que guardaran silencio.

El padre Laurent daba la impresión de que no lograría llegar hasta la carreta sin desplomarse. Se mordió el labio, pero no tenía ninguna necesidad de preocuparse, pues Grey lo levantó en los brazos como si no pesara nada y llevándolo atravesó rápido y sigiloso la cocina. Parecía una farsa de teatro de la Restauración, en que los personajes caminaban de puntillas por el escenario como si fueran invisibles.

Pensando cómo Grey habría conservado tanta fuerza en las condiciones de la prisión, abrió la puerta y miró hacia ambos lados. Nuevamente no había nadie en el patio. Agradeciendo los vientos fríos y la gripe sostuvo la puerta abierta para que saliera llevando al sacerdote.

Él salió y se quedó inmóvil mirando hacia el cielo. En la garganta le latía rápido el pulso.

—Nunca pensé que volvería a ver el ancho cielo —susurró.

—Ha estado aquí esperándolo —dijo ella, levantando el tablón que abría el compartimiento oculto—. Y cuanto antes nos marchemos, mayores serán sus posibilidades de disfrutarlo un largo tiempo en el futuro.

Grey miró el compartimiento; parecía un potrillo nervioso listo para echar a correr. Adivinando el problema, ella dijo:

—Sé que el espacio es estrecho pero es necesario.

Él hizo una inspiración resollante para fortalecerse. Entonces colocó con sumo cuidado al sacerdote en el compartimiento. Este le dijo a ella con voz débil:

—Tome la carretera principal que sale hacia el sur del pueblo. Ese es el camino que lleva a la granja de mi sobrina.

—Muy bien. Cuando nos hayamos alejado hasta una distancia prudente, podrá darme instrucciones más detalladas. —Miró a Grey—. Le toca a usted. ¿Le sirve de algo saber que no estará encerrado? El compartimiento se abre desde dentro.

—Me sirve —dijo él simplemente, y subió y se metió dentro—. Siempre pensé que saldría de este lugar en un maldito ataúd —masculló—. Parece que tenía razón.

Ella casi se rió. Él conservaba un cierto sentido del humor, así que había esperanzas para él.

—Este ataúd tiene aire fresco y no irá en él durante mucho tiempo.

Fijó el largo tablón con un pestillo y subió al pescante. Cuando puso en marcha la carreta comenzaron a caer los primeros copos de nieve.

Sacó la carreta por las puertas del castillo, deseando encontrar refugio antes que la nevada se volviera fuerte. Y que la sobrina del sacerdote siguiera viva, estuviera bien y los acogiera tal como él creía.

La primera fase, el rescate del castillo, había tenido éxito.

Ahora venía la parte difícil.

Capítulo 12

Grey y Laurent se deslizaron hacia la parte delantera de la carreta cuando esta iba traqueteando ladera abajo alejándose del castillo. Todavía no se oían gritos de persecución ni ruidos de disparos. ¿Cuánto tardarían en descubrir su ausencia? Unas cuantas horas, tal vez incluso un día.

—No creía que saldría vivo de este lugar —musitó el padre Laurent.

—Yo tampoco. Y mucho menos que sería rescatado por Cassie el Zorro.

—¿Así se llama? Le sienta bien ese nombre. Es inteligente como un zorro.

Lo era, pensó Grey. Esperaba que Cassie el Zorro continuara siendo tan competente como había demostrado ser hasta el momento. La forma como dejó inconsciente e inmovilizó al guardia era impresionante. Cerró los ojos para no ver lo estrecho que era el compartimiento. Sería vergonzoso si se desmoronaba estando libre por fin.

Agradeció cuando la carreta se detuvo. Sintió sonidos de movimientos encima de ellos, y entonces Cassie levantó el tablón que cerraba el compartimiento. Su capa oscura estaba casi blanca por los copos de nieve.

Salió del compartimiento sintiendo un inmenso alivio. La nieve comenzaba a acumularse en el suelo duro como el hierro, y seguía cayendo más. El tiempo. Tiempo de verdad, no sólo observar los cambios de la luz fuera de la ventanuca de su celda.

Cuando ayudó a salir a su amigo del compartimiento, Cassie dijo:

—Ahora voy a necesitar su orientación, padre Laurent. Esto tiene pinta de convertirse en una nevada fuerte y querría encontrar refugio antes que los caminos se vuelvan intransitables. Si su sobrina vive demasiado lejos, tendremos que buscar un granero aislado para esperar que pase la tormenta.

Laurent miró hacia el horizonte, donde seguía visible la silueta borrosa del castillo Durand a través de los copos de nieve.

—Desde donde estamos ahora tendríamos que llegar a la granja de Viole antes que los caminos se pongan difíciles. Se casó con un hombre que no es de aquí. —Sonrió brevemente—. Un hombre que vive a más de media hora de trayecto a caballo. La granja de Romain Boyer es próspera y está situada en un pequeño valle escondido detrás de las colinas.

—Si le ha ocurrido algo a su sobrina, ¿nos recibirá bien su marido? —preguntó Cassie—. Han cambiado muchas cosas en Francia estos últimos años.

—Encontraremos refugio ahí —dijo Laurent, confiado—. Debo sentarme a su lado, Cassie el Zorro. El camino es enredado y tendré que guiarla.

—De acuerdo —dijo ella, y levantó la mano que tenía al costado con unas tijeras—. Pero antes le recortaré el pelo y la barba para que llame menos la atención.

Diciendo eso comenzó a cortar eficientemente el poco pelo blanco del padre Laurent; cuando terminó de cortarle los enredados mechones que le caían sobre los hombros, él pasó de parecer un ermitaño de ojos salvajes a parecer un anciano desaliñado que no atraería una segunda mirada.

Cuando ella terminó de recortarle la barba, Grey lo subió en brazos hasta el pescante y lo envolvió en la manta del caballo. A ella le dijo:

—Ahora me toca a mí. Si me deja las tijeras me lo cortaré yo para que usted pueda reanudar la marcha sin más retraso.

—Tendrá problemas con la parte de atrás. —Comenzó a cortarle el pelo debajo de la oreja izquierda; su pelo era mucho más abundante que el del padre Laurent, así que lo fue cogiendo por mechones. Era más alta de lo que le había parecido, observó él, de altura media o algo más—. Esto llevará sólo un par de minutos.

Se mantuvo quieto a pesar de la cercanía de las afiladas tijeras. Si pudiera cortarse el pelo al rape y quedar calvo, estaría dispuesto, sólo para librarse de aquella horrible y asquerosa mata de pelo. Durante sus años de prisión, a veces mataba el tiempo cortánse pelo por pelo; si no hubiera hecho eso, la mata de pelo enredado le llegaría hasta más abajo de la cintura.

A pesar del enredo y los nudos ella consiguió cortárselo rápido hasta que le quedó por encima de los hombros, y comenzó a recortarle la barba. Le dejó pelo suficiente para impedir que se le congelara la cara, pero al quitarse ese peso de encima se sintió más ligero y más libre; no más limpio, pero eso vendría después.

Encontraba raro estar tan cerca de una mujer otra vez. Deseó cogerla en sus brazos y besarla en posición horizontal. Lo avergonzó su intensa reacción a una mujer mayor que su madre. Buen Dios, ¿cuánto tiempo pasaría hasta que lograra encontrar a una muchacha bien dispuesta?

Aplastando esos pensamientos lujuriosos fijó la vista en la nieve. Bien podía no seguir siendo un caballero, pero por lo menos tenía el autodominio suficiente para no portarse como un bestia con la mujer que había arriesgado su vida para salvarlo. Al menos esperaba tenerlo.

Ella terminó de recortarle la barba, dejándosela unas dos pulgadas más abajo del mentón.

—Ya está —dijo, agachándose a recoger el montón de pelo caído—. No debemos indicar la dirección que llevamos dejando rastros de pelo. —Formó una bola con los mechones y la metió en un rincón de la carreta—. Ahora vuelva al compartimiento para reanudar la marcha.

—¡No! —La palabra le salió desgarrándolo—. No soporto estar encerrado. Casi no hay tráfico con este tiempo. Me tenderé en la carreta bajo la lona.

Ella le observó la cara. Él vio que sus ojos azules eran sagaces y contenían profundidades inesperadas.

—De acuerdo —dijo ella entonces—. Pero procure mantenerse escondido si nos cruzamos con jinetes o carretas.

Menos mal que era una mujer sensata. Supirando de alivio, echó atrás la lona y subió a la carreta. Dada la forma como los derrotó a él y a ese inmenso guardia, era mejor no fastidiarla. No se habría imaginado lo peligrosas que podían ser las ancianitas. Bueno, estaba su abuela, la condesa de Costain viuda, pero sus armas eran las palabras. Sintió una punzada al pensar si continuaría viva.

Se acomodó entre las cajas y cestas. El espacio era más estrecho que el compartimiento de abajo, y la esquina de una caja se le enterraba en el costado, pero no le importaba mientras estuviera al aire libre.

De la manta del padre Laurent le llegaba un conocido olor a caballo, pero no le importó. Siempre le había gustado cabalgar. ¿Cómo sería estar nuevamente sobre el lomo de un caballo?

Seguro que se caería. ¿Cuánto de su vida tendría que volver a aprender?

El pensamiento lo hizo sudar, a pesar del frío. Debía proceder paso a paso. Por el momento era suficiente no estar ya prisionero.

Rindiéndose al cansancio se quedó dormido como un hombre libre por primera vez después de diez años.

Cassie apretó los labios cuando la nieve comenzó a caer más fuerte y abundante. Ya tenía más de tres pulgadas de profundidad y ocultaba los surcos y baches del camino, por lo que la carreta saltaba más. Algunas veces había dormido en la carreta cuando había mal tiempo, e incluso conducido en medio de una ventisca, agradeciendo el calor de su poni. Pero prefería no tener que hacerlo con dos hombres, uno de ellos con la salud frágil.

La ventaja que ofrecía el mal tiempo era que la gente se quedaba en sus casas. Una vez se cruzó con ellos un jinete que cabalgaba muy agachado, y otra tuvo que detener la carreta para dejar atravesar el camino a un granjero que llevaba un pequeño ganado de ovejas; el hombre pasó sin mirar ni la carreta ni a sus ocupantes, como si hubieran sido invisibles.

La tarde dio paso al crepúsculo y ya se había acumulado tanta nieve que enlentecía el avance. Si no llegaban pronto a su destino, se arriesgaban a quedar empantanados en el campo solitario.

Ya estaba casi oscuro cuando el padre Laurent le dijo:

—Tome ese camino que sale a la izquierda. Lleva a la granja de Viole.

Rogando que la granja y la sobrina fueran como él creía, ella hizo virar la carreta y tomó esa dirección. Esa parte quedaba realmente bastante alejada de las carreteras principales. Ahí estarían seguros, al menos durante un tiempo.

El camino era en subida y el poni comenzó a flaquear en la resbaladiza nieve. Tiró de las riendas y cuando se detuvo la carreta se las pasó al padre Laurent.

—Sujételas, por favor.

Entonces se bajó y fue a situarse a la cabeza del animal. Cogió la brida y tiró para hacerlo avanzar.

—Lamento esto, *Thistle* —arrulló—. Eres un poni muy fuerte y valiente. Pronto podrás descansar y te daré de la avena que llevo en la carreta. Aguanta un poquito más, mi precioso.

Bajando la cabeza, el poni reanudó la marcha. La carreta avanzaba muy lentamente, a trompicones. De repente comenzó a avanzar más parejo aliviando el trabajo de *Thistle*. Sorprendida, Cassie miró hacia atrás y vio que Grey se había bajado y estaba detrás empujándola. Era fuerte el hombre; y para ser un noble británico, bastante útil.

El último tramo del camino le pareció interminable; tenía todo el cuerpo entumecido por el frío y se resbalaba una y otra vez. Estaba agotada, no sólo por el difícil trabajo de ese día, sino porque se había exigido mucho desde que salió de Inglaterra. Continuó avanzando, poniendo un pie delante del otro, cogida del arnés del poni. A muy temprana edad había comprendido que rendirse era una mala opción.

No se fijó en que el camino había dejado de subir y era llano, hasta que el padre Laurent dijo:

—Hemos llegado. —Su voz sonó cálida—. Está tal como la recuerdo.

Cassie pensó si también habría estado ahí en medio de una ventisca. No veía la granja con claridad, pero sí se veía salir humo de una chimenea, y por las ventanas se veía que había luz en el interior de la casa. Aun en el caso de que su sobrina ya no viviera ahí, supuso que los moradores no rechazarían a unos desconocidos atrapados en esa tormenta.

Tiritando se dirigió a la puerta y golpeó fuerte. Pasado un instante se entreabrió la puerta y apareció la cara recelosa de una mujer de edad madura. La mujer se relajó un poco al ver a otra mujer ante la puerta.

—¿Quién es?

—Soy madame Renard. Somos tres y necesitamos refugiarnos de la tormenta. —Al ver el gesto de asentimiento de la mujer, continuó—: Si usted es madame Boyer, ¿tiene un tío llamado Laurent?

Se nubló la cara de la mujer, y se santiguó.

—Lo tenía, que Dios tenga su alma en paz.

—El informe sobre mi muerte fue exagerado, mi queridísima Viole —dijo una voz cansada aunque divertida.

Cassie se giró a mirar y vio la figura del padre Laurent avanzando apoyado en Grey. Viole Boyer lo miró incrédula.

—¡Mi tío!

Abrió la puerta de par en par y salió corriendo por la nieve a abrazar al sacerdote. Si no hubiera sido por la sujeción de Grey, los dos habrían caído al suelo.

Al padre Laurent no le importó. Con lágrimas en la cara, dijo con la voz ronca por la emoción:

—Mi querida sobrina, creí que no te volvería a ver nunca más.

Sopló una racha de viento, cortante, como para helar hasta los huesos.

—Esta reunión sería mejor dentro de la casa —dijo Cassie.

—Sí, sí —exclamó madame Boyer, y cogiéndole el brazo a su tío lo llevó hacia la casa.

—¿Hay un establo para mi poni? —preguntó Cassie.

Apareció un hombre de constitución ancha, atraído por la conmoción.

—Padre Laurent, es usted, de verdad. —Le estrechó la mano al anciano y le dijo a Cassie—: Yo llevaré su poni al establo, señora, y le prepararé un lecho. Usted y sus acompañantes necesitan calentarse junto al fuego.

Normalmente ella se habría ocupado de su montura, pero esa noche decidió ceder la atención de *Thistle*.

—Hay avena en la parte de atrás de la carreta —dijo cansinamente—. *Thistle* se la ha ganado.

—Sí que se la ha ganado —dijo Romain Boyer, saliendo a la nieve y cogiendo la brida para conducir el animal—. Le prometo que lo atenderé bien.

La puerta daba a una espaciosa y abrigada cocina de cuyas vigas colgaban manojos de hierbas y ristras de ajo y cebolla. En el hogar y en la cocina de leña ardía el fuego y el calor casi hizo caer de espaldas a Cassie. Se detuvo, meciéndose, tan cansada que no era capaz de pensar.

Aparecieron una jovencita y un niño. Al ver el estado en que se encontraba Cassie, madame Boyer le dijo:

—Necesita descansar, madame Renard. —A su hija le dijo—: Enciende el fuego en tu habitación y calienta la cama extra. Esta señora nos ha traído a mi tío. —Miró a su hijo—. Llena tres tazones con sopa caliente, André. Déme su capa —dijo a Cassie—, la pondré a secar junto al fuego. Por favor, los tres, siéntense, no sea que se caigan.

Cassie estaba acostumbrada a atender a las personas que tenía a su cargo y a los caballos, pero se dejó llevar hasta un sillón junto al hogar. El padre Laurent se sentó en uno a su derecha y Grey fue a situarse en el rincón, lo más lejos posible de la parlanchina gente.

André metió un cucharón en una humeante olla que hervía sobre un quemador, llenó un tazón de madera y entonces vaciló, sin saber si pasárselo a la dama o al sacerdote. Cassie hizo un gesto hacia el padre Laurent.

—Un sacerdote tiene la precedencia sobre una vendedora ambulante.

Contento de tener aclarado eso, el niño le pasó el tazón a su tío abuelo; después llenó otro y se lo pasó a Cassie. Ella lo cogió con las dos manos, y sintió un desagradable hormigueo producido por el calor. Estaba terminando de beber la sopa cuando apareció la chica.

—Soy Yvette. Venga, madame. Su cama está calentada y preparada.

—Gracias.

Dejando el tazón en la mesa, siguió a la chica; al salir de la abrigada cocina entró en un corredor frío por las corrientes de aire, y luego en un pequeño y acogedor dormitorio en el que había dos camas estrechas adosadas a las paredes opuestas.

—Mi hermana Jeanne está casada, así que hay una cama desocupada —explicó Yvette—. La de la derecha es la suya. ¿La ayudo a desvestirse?

—Gracias, pero puedo arreglármelas.

Se sentó en la cama, se quitó las botas y se soltó el pelo. Se levantó para quitarse el abrigador vestido y se metió en la cama estrecha pero cómoda.

Normalmente, cuando estaba en Francia dormía con un oído alerta por si había problemas. Pero aquella acogedora familia y la granja eran un refugio, protegido de todos los enemigos por la tormenta que hacía vibrar los cristales de las ventanas y ocultaba las huellas de los fugitivos.

Se quedó dormida antes que Yvette saliera de la habitación.

Capítulo 13

Cuando Cassie despertó seguía oscuro fuera de las ventanas enmarcadas por la nieve. Tuvo la sensación de que sólo había dormido unas horas, pero las suficientes para curarse el agotamiento.

Pensando cómo les estaría yendo a los recién liberados a su cargo, volvió a vestirse. Yvette había dejado sus botas junto al hogar en que ardía un pequeño fuego, así que estaban calentitas y casi totalmente secas. Después de ponérselas volvió a la cocina, que era el centro de la vida en la mayoría de las granjas.

En la enorme cocina sólo estaba madame Boyer, sentada junto al hogar zurciendo. Al oírla entrar levantó la vista y su cara todavía resplandecía de felicidad por la reunión con su tío.

—Ah, ahora se ve mucho mejor, señora. Siéntese aquí junto al fuego a acompañarme. ¿Le apetecería comer algo? ¿Beber? ¿Tal vez un poco de aguardiente de manzana, que hacemos aquí en nuestra granja?

Cassie estaba a punto de decir que el aguardiente de manzana le vendría muy bien cuando al otro lado del hogar vio una rejilla colocada en ángulo: en un extremo estaba colgada su capa y de la tela salían hilillos de vapor; colgadas en el otro extremo estaban las prendas de ropa que le sacaron al guardia del castillo.

—¿Wyndham está durmiendo? —preguntó.

Viole hizo un mal gesto.

—El tío Laurent y mi familia se fueron a acostar, pero yo no puedo irme a acostar antes que vuelva su otro hombre, ¿monsieur Sommers me parece? Fue a bañarse, en el estanque de la granja.

Cassie miró consternada a su anfitriona.

—¿Qué? ¡Se va a morir congelado! Me imagino que el agua del estanque estará totalmente helada. ¿Cómo pudo permitirle que hiciera esa locura?

—El agua que entra en el estanque por un extremo viene de un manantial, así que no se congela —dijo Viole, y puso los ojos en blanco—. Le dije que estaba loco, pero él simplemente me pidió muy educadamente jabón, toallas y un cepillo para restregarse. El tío Laurent ha dicho que es inglés. Eso explica mucho. —Hizo un gesto hacia el fuego del hogar, que ardía bajo—. Le dije que si no estaba de vuelta cuando se consumiera ese leño, enviaría a mi marido a buscarlo.

El leño estaba casi consumido. Cassie alargó la mano para coger su capa.

—¿Dónde está el estanque?

—En el patio de atrás, cerca del establo. Imposible que no lo encuentre. —Dejó a un lado la prenda que estaba remendando y fue a coger una capa de una de las perchas que había cerca de la puerta—. Coja la mía. Está seca.

Cassie le dio las gracias y se puso la capa.

—¿Podría dejarme una manta y tal vez un poco de aguardiente por si debo sacar el cuerpo congelado de ese idiota y reanimarlo?

Viole sacó un pequeño y achaparrado jarro de un armario y luego una áspera manta de otro. La manta estaba agradablemente caliente por estar guardada cerca del hogar.

—Si necesita ayuda para sacar el cuerpo vuelva aquí y despertaré a Romain.

—¡Hombres! —exclamó Cassie—. Es increíble que la humanidad haya sobrevivido.

—La humanidad ha sobrevivido gracias a que las mujeres tienen más sensatez —dijo Viole.

Cassie se cubrió la cabeza con la capucha.

—Muy cierto, muy cierto. Ahora puede irse a acostar. Si monsieur Sommers está vivo y en relativamente buen estado, esperaré ahí con él hasta que esté dispuesto a entrar. Y si está en el agua muerto por congelación, ¡lo dejaré ahí hasta mañana!

Acompañada por la risa de Viole, salió a la noche. La nieve caída ya se elevaba más de un palmo del suelo, haciendo difícil caminar, pero ya había pasado lo peor de la tormenta. El viento había amainado y los copos que caían eran enormes, lo que indicaba que se acercaba el fin de la nevada.

Hirviendo de exasperación, siguió las huellas dejadas por el tonto lord Wyndham, que ya estaban llenas casi hasta la mitad. La noche estaba absolutamente silenciosa, y el mundo era una brillante blancura que cogía toda la luz e iluminaba la oscuridad.

El establo era una construcción de piedra. De la derecha venían ruidos de chapoteo; puesto que cualquier animal sensato habría buscado refugio, tenía que ser Grey.

En el extremo más cercano del estanque se veía brillar el agua oscura, sin capa de hielo; al acercarse más vio a su presa.

—¡No me tomé el trabajo de rescatarlo sólo para que pudiera matarse cometiendo una estupidez, lord Wyndham!

—Después de diez años en una celda expuesta al aire, no noto mucho la temperatura. —Metió la cabeza bajo el agua para aclararse el jabón, luego la sacó y se echó atrás el pelo con las dos manos; aunque la luz de la noche era muy tenue, el pelo se veía notablemente más claro que antes—. Qué lujo poder sumergirme entero en el agua. No se lo puede imaginar.

—Me gusta bañarme en una bañera de lujo —concedió ella—, pero no en una que me deje convertida en un sólido bloque de hielo.

—El agua no se siente tan desagradable. Es el aire el que está gélido. Cuando salga tendré que caminar rápido —añadió en tono irónico—, no sea que se me congele algún trocito de mi cuerpo.

Ella reprimió una sonrisa.

—Traje una manta para que se envuelva en ella cuando llegue ese momento.— Vio un tronco tendido sobre la orilla, así que quitó la nieve de un extremo, puso ahí la manta doblada y se sentó—. Le dije a madame Boyer que podía irse a acostar, puesto que yo me quedaré aquí hasta que o bien salga de ahí sano y salvo o desaparezca en las profundidades acuosas.

—Aunque caiga abatido por un fallo cardiaco, vale la pena volver a estar limpio —dijo él. Comenzó a limpiarse la espalda con un cepillo de mango largo, restregándose con una fuerza como para arrancarse la piel —. Por no hablar de los beneficios del agua helada en la sangre caliente.

—Ella pestañeó.

—¿Necesita dominar sus pasiones?

Él dejó quietas las manos.

—Durante los dos primeros años pensaba constantemente en mujeres. Soñaba con ellas, recordaba a todas las mujeres que alguna vez me gustaron en todos sus deliciosos detalles femeninos.

Volvió a enjabonarse en el pelo, haciendo ondular los músculos de sus hombros.

—Poco a poco eso se fue desvaneciendo. Cuando usted llegó me sentía como un eunuco. Ahora soy huésped en esta gloriosa granja y mi amable anfitriona es una mujer de enloquecedora buena apariencia. Su hija es una deliciosa ninfa demasiado joven para que yo tenga esos pensamientos. Así que sí, el agua helada me es útil.

—Yo, claro, soy tan vieja y fea que no podría inspirar deseos indecorosos —dijo ella, irónica.

Él le dirigió una ardiente mirada; ella sintió el calor, aun estando gélida la noche.

—Consideré mejor no ofenderla con mis pensamientos indecorosos —dijo—, dado, en particular, que probablemente me derrotaría en un combate limpio.

Recordando la intensidad de su abrazo en la celda, ella se estremeció, y no por el frío.

—Usted es fuerte y supongo que aprendió de Ashton las técnicas de lucha india cuando estaba en la Academia Westerfield. Yo actué sin pensar porque le vi una expresión asesina y me cogió por sorpresa.

—Asesina no. Sólo estaba desesperado por pasar por su lado y escapar de esa asquerosa celda.

Volvió a sumergir la cabeza para aclararse el jabón del pelo.

Cassie se arrebujó más la capa. Había dejado de nevar y el aire estaba más frío.

—Madame Boyer atribuye su loco deseo de bañarse al aire libre bajo una ventisca a que es inglés.

Él tragó saliva.

—Después de diez años en el infierno, es muy posible que esté loco.

Ella hizo un gesto de pena. Pensando que él necesitaba palabras tranquilizadoras, dijo:

—No está loco, aunque tal vez sí algo insensato. Eso pasará. —Quitó el corcho al jarrito con aguardiente y se inclinó a ofrecérselo—. Pruebe este aguardiente de manzana. Podría salvarlo de congelarse.

Él bebió un trago y le vino un acceso de tos tan fuerte que ella temió que se cayera hasta el fondo del estanque y quedara sumergido. Cuando pudo volver respirar, él dijo con la voz ronca:

—He perdido la costumbre de beber licores fuertes. —Bebió otro trago, con más cautela y luego suspiró de placer—. Fuego de manzana. Delicioso.

Le devolvió el jarro y ella bebió un trago. Aunque fuerte, el aguardiente era dulce y afrutado; tal vez tenía peras además de manzanas. Disfrutando del lento paso del ardor por la garganta, le volvió a pasar el jarro.

—Lo hacen aquí en la granja.

Él bebió otro trago.

—Hábleme en inglés —dijo en inglés, vacilante—. Lento. Después de diez años de oír solamente francés, debo esforzarme por hablar mi idioma.

—No tardará en recuperar su inglés una vez que lo tenga nuevamente en los oídos —dijo ella en inglés, pronunciando bien y lento.

Él miró el jarro, ceñudo.

—No he deseado nada más que escapar —dijo, hablando lento—, pero ahora que estoy libre, ¿qué encontraré en Inglaterra? Creía que todos me habían olvidado hace mucho tiempo, pero, ¿ha dicho que la envió Kirkland?

—No lo han olvidado. Es la obsesión de todos los amigos que hizo en la Academia Westerfield. Kirkland le ha buscado todos estos años. Hizo averiguaciones entre los miles de ingleses que fueron tomados prisioneros cuando terminó la Paz de Amiens. Oía rumores y les seguía la pista, todas sin ningún éxito. Estaba resuelto a continuar buscando hasta que o bien lo encontrara vivo o encontrara la prueba de que había muerto.

—¿Por qué? —preguntó él, sorprendido—. Yo era el modelo perfecto del frívolo inútil.

—Pero encantador, por lo que dice Kirkland.

—El encanto es una de las muchas cosas que he perdido a lo largo de los años. —Bebió otro trago de aguardiente—. ¿Sabe algo de mi familia? Me llamó Wyndham, no Costain. Espero que eso signifique que mi padre está bien.

—Kirkland me dijo que todos sus familiares inmediatos están bien de salud. Su padre, su madre, su hermano y su hermana.

Apareció la luna entre las nubes y su luz hizo brillar el pelo de Grey. Eso le recordó a Cassie que Kirkland lo llamaba niño dorado.

—Ya terminó de lavarse, es hora de que entre en la casa.

—Tengo miedo de salir del agua porque el frío va a ser francamente cruel. —Le pasó el jarro—. Pero supongo que debo.

—Madame Boyer dijo que había traído toallas. Ah, están ahí. —Cogió las toallas. Con el pie limpió de nieve un trozo del reborde del muro del estanque y puso ahí la toalla más pequeña—. Pise aquí. La toalla le protegerá un poco los pies. Use la grande para secarse todo lo que pueda y entonces yo lo envolveré en esta manta.

—Apártese si no quiere que le salpique de agua.

Se cogió del reborde y se encaramó hasta afirmar los pies sobre la toalla, al tiempo que cogía la grande que le ofrecía ella.

A la luz de la luna se veía flaco, de una potente belleza estropeada por las cicatrices y los muchos huesos visibles bajo su tersa piel blanca.

—Los zuecos —dijo él, con los dientes castañeteando—. Ahí.

Los zuecos casi habían desaparecido bajo la nieve. Cassie los cogió y los puso junto a la toalla donde él tenía los pies. Normalmente los zuecos se usaban sobre los zapatos, pero él era alto así que le quedarían bien en los pies descalzos.

Mientras tanto él se secó rápidamente con la toalla grande. Por lo poco que ella vio de lo que por eufemismo llamaban «aparejo de galanteo», el agua helada había sido efectiva en enfriarle el ardor, al menos por el momento.

—Deje que le seque la espalda.

Él le pasó la toalla húmeda, así que rápidamente se la pasó de arriba abajo por la espalda y luego lo rodeó con la manta.

Él se envolvió bien en la áspera manta, tiritando.

—Sabía que esta sería la parte difícil. ¿Dónde está el aguardiente?

Ella le pasó el jarro. Después de beber un poco él metió los pies en los zuecos.

—Ahora a correr, no sea que acabe como uno de los helados del Gunter. Buen Dios, ¿sigue abierto el Gunter?

—¿El salón de té de Mayfair? —Ella había estado ahí una vez, hacía tanto tiempo que casi se había olvidado. En ese momento recordó el helado de limón deshaciéndosele en la lengua llenándosela con su sabor ácido y dulce—. Que yo sepa, sigue muy próspero.

—Estupendo. Yo solía llevar ahí a mis hermanos, en tiempo caluroso.

Echó a andar hacia la casa, con paso rápido, veloz con sus piernas largas y la enorme motivación. Ella lo siguió a paso más lento, llevando las toallas mojadas.

Aunque él se precipitó a entrar en la abrigada casa, esperó con la puerta abierta hasta que entró ella. Sus modales caballerosos no habían desaparecido del todo.

Viole se había ido a acostar, pero había dejado bien alimentado el fuego y una lámpara encendida, así que la cocina estaba caliente y acogedora. Sobre la limpia mesa de pino había cubiertos, una botella de vino y comida tapada con un paño. Después de ir a colgar la capa Cassie levantó el paño y vio que había pan, queso, un plato pequeño con paté y un tarro de salsa hecha con encurtidos.

—Los dos necesitamos calentarnos junto al fuego antes de irnos a acostar —dijo en voz baja para no perturbar el sueño de los durmientes—. Nuestra maravillosa anfitriona nos ha dejado refrigerios. ¿Le apetece comer algo o comió suficiente antes?

—Madame Boyer no me permitió comer demasiado porque pensó que me iba a enfermar. Así que sí, más comida me vendría muy bien. —Se quitó los zuecos con dos patadas y se sentó en uno de los sillones con cojines junto al hogar, bien envuelto en la manta. Exhalando un suspiro de placer estiró las piernas acercando los pies desnudos al fuego—. Comida, libertad y un buen fuego. Ayer no me habría imaginado estas riquezas.

Cassie preparó dos platos con rebanadas de pan, lonchas de queso y montoncitos de paté y salsa de encurtidos. Para sus adentros la divertía el desdeñoso trato que dio Grey a los zuecos. En su mimada juventud habría tenido criados siguiéndolo por todas partes ordenando las cosas. En su celda no había tenido ninguna posesión que necesitara ordenar. Necesitaba la primera lección de urbanidad para no ensuciar ni desordenar la casa.

Le pasó uno de los platos, un cuchillo y un vaso de vino tinto. A la tenue luz era el chico dorado que le había descrito Kirkland. Su pelo era rubio rubio, en la barba tenía varias partes más oscuras y una insinuación de pelo rojizo. Pero ya no era un niño. Ya era un hombre, que representaba más edad de la que tenía.

—Comida y bebida siempre que la desee. Qué concepto más extraordinario. —Extendió paté en una rebanada de pan, tomó un bocado y lo saboreó bastante antes de tragarlo—. Aaahh, manjar de dioses.

Ella se instaló en el sillón de al lado con su plato y su vino. Probó el queso sobre el pan, el paté sobre el pan y luego ambas cosas, más la salsa de encurtidos. Como dijera él, manjar de dioses.

—¿Como conservó su fuerza en esas condiciones tan terribles?

—Hacía ejercicio. Corría en un mismo sitio, levantaba las dos piedras que servían de muebles, caminaba y me movía todo lo posible. —Se encogió de hombros—. Al principio las raciones de comida eran suficientes para mantener viva a una rata; después que metieron preso al padre Laurent mejoraron.

—La cocinera del castillo encontraba espantoso que trataran tan mal a un sacerdote, así que enviaba raciones más abundantes para los dos —explicó Cassie.

—Le debo gratitud a la cocinera. Las comidas nunca eran lo bastante abundantes como para sentirme lleno, pero sí bastaban para no debilitarme.— Extendió salsa de encurtidos sobre un trozo de pan y le añadió queso—. No había nada mejor para hacer, así que por lo menos el ejercicio me ocupaba parte del tiempo.

—¿Hacer ejercicio y cantar?

Él sonrió levemente.

—Eso y recordar poemas y cosas por el estilo. No fui un alumno ideal. Jamás se me ocurrió que la educación podría servirme para aferrarme a la cordura.

—Una mente bien provista tiene que ser valiosísima cuando se está en prisión.

—La mente del padre Laurent está extraordinariamente bien provista. Yo lo alentaba a explicarme todo lo que sabía. —Extendió una gruesa capa de paté en un trozo de pan—. Cassie, ¿que va a seguir a esto?

—Tendremos que continuar aquí uno o dos días hasta que los caminos estén transitables. Después viajaremos hacia el norte, hacia la costa del Canal más cercana a Inglaterra, donde unos contrabandistas nos pueden llevar allí.

—Al terruño —musitó él—. Ya no sé qué significa eso. Yo era el típico joven al que le gusta divertirse en la ciudad, bebiendo, jugando y persiguiendo a bailarinas de ópera. Una vida inútil. No puedo volver a eso. Pero no sé a qué debo volver.

—Han transcurrido diez años —dijo ella pasado un momento—. Ahora sería un hombre distinto aun en el caso de que hubiera estado a salvo en Inglaterra todo este tiempo. Podría haberse casado y tenido hijos. Podría haber entrado en política, puesto que con el tiempo ocupará un escaño en la Cámara de los Lores. Hay muchos caminos abiertos ante usted, y puede tomarse su tiempo para elegir.

—Me asusta sólo pensar en una noche en la ópera, en un combate de boxeo o en un club de juego —dijo él sombríamente—. ¡Tanta gente! No sé si seré capaz de soportarlo. Ese fue uno de mis motivos para salir a bañarme en el estanque. Seis personas amables eran demasiadas para mí.

—Después de diez años de encierro solitario no es de extrañar que encuentre terrible la idea de una multitud. Pero puede evitarlas hasta que se sienta preparado. Es un noble; puede convertirse en un ermitaño espléndidamente excéntrico si quiere. Dado que antes era extrovertido y le gustaba estar en compañía de gente, es probable que vuelva a eso. Con el tiempo.

—Espero que tenga razón. —La miró con los párpados entornados—. ¿Tiene el aguardiente de manzana?

—Puesto que ha perdido la costumbre de beber licores fuertes, podría ser más juicioso no beber más. A no ser que quiera saludar a su primer día de libertad con un fuerte dolor de cabeza.

Él apoyó la cabeza en el respaldo del sillón.

—Supongo que tiene razón. Aunque no bebí mucho en el estanque, me parece que estoy parloteando con mucha frivolidad.

—No es de extrañar que desee hablar de lo que nos espera, y yo soy la mejor opción porque conozco Inglaterra. Además, no arriesga nada hablando conmigo. Una vez que lleguemos a Inglaterra no volverá a verme nunca más, y no soy dada al cotilleo.

—Lo que sí es usted, madame Cassie el Zorro, es un misterio —dijo él en voz baja—. ¿Cuál es su historia?

Capítulo 14

*T*an pronto como él dijo esas palabras, Cassie se retiró dentro de sí misma, desaparecidas la fuerza y la inteligencia tras la máscara de una anciana cansada. ¿Qué edad tendría realmente? Al principio le calculó el doble de su edad, alrededor de sesenta años, pero ella no actuaba como una mujer de tantos años. Cuando no intentaba parecer débil e inofensiva, tenía la agilidad de una mujer más joven y en buena forma, pese a su pelo canoso y las arrugas de su cara.

Deseoso de oír su agradable voz profunda, continuó:

—¿Por qué está aquí, con el aspecto y el habla de una francesa mientras sirve a un amo inglés?

—No sirvo a ningún amo, ni inglés ni de otra nacionalidad —repuso ella tranquilamente—. Dado que deseo ver muerto a Napoleón y aplastado su imperio, trabajo para Kirkland. Sus objetivos coinciden con los míos.

Grey pensó en lo mucho que no sabía.

—La guerra. ¿Napoleón va ganando? Durand se mofaba de mí informándome de las victorias de los franceses. Austerlitz, Jena. —Buscó en su memoria—. Hablaba de muchas otras batallas victoriosas también.

—Durand sólo le contó un lado de la historia —dijo ella, divertida—. Ha habido grandes victorias francesas, pero no últimamente. La flota francesa fue destruida en Trafalgar el año cinco, y desde entonces Gran Bretaña ha dominado los mares. En la Península Ibérica los británicos y los aliados de ahí están expulsando al ejército imperial, obligándolo a volver a Francia.

—¿Y Europa oriental? ¿Los prusianos, austríacos y rusos?

—El emperador ha derrotado varias veces a los prusianos y a los austríacos, pero ellos no se dan por vencidos. En un acto de pasmosa estupidez, el pasado verano decidió invadir Rusia y perdió a medio millón de hombres, derrotados por el General Invierno. La arena del reloj de Napoleón se está agotando.

Grey exhaló un suspiro de alivio.

—Todos estos años no he dejado de pensar si Inglaterra estaría a punto de ser conquistada.

—Napoleón es un general brillante, pero ni siquiera él puede derrotar a toda Europa. Si se hubiera conformado con mantenerse dentro de las fronteras de Francia, podría haber tenido su corona, pero su ambición de conquistas es su perdición.

¿Qué otra cosa deseaba saber?

—Habló de mis compañeros en la Academia Westerfield. ¿Qué es de ellos? ¿Y de lady Agnes?

—Lady Agnes está bien y continúa educando a sus chicos de buena cuna y mala conducta. —Sonrió—. Me he encontrado con ella una sola vez, pero es una mujer a la que no se olvida.

Él sintió una oleada de alivio. Lady Agnes distaba mucho de ser anciana, pero diez años son muchos años. Había sido tan importante en su vida como su madre, y lo alegraba saber que estaba bien.

—¿Y los demás? Es evidente que Kirkland sigue vivo y al parecer activo en el oficio del espionaje.

Cassie asintió.

—Divide su tiempo entre Edimburgo y Londres y dirige su compañía naviera. Lo de reunir información es una actividad secreta.

Él pensó en los amigos que se habían convertido en más íntimos que hermanos en sus años de colegio.

—¿Sabe cómo les va a los demás?

Ella frunció el ceño.

—No conozco bien a muchos de ellos. El duque de Ashton está bien, se casó hace poco y están esperando su primer hijo. Randall fue comandante en el ejército, pero se retiró cuando se convirtió en el heredero de su tío, el conde de Daventry.

Grey tuvo un breve recuerdo de la tensa expresión de Randall después de recibir una carta de su tío.

—Odiaba a Daventry.

—Y el sentimiento es mutuo, me han dicho, pero están obligados a soportarse mutuamente, y al parecer han declarado una tregua. Randall también se casó hace poco. Me pareció que era muy feliz la vez que lo conocí. Su esposa es una persona hermosa y simpática.

—Creí que sería un solterón empedernido, pero me alegra saber que no. —Si un hombre necesitaba una mujer hermosa y simpática, ese era Randall. Pensando en sus otros compañeros de colegio, preguntó—: ¿Y qué es de Masterton y Ballard?

—Masterton es comandante en el ejército y Ballard está trabajando en restaurar la empresa vinícola de su familia en Portugal. —Frunció el ceño, pensando—. Tiene que haber conocido a Mackenzie, el hermanastro ilegítimo de Masterson. Tiene un club de juego muy elegante y famoso en Londres. Rob Carmichael es agente de Bow Street.

Grey arqueó las cejas.

—Rob sería bueno para ese oficio, pero eso tiene que haber sacado de quicio a su padre.

—Creo que eso fue una parte del motivo de que se hiciera agente —dijo ella, divertida—. Esos son los únicos ex alumnos de Westerfield que conozco, pero cuando esté de vuelta en Londres sus amigos disfrutarán poniéndolo al día.

Pensar en Londres le formó un nudo de terror en las entrañas. Además, las bodas de sus amigos eran un claro recordatorio del tiempo que había transcurrido. Se habían hecho adultos y asumido responsabilidades de adultos. Él simplemente había... sobrevivido.

Asombrosamente perspicaz, ella dijo dulcemente:

—No compare su vida con la de ellos. No puede cambiar el pasado, pero va a volver a sus familiares, amigos y riqueza. Puede tener el futuro con el que soñaba en el cautiverio.

Él deseó decir que ya no era capaz de tener la vida para la que había nacido. Habían desaparecido su seguridad en sí mismo, su sentido de identidad y de su lugar en el mundo. Siendo un futuro conde no tendría ninguna dificultad en encontrar una esposa deseosa de gastar su dinero, pero ¿dónde encontraría una esposa que estuviera dispuesta y fuera capaz de vérselas con la oscuridad de su alma?

Pero quejarse es feo, sobre todo ante una mujer tan valiente. Seguía admirado por cómo ella llegó a la conclusión de que él podría estar en el Castillo Durand, vio la oportunidad de liberarlo, dejó inconsciente a un guardia y luego los llevó a él y al padre Laurent a un lugar seguro conduciendo la carreta en medio de una ventisca. Tal vez era debido a esa fuerza que la encontraba tan atractiva.

Madame Boyer era una mujer atractiva en la flor de la vida; su hija Yvette era una chica encantadora con una cara como para inspirar a malos poetas jóvenes. Sin embargo, era Cassie el Zorro, sosa y vieja, la que lo fascinaba. Aunque podría tener la edad de su madre, tenía un perfil delicado, una deliciosa voz profunda y un carácter de acero templado. Deseoso de saber más acerca de ella, dijo:

—Hábleme de su familia.

Ella se agachó a poner otro leño en el fuego.

—Mi padre era inglés, pero hacíamos largas visitas a la familia de mi madre en Francia. Estábamos aquí cuando comenzó el reinado del Terror. —Se acomodó en el sillón, con la cara inmóvil como granito—. Yo dije que debíamos volver inmediatamente a Inglaterra, pero el resto de la familia no hizo caso de mi aviso.

—Casandra —dijo él, recordando sus estudios de griego—, la princesa troyana que vio el futuro pero no logró convencer a nadie del peligro que predecía. ¿Eligió ese nombre por ese motivo?

Ella hizo un mal gesto.

—Nadie ha hecho jamás esa conexión.

—Casandra es una figura trágica —dijo él suavemente, pensando cuánto se parecería la historia de ella al mito—. ¿Perdió a su familia como ella?

Ella giró la cabeza y contempló el fuego.

—Sí.

Al detectar pena en su voz él comprendió que era el momento de cambiar de tema. Antes, cuando era más joven, más caballeroso, habría sabido atenerse a la cortesía de no hacer preguntas tan personales.

—¿Cuál le parece la mejor manera de volver a Inglaterra? Ni siquiera sé en qué lugar de Francia estoy.

—Estamos a cien millas al suroeste de París, algo más lejos de la costa del norte. Evidentemente debemos tomar una ruta hacia el norte —continuó ceñuda—, lo cual no es bueno si nos persiguen, pero cualquier otra ruta sería mucho más larga.

—¿Cree que nos van a perseguir? Estando muerto Gaspar, es posible que no haya nadie en el castillo capaz de organizar una persecución.

—Su guardia no daba la impresión de ser del tipo de tomar la iniciativa —concedió ella—. Pero cuando Durand se entere de que sus prisioneros huyeron, podría enviar soldados en su persecución.

—Es probable que lo haga —dijo él, estremeciéndose ante la sola idea—. Su odio por mí es muy personal.

—¿Qué hizo para ganarse ese odio?

A él no le hacía ninguna gracia revelar su estupidez, pero ella se merecía una respuesta.

—Me sorprendió en la cama con su esposa. Cuando decidí venir a París, Kirkland me pidió que tuviera los oídos abiertos por si oía alguna información que pudiera ser de utilidad al gobierno británico. —Exhaló un suspiro—. Me creí un espía. Oí decir que el ciudadano Durand estaba en el círculo de personas más allegadas al gobierno, así que tuve la luminosa idea de que podría enterarme de algo a través de su esposa. La conocí en un salón y ella me dejó claro que estaba muy bien dispuesta para una aventura amorosa.

—¿Cree que intentó seducirlo con el fin de que pudieran matarlo o capturarlo?

—He tenido muchísimo tiempo para pensar en eso, pero no, yo creo que simplemente le gustaba liarse con hombres jóvenes y yo fui lo bastante tonto para dejarme atrapar. —Qué diferente habría sido su vida si se hubiera marchado cuando ella se lo dijo—. ¿Cómo vamos a viajar? ¿En la carreta?

Ella negó con la cabeza.

—Si alguien sospecha que la anciana vendedora ambulante tuvo algo que ver con su escapada, sería muy fácil cogernos.

—Yo podría viajar solo —dijo él, detestando la idea de que su presencia la pondría en peligro a ella.

—Pese a sus diez años en Francia y su francés fluido, no sabe cómo está el país ahora. Debemos viajar juntos. —En su cara apareció un atisbo de sonrisa—. Yo puedo ser su anciana madre. Veré si a los Boyer les interesa la carreta. Es sólida, está bien construida, y se puede pintar para que se vea diferente. Yo puedo cabalgar en *Thistle*, pero tendremos que encontrar una montura más grande para usted. Es posible que monsieur Boyer conozca a alguien que tenga un caballo para vender.

—Pero ¿acaso el ejército no ha requisado todos los caballos?

—Eso ocurrió en los primeros tiempos de la guerra, pero ahora que pueden hacer uso de los recursos de todo un continente, los militares tienen caballos suficientes. No tendría que ser difícil encontrar un caballo manso, estable, que inspire poco interés; el tipo de caballo que nadie miraría dos veces.

Seguro que ese era el tipo de caballo que sería capaz de montar él, pensó Grey.

—Si el tiempo colabora, ¿puedo suponer que tardaríamos una semana más o menos en llegar a la costa del Canal y que usted ya conoce a algunos contrabandistas serviciales?

Ella asintió.

—También tengo documentación falsificada para usted. Kirkland me la dio por si acaso.

Grey arqueó las cejas.

—Desde luego eso fue pensar por adelantado, puesto que ni siquiera sabía si yo estaba vivo.

—En mi trabajo es juicioso prepararse para todas las contingencias. Eso deja más tiempo para hacer frente a los problemas inesperados. Y siempre hay problemas inesperados. —Se cubrió la boca para ocultar un bostezo y se levantó—. Estoy agotada. Por lo menos la nieve nos da un buen motivo para dormir hasta tarde. No nos iremos hasta dentro de uno o dos días. ¿Tiene una cama preparada?

—Me armaron un jergón en la habitación que ocupa el padre Laurent, pero estoy tan cómodo en este sillón que creo que dormiré aquí.

Era un lujo inefable poder elegir dónde dormir después de diez interminables años sin poder elegir nada.

Al regresar a un mundo complicado, ¿sabría tomar decisiones? ¿O tendría que volver a aprender, con todos los errores que sin duda cometería?

Cassie añadió más leña al fuego, luego fue a sacar otra manta de un armario y lo cubrió con ella, diciendo:

—Hará más frío hacia la mañana.

—Estoy acostumbrado al frío. —Alcanzó a cogerle la mano cuando ella se giró para marcharse—. Acabo de darme cuenta de que no le he dado las gracias por rescatarme.

Le besó la mano con una gratitud indecible. Entre ellos saltó una chispa de electricidad; al instante ella retiró la mano, como si se hubiera desconcertado.

—Sólo hice mi trabajo. Hoy tuvimos la suerte de que todo salió bien. Buenas noches, milord.

Con la palmatoria en la mano entró en el corredor que llevaba al ala este de la casa. Él la estuvo mirando hasta que desapareció, pensando nuevamente qué edad tendría. Su mano era fuerte, con la forma que da el trabajo, pero no era nudosa como las manos de una persona vieja. Tal vez no era tan mayor como para que él tuviera que avergonzarse por sus lujuriosos pensamientos.

Cerró los ojos, se durmió y entró en una pesadilla: era una mosca atrapada en una pegajosa telaraña, y la araña venía acercándose para matar.

Durand irrumpió en el castillo soltando furiosas maldiciones y llamando a su administrador. Una temblorosa criada fue a llamar al hombre. Monsieur Houdin estaba pálido cuando apareció.

Quitándose la capa y los guantes y arrojándolos a un lado, miró furioso al administrador.

—¿Qué les ocurrió a mis prisioneros, Houdin? ¿Te sobornaron para que los liberaras?

El administrador retrocedió alarmado al ver la furia de su señor.

—¡No, señor! Nadie del castillo lo traicionó. Pero todos, incluido yo, caímos en cama con una despiadada enfermedad que nos hacía sentir tan mal que unos cuantos no podíamos tenernos en pie. Dos de los criados mayores murieron. Al parecer, aprovechando este momento de debilidad, entraron varios hombres y liberaron al goddam y al sacerdote.

—¡Gaspar responderá de esto! —exclamó Durand, con saña.

—Gaspar murió, señor. Lo mataron durante el ataque. No lo traicionó, Ciudadano.

—Tal vez no, pero fue incompetente. ¿Y los guardias?

—Brun estaba enfermo en su cama y por un pelo escapó de morir. Dupont estaba en su puesto y lo dejaron lesionado.

Dupont sería el mejor testigo, pensó Durand.

—¿Dónde está Dupont?

No habiendo ningún prisionero para vigilar en las mazmorras, Dupont estaba trabajando en el establo. Durand lo hizo llamar. El hombre se presentó pálido de miedo.

Una vez oídas las preguntas, contestó:

—Eran tres o cuatro los asaltantes, por lo menos, ciudadano Durand. Les oí los pasos, pero de ver, sólo vi a una vieja, a la que usaron de señuelo. Ella bajó la comida, porque todos los criados estaban enfermos. Me atacaron mientras comía. Me golpearon en la cabeza y me dejaron inconsciente. —Se friccionó la nuca—. Desperté atado como un cerdo para el matadero, y me habían quitado la ropa.

—¡Cerdo inútil! —gruñó Durand—. Te mereces continuar limpiando el estiércol de los caballos.

Girando sobre sus talones, volvió a entrar en el castillo pisando fuerte. Afortunadamente había traído una brigada de sus guardias especialmente entrenados, todos soldados de caballería de primera. Estudiaría todas las rutas que podrían haber tomado los prisioneros y enviaría a sus hombres a perseguirlos.

Cogería a ese cabrón inglés aunque tuviera que enviar a todos los hombres del Ministerio de Policía a buscarlo.

Capítulo 15

Dormir en un sillón junto al hogar de la cocina tenía la ventaja de permitirle a Grey ejercer su poder de elección, pero también la desventaja de que la actividad comenzaba temprano en la cocina. Cuando entró Viole Boyer, silbando, despertó grogui, pidió disculpas por estar estorbando y se dirigió al jergón preparado en la habitación del padre Laurent.

Ahí durmió varias horas más. Cuando despertó ya era cerca del mediodía; la habitación estaba iluminada por la luz del sol y por el brillo de sus reflejos en la blanca nieve. La granja ocupaba un simpático vallecito rodeado por cerros. Se veía próspera, y daba la impresión de ser un lugar aislado y seguro. Laurent no estaba en la habitación, y su ropa estaba seca y bien dobladita a un lado del jergón.

Gozando de su libertad, se vistió y se dirigió a la cocina, que burbujeaba de ruidosa vida. Toda la familia estaba ahí, felices comiendo, conversando y celebrando el milagroso regreso del tío Laurent. Se le aceleró el pulso, comenzó a retumbarle el corazón, y deseó salir corriendo hacia el campo despoblado.

—¿Quiere desayunar o almorzar, monsieur? —le preguntó Viole alegremente.

—Café y pan para llevar fuera sería ideal —contestó, dominando el deseo de echar a correr—. El cielo despejado me llama.

Viole asintió y le preparó una taza grande de café a la que le añadió miel y leche caliente, y una media barra de pan, partido por la mitad y relleno con mermelada de frambuesas.

—Habrá más cuando vuelva al calor.

Agradeciendo que ella no insistiera en que se quedara dentro, se puso una capa y un sombrero que le ofreció el niño de la casa y salió. El día estaba tan frío como hermoso y estuvo varios minutos de pie en el patio observando los colores y texturas que lo rodeaban.

Le parecía que nunca había visto un cielo de un azul tan intenso. A la izquierda del establo un bosque de coníferas subía por la ladera del cerro, y se oía el murmullo de sus agujas mecidas por la brisa; rachas de nieve caída de los árboles pasaban bailando en silencio sobre la lisa blancura que cubría la tierra.

¡Y los sabores! El café con leche caliente lo calentó, y el delicioso sabor de la mermelada de frambuesas le recordó lo buena que puede ser la comida. Nunca más daría por descontados los placeres de la comida y la bebida.

Dado que llevaba puestas las botas del guardia, le resultó fácil caminar hasta el estanque. Limpió de nieve una parte del tronco que servía de banco y se sentó, empapándose de los olores y sonidos del campo, además de disfrutar de su café.

Un halcón pasó planeando bajo por encima de su cabeza. Aunque disfrutaba muchísimo mirando a los pájaros que visitaban su celda, había echado de menos ver la magnífica potencia del vuelo de un halcón.

El mundo era un festín, un aturdidor tumulto de colores, sonidos, movimientos y olores, y él era un mendigo que no sabía qué hacer con tanta riqueza. Terminó de beber el café y comer el pan, pero no sintió ninguna inclinación de volver a la casa.

Detrás de él oyó el crujido de pisadas en la nieve, y supo quien era antes que apareciera Cassie y se sentara en el tronco, a una buena yarda de distancia. Se tensó, pero puesto que ella no decía nada, volvió a relajarse. Era tan apacible como el estanque con la superficie de hielo y los montoncitos de nieve que parecían esculpidos.

Ella bebía té, y el aroma era divino. Una de tantas cosas que nunca valoró cuando llevaba una vida de lujo.

Su presencia era calmante, no enervante como los exuberantes Boyer. Finalmente se sintió impulsado a decir:

—Es curioso. Ansiaba compañía y tener al padre Laurent prisionero en la celda contigua era la mayor dicha que he conocido. Sin embargo, ahora que estoy libre me siento incómodo estando con un pequeño grupo de personas.

—Somos seres sociables —dijo ella—. Estar privado de compañía es uno de los peores tormentos imaginables. —Bebió un poco de té—. Para sobrevivir tantos años solo se vio obligado a recurrir a grandes fuentes de voluntad y aguante, que lo llevaron muy lejos de la vida normal. Volver a la normalidad le llevará tiempo.

Él sonrió sin humor.

—¿Grandes fuentes de voluntad y aguante? Nadie que me conociera antes me imaginaría poseedor de ninguna de esas dos cosas.

—Kirkland tenía sus dudas —dijo ella, sonriendo levemente—. Pero eso no lo llevó a creer que debía renunciar a buscarlo. Imagínese el placer de volver a ver a sus amigos y familiares y sorprenderlos con su fuerza de carácter.

Él se rió y la risa le salió rasposa. Con Laurent habían disfrutado de muchas conversaciones interesantes, pero la risa era excepcional.

—Eso lo encuentro atractivo. —Miró su taza y deseó que hubiera más café, pero no sintió deseos de entrar a buscarlo—. Mi sabia lady Zorro, ¿alguna vez volveré a ser normal, aunque sólo sea de cerca? ¿O todos los años en prisión me cambiaron, convirtiéndome en una persona diferente, irreconocible?

Ella negó con la cabeza.

—Nunca conocemos todas nuestras capacidades hasta que las circunstancias nos obligan a enfrentar retos inesperados. Otras circunstancias habrían hecho surgir otros aspectos de su naturaleza.

—Me habrían gustado infinitamente más otras circunstancias.

—Sin duda. —Lo miró; hasta ese momento no lo había mirado—. Pero si hubiera continuado llevando la vida de despreocupado lujo, ¿encontraría ahora un placer tan intenso en las cosas simples? ¿Sería el cielo tan hermoso, las frambuesas tan exquisitas, si siempre los hubiera tenido a su disposición?

Él arqueó las cejas.

—No, pero pagué un precio muy elevado por mi nuevo aprecio.

Ella esbozó una brevísima sonrisa.

—Más elevado de lo que nadie querría pagar. Pero por lo menos hay ciertas compensaciones a lo que ha soportado. —Bebió otro poco de té—. Estas sirven para equilibrar la rabia.

Grey se sintió como si ella le hubiera dado una bofetada. Era tal su euforia por haber recuperado la libertad que no había visto la rabia que hervía justo bajo la superficie de su nueva felicidad. Al oírselo decir a Cassie, tomó conciencia de la furia intensa, feroz, que bullía en su interior. La furia era tan explosiva que podría hacer... cualquier cosa si la dejaba salir.

La rabia lo dominaba cuando le rompió el cuello a Gaspar; aparte del placer de matar a ese cabrón, casi no recordaba el acto en sí. Y habría matado al guardia si Cassie no le hubiera pedido que se refrenara.

Esa calmada petición de ella le despejó la cabeza lo suficiente para recordar que el padre Laurent se había beneficiado de pequeños actos de amabilidad por parte de uno o más de los guardias. Dado que esa amabilidad podría haberle salvado la vida a Laurent, él dejó vivo al guardia.

Al reconocimiento de su rabia siguieron otras dos comprensiones. Una era que la incomodidad que sentía cuando estaba con los Boyer no era solamente el terror de estar con demasiadas personas, sino un miedo profundo de que podría descontrolarse y hacerle daño a alguno de ellos. O algo peor.

La otra compresión...

—Usted también ha estado prisionera, ¿verdad?

Ella se quedó muy quieta, con la mirada fija en el espacio de agua no cubierto por la capa de hielo donde él se había bañado esa noche.

—Durante menos de dos años —dijo en voz baja—. Nada tan severo como el cautiverio suyo.

—De todos modos es mucho tiempo —dijo él—. ¿Encierro solitario?

Ella asintió.

—Al principio agradecí no estar en una celda tan atiborrada que no quedara espacio para echarse a dormir. Antes que terminara el mes habría dado todo lo que poseía y mi esperanza de ir al cielo por compartir una celda aunque fuera con una sucia y furiosa vieja bruja.

—No es de extrañar que comprenda lo que es estar privado de compañía. De contacto. —Alargó la mano y cubrió la izquierda de ella, que tenía apoyada en el tronco; ella giró la mano y la cerró sobre la de él—. ¿Finalmente la dejaron libre?

—Yo encontré mi camino hacia la libertad —dijo ella, en un tono que prohibía toda pregunta—. Como usted, descubrí en mí capacidades que jamás me había imaginado.— Le apretó con fuerza la mano—. Incluso ahora, tantos años después, a veces las ansias de contacto son avasalladoras.

Puesto que él sentía lo mismo, se deslizó por el tronco y le rodeó la espalda con el brazo. No por el calor del contacto, sino por la necesidad mutua. Ella se relajó apoyada en él y le rodeó la cintura con el brazo. Nuevamente él se avergonzó de sus pensamientos lujuriosos.

Al menos sabía que no debía actuar según esos pensamientos; ni preguntarle la edad a una dama.

—¿Qué trabajo hace para Kirkland? Si pasa tanto tiempo viajando por Francia, vuelve a estar sola.

Ella suspiró y su aliento formó un vaho blanco en el aire frío.

—Llevo mensajes, recojo información y se la hago llegar a Kirkland. A veces acompaño a personas que salen de Francia, como haré con usted. Mi disfraz de vendedora ambulante me permite ir casi a cualquier parte. Espiar es un trabajo solitario cuando estoy en Francia, pero vuelvo a Londres dos o tres veces al año. Ahí tengo una especie de hogar y amistades.

Aunque tenía la satisfacción de trabajar en contra de Napoleón, su vida era triste, pensó él.

—¿Va a volver a Inglaterra conmigo o me va a entregar a uno de sus contrabandistas?

Involuntariamente aumentó la presión de su brazo; deseaba tenerla con él durante todo el viaje de regreso. Con ella podía relajarse porque era capaz de derribarlo si su rabia hacía explosión de forma peligrosa.

—Volveré. Tengo otros muchos asuntos que atender en Londres. —Hizo un mal gesto—. Necesito entrar en la casa, no sea que me convierta en un sólido bloque de hielo. ¿Está pensando en la posibilidad de otro baño?

—La próxima vez que me bañe será en una bañera con agua caliente. —Retiró el brazo con que la rodeaba y se pasó los dedos tiesos de frío por la barba—. Yo también necesito entrar. Espero que Romain me preste su navaja. Quiero ver cómo me veo sin esta mata de paja.

—No se afeite la barba todavía —dijo ella con firmeza—. Debemos viajar sin llamar la atención. Nadie se fija en mí ni me recuerda, y su apariencia tiene que ser igualmente sosa, apagada. Tengo tinte para cambiarle el color del pelo, y eso junto con la barba le dará la apariencia de un campesino vulgar y corriente.

Él hizo un gesto de pena.

—Ahora que está a mi alcance tener la cara bien afeitada, lo deseo, pero me fiaré de su juicio. ¿Ha hablado con Romain respecto al caballo?

—Tiene un caballo decente, nada memorable, que trocará por la carreta. También hablamos de la ruta. Hay un sendero de leñadores que atraviesa la cadena de cerros. La subida será algo pesada, pero cuando estemos al otro lado, habrá menos posibilidades de que nos encuentren los perseguidores.

—¿De verdad cree que Durand va a enviar hombres a perseguirnos? —preguntó él, con la piel de gallina ante la perspectiva.

—No lo conozco, pero mis instintos me dicen que sí. —Se levantó—. Los zorros sobrevivimos gracias a la astucia y al instinto.

Él supuso que ella había elegido el apellido Fox para Inglaterra y Renard para Francia tal como había elegido el nombre Cassandra: porque le sentaba bien. ¿Cuál sería su verdadero nombre?

—¿El padre Laurent estará seguro aquí?

Ella frunció el ceño.

—Bastante seguro. Esta granja está muy apartada y puesto que madame Boyer se casó con un hombre que no era de su pueblo natal, será difícil seguirle la pista como a una de sus parientes. El padre Laurent vivirá aquí simulando ser un primo anciano de Romain, que ha enviudado recientemente y está tan débil que no puede cuidar de sí mismo. También se dejará la barba.

—Eso tendría que resultar —convino Grey—. Encerrado en esa celda, nadie lo ha visto durante años, y no será fácil reconocerlo.

Le resultaría difícil dejarlo después de haber llegado a una amistad tan íntima a lo largo de los años. Pero aún más que tener esa amistad deseaba volver al terruño.

Capítulo 16

*N*uevamente firme en el papel de una enérgica campesina que monta a horcajadas y no tolera tonterías, Cassie estaba esperando pacientemente que Grey se despidiera del padre Laurent y de los Boyer. En los días que habían estado en la granja esperando que los caminos estuvieran lo bastante limpios de nieve para viajar, él se había granjeado la simpatía de toda la familia.

Ella llevaba tantos años mostrando esa apariencia sosa, apagada, y vulgar, que ya era una segunda naturaleza. La apariencia de Grey era más difícil de moderar. Incluso con la desgastada ropa de un campesino, el color del pelo apagado por el tinte que ella le había dado y la barba algo desgreñada que le había dejado al recortársela, parecía Alguien. Diez años de prisión no habían logrado domeñar su porte aristocrático. Tendría que recordarle que se encorvara cansinamente siempre que estuvieran con gente.

Abrazando al padre Laurent, Grey dijo con voz enronquecida:

—Adiós, padre mío —como si realmente fuera su padre—. Si alguna vez tengo un hijo le pondré Laurent.

Esa era la despedida más difícil porque los dos sabían que no era probable que se volvieran a ver. El sacerdote era anciano y frágil, y el regreso de Grey a Inglaterra distaba mucho de carecer de riesgos. Aunque la guerra tenía que terminar algún día, era imposible predecir cuándo los ingleses podrían volver a visitar Francia libremente.

—Ponle Lawrence —dijo el sacerdote con la voz embargada por la emoción—, porque será un caballero inglés, como tú. —Poniendo fin al abrazo, añadió—: Ve con Dios, hijo mío. Estás en buenas manos con la lady Zorro.

—Lo sé —repuso Grey.

Acto seguido montó con cierto recelo. El caballo era un apacible y viejo castrado llamado *Achille*, que no estaba a la altura de su nombre guerrero, por lo que era una buena opción para él por el momento. A ella no la sorprendió ver que aun después de diez años sin siquiera ver un caballo, se instaló en la silla como un experto jinete.

Entonces se le acercó Viole.

—Vaya usted con Dios, monsieur Sommers. Tengo sus direcciones en Inglaterra como usted tiene la mía de aquí. Cuando termine esta detestable guerra tal vez pueda volver a visitarnos o por lo menos escribirnos para decirnos cómo le va.

—Sí —dijo él. Le cogió la mano que ella le tendió y se inclinó a besársela—. Tiene usted mi eterna gratitud, madame.

—Entonces la balanza está equilibrada —dijo ella, ruborizándose como una jovencita.

Wyndham estaba recuperando rápido su legendario encanto, pensó Cassie, divertida. Al notar que se hacía un incómodo silencio, se apresuró a decir en tono enérgico:

—Es hora de partir. Nos espera una empinada subida.

Agitando la mano en un último gesto de despedida, emprendió la marcha delante de Grey por un estrecho sendero que llevaba al bosque de la parte de atrás de la granja. Cuando llegaron al sendero de leñadores que le había enseñado Romain Boyer el día anterior, comprobaron que era lo bastante ancho para cabalgar uno al lado del otro por en medio de los árboles sin hojas. En el suelo todavía había trozos cubiertos de nieve aquí y allá, pero en el aire se notaba una insinuación de primavera.

—¿Cuánto tardaremos en llegar al otro lado de esta cadena de cerros? —preguntó Grey.

—Romain me dijo que cerca de la cima del más alto hay una cabaña donde podemos pasar la noche. Deberíamos llegar a nuestro camino al otro lado mañana por la tarde si se mantiene el buen tiempo.

Él miró hacia el cielo e hizo una honda inspiración.

—No se aproxima ninguna tormenta.

—Lo dice muy seguro.

—He pasado diez años observando las variaciones climáticas de esta región. Cierto que era a través de una ventanuca, pero tenía muchísimo tiempo para observar los cambios de tiempo. —Curvó los labios—. ¿Otro de esos beneficios no buscados del cautiverio?

—Uno de los más útiles —dijo ella, y dio una palmadita a la alforja que llevaba detrás de la silla—. Aun en el caso de que nos sobrevenga una tormenta inesperada, madame Boyer nos dio comida suficiente para mantenernos durante todo el viaje de aquí al Canal.

—Es una mujer excepcional —dijo él con mucha convicción—. Por desgracia ya está casada.

—Fue una inmensa suerte que nos alojaran los Boyer —convino ella. Cayendo en la cuenta de que estaban hablando en inglés, continuó en francés—: No debemos hablar en inglés en ningún lugar donde puedan oírnos.

—Eso nos metería en problemas, sin duda —contestó él, también en francés—, pero deseo continuar practicando mi inglés cuando estemos solos. Sigo pensando en francés.

—Verá cómo comienza a pensar en inglés una vez que lleguemos a Inglaterra. He comprobado que mi mente hace el cambio enseguida cuando oigo el idioma por todos lados.

—Espero que tenga razón. Sería vergonzoso volver a mi país hablando mi lengua nativa como un extranjero. Contempló ceñudo el escabroso cerro que se elevaba un poco más allá—. ¿Qué hará Durand en su búsqueda?

—Empleará el sistema rápido de correo del Gobierno para enviar instrucciones a todos los puestos de gendarmería a lo largo de los caminos en todas direcciones. Es poca la información con que cuenta, así que sus posibilidades de cogernos son escasas, pero no es imposible.

Eso daba que pensar.

—Entonces tendremos que viajar rápido y sin llamar la atención.

Ella lo obsequió con una breve sonrisa.

—Exactamente.

Avanzaron un largo trecho en silencio; lo único que lo rompía eran los ruidos de los cascos de los caballos y el ocasional chillido de un pájaro. Cuando iban a la mitad de ese cerro más alto, Grey dijo de pronto:

—He estado pensando en lo que me dijo el otro día sobre la rabia. Hasta que usted dijo eso, no me había dado cuenta de lo furioso que me siento. Ahora me asusta lo que podría hacer si me descontrolara. Así que si ve que estoy a punto de hacer algo asesino, golpéeme con una piedra, rómpame el brazo, bloquee el paso de la sangre a mi cerebro. Haga lo que sea necesario para impedirme que le haga daño a alguien.

—Muy bien, lo haré —dijo ella cuando se recuperó de la sorpresa—. A no ser que vaya a hacerle daño a alguien que se lo merezca. Incluso el padre Laurent pensó que su sargento Gaspar se merecía su fin.

—Se lo merecía. Pero si usted no me hubiera pedido que no matara al guardia, le habría roto el cuello también, y no sé si se merecía que lo matara.

No era sorprendente que temiera por su cordura, pensó ella, pero se infravaloraba.

—El que le importe si se merecía o no la ejecución habla bien de su carácter.

—Ahora me importa un poco —dijo él muy serio—, pero cuando estaba dominado por la furia lo habría matado fuera justo o no. Diez años de infierno me han estropeado el carácter.

Ella eligió con sumo cuidado las palabras:

—Es lógico que diez años de prisión lo hayan hecho cambiar, pero antes de eso tuvo veinte años y los años más importantes son los primeros. En esos años se forma el carácter. Los jesuitas dicen que si les dan un niño para estar con ellos durante siete años, es de ellos para siempre. ¿Sus padres se encargaron de que lo educaran bien? ¿Le enseñaron honradez y responsabilidad?

—Sí, y amabilidad también —contestó él pasado un momento—. Espero que tenga razón en que mi carácter se formó entonces, porque no sé si sigo teniendo esas cualidades. Por eso le he pedido que me frene si me descontrolo.

—Preferiría que usted mismo trabajara su rabia —dijo ella francamente—. Con sus técnicas de lucha india y su fuerza, seguro que yo perdería en cualquier lucha con usted, a no ser que lo cogiera por sorpresa.

Él arqueó las cejas.

—Me imagino que ha tenido más práctica en luchar que yo, y que sabe muchísimos buenos trucos.

Ella se rió, no pudo evitarlo.

—Tiene razón: sé un buen número de trucos. Además, tengo la ventaja de que los hombres creen que las mujeres no luchan, y mucho menos creen que puedan luchar bien.

—Habla como una mujer que ha luchado muchísimo.

—He tenido que luchar toda mi vida —dijo ella en tono monótono.

Pasados varios minutos él preguntó:

—¿Qué hará cuando llegue la paz?

Ella se encogió de hombros.

—No he pensado mucho en eso porque nunca creí que sobreviviría tanto tiempo. Tal vez buscaré una casita junto al mar y me dedicaré a cultivar flores y a criar gatos.

—¿En Inglaterra o en Francia?

—En Inglaterra —contestó ella al instante, y la soprendió su seguridad en algo en que nunca había pensado mucho—. En Francia hay demasiados malos recuerdos.

Él manifestó su acuerdo asintiendo. Una vez que llegaran a Inglaterra él no tendría que volver nunca a Francia, a no ser que quisiera.

En cambio, ella no tenía otra opción, porque sin su guerra particular con Napoleón su vida no tenía ningún sentido. Volvería una y otra vez hasta que terminara la guerra.

O hasta que se muriera.

Cuando llegaron a la diminuta cabaña cercana a la cima del cerro más alto, Grey ya se había enterado de dos cosas. La primera, que no había olvidado la habilidad para cabalgar a pesar de haber pasado diez años sin acercarse a un caballo; su cuerpo recordaba la forma de sentarse y de dominar a su montura.

La segunda, que cabalgar hacía necesario el uso de músculos cuya existencia había olvidado. A pesar de las paradas para descansar, a última hora de la tarde se le quejaban todos los músculos y articulaciones del cuerpo.

El sendero se había estrechado, así que durante las dos últimas horas Cassie había ido delante. La condenada mujer parecía incansable. Pero tenía una espalda elegante y una bella manera de cabalgar. Disfrutaba mirándola.

Había dejado de sentirse culpable por tener pensamientos indecorosos por una mujer que lo doblaba en edad. Ella era la prueba viviente de que una mujer puede ser atractiva tenga la edad que tenga. Menos mal que ella era capaz de estrellarlo contra la pared más cercana si él se portaba mal.

¿Sabría qué hacer con una mujer bien dispuesta cuando llegara el momento? Bueno, puesto que seguía siendo capaz de cabalgar un caballo, era de suponer que sería capaz de cabalgar a una mujer. Eso lo descubriría cuando estuviera de vuelta en Inglaterra. Por el momento, él y su guía tenían que concentrarse en viajar rápido y pasar inadvertidos.

La cabaña estaba junto a un dentado saliente rocoso, tal como la describiera Romain Boyer. Cassie detuvo su montura delante de la puerta. Era pequeña, de tamaño suficiente para que durmieran tal vez cuatro personas muy bien avenidas. A un lado habían construido un cobertizo para albergar a los caballos. Al otro lado, había un montón de leña apilada.

—Me alegra que haya leña —dijo ella al desmontar—. Esta va a ser una noche muy fría.

Grey trató de no gemir cuando se apeó del ancho lomo de *Achille*.

—El frío no me importa, pero seguro que voy a tener rígido como un madero mi dolorido cuerpo.

—Tengo un linimento bueno para el dolor de los músculos —dijo ella, llevando a *Thistle* hacia el cobertizo.

Ahí le preparó el lecho para pasar la noche.

—Es usted una mujer extraordinariamente útil; conviene tenerla de acompañante.

Llevó a *Achille* al cobertizo, lo dejó amarrado y le quitó la silla. Le estaba tomando bastante cariño al viejo jaco.

—Mi hada madrina me dio dones prácticos, como la eficiencia y la resistencia —dijo Cassie, irónica—, en lugar de darme belleza, encanto o un pelo dorado.

Él no supo qué decir, así que no dijo nada. Dudaba que ella se sintiera halagada si le decía que tenía una hermosa espalda. Aunque fuera cierto.

Cassie el Zorro era una compañera de viaje perfecta, concluyó Grey envolviéndose en su manta esa noche. Lo relajaba estar con ella, y a la vez que satisfacía su deseo de compañía, pedía muy poco. Eso era estupendo porque sus habilidades para acampar eran inexistentes. Lo único que tuvo que hacer mientras ella preparaba una cena y té caliente, fue salir a buscar leña para reemplazar la que habían sacado del montón.

Junto a la otra pared de la cabaña ella se envolvió también en su manta. Estaba a poco más de una yarda de distancia de él.

—Que duerma bien —musitó—. La cabalgada de mañana tendría que ser más fácil.

—Cada día es una nueva aventura —repuso él—. La de mañana será descubrir si mi trasero está tan dolorido que no me permita sentarme en la silla de montar.

Ella se rió y al cabo de un instante el sonido de su risa dio paso al de la respiración pareja de una persona dormida. Él estaba tan cansado que pensó que se dormiría pronto también, pero su tozuda mente se negó a callarse.

Cassie podía creerse carente de belleza, pero él la encontraba cada vez más atractiva. Sin tener nada para distraerse, sólo podía pensar en ella.

Se puso de costado de espaldas a ella, pero era imposible olvidar su presencia. Ya avanzada la noche se levantó a añadir leña al fuego que ardía en el diminuto y primitivo hogar; el calor de las llamas no le quitaba mucho el frío al aire, pero no le importaba; él estaba bastante acalorado.

Durante los últimos años de su cautiverio había muerto su capacidad de sentir pasión y se sentía como un eunuco. No lo había preocupado mucho eso puesto que en su mundo no había ninguna mujer, aparte de las de sus recuerdos, cada vez más distantes. Pero ahí estaba compartiendo un pequeño espacio con una mujer atractiva que le gustaba y a la que admiraba, y en lo único que podía pensar era en cuánto deseaba acariciarla.

Suponía que transcurriría mucho tiempo hasta el momento en que pudiera aplacar sus ansias de contacto físico. Recordó con avidez el abrazo que ella le permitió darle cuando acababa de liberarlo. Era toda una mujer, delicada, de aroma femenino, pero también fuerte. Eficiente pero amable.

No pudo dejar de pensar hasta donde llegaría su compasión. ¿Se acostaría con él por lástima? Estaba tan loco de deseo que no le importarían los motivos que ella pudiera tener. La lástima le iría bien si ella se la ofrecía.

Pero la última pizca de cordura y honor que le quedaba no le permitirían rodar hasta quedar a su lado y suplicarle el dulce consuelo de su cuerpo. Era la mujer más valiente que había conocido, su salvadora, y no se merecía ser manoseada por un tonto como él. Y si lo intentaba, era muy posible que ella lo capara, y con toda justicia.

Capítulo 17

*T*ener el cálido cuerpo de un hombre en la cama mejora una noche fría. Las caricias de esa enorme mano sacaron a Cassie de su sueño profundo, llevándola al umbral de la vigilia, produciéndole una espiral de deseo que le recorrió agradablemente todo el cuerpo. Unos cálidos labios le estaban acariciando el cuello, así que lo estiró para recibir bien el beso.

—¿Rob? —musitó.

Debido al frío llevaba muchas capas de ropa, pero eso podía arreglarse. Cuando él deslizó los labios hacia su oreja, mordisqueando, aumentó el deseo y se despabiló más.

Giró la cara hacia él y él le cubrió la boca en un ávido beso, un beso profundo y apasionado. Le encantó el erótico roce de su barba en la cara.

¿Barba? Despertó del todo al darse cuenta de que el roce no era de una barba de un día, sino de una barba crecida. No era Rob.

—¡Maldición! —exclamó, empujando con fuerza el cuerpo que cubría el de ella, ya antes de comprender que tenía que ser su compañero de viaje.

Grey hizo una brusca inspiración.

—¡Mierda! —exclamó apartándose—. Dios de los cielos, ¿qué estaba haciendo? ¡Juré que no la tocaría! —Hizo una resollante inspiración—. Creí... creí que estaba soñando.

A la tenue luz de las brasas ella vio que la horrorizada expresión de su cara era sincera.

—Pues su sueño era muy real —dijo, mordaz.

—¡Soy un bestia! —exclamó él, angustiado—. Perdone, perdóneme por favor. No tenía intención de insultarla de esta manera. Pasaré fuera el resto de la noche.

Comenzó a incorporarse y ella le cogió el brazo.

—Espere. Esto ha sido lamentable pero no del todo sorprendente dado que estamos en un espacio tan estrecho y usted ha estado privado de compañía femenina tanto tiempo. Cualquier mujer parece atractiva.

—Se infravalora —dijo él con voz crispada—. La he encontrado atractiva desde el principio. Sí, estoy hambriento del abrazo de una mujer, pero eso solo no me habría llevado a acosarla estando dormido.

—¿Cómo puede interesarle una mujer mayor como yo? —preguntó ella, desconcertada.

—Siempre me han gustado las mujeres que tengan algo que las recomiende, y eso es más común entre mujeres maduras. —Movió la cabeza—. Siendo heredero de un condado, creo que me han obsequiado con risitas todas las debutantes tontas de la alta sociedad. Una mujer como usted, fuerte, valiente e inteligente es cien veces más atractiva. —Colocó la mano en la de ella, que tenía apoyada en su brazo—. Por eso me bañé en el agua helada del estanque mi primera noche fuera de la prisión, y por eso es mejor que ahora duerma fuera. Existe un motivo para que la gente joven sea vigilada atentamente por carabinas. Estar cerca de una mujer atractiva puede hacer trizas el juicio masculino.

Consciente de que podía dejarlo salir a dormir fuera y de que nunca más volverían a hablar de ese incómodo incidente, ella lo pensó, indecisa. ¿Realmente deseaba que él saliera? La sangre le vibraba con un creciente deseo. Como él, ella ansiaba contacto físico y relación íntima.

Y si él la encontraba atractiva a pesar de su apariencia esmeradamente mantenida de mujer mayor y sosa, bueno, ella lo encontraba atractivo a pesar de los efectos de su largo cautiverio. Osadamente dijo:

—No se vaya.

Notó en la palma cómo a él se le tensó el brazo, quedando rígido.

—Nada me gustaría más que acostarme con usted —dijo él entonces—. No me importa si es por lástima, pero no debe ser porque yo la he coaccionado.

—Me he acostado con hombres por motivos peores que el placer y el consuelo mutuos.

Acercándose más a él lo besó ávidamente. Al diablo el autodominio y la sensatez.

Estando los dos despiertos y bien dispuestos, las caricias adormiladas dieron paso a una fuerte y decidida pasión. La boca de él exigía, ardiente de deseo y necesidad, excitando igual ardor en ella. Impaciente, lo hizo caer sobre su arrugada manta.

—Puede que yo haya olvidado la forma de hacer esto —dijo él, soltándole los botones del corpiño, que cerraban por delante.

Ella se rió.

—Eso lo dudo.

Grey podía estar loco de deseo, pero tal como le ocurrió al cabalgar, recordaba las técnicas para hacer el amor a pesar de todos sus años de abstinencia. Abriéndole el corpiño, le bajó la camisola para desnudarle un pecho. El pezón se le endureció con el aire frío, y luego se endureció más cuando él lo cogió entre sus cálidos labios.

Reteniendo el aliento, se arqueó para apretar el pecho a ese beso, enterrándole las uñas en los duros músculos de la espalda. Él bajó la mano por su cuerpo encendiendo fuego dondequiera que la tocaba, aun cuando era por encima de la ropa.

Le acarició la cadera y el muslo y después metió la mano por debajo de su falda; su mano cálida sobre su piel desnuda formaba un erótico contraste con el aire frío que le entró hacia las partes íntimas. Entonces él hizo desaparecer el frío con sus expertos dedos.

Ella se movía apretándose a él al tiempo que él la excitaba rápido, preparándola. Con la respiración resollante, él se abrió los pantalones, se instaló entre sus piernas y la penetró, emitiendo un largo gemido de placer. Entonces se quedó inmóvil, con todas las fibras de su cuerpo rígidas.

—No... no puedo durar mucho.

—Claro que no —musitó ella, arqueándose y embistiendo.

Ese movimiento hizo trizas el autodominio de él y se estremeció, eyaculando dentro de ella en un éxtasis al parecer infinito. Con el pecho agitado, se desplomó sobre ella, apoyando su mejilla barbuda en la frente de ella y musitando incoherentes palabras cariñosas en francés.

Ella le echó hacia atrás el pelo húmedo, divertida y frustrada. Ya sabía que el apareamiento iba a ser rápido, pero no hasta ese punto.

—Me parece que recuerdas lo elemental.

—Esto ha sido mejor de lo que recordaba —dijo él, con un deje de risa—. Sólo tocarte me disolvió hasta la última pizca de autodominio que poseo. —Rodó hasta quedar de costado, le bajó las faldas para cubrirle las piernas desnudas y metió la mano por debajo—. También recuerdo que esto no ha terminado todavía.

Ella chilló sorprendida cuando, explorando con los dedos, él le tocó la parte mojada y sensibilizada; la sorpresa dio paso a estremecedoras sensaciones. Estaba tan excitada que con sólo unas cuantas expertas caricias él la llevó a un intenso orgasmo. Hundió la cara en su hombro para apagar el grito de placer cuando los estremecimientos le sacudieron el cuerpo.

Relajándose en sus brazos sintió enroscarse una agradable paz por toda ella, satisfecha como para dormirse en un instante. Curioso que sus cuerpos armonizaran tan bien cuando apenas se conocían. Tal vez saber que Grey desaparecería de su vida dentro de menos de dos semanas hacía posible esa sorprendente intimidad.

Él la tenía abrazada, acariciándole la espalda.

—¿Tendremos una oportunidad para hacer esto en un lugar lo bastante abrigado para poder quitarnos la ropa?

—A mi edad la desnudez no siempre es deseable —dijo ella, irónica—. Han pasado unos buenos años desde que tenía dieciocho.

—«La edad no puede marchitarla ni la costumbre debilitar su variedad infinita» —citó él—. Trasciendes la edad, Cassie el Zorro. Ahora tengo un doble motivo para estarte agradecido. Has recuperado no sólo mi libertad sino también mi virilidad.

—No hace falta gratitud por el placer mutuo —dijo ella, adormilada—. Si piensas que me debes algo, compénsalo en el futuro cuando tengas oportunidades para ayudar a otras personas. Esa es la mejor parte de ser un noble, el poder para ayudar a los menos afortunados.

—Hablas como mi madre. —Cogió la manta de él y la puso encima de la que los cubría—. Siempre ha tenido mucho interés en ayudar a los menos afortunados.

—¿Y tú no?

Él titubeó.

—Me educaron para tener el sentido de nobleza obliga, pero para mí sólo eran palabras. Aunque suponía que haría lo correcto cuando llegara el momento, nunca pensé mucho en lo que significaba eso. En el futuro seré mucho más consciente de lo cruel que puede ser el destino, y de cuándo podría ser capaz de ayudar.

—Otro rayito de esperanza encontrado bajo un nubarrón muy negro.

—Supongo. —Tiernamente ahuecó la mano en su nuca, acunándole la cabeza—. Deseo saber más acerca de ti, Cassie. ¿Tienes familia? ¿Un marido, un amante, hijos, nietos?

—Si tuviera marido no estaría acostada contigo —dijo ella irónica—. No tengo nada de lo demás tampoco.

—¿Ni siquiera un amante? Una mujer tan espléndida como tú se merece un amante. Tal vez varios.

—Hay un hombre en Londres —dijo ella, pasado un momento—. Es más que un amigo, pero menos que un amante. Sabemos no pedirnos demasiado mutuamente.

Ninguno de los dos tenía mucho para dar.

Él aumentó la presión del brazo con que la rodeaba.

—Cuando por fin termine esta guerra y encuentres esa casita, tal vez también encuentres al compañero que te mereces. Alguien con quien compartir tus años de vejez.

—Eres un romántico, lord Wyndham —dijo ella. Sonrió a la oscuridad, pensando que no había ningún motivo para que él no supiera la verdad—. ¿Qué edad crees que tengo?

Él frunció el ceño.

—No lo sé. Al principio te calculé por lo menos sesenta, pero eres muy fuerte y ágil. —Bajó suavemente las yemas de los dedos por su mejilla—. Tienes una piel hermosa, y por lo que he palpado de tu cuerpo, una figura que haría feliz a cualquier mujer. Tal vez...

¿tienes cuarenta y cinco años y desciendes de un linaje de personas sanas que vivieron hasta edad muy avanzada?

Ella se rió.

—Soy unos dos años menor que tú.

—¡Qué dices! —La miró sorprendido—. Me ayudaste a disfrazarme, así que supongo que te has hecho lo mismo. De todos modos, no habría supuesto que eres tan joven.

—En Londres tengo una amiga que es experta perfumista —explicó ella—. Inventó una mezcla a la que llama Antiqua. Su aroma es la esencia de una ancianita inofensiva.

Él se echó a reír.

—¡Qué ingenioso! —Bruscamente dejó de reír—. Entonces estás en edad de concebir y yo no me retiré antes de correrme.

—No tienes por qué preocuparte. Uso un método muy antiguo y en general fiable para prevenir consecuencias indeseadas. —Se encogió de hombros—. O bien las semillas de zanahoria silvestre son eficaces o yo soy estéril. Nunca he tenido ocasión para preocuparme.

—Ahora que hemos aclarado eso —le mordisqueó el cuello—, espero con ilusión olerte cuando no te hayas puesto Antiqua. Estoy seguro de que tu aroma es absolutamente seductor.

—Eso no lo sé, pero es probable que no huela como si tuviera el doble de mi edad.

—Ha desaparecido hasta la última punzada de culpa que sentía por desear a una mujer mayor que mi madre. —El mordisqueo dio paso a un delicado deslizamiento de la lengua alrededor de su oreja. Cuando ella retuvo el aliento, él continuó—: De verdad, debo explorar más a fondo para encontrar la verdadera esencia de Cassie el Zorro, el zorro más delicioso de Francia.

Decirle su verdadera edad había cambiado las cosas entre ellos, comprendió ella. Ya no mostraba la deferencia debida a una respetada mujer mayor. Estaba juguetón de una manera nueva para ella.

—Las zorras muerden —dijo y le mordisqueó la oreja.

Él hizo una inspiración y en el muslo ella sintió cómo se le endurecía el miembro.

—También muerden sus zorros —dijo, enterrándole los dientes

alrededor del pezón, con la presión exacta para excitar, no para causar dolor.

La pasión se le encendió con tanta potencia que la sorprendió; no lo habría creído posible tan pronto.

—Tienes que compensar muchísimo tiempo perdido —dijo con la voz ronca.

—Desde luego. —Puso la palma en su entrepierna y comenzó a moverla en lentos círculos al tiempo que le daba una exquisita atención a su pecho—. Y deseo compensar todo ese tiempo perdido contigo.

Ella se rió, sintiéndose como la jovencita que nunca pudo ser. Diez años no se podrían compensar en dos semanas, pero podían intentarlo.

Grey despertó sintiéndose otro hombre, o, mejor dicho, un hombre renacido. El aire estaba frío como el hielo, pero en la cabaña entraba algo de luz de la mañana, la suficiente para observar los delicados rasgos de la cara de Cassie dormida, que estaba a unos dedos de distancia.

Sabiendo ya su verdadera edad lo sorprendía haberla creído vieja. Se había trazado en la cara sutiles líneas que parecían arrugas, pero así de cerca veía claramente la tersura de su piel. Se comportaba y movía como una mujer agotada por los muchísimos años que había vivido, cuando en realidad era la mujer más fuerte y más hábil que había conocido.

Acercó la cara esos pocos dedos y la besó tiernamente en los labios. Ella abrió los ojos.

—Estoy enamorado —musitó él—. Verdadera, profunda y locamente enamorado de la mujer más maravillosa del mundo.

Por los enigmáticos ojos azules de ella pasó algo profundo, indescifrable y enseguida dijo enérgicamente:

—Es de hacer el amor que estás enamorado, no de mí. No te preocupes, te recuperarás de cualquier enamoramiento que pudieras sentir, lord Wyndham. Ahora debemos levantarnos y desayunar para poder ponernos en camino.

Él pestañeó, sorprendido. Una declaración de amor, aunque fuera traviesa, debía tratarse con cierto respeto.

—¿No puedo estar un poquito enamorado de ti?

Ella lo obsequió con su sonrisa sesgada.

—La pasión trastorna la mente y el juicio. Simplemente ocurre que estoy disponible. Eso no es lo mismo que amor.

Él no supo si estaba de acuerdo con ella. El amor podría ser algo más que el deseo o pasión, pero, francamente, una pasión fabulosa como la que habían compartido a lo largo de esa noche era sin duda un elemento del amor.

Metió la mano por entre los pliegues de su corpiño y camisola y la ahuecó en un pecho desnudo, frotándole el pezón con el pulgar.

—La disponibilidad es una excelente cualidad y no se debe desaprovechar. Supongo que podemos retrasar un poco el desayuno.

Ella retuvo el aliento y se le empañaron los ojos.

—Unos minutos, supongo. Eso será tiempo de sobra para ti.

Él rugió de risa.

—¿Eso es un reto, mi delicioso zorro? Lo tomaré como un reto.

Le rodeó la cintura con los brazos y rodó hasta quedar de espaldas, dejándola a ella encima, su traviesa cara sobre la de él. Su perfume de vieja se había disipado bastante así que pudo aspirar su seductor aroma femenino natural. Único de Cassie.

Había verdad en la creencia de ella de que estaba enamorado de hacer el amor. Pero ella era muchísimo más que la mujer dispuesta más cercana. Realmente estaba un poco enamorado de ella. Y, supuso cuando el beso de ella lo catapultó girando hacia él éxtasis, siempre lo estaría.

Cassie tenía la sospecha de que estaba sonriendo como una idiota cuando tomaron el escabroso sendero por el que saldrían de los cerros y llegarían al camino que debían tomar hacia el norte. Era difícil interpretar la expresión de la cara de Grey cubierta por la barba, pero supuso que también estaba sonriendo. Habían acabado retrasando el desayuno bastante rato.

La había conmovido su buen poco que él bromeara diciendo

que estaba locamente enamorado de ella, aun cuando con eso sólo expresaba el exuberante placer que sentía por haber redescubierto su sexualidad. Tal vez ella estaba un poco enamorada de él. En su manera de hacer el amor había un algo de alegría juguetona que era nueva para ella. Sí que le hacía ilusión tener más de esos momentos apasionados durante el trayecto, hasta que lo entregara a Kirkland en Londres.

Entonces Grey volvería a los amorosos brazos de sus familiares y amigos y, con el tiempo, a los de una esposa joven apropiada. Era de esperar que esta esposa fuera sensible a lo que él había sufrido.

En cuanto a ella, seguiría volviendo a Francia con ardientes recuerdos que después la arroparían en esa casita inglesa, si estaba viva cuando le tocara retirarse. Había sobrevivido más de doce años en el trabajo de espía, así que existía la posibilidad de que estuviera viva para celebrar la muerte de Napoleón.

Encontró bastante simpático que él deseara que ella encontrara un compañero para su vejez, aunque eso también era una indicación de lo joven que era él en ciertos sentidos. Aun cuando había nacido un par de años antes que ella, la mayor parte de su vida adulta la había pasado en cautiverio. Mientras ella había acumulado experiencias de varias vidas en sus veintinueve años, él había tenido una sola experiencia mala, siempre la misma durante diez años.

Eso la hacía sentirse tan mayor como su pelo canoso decía que era. Pero las enormes diferencias entre ellos no eran un impedimento a que pudieran ser amantes hasta que sus caminos se separaran.

La paz se le desintegró a Grey cuando terminaron el trayecto por los cerros y tomaron el camino hacia el norte. Aunque había muy poco tráfico, le hormigueaba la nuca cada vez que oía ruido de cascos de caballo acercándose a ellos. Sin duda aún era demasiado pronto para que Durand hubiera organizado una persecución, pero la razón no tenía nada que ver con su miedo primitivo. No se sentiría a salvo mientras no estuviera en Inglaterra.

Aunque no podía hacer desaparecer la rabia y el miedo, sí podía por lo menos aparentar cordura y normalidad. Descubrió que para eso le era útil centrar la atención en el campo que lo rodeaba. Aunque aún no había terminado el invierno, estaba increíblemente bello. Los árboles dormidos exhibían una infinidad de colores sutiles, y la brisa llevaba embriagadores olores a vida.

Y siempre podía mirar a Cassie y esperar la noche.

Capítulo 18

*U*na vez que Durand terminó de maldecir a sus incompetentes criados por dejar escapar a sus prisioneros, formó planes para capturarlos. Encontrar al frágil sacerdote anciano sería fácil; sin duda se quedaría en la región, cerca de los lugares que frecuentaba, así que podría seguirle la pista a través de amistades y familiares.

Pero Wyndham huiría del país tan pronto como le fuera posible, así que debía actuar rápido. Afortunadamente tenía a su disposición los muchos y variados recursos de la policía. Había cuarteles de gendarmería en todos los pueblos y ciudades. Sólo tenía que decir que buscaba a espías ingleses para movilizarlos.

Haría imprimir carteles y los enviaría a todas partes mediante el rápido correo militar. Los gendarmes los distribuirían por las posadas, pueblos y aldeas de todos los caminos que podrían seguir los fugitivos. Una descripción y una recompensa por la información pondría alertas a cientos de civiles para observar a todos los desconocidos que pasaran.

El problema para redactar el texto de los carteles era dar con las descripciones. Del grupo de asaltantes sólo habían visto a una persona, la anciana, que no dejó ninguna impresión: pelo canoso, ni alta ni baja, ni gorda ni flaca; ningún rasgo distintivo; edad, unos sesenta años tal vez.

Describir a Wyndham y al sacerdote no era más fácil. Él sabía cómo eran al principio, pero en los años en prisión habían enflaquecido y echado barbas largas. Podían cambiar su apariencia con chaquetas almohadilladas y recortándose las barbas.

Tuvo que conformarse con poner alturas aproximadas y decir

que uno era un anciano débil y el otro un hombre joven de pelo claro. A eso añadió que las tres personas buscadas podrían ir viajando juntas o por separado o con otros hombres desconocidos. Muy insatisfactorio.

También estaba el asunto de qué ruta habrían tomado. Serían listos si se hubieran dirigido al sur, hacia España, o hacia el este para entrar en los Países Bajos o en Alemania; pero también podrían haber descartado esa listeza y elegido la ruta hacia la costa norte del Canal, que era con mucho la ruta más rápida hacia Inglaterra. Por lo tanto, envió carteles en todas direcciones, pero se concentró en los caminos hacia el norte.

Él se dirigió a Calais. Su instinto de cazador le decía que por esa región tenía más probabilidades de encontrar a su presa. Cuando consiguiera capturar a Wyndham, no perdería más tiempo teniéndolo prisionero.

Esta vez simplemente mataría a ese cabrón.

Cassie frunció el ceño al ver que el estrecho camino que seguían pasaba por el centro de un pueblo bastante grande. Hasta el momento no habían pasado por ningún poblado más grande que un caserío y habían dormido en graneros, pero no podían eludir eternamente a la gente.

—Debe de ser el día de mercado —dijo—. Toda la gente del pueblo y los alrededores se reúne en la plaza a comprar, vender y charlar.

Sintió la tensión de Grey, que cabalgaba a su lado. Compartir una cama con un hombre daba una sensibilidad extra a sus emociones.

—¿Es posible desviarnos para no pasar por la plaza? —preguntó él.

—No veo ninguna calle que salga hacia un lado, y si intentamos dar un rodeo podríamos tardar medio día más si nos perdemos por los caminos embarrados de las granjas.

—Supongo que tienes razón.

Miró ceñudo hacia la multitud que llenaba la plaza.

—Considéralo una buena práctica para cuando llegues a Londres —dijo ella, alentadora—. Sólo nos llevará unos minutos pasar por el mercado y volveremos a estar en el campo.

Haciendo una inspiración profunda, él detuvo a su caballo y desmontó.

—Tienes razón, no hay ningún motivo para que me desquicie.

Cassie se apeó de *Thistle*. Para pasar por en medio de una multitud como esa era mejor llevar los caballos tirándolos de las riendas.

—Si veo un puesto de panadero me detendré a comprar pan, si no, continuaremos recto hasta salir de la plaza. Te llamaré Grégoire si es necesario decir un nombre.

Él asintió, tenso pero controlado.

—¿Cómo debo llamarte a ti?

—Mamá —dijo ella al instante—. Mantén los ojos bajos y simula que no eres muy inteligente. Yo soy tu madre vieja y sólo yo me encargo de hacer todo lo que es necesario hacer.

Él asintió y echó a andar. Satisfecha, ella cogió las riendas de *Thistle* y echó a caminar al lado de él, llevándola. Esa sería la primera prueba para Grey entre desconocidos, pero tenía bastante fe en que sabría arreglárselas. Por la noche, a solas, él era tan divertido como apasionado. Estaba claro por qué todos lo adoraban en su juventud.

Aunque bajo su alegre encanto seguía ardiendo la rabia, ella creía que esta se iría disipando paulatinamente. Ese tranquilo viaje lo iba sintonizando poco a poco con el mundo. Cuando llegaran a Londres él ya debería haber casi recuperado la normalidad, una normalidad nueva, combinación de lo que había sido y lo que había experimentado.

Todavía era invierno, así que el mercado contenía pocos productos agrícolas aparte de manzanas arrugadas y tubérculos poco apetitosos, pero había productos de bollería y pastelería, además de quesos y charcutería, como también puestos de ropa usada y de utensilios. Si hubiera traído su carreta, instalaría su puesto de venta.

Pero no la llevaba, así que avanzó por en medio del gentío lo más rápido posible sin empujar ni atraer la atención. La gente estaba aglomerada especialmente alrededor de la fuente del centro de la plaza. Por encima del ruido de las conversaciones oía la respiración agitada de Grey, pero él mantenía los ojos bajos y caminaba tenazmente.

No se detuvo en medio del mercado, pero mientras iban saliendo por el otro lado y había menos gente, vio un puesto de panadero.

—Para un momento muchacho y coge mis riendas —dijo con acento de campesina—. Necesito comprarnos una barra de pan.

—Sí, mamá —dijo él y cogió las riendas de *Thistle*.

Entonces ella fue hasta el puesto y compró pan y varias tartas hechas con frutas secadas. Le gustaba ofrecer nuevos sabores que fueran agradables al paladar de Grey descuidado tanto tiempo. Su entusiasta apetito era entrañable.

Acababa de pasar sus monedas al vendedor cuando oyó un grito detrás de ella. Se giró a mirar y vio a un perro flaco huyendo del puesto de enfrente con una salchicha ahumada en el hocico y al vendedor persiguiéndolo con la cara roja de furia.

—¡Parece que la perrita es más rápida que tú, Morlaix! —gritó uno de los mirones.

—¡Calla la boca, maldita sea!

Soltando maldiciones, Morlaix arrinconó a la asustada perra, que había quedado atrapada entre una pared y una carreta, le arrebató la salchicha y comenzó a darle patadas.

—Eh, señor —dijo Grey, imitando el hablar campesino—, no debería golpear a ese pobre animal.

Empujó al vendedor por el hombro, apartándolo de la perra. El hombre se giró bruscamente y movió su gordo puño para asestarle un puñetazo. Grey hurtó el cuerpo, pero se le hizo trizas el autodominio y echó atrás el brazo derecho para asestarle un furioso puñetazo.

Temiendo que lesionara o matara al vendedor, Cassie le cogió el brazo antes que diera el puñetazo.

—¡Tranquilo, muchacho! —exclamó—. ¡No golpees al caballero!

Disimuladamente le enterró un dedo en un punto por encima del codo, adormeciéndole el antebrazo. Él se giró hacia ella con ojos de loco y el cuerpo estremecido.

—¡Tranquilo, Grégoire! ¡Tranquilo!

Le pareció que él podría golpearla, así que se preparó para agacharse. Pero a él se le desvaneció la furia lo bastante para bajar el brazo, y le hizo un breve gesto de asentimiento, indicándole que ya volvía a ser dueño de sí mismo

Entonces Cassie se volvió hacia el furioso vendedor, que olía a cerveza y a cebolla cruda. Inclinando contrita la cabeza, dijo:

—Lo lamento terriblemente, monsieur Morlaix. Mi hijo no está muy bien de la cabeza. Quiere a los perros y no soporta ver que los golpeen. Tenga, permítame que le pague esa salchicha, y ya puede dejar marchar a ese pobre animal. —Le puso una generosa paga en la regordeta palma—. Ahora me llevo a mi Grégoire fuera del pueblo, señor. Se confunde en medio de tanta gente.

Morlaix aceptó el dinero, gruñendo:

—Llévese a esos dos animales lejos de mí.

—Sí, señor —dijo ella mansamente—. Vamos, muchacho.

—La salchicha —dijo él, con una voz monótona que apoyaba la afirmación de ella de que no estaba bien de la cabeza—. Le diste dinero por la salchicha, así que es nuestra.

Cassie cogió la salchicha ya inservible de manos del hombre y se la pasó a Grey. Este se acuclilló y se la dió a la flaca perra, que la devoró en un santiamén.

Rápidamente Cassie cogió su pan y las tartas y las riendas de los dos caballos, que él había soltado al meterse en el altercado. Afortunadamente los dos caballos eran mansos y no habían aprovechado la oportunidad para escapar.

—Deja a la perra, Grégoire, tenemos que ponernos en camino.

Él se incorporó y cogió las riendas de *Achille*.

—Sí, mamá.

Su voz sonó sumisa pero ella percibió la rabia hirviendo bajo la superficie.

Las personas que se habían agrupado ahí para ver una pelea se dispersaron, decepcionadas porque no hubo sangre. Cassie se alejó del mercado a toda prisa, haciendo avanzar a Grey con su caballo delante de ella.

Cuando ya se habían alejado bastante de la multitud del mercado y no había nadie en la calle, Cassie se detuvo para volver a montar y entonces vio a la perra siguiéndolos esperanzada.

—Has hecho una amiga, Grégoire.

Grey se arrodilló a rascarle el flaco cuello a la perra. Era una perra joven, de tamaño mediano, y estaba tan flaca que se le veían las costillas. Por debajo de la suciedad parecía ser de color negro con canela, con los pies y el hocico blancos. Sus grandes orejas colgantes sugerían antepasados sabuesos.

No era brava porque le lamió la mano a Grey, esperanzada.

—Necesita tanto cariño como comida —dijo él—. Pero también necesita más comida. Una salchicha pequeña por la que pagaste tanto no hace mucho cuando se está muerto de hambre. ¿Podemos darle un poco de queso?

Cassie sabía que no convenía darle comida a la perrita, pero no pudo resistirse a sus suplicantes ojos castaños. Hurgó en sus alforjas hasta encontrar un trozo de queso. Desprendiendo una mitad se la pasó a Grey.

—Después de esto no te vas a librar de ella.

—No quiero librarme de ella. —Partió el queso en trocitos y se los dio uno a uno—. Siempre tuve perros. Los echaba tanto de menos como a las personas. —Le rascó afectuosamente la cabeza a la perra—. Si *Régine* decide seguirnos, no pondré objeciones.

Cassie miró atentamente a la flaca perra.

—Naturalmente debe llamarse Reina. Eso hará maravillas en su moral.

Grey le arrojó el último trocito a la perra y esta lo cogió limpiamente con un salto.

—Eso espero —dijo—. Los nombres son importantes.

Si *Régine* le servía para relajarse y arreglárselas con el mundo, pensó Cassie, valía su peso en salchichas. Salieron del pueblo cabalgando uno al lado del otro. Cuando se habían alejado más o menos una milla ella dijo:

—Te portaste bien en el mercado. No mataste a nadie.

Grey apretó los labios.

—Habría matado si tú no me lo hubieras impedido. No soy apto para vivir en una sociedad civilizada, Cassie. Si tú no estás conmigo, la próxima vez que me desquicie no sé que ocurrirá.

—Estaré contigo todo el tiempo que me necesites.

Él giró la cabeza para mirarla, sus ojos grises muy serios.

—¿Eso es una promesa?

Ella titubeó, al comprender que estaba a punto de hacer una promesa muy grande. Pero si bien él la necesitaba en esos momentos, su necesidad no duraría mucho tiempo. Cuando estuviera en Inglaterra habría otras personas más capacitadas para ayudarlo hasta que desapareciera el último de sus demonios. Pero por el momento la necesitaba a ella.

—Lo prometo, Grey.

Él la obsequió con una sonrisa sesgada.

—Podrías vivir para lamentar haber dicho eso, pero gracias, Cassie. Por ahora tú eres mi roca en un mundo desconcertante.

—Es más probable que lamente que hayas adoptado a esa perra —dijo ella—. Tendremos que dormir en graneros todo el resto del viaje.

Él le dirigió una sonrisa exageradamente lasciva.

—Mientras tengamos suficiente soledad para seducirte, mi queridísima lady Zorro...

Ella se rió, contenta de que él volviera a tener dominada la rabia. La noche anterior la habían pasado en un granero, y sí que había habido suficiente soledad para hacer el amor, aunque no tenía muy claro quién sedujo a quién.

Miró hacia atrás y vio que la perrita los seguía. Daba la impresión de tener cierta educación; tal vez era la perrita de una familia y se perdió. Sería buena compañía para Grey. A ella le gustaban los animales, pero no podía tenerlos en su vida viajera. También procuraba no tomarles demasiado cariño a sus caballos porque a veces tenía que dejarlos; tal como había tenido que hacer con los hombres.

Habían avanzado bastante y deberían llegar a la costa dentro de unos días. Estaría feliz de dejar sano y salvo a Grey en Inglaterra, pero, ay, echaría de menos las noches.

Cuando terminó sus ventas, el comerciante Morlaix se dirigió al bodegón de la posada cercana. Mientras esperaba que le sirvieran su bebida, entró el jefe de la gendarmería del puebo y fijó un cartel en la pared cerca de la puerta. «¡RECOMPENSA!» se leía claramente en letras mayúsculas.

A Morlaix le gustaba ejercitarse en la lectura, así que fue a mirar de cerca el cartel. Se buscaba a unos fugitivos: una anciana, un anciano, un hombre joven de pelo claro. Podían ir viajando juntos o por separado, o tal vez acompañados por otros hombres.

—Eh, Leroy —dijo al gendarme, que era un viejo amigo—. Esta mañana vi en el mercado a dos que podrían ser de estos tres. La anciana y un hombre de pelo claro. Aunque él estaba tocado de la cabeza y no había ningún anciano.

Leroy, ex sargento del ejército, lo miró moderadamente interesado.

—¿Son de por aquí?

—No, desconocidos. Iban hacia el norte.

Leroy pareció más interesado.

—El letrero dice que es muy probable que vayan hacia el norte. ¿Cómo era la anciana?

Morlaix se encogió de hombros.

—Nada digno de mención. Altura media, vestía un poquito mejor que una trapera, pelo cano. Un hombre tendría que estar desesperado para desear llevarla a la cama.

—¿Anciana, pero fuerte? —preguntó el gendarme, más interesado aún.

Morlaix frunció el ceño.

—Supongo. Impidió que el grandullón bruto de su hijo me atacara.

—¿Y por qué quería atacarte?

El comerciante contó la historia muy resumida, pensando que no quedaría bien si la contaba entera. Al gendarme se le iluminaron los ojos.

—¿Podría haber sido inglés? Los ingleses son fanáticos por los perros.

—No dijo mucho, pero hablaba como un francés, como un francés idiota.

Leroy dio unos golpecitos en el cartel.

—El hombre joven es un espía escapado. Supongo que tenía que

hablar bien el francés para ser espía. Este par puede ser de los buscados. ¿Cuánto hace que salieron del pueblo?

—Medio día. Escucha, si son ellos, ¿recibiré la recompensa?

—Tal vez parte de la recompensa, pero sólo si de verdad son los
villanos y si son capturados. Enviaré el aviso hacia el norte del camino por la diligencia del correo militar.

Dicho eso el jefe de la gendarmería giró sobre sus talones y se
dirigió a la puerta.

—¡No vayas a olvidarte de mi recompensa! —gruñó Morlaix.

Ya le habían servido la bebida, así que bebió un largo trago. El
condenado gendarme deseaba la recompensa para él. Francia podía
ser un imperio, no un reino, pero seguía habiendo aquellos que tenían poder y aquellos que no.

Capítulo 19

Esto parece prometedor —dijo Cassie cuando quedó a la vista una pequeña posada a un lado del camino.

Un deteriorado letrero anunciaba AUBERGE DU SOLEIL (Albergue del Sol). Debajo del nombre estaba pintado: MME. GILBERT. Esa no era una concurrida posada de posta, sino simplemente una taberna que servía bebidas y comida sencilla y tenía habitaciones para uno o dos viajeros.

—Con suerte podremos comer algo caliente y conseguir un baño para *Régine*.

La perra estaba muy feliz echada junto al regazo de Grey, que la había subido a su montura porque la cansaba mucho ir al paso de los caballos.

—¿Habrá posibilidades de un baño para nosotros? —preguntó él, acariciándole el lomo a la perra.

—*Régine* lo necesita más —dijo Cassie, sonriendo—. Pero si tenemos verdadera suerte, podría haber agua caliente para nosotros.

Entraron en el pequeño patio. Estaba lodoso, como gran parte del norte de Francia, en que se estaba derritiendo lo último que quedaba de la nieve. Aunque ya comenzaban a aparecer los primeros esperanzadores brotes de la primavera, había mucho más barro.

Cassie desmontó, amarró a *Thistle* y entró en la posada. Sonó una campanilla encima de la puerta, y una mujer mayor, robusta y de aspecto autoritario, se acercó a saludarla:

—Soy madame Gilbert —dijo enérgicamente—. ¿En qué la puedo servir?

—Buen día, madame —dijo Cassie, con su pronunciación de campesina—. A mi hijo y a mí nos interesa una comida, una habitación y ¿tal vez una bañera para que pueda bañar a su perra?

—¿Su perra? —repitió la mujer.

Miró por la ventana desde la que se veía a Grey y a *Régine* sobre el lomo de *Achille*. Grey había intentado trabajar una expresión distraída pero no le resultaba muy bien; por suerte la barba le ocultaba buena parte de la cara.

—Encontró una perra abandonada, hambrienta y sucia en el mercado del pueblo y desea quedársela. —Exhaló un suspiro como diciendo «¿Qué puede hacer una madre?»—. Grégoire no está muy bien de la cabeza, y tener un perro lo calma.

—¿Es un desertor del ejército? —preguntó francamente madame Gilbert.

—Noo. No tiene capacidad para ser soldado.

La mujer se encogió de hombros.

—Será mejor que no me diga nada por lo que yo podría tener que mentir. Pero, de una madre a otra, le diré que los gendarmes de esta región dedican muchísimo tiempo a capturar desertores, y muchas veces vienen por este camino. La mayoría son soldados que dejaron el ejército porque quedaron inválidos, así que no les gusta ver a nadie que haya escapado del sufrimiento.

A Cassie no le gustó nada lo que acababa de oír.

—Es cierto que Grégoire no ha estado nunca en el ejército, pero tiene edad para ser soldado —dijo—. ¿Hay algún otro camino que sea menos frecuentado por los gendarmes?

Madame Gilbert curvó la boca como si ella acabara de confirmarle que su hijo era un soldado desertor.

—Sí y no queda lejos. De mi establo sale un sendero lodoso, por atrás. No parece gran cosa, pero si lo sigue por los campos finalmente lleva a otro camino que va hacia el norte. Es estrecho y tranquilo.

A Cassie se le despertó la curiosidad.

—Da la impresión de que les tiene compasión a los desertores.

Se endureció la boca de la mujer.

—Las guerras de Napoleón han matado a mi marido, a mi hermano y a mis dos hijos. No van a tener a mis nietos, y no ayudo a los gendarmes a seguirles la pista a esos pobres diablos que no desean morir en embarrados campos del extranjero.

—A mí no me importa mucho quien gane —dijo Cassie, lo que no era cierto, era necesario matar a Napoleón, y añadió con más sinceridad—: Sólo deseo que acabe esta interminable guerra.

—Amén a eso. ¿Le interesa bañar a la perra?

—Eso, una comida caliente y permiso para acostarnos en el establo. Grégorie estará más feliz si está cerca de los caballos.

La posadera asintió, ya convencida de que Grey era un desertor.

—Es un establo bastante cómodo. Dormirán bien ahí. En cuanto a la perra, el cobertizo contiguo al establo es un lavadero; ahí encontrará una bomba de agua, bañeras, jabón y cepillos. La comida caliente de esta noche es estofado de cordero.

—Eso lo encuentro perfecto, madame. —Sacó su delgado monedero—. ¿Cuánto será por todo?

El todo incluía una información más valiosa que un techo sobre sus cabezas.

Régine aceptó el baño sin ningún entusiasmo, pero no mordió ni intentó escapar mientras Grey la bañaba en el pequeño lavadero. Cassie se mantuvo a cierta distancia para que no le salpicara agua, admirando el pecho desnudo de Grey y lo que iba apareciendo de la perra a medida que quedaba limpia. Nunca sería hermosa, pero era un animal feliz, que miraba a Grey con adoración. Uno de sus padres debió ser un sabueso. Era imposible adivinar qué serían sus otros antepasados.

Una vez que *Régine* estuvo limpia y secada con ásperas toallas, entraron en el establo, el que sí era francamente cómodo. Madame Gilbert guardaba ahí un par de carretas de tiro, pero había espacio de sobra para *Thistle* y *Achille*.

Pensando que era mejor mantener a Grey alejado de la posadera, Cassie fue a buscar la cena y la llevó al establo en una bandeja. El estofado de cordero era sustancioso y sabroso, la cerveza casera un buen acompañamiento y había una buena cantidad de pan fresco para rebañar.

Ya estaba oscureciendo cuando fue a dejar la bandeja con los platos sucios. Cuando volvió al establo Grey ya había extendido una manta sobre un montón de paja suelta y estaba recostado encima, con *Régine* a un lado. Largo y delgado se veía glorioso a la tenue luz de una sola linterna. Aunque desgreñado y todavía demasiado delgado, gracias a la buena comida ya no estaba tan huesudo.

—Esto combina los placeres informales de acampar —dijo él— con la ventaja de tener un techo, una buena comida caliente y una manera fácil de escapar si necesitamos marcharnos de prisa. —Dado que *Régine* estaba echada a su derecha, dio unas palmaditas a la paja a su izquierda—. Ven a sentarte a mi lado, Cassie el Zorro. Habiendo satisfecho un apetito, es el momento para satisfacer otro.

—Eres un desvergonzado —dijo ella, sentándose, feliz de recostarse junto a su cálido cuerpo esa fresca noche.

—Eso dijo lady Agnes una vez. Se estaba riendo, pero lo dijo en serio. Y tenía razón. —Rodó hasta quedar casi encima de ella y comenzó por un largo y concienzudo beso—. ¿Tendré éxito en seducirte?

—Supongo que tengo un par de minutos libres —bromeó ella introduciendo los dedos de la mano derecha en su enredado pelo.

—¡Zorro mío! —le besó el cuello—. Me insultas para que yo demuestre mi vigor masculino.

—Has deducido mi plan para derribarte —dijo ella riendo.

Cuando Grey no estaba afligido la hacía reír como ningún hombre que hubiera conocido.

Él hundió la cara en el hueco entre el cuello y el hombro.

—Oh, Cassie, Cassie —musitó con voz ronca—, eres lo mejor que me ha ocurrido en mi vida.

Ella le mordisqueó el lóbulo de la oreja, pensando en lo mucho que echaría de menos su risa y carácter juguetón.

—¿Sólo soy una cosa?

Él se rió.

—La «mejor» cosa. —Le besó la sien—. La «mejor» persona. —Le lamió la oreja—. Y la mejor y más extraordinaria mujer.

Acabó la lista besándola en la boca.

El beso profundo y concienzudo casi la dejó sin la capacidad para pensar. Después de un largo y delicioso intervalo, ella musitó:

—Creo que tu mejor suerte fue ir al mismo colegio con Kirkland. No son muchos los hombres que dedicarían tanto tiempo a buscar a un amigo desaparecido.

Él bajó la mano acariciándole el pecho y el abdomen.

—Cierto. Pero piensa en lo mucho menos entretenido que habría sido si hubiera enviado a uno de sus agentes hombres al castillo Durand.

—Dado el estado de abstinencia en que te encontrabas, tal vez no te habría importado mucho quién te rescataba. —Se arqueó, apretándose a su mano—. Cualquier cuerpo cálido y bien dispuesto te habría servido igual.

—¡Eres un zorro malvado, escandaloso! Ni siquiera diez años bastaron para que olvidara las diferencias entre hombres y mujeres. Aunque tal vez debería refrescarme la memoria...

Estaba cogiéndole la orilla de la falda cuando en el patio que daba al camino se oyeron gritos y el tintineo de arneses de caballos. Se quedaron inmóviles.

En el silencio de la noche se oyó una voz estridente y áspera exigiendo entrar en la Auberge du Soleil, en nombre del emperador, para poder capturar a fugitivos y desertores. Madame contestó en voz muy alta, diciéndoles a los gendarmes que ella no tenía a ningún desertor en su posada y que por qué los «cerdos» venían a molestar a ciudadanos respetuosos de la ley cuando estaban cenando.

Se desvanecieron el deseo y las risas. Cassie soltó una maldición en voz baja.

—Tenemos que marcharnos inmediatamente —dijo, levantándose—. Menos mal que no habíamos sacado nuestras cosas de las alforjas.

—¡Los muy cabrones! —exclamó Grey, levantándose de un salto y dirigiéndose a la puerta—. Me gustaría...

Cassie le cogió el brazo.

—¡No vamos a salir ahí a combatir con un montón de hombres armados! Vamos a ensillar silenciosamente a los caballos, saldremos por la puerta de atrás y tomaremos el sendero que se aleja del camino y de la posada.

Él tenía el brazo rígido, pero después de hacer una honda inspiración, se giró de espaldas a la puerta y cogió su silla de montar.

—¿Le harán daño a madame Gilbert?

—Es una mujer formidable y me pareció que tiene experiencia con estas visitas de los gendarmes. —Puso la manta para la silla en el lomo de *Thistle*—. Sus protestas nos van a ganar unos cuantos minutos, con los que podremos salir antes que vengan a registrar el establo. Lo mejor que podemos hacer por ella es marcharnos sin dejar ninguna señal de que hemos estado aquí. Dile a tu perra que no ladre.

Con expresión adusta él dobló su manta y la metió en una de sus alforjas. Cuando estaban listos para marcharse ella paseó la mirada por todo el establo, para comprobar que todo estuviera bien, mientras él abría silenciosamente la puerta de atrás. Ella ya había inspeccionado el sendero antes. Aunque era estrecho y estaba embarrado, discurría por en medio de gruesos setos, por lo que no tardarían en perderse de vista.

Cassie apagó la linterna y sacaron los caballos. *Régine* salió trotando detrás, desconcertada pero colaboradora. Por suerte no era ladradora.

Salieron justo a tiempo. Vieron el brillo de linternas al otro lado del establo y oyeron a un gendarme dar la orden de registrar todas las dependencias exteriores. Agradeciendo que los gendarmes metieran tanto ruido, Cassie inició la marcha por el sendero. La niebla se convirtió en una ligera lluvia y el frío húmedo calaba hasta los huesos. Era de esperar que más adelante encontraran un lugar para refugiarse.

Al menos esta vez no iban huyendo en medio de una ventisca.

Iba corriendo por los campos perseguido por cazadores como si fuera un conejo; los perros de la jauría aullaban clamando por su sangre. Jadeante se cayó y quedó tirado en el suelo y los cazadores y los perros se arrojaron sobre él. Pero en lugar de darle una muerte rápida, destrozándolo, lo capturaron, le ataron las extremidades y lo llevaron a rastras de vuelta a la prisión, arrojándolo a un pozo sin fondo, donde cayó en una noche eterna.

Grey despertó gritando en la oscuridad. Desesperado, golpeó a diestro y siniestro, pero antes que el más absoluto terror le desintegrara la última pizca de cordura, lo rodearon unos cálidos brazos y una dulce voz femenina le dijo:

—Tranquilo, Grey, no pasa nada. Estamos seguros aquí. —Su dulce voz y su fuerte cuerpo eran un refugio en un mundo negro y lúgubre—. Escapamos sin que los gendarmes se enteraran de que habíamos estado ahí.

Con el corazón retumbante y las manos apretadas en puños trató de dominarse, de imponer la razón al instinto. No estaba prisionero, no estaba atrapado en una eternidad sin luz.

—Lo siento —logró decir—. Saber que nos perseguían debió desencadenar una pesadilla.

—¿Ha sido la primera desde que escapaste?

Su primera reacción fue decir que sí, pero no podía mentirle a ella.

—No la primera, pero sí la peor. —La rodeó con los brazos, sintiendo remitir el terror—. Cuando tú estás cerca se van rápido. —Frunció el ceño, mirando la oscuridad—. ¿Te golpeé cuando estaba desesperado?

—No, aunque no por falta de empeño. Por suerte soy buena para esquivar golpes.

Menos mal.

—¿Me recuerdas dónde estamos?

—En un cobertizo destinado a guardar forraje para el ganado. En esta estación ya se ha usado gran parte, así que hay espacio para que duerman viajeros cansados.

—No me extraña que haga tanto frío —dijo él.

Acababa de recordar que encontraron el cobertizo después de unas dos horas de difícil y penosa caminata por el sendero mojado. Habían llevado los caballos tirándolos, porque estaba demasiado oscuro para cabalgar.

El cielo empezaba a iluminarse, así que no debía de faltar mucho para la aurora. Cayó en la cuenta de que el tibio peso que sentía al otro lado era *Régine*, acurrucada ahí.

—¿Cuánto nos falta para llegar a la costa?

—Podríamos llegar en cuatro días si nos obligamos a ir de prisa.

Y es lo que debemos hacer —añadió más seria—. Durand debe de haber distribuido carteles describiéndonos como unos peligrosos espías, y casi seguro que ofreciendo una recompensa. Ahora la gente se va a fijar en cualquiera que tenga aunque sea un vago parecido, y tal vez intentarán detener al que consideren sospechoso.

—¿Debería afeitarme? —preguntó él, pasándose la mano por el mentón, pensando qué habría debajo de la mata de pelos—. Eso me cambiaría la apariencia.

—En realidad no conocen tu apariencia —dijo ella y él detectó una sonrisa en su voz—. A mí me parece que si te afeitas, todas las mujeres con las que nos crucemos te van a recordar, y eso es lo contrario de lo que nos conviene.

Él notó que le subían los colores a la cara. Cuando era joven se fijaban en él mujeres de todas las edades. Siempre había dado por descontada la atención, tonto vanidoso que era. Ahora la idea lo hacía sentirse vagamente incómodo.

—Cualquier descripción de ti sería la de una anciana, ¿verdad? Esa apariencia tenías en el castillo. ¿Puedes cubrirte las canas de tu pelo? Así podríamos viajar como marido y mujer.

—Cambiarnos las apariencias los dos es buena idea —concedió ella—. En una de mis alforjas tengo un tinte castaño para teñir temporalmente.

—Ya no me sorprende nada de lo que sacas de esas alforjas tuyas. —Bajó la mano por su flexible espalda, deseando acariciarle todas las partes que pudiera—. Cuando nos detuvimos aquí medio esperaba que sacaras una cama de cuatro postes.

—Qué tontería. En este cobertizo no cabría mi cama de cuatro postes.

Él sonrió y se le disipó el resto de la tensión provocada por la pesadilla.

—Me encantará tenerte en el papel de mi esposa. Me sentía algo pervertido por tenerte como mi madre.

—Eso no te impidió portarte de manera pervertida —repuso ella, metiendo una mano por debajo de su chaqueta.

Él se puso rígido, y también se puso rígida la parte de su cuerpo donde ella detuvo la mano.

—Soy un desvergonzado, ¿no lo recuerdas? —dijo, con la voz un poco resollante—. Creo que deberíamos celebrar nuestro nuevo estado como marido y mujer.

—Bueno, es una manera de calentarnos —dijo ella, pensativa—. Un par de minutos.

Él sintió burbujear la alegría y el deseo, a pesar de sus precarias circunstancias.

—¿Otro reto, milady Zorro? —Ahuecó la mano en la deliciosa blandura de su pecho—. Te prometo que te calentaré hasta que salga el sol.

Y lo hizo.

Capítulo 20

A consecuencia de los carteles le llovieron los informes a Durand. El sacerdote no había sido visto; o bien Laurent Saville estaba muy bien oculto o murió a causa de los rigores de la huida. En ese caso, que se pudra, pero él continuaría buscándolo. El anciano podía serle útil.

Pero sí había muchos informes sobre personas vistas que podrían ser Wyndham y la anciana. Revisar esos informes era el tipo de trabajo en el cual él sobresalía. Tenía un instinto especial para saber qué podía ser cierto, y ese instinto se activó con la anécdota de un altercado de poca monta ocurrido el día de mercado en un pueblo: una anciana y un hombre que se portaron mal a causa de un chucho sin ningún valor. Eso tenía trazas de ser típico del comportamiento inglés.

Pensó si la anciana no sería en realidad un hombre. Dadas sus demostraciones de fuerza y astucia, no lo sorprendería enterarse de que la persona que rescató a Wyndham fuera un hombre bajo disfrazado de mujer. Aunque tal vez la fuerza y la astucia eran de los hombres que viajaban con ella. Eran demasiadas las posibilidades. Con lo único que contaba para continuar la búsqueda era la probabilidad de que Wyndham fuera viajando hacia el norte.

El par del incidente del mercado se dirigía al norte, pero no había ningún informe convincente de que los hubieran visto más allá por el camino que llevaban ese día. En un mapa examinó las rutas alternativas. Un camino secundario hacia el este parecía posible, y llegaba hasta Boulogne, justo en la costa del Canal.

A lo largo de la costa había muchísimos pescadores que también eran contrabandistas. ¿Qué grupo sería el más probable? En los archivos del Ministerio de Policía había expedientes de muchos de ellos.

Llevando el maletín de mapas, ordenó que le trajeran un coche y se dirigió al norte.

Los cuatro días siguientes fueron un tormento por el constante miedo a la persecución. También fueron los días de cabalgada más ardua que había hecho Grey en toda su vida. Si no se hubiera acostumbrado por los varios días de viaje más lento del principio, Cassie habría tenido que atarlo al caballo.

Ya no montaban en *Achille* y *Thistle*, los habían trocado por caballos más fuertes y descansados. Creyó ver pena en los ojos de Cassie cuando vendió su poni, pero era tan pragmática que no se quejó. Era una tirana, se exigía mucho a sí misma y le exigía a él con inflexible resolución.

Incluso algunas noches estaban tan cansados que no hacían el amor. Pero él jamás estaba tan cansado que no deseara tenerla abrazada cuando se dormían. Tenerla cerca lo salvaba de tener pesadillas.

Tenía el suficiente orgullo masculino para no quejarse del ritmo que imponía ella, aunque cuando llegaron a la taberna junto al mar, al noreste de Boulogne, se sentía como si le hubieran dado una paliza unos boxeadores profesionales. Era última hora de la tarde cuando avistaron la taberna.

—Nuestro destino —dijo Cassie—. Aquí me conocen. Ya casi hemos llegado a Inglaterra.

Él contempló el Canal casi sin respirar.

—Inglaterra está al otro lado. Me cuesta creerlo.

Algún día recordaría ese viaje como un intervalo breve, inverosímil, de cuando venía de regreso a su verdadera vida, pero por el momento, era su mundo: el camino, el viaje y Cassie. No echaría de menos el miedo constante ni las horas de cabalgada, y le sería grato volver a la vida civilizada con agua caliente y ropa limpia siempre a su disposición.

Pero no lograba imaginarse la vida sin aquella mujer.

Cuando llegaron a la taberna, Cassie desmontó.

—Lleva a los caballos al establo —dijo—. Yo iré a hablar con mi amiga Marie. Es otra de las incontables viudas francesas de la guerra. Con suerte podremos navegar esta noche. —Le pasó las riendas de su caballo—. El tiempo parece perfecto.

Él cogió las riendas, diciendo:

—Vas a echar de menos darme órdenes.

—Muy cierto. Me encanta dar órdenes a hombres grandes y fuertes. Sólo tendré que volver a Francia a rescatar a otro pobre hombre para darle órdenes.

Era una broma, pero cuando se dirigía al establo Grey sentía que las palabras se le clavaban como cuchillos. El viaje con Cassie había sido el tiempo más feliz de su vida. Le dolía ese recordatorio de que para ella él era solamente otro trabajo más.

«Me he acostado con hombres por motivos peores». ¿Se acostaría con todos los hombres a los que rescataba? Detestaba la idea, pero no tenía ningún derecho a hacerle preguntas sobre su pasado ni sobre los demás hombres que había conocido.

Mordiéndose el labio, desmontó. *Régine* percibió su agitación y se apretó a su pierna. Por lo menos un ser femenino de ese viaje pensaba que el sol salía y se ponía en él.

Mientras preparaba el lecho para los caballos, se dijo que debía ser bastante adulto y aceptar que Cassie era especial para él aunque él nunca fuera especial para ella. Pero no sabía si era tan maduro.

Cassie entró en el bodegón de la taberna. En la acogedora sala había mesas y una sencilla barra en el extremo más alejado de la puerta. Un niño estaba sentado ante una mesa estudiando y detrás de la barra vio a una mujer madura de figura agradablemente redondeada absorta en una labor de punto.

—Buenas tardes, Marie —la saludó—. Me alegra verte tan tranquila.

—¡Cassandra! —exclamó Marie—. Qué alegría verte.— Dejó a un lado la labor—. ¿Te acuerdas de mi sobrino Antoine?

—Claro que me acuerdo. No me permitas que interrumpa tu estudio, Antoine.

El niño se levantó, la saludó con una sonrisa enseñando un hueco entre los dientes y volvió a sentarse para continuar estudiando.

—¿Sólo estás de paso? —preguntó Marie.

Cassie sacó una tintineante bolsita del bolsillo que llevaba oculto bajo la falda.

—Sí, y cuanto más corta la visita, mejor.

—Estás de suerte. Esta noche hay programada una salida a faenar.

Eso era una buena noticia; cuanto antes salieran de Francia, mejor.

—¿Hay espacio para dos pasajeros? —preguntó; al ver el gesto de asentimiento de Marie le pasó la bolsa—. Ten, aquí va el precio.

Marie hizo desaparecer el dinero.

—Siempre es un placer negociar contigo, Cassie. ¿Dónde está tu acompañante?

—En el establo preparando a nuestros caballos para la noche. Son dos caballos decentes, nada especial. No sé cuándo volveré a pasar por aquí, así que puedes usarlos si los necesitas.

Marie miró por la ventana. El día había estado nublado y la noche se aproximaba rápidamente.

—Tenéis el tiempo justo para que tú y tu acompañante comáis algo antes de bajar a la cala. Enviaré a Antoine a la barca a decirles que bajarán pasajeros.

Justo cuando Antoine cerró su libro, vieron detenerse a varios jinetes fuera.

—Es posible que nos anden buscando a nosotros —dijo Cassie en voz baja.

—O igual son los agentes de aduana que vienen con demasiada frecuencia. —Frunciendo el ceño dijo al niño—. Antoine, ve a la cala a decirles a los hombres que podría haber problemas aquí.

—Sí, tía —dijo el niño y rápidamente desapareció por la puerta de la cocina para salir por atrás.

Marie sacó dos pesados vasos de vidrio y puso vino en los dos.

—Ahora somos dos mujeres aburridas charlando. —Deslizó un vaso por la barra y lo dejó ante Cassie—. ¿Tu acompañante sabrá manternerse fuera de la vista?

Buena pregunta. Era difícil predecir qué haría Grey.

—Espero que sí.

Diciendo eso cogió el vaso y se instaló en un taburete frente a Marie.

Se abrió la puerta y entraron cinco gendarmes; los cinco estaban armados y tenían las expresiones agresivas de unos hombres que buscan camorra.

Tabernera experimentada, Marie captó las expresiones con la misma facilidad que Cassie. Aunque con recelo en los ojos, preguntó en tono relajado:

—¿En que les puedo servir, ciudadanos? Tengo buen pescado estofado y pan fresco en la cocina.

—Vamos a querer de eso y una botella del mejor coñac de la casa —dijo el sargento al mando—. Pero lo que en realidad andamos buscando es a unos espías fugitivos. —Sacó un cartel doblado del bolsillo de la casaca—. Un anciano, una anciana, un inglés joven de pelo claro, y tal vez viajan con otros. ¿Alguien así ha estado aquí? Van huyendo como ratas hacia Inglaterra.

Marie puso cinco copas sobre la barra.

—No puedo decir que haya visto a personas con esas pintas. Las únicas ancianas que vienen aquí son de por aquí cerca. —De debajo de la barra sacó una botella de coñac—. No he visto a ningún inglés que parezca un espía.

—Pero apuesto a que sí que ha visto a muchos contrabandistas —dijo uno de los hombres, desdeñoso. Cogió la botella de coñac de la mano de Marie y bebió un trago—. ¿Cuánto nos dará por continuar camino hasta la próxima taberna costera sin registrar esta?

—¿No va contra la ley sobornar a un gendarme? —preguntó Marie tranquilamente—. No tengo nada que temer de un registro. No hay contrabandistas aquí. Solo hay comida y bebida.

—Y mujeres —dijo un hombre alto y corpulento que parecía un oso, apuntando hacia Cassie—. El cartel dice que la anciana no tiene ningun rasgo distintivo que la identifique. Esta tampoco los tiene.

La miró con ojos ardientes y la agresividad espesó el aire.

—No es usted amable al decir eso, ciudadano —dijo Cassie mansamente, cambiando de posición en el taburete para poder coger el cuchillo que llevaba en una funda atada al muslo, aunque esperaba que el asunto no llegara a tanto; dos mujeres tenían pocas posibilidades contra cinco hombres brutales armados—. Puede que esté encaminada hacia la vejez, pero aún no he llegado a ella.

—Eres lo bastante vieja para agradecer que un verdadero hombre esté dispuesto a follarte —dijo el hombre oso emitiendo un bufido—. No es que normalmente yo quisiera tocar a ninguna de las dos, pero a falta de algo mejor...

Cuando se le acercó, Cassie bajó la mano hacia el cuchillo, pero antes que pudiera cogerlo él se abalanzó y la estrechó en sus gordos brazos exactamente como un oso. Su aliento apestaba a aguardiente barato.

—¡Suélteme! —le espetó, debatiéndose enérgicamente.

Pero él tenía la ventaja del tamaño y la fuerza. La arrojó al suelo y la montó encima a horcajadas.

El jefe del grupo se inclinó sobre la barra para coger a Marie; ella le golpeó la cara con una botella. Él retrocedió tambaleante maldiciendo, pero otro hombre rodeó la barra, la cogió y la llevó a rastras hasta el centro del bodegón. El grito de ella fue interrumpido bruscamente.

Si su atacante no hubiera estado montado sobre ella, Cassie podría haberlo inmovilizado, pero teniendo su peso encima estaba casi impotente. Por Dios que Grey no oyera el alboroto, pues entonces entraría a arremeter; aunque era un luchador, los gendarmes estaban armados y había muchas más probabilidades de que le dispararan a un hombre que a una mujer.

Rogando que Antoine no tardara en traer a los marineros de la cala, le enterró los dientes en el lóbulo de la oreja a su atacante, y sintió el sabor metálico de la sangre. Él aulló de furia y echó atrás el brazo para darle un tortazo en un lado de la cabeza.

Alcanzó a girarla y evitó lo peor del golpe, al tiempo que intentaba liberar un brazo. Si lograba arañarle los ojos...

Un grito aterrador resonó y reverberó en el bodegón; era de Grey, que entró corriendo, desquiciado de furia, con ojos de loco. En dos pasos llegó hasta Cassie y le sacó de encima al hombre oso. Se oyó un feo crac cuando le rompió el cuello.

Un gendarme que estaba detrás de él, amartilló rápidamente su pistola y apuntó.

—¡Cuidado, Grey! —gritó Cassie, poniéndose rápidamente de pie.

Grey se dio media vuelta y se abalanzó hacia el hombre. El disparo sonó ensorcededor, pero él ni siquiera se encogió. Le quitó la pistola al gendarme y con la culata de madera lo golpeó, dejándolo inconsciente.

Dado que él podía arreglárselas solo, Cassie se volvió hacia Marie; el hombre la tenía aplastada en el suelo, con una mano tapándole la boca y con la otra intentando desgarrarle el vestido. Caminando sigilosa fue a situarse detrás de él y le enterró con fuerza los dedos en los puntos de presión que lo dejarían inconsciente en sólo unos segundos.

El hombre se desplomó encima de Marie emitiendo una exclamación ahogada. Cassie sacó su cuerpo de encima de su amiga, que estaba estremecida pero parecía ilesa, y se volvió hacia Grey.

Él luchaba como un bailarín, cambiando ágilmente de lugar y asestando eficientes golpes con los puños y los pies. Pero, buen Dios, le manaba sangre del lado de la cabeza. La bala debió pasar rozándosela. No podía ser una herida muy grave porque entonces no podría luchar con tanta energía. Pero, ¡tanta sangre!

Se le oprimió el corazón al ver a los dos últimos gendarmes retroceder y apuntar a Grey con sus pistolas. Soltando la palabrota más sucia que sabía, le arrojó su cuchillo al que estaba más cerca; le dio en el centro de la garganta, de la que le salió un chorro de sangre.

Mientras el hombre caía desplomado emitiendo un gorgoteo, su compañero la apuntó a ella con su pistola.

—¡Maldita bruja!

Ella se lanzó hacia la izquierda deseando tener una barrera para protegerse; entonces los anchos hombros de Grey le bloquearon la vista del gendarme. Gruñendo como un lobo, él se abalanzó de un salto hacia él al mismo tiempo que este disparaba.

Sin inmutarse, le cogió el cuello con sus potentes manos. Los dos cayeron al suelo.

Santo Dios, más sangre, y esta vez le salía del costado. Pero él no aflojó las manos. Cuando ella llegó hasta ellos, el gendarme estaba muerto. La expresión de Grey era feroz, y al parecer no la oyó cuando ella dijo su nombre.

Le cogió el hombro y le enterró las uñas.

—Grey, tranquilo, estamos a salvo. Suéltalo para que yo pueda mirarte las heridas.

Él continuó sin reaccionar, así que le dijo en tono más cortante:

—¡Grey, suéltalo!

Pasados unos largos segundos finalmente él soltó el cuello del hombre y se sentó sobre los talones.

—¿Cassie? ¿Estás herida?

—Eres tú el que está ensangrentando todo el suelo —repuso ella, irónica—. Tengo que examinarte las heridas.

—¡Gracias a Dios estás bien! —dijo él, y lentamente cayó al suelo.

Capítulo 21

*M*ordiéndose el labio para no entregarse a un ataque de histeria, Cassie se arrodilló a un lado de Grey y le hizo un rápido examen. De la herida de la cabeza le salía muchísima sangre, metiéndosele en el pelo y la barba, pero no se veía profunda. La segunda bala le había herido el costado; aunque le pareció que no tenía ninguna costilla rota, salía sangre. ¿Cuánta sangre podría perder un hombre sin morir?

—Ten —dijo Marie poniéndole varias toallas dobladas en la mano—. Este feroz hombre tuyo es magnífico —añadió, admirada—. No tiene miedo. No podía creer que siguiera luchando aun cuando le habían disparado dos veces.

—O es audaz o está loco —dijo Cassie lúgubremente—. Necesito aguardiente para limpiarle las heridas.

Marie no tardó en traer una botella de licor. Cassie aplicó presión sobre la herida de la cabeza hasta que casi dejó de sangrar y después vertió un chorrito de aguardiente en la herida abierta.

Grey hizo una brusca inspiración e intentó apartarse.

—Quédate quieto —le ordenó ella, pensando que era buena señal que no estuviera inconsciente—. Ya casi he terminado.

Él estaba temblando, pero se mantuvo quieto mientras ella le ataba una tosca venda alrededor de la cabeza. Estaba trabajando en la herida del costado cuando entraron seis marineros corriendo y el jefe gritó:

—¡Marie!

Cassie lo conocía; era Pierre Blanchard, el hermano de Marie y capitán de los contrabandistas. Varias veces había cruzado el Canal en su barca. Él paró en seco y miró los cuerpos caídos.

—Parece que no nos habéis necesitado.

—El amigo de madame Renard luchó como un hombre poseído para salvarnos de que nos violaran o nos hicieran algo peor —explicó Marie. Miró ceñuda el resultado de la matanza—. Va a ser necesaria una buena limpieza.

—Yo me encargaré de los cadáveres y de los caballos —prometió Pierre—. Estos cerdos simplemente van a desaparecer. Madame Renard, ¿su amigo está lo bastante bien para navegar esta noche?

—Mejor eso que arriesgarnos a quedarnos aquí —dijo Cassie terminando de vendarle las costillas a Grey. Necesitaba un verdadero cirujano, pero eso podía esperar a que estuvieran en Inglaterra. El dogal de Durand se estaba apretando, lo sentía—. Grey, ¿te sientes capaz de caminar hasta la barca?

—Sí. —Hizo una temblorosa inspiración; la cara se le veía blanca, blanca, en contraste con las manchas de sangre—. Voy a... necesitar ayuda.

Se incorporó apoyado en el brazo derecho, siseando de dolor. Sin decir palabra, Pierre lo ayudó a ponerse de pie. Con tantas manchas de sangre en el pelo y la ropa parecía más muerto que vivo.

Cassie se puso a su lado y le pasó el brazo por encima de sus hombros para apoyarlo.

—Tenemos las alforjas en el establo —le dijo a Pierre, pues no quería dejar a Grey sin su apoyo.

Mientras el capitán enviaba a uno de sus hombres a buscar las alforjas, Grey susurró:

—*Régine*. No te olvides de *Régine*.

—¿Hay una tercera persona? —preguntó Pierre.

—*Régine* es una perra que adoptó —explicó Cassie.

—No sabía que los espías ingleses recogían perros —comentó Pierre divertido.

—Monsieur Sommers no es espía —dijo Cassie cansinamente—. Era un joven inglés que se equivocó al elegir mujer adecuada para llevársela a la cama y pasó diez años en un encierro solitario.

El capitán arqueó las cejas.

—Espero que ella valiera la pena.

—No la valía —masculló Grey.

Pierre hizo un encogimiento de hombros muy francés.

—Uno nunca lo sabe hasta que es demasiado tarde. Pero ahora debemos darnos prisa, no vaya a ser que perdamos la marea.

Cassie apenas podía apoyar a Grey cuando iban caminando hacia la puerta, así que Pierre ocupó su lugar. Tan pronto como salieron llegó *Régine* trotando y comenzó a dar vueltas alrededor de sus piernas, casi haciéndolo tropezar.

—¿Estás seguro de que puedes bajar hasta el embarcadero? —le preguntó, preocupada—. Podrían llevarte a peso.

—Caminaría por el agua —resolló él— para llegar a Inglaterra.

Cassie apartó a *Régine* de Grey para que no le dificultara la bajada por el rocoso sendero que llevaba a la cala. Por lo menos Grey tenía ya una posesión que llevarse de Francia.

Bajo cinco brazas de agua está enterrado tu padre
Se ha hecho coral con sus huesos...

Las palabras de Shakespeare pasaban flotando por su sufrimiento. Ahogarse y sufrir ese definitivo cambio hecho por el mar le parecía bastante bien en el momento. Normalmente no se mareaba, pero claro, tampoco había atravesado nunca el Canal con dos agujeros de bala en el cuerpo. No sabía qué era peor, si el dolor, las náuseas o la hediondez a pescado que impregnaba toda la barca.

Había comenzado la travesía con el estómago prácticamente vacío, pero eso no impedía que le vinieran desgarradoras bascas y vómito sin arrojar nada. Perdía y recuperaba el conocimiento; estar consciente era espantoso, porque jamás en su vida se había sentido tan horrorosamente mal.

Él, Cassie y *Régine* estaban acurrucados en la proa del velero, cubiertos por un hule encerado, que los protegía de las salpicaduras de agua pero no servía en absoluto para aliviar el terrible frío.

La noche ya se le antojaba interminable.

—Arrójame por la borda, Cassie. Creo que prefiero estar muerto.

—No digas tonterías —dijo ella en tono enérgico pero amable, pasándole un paño húmedo por la cara—. Tienes que continuar vivo hasta que yo te entregue a Kirkland. Después puedes ahogarte si quieres.

Le dolía reírse, pero se rió.

—Mi siempre práctica lady Zorro. No tienes por qué preocuparte. No tengo la fuerza para arrojarme al mar sin ayuda, y una vez que esté en tierra firme y seca, seguro que se desvanecerá el impulso.

—No falta mucho —dijo ella en voz baja. Lo acercó más, dejando el lado no vendado de su cabeza apoyado en sus blandos pechos—. Estás caliente, tienes un poco de fiebre creo, pero eso te hace útil en una noche fría y húmeda.

—No te inquietes por la fiebre —balbuceó él—. Sano muy bien, si no no habría durado tanto tiempo. —Sus pensamientos se desviaron en otra direccción y preguntó—: ¿Cuál es tu verdadero nombre? ¿Cómo te llamabas antes de convertirte en Cassie el Zorro?

Pasado un largo silencio ella contestó:

—En otro tiempo me llamaba Catherine.

Catherine. Le sentaba bien aunque de un modo muy distinto a como le sentaba bien Cassie. Catherine era una dama de carácter dulce; Cassie el Zorro era lista, inteligente y peligrosa. Tal vez Catherine era lo que Cassie habría sido si no hubieran intervenido la guerra y la catástrofe.

Le buscó la mano y se la cogió, pensando en la suerte que tenía por tener a esa extraordinaria mujer aunque sólo fuera por un tiempo.

Pero, Dios de los cielos, ¿alguna vez sería capaz de dejarla salir de su vida?

No era la travesía más cómoda que hacía Cassie por el Canal, pero sí sería la más rápida, porque el viento de popa empujaba a la barca pesquera hacia el norte. Pierre y sus tripulantes harían un viaje de regreso mucho más lento porque tendrían al viento en contra. Pero ellos eran marineros, habituados al mar y a sus caprichos. En cambio, Grey y ella eran seres de secano, y cuanto antes volvieran a estar en tierra firme, mejor.

Habían pasado horas, interminables, desdichadas, cuando vio aparecer una tenue línea blanca en el horizonte. Esperó hasta estar segura y entonces dijo:

—Los acantilados blancos de Dover, Grey. Inglaterra.

Él salió de su adormilamiento y se incorporó para mirar por encima de la borda.

—Patria —dijo con la voz ronca de emoción—. Nunca pensé que volvería a ver Inglaterra.

Pestañeó para contener las lágrimas. Ella también. Aún después de todos esos años, la vista siempre la conmovía.

Juntos continuaron mirando la costa que se iba acercando, los acantilados blancos los llamaban como una cinta de esperanza. Empezaba a romper el día cuando Pierre hizo entrar la barca en una calita y la detuvo junto a un viejo desembarcadero. La cala pertenecía a una familia de marineros de apellido Nash, y había una larga y lucrativa relación entre ellos y la familia de Pierre. Cassie conocía bien a las dos familias.

Pierre envió a un hombre a la casa de los Nash, que estaba cerca, a buscar ayuda para descargar y transportar el cargamento ilícito, y ayudó a Cassie y a Grey a desembarcar y a llegar a tierra.

Grey estaba algo tambaleante, pero muy resuelto. Cuando llegaron a la playa, se desprendió de los que lo ayudaban y asustó a Cassie tirándose al suelo.

A ella se le oprimió el corazón, hasta que vio lo que hacía.

—Lord Wyndham, ¿estás besando el suelo? —preguntó, incrédula.

—Pues sí, maldita sea. —Aunque con dificultad, se incorporó—. Tanto porque es tierra firme como porque es Inglaterra.

El capitán francés preguntó con interés:

—¿Cómo sabe la arena inglesa?

—Igual que la francesa, supongo. —Se giró a mirar a Cassie, con la cara, enmarcada por la ensangrentada venda, radiante de dicha—. Nunca más volveré a salir de Inglaterra.

—¿No vas a querer viajar a Roma, a Grecia o a algún otro de esos lugares cuando acabe la guerra? —preguntó ella.

—Me reservo el derecho a contradecirme. —Le pasó un brazo por los hombros y se apoyó en ella—. ¿Ahora qué, milady Zorro?

Varios Nash venían bajando a la cala a ayudar a desembarcar y transportar el contrabando.

—Vamos a ir a la casa —dijo Cassie—, y le preguntaré a la señora Nash si tiene un poco de caldo para alimentarte, y después contrataremos a uno de sus hijos para que nos lleve a Dover, donde buscaremos una posada y llamaremos a un cirujano para que te vea.

—Llévame a casa, por favor —dijo él en un rasposo susurro.

Ella frunció el ceño.

—La sede de tu familia está en Dorsetshire, ¿verdad? Está demasiado lejos. Necesitas tratamiento antes.

—No a Summerhill —dijo él, con cierta dificultad—. A la Academia Westerfield. No está lejos, sólo un poco apartada del camino a Londres.

Ella lo miró dudosa, pensando que de todos modos eran varias horas de viaje, y cuanto antes lo pusiera en una cama limpia y llamara a un cirujano, mejor.

—¡Por favor! —suplicó él con la voz rasposa.

El colegio había sido su hogar durante años, comprendió ella. Era el lugar donde hizo amigos para toda la vida, y donde lady Agnes acogía bien a todos sus chicos errantes, fuera cual fuera el tipo de problema en que se encontraran.

—Muy bien —dijo—. Iremos a Westerfield.

El coche alquilado por Cassie en Dover se detuvo salpicando agua ante la puerta de Westerfield Manor. Grey había hecho todo el trayecto en silencio, sufriendo estoicamente. Cuando el cochero abrió la portezuela y bajó los peldaños, Cassie le dijo en voz baja:

—Hemos llegado. ¿Estás despierto?

Mientras él hacía un gesto afirmativo, *Régine* saltó fuera, lista para una nueva aventura.

Cassie bajó y luego ayudó a Grey a bajar y salir a una lluviosa noche muy inglesa.

—¿Puede ayudarlo a caminar, señora? —preguntó el cochero.

—Estamos bien —dijo Grey.

Mientras Cassie le pagaba al cochero con lo último que le quedaba de dinero, vio que Grey se dirigía en línea recta hacia la puerta de la casa de lady Agnes. Le había explicado que lady Agnes ocupaba como casa particular un ala de la inmensa casa señorial convertida en colegio, y en ella tenía habitaciones para visitantes inesperados.

Con las alforjas colgadas de un hombro, le dio alcance cuando él estaba golpeando la puerta con la inmensa aldaba de bronce. A Grey se le meció el cuerpo mientras esperaba que se abriera la puerta, así que se puso a su lado y le rodeó la cintura con el otro brazo. Había llegado el final de esa loca aventura.

Se abrió la puerta y apareció la propia lady Agnes. Llevaba un vestido práctico y elegante, muy adecuado para una directora de sangre noble.

Ella arqueó las cejas al ver a dos sucios granujas en su escalinata de entrada.

—Si dais la vuelta hasta la cocina que está en la parte de atrás de la casa, alguien os dará comida.

—Qué, ¿nada de ternera engordada? —dijo Grey, con la voz algo entrecortada. Al ver que ella hacía una brusca inspiración, añadió, con su sonrisa sesgada—: Ha vuelto el hijo pródigo.

Cuando Durand llegó a Boulogne se encontró al comandante del distrito preguntándose qué les habría ocurrido a una brigada de sus gendarmes. Cinco hombres experimentados, todos ex soldados, habían salido a patrullar la costa, en busca de contrabandistas y de los espías escapados de Durand.

La patrulla había desaparecido sin dejar rastro. Era difícil saber hasta dónde habían llegado en su ruta, dado que las gentes que vivían a lo largo de la costa eran cerradas como ostras, ya fueran granjeros, pescadores o contrabandistas.

Tal vez los gendarmes habían tenido un choque con contrabandistas y sus cadáveres ya estaban alimentando a los peces del Canal. Pero a Durand la intuición le dijo que ese diablo Wyndham había tenido que ver con la desaparición. Era probable que ya estuviera en Inglaterra, fuera de su alcance.

Ahora bien, si alguna vez volvía a Francia, era hombre muerto. Además, él había ideado un plan para traer a ese cabrón de vuelta a Francia.

Capítulo 22

*D*ios de los cielos —musitó lady Agnes—. Grey, ¡eres tú!

Sin darle la menor importancia a su ropa mojada, sucia, polvorienta y ensangrentada, le dio un abrazo como para romperle los huesos.

Régine estaba esperando educadamente en el umbral de la puerta y Cassie estaba más atrás, sintiendo una oleada de alivio que disipó la constante tensión y cansancio de las pasadas semanas. Grey estaba en casa, de vuelta en los brazos de personas que lo querían. Ella pasaría unas dos semanas en Londres para recuperarse y volvería nuevamente a Francia.

Era de esperar que su próxima misión no fuera un rescate. La tensión era mucho mayor cuando tenía que responsabilizarse de otras personas, no sólo de sí misma.

Con las lágrimas bajándole por las mejillas, lady Agnes retrocedió y les hizo un gesto invitándolos a entrar. Observando a su hijo pródigo, dijo:

—Parece que has tenido un viaje difícil, mi muchacho, pero me lo puedes contar después. Por ahora necesitas un baño y una cama.

—No necesariamente en ese orden —dijo Grey.

Habiendo llegado a su destino, parecía a punto de desplomarse. Incluso con la ayuda de Cassie, tropezó al cruzar el umbral.

—Ese es uno de los perros menos impresionantes que he conocido —dijo lady Agnes cuando *Régine* pasó trotando por su lado.

—Pero tiene un corazón de oro —dijo Cassie—. Grey la rescató en Francia.

—No se preocupe, ni soñaría con separar a un niño de su perro.

—Ceñuda la observó atentamente—. Nos conocemos, pero tengo dificultades para ubicarla.

—Nos presentaron en la boda de lady Kiri Lawford y Damian Mackenzie y no hablamos mucho. No hay ningún motivo para que me recuerde.

—Señorita Cassie Fox —dijo lady Agnes tirando del cordón para llamar a una criada—. Una de los dudosos asociados de Kirkland.

Cassie llevó a Grey hasta una silla situada en un rincón del pequeño vestíbulo y cansinamente dejó las alforjas en el suelo.

—Muy dudosos, desde luego —convino.

—Perdone, no era mi intención insultar —dijo la directora, agudizando la mirada—. Los asociados de Kirkland tienden a tener capacidades excepcionales, y seguro que a eso se debe que Wyndham esté aquí. Gracias, señorita Fox, desde el fondo de mi corazón.

—Estaba prisionero en una mazmorra de un castillo particular en Francia —dijo Cassie sucintamente, pensando que esa explicación bastaba por el momento—. Dejaré de estorbar muy pronto, pero por ahora, añada un cirujano a la lista de necesidades de lord Wyndham. Lo rozaron dos balas y necesita tratamiento antes que se le infecten las heridas. Y envíe un mensaje a lord Kirkland. Lleva muchísimo tiempo esperando esta noticia.

Lady Agnes asintió.

—Notificaré a la familia de Wyndham también. No van a caber en sí de alegría.

—No. A mi familia no —dijo Grey. Tenía la cabeza apoyada en la pared y los ojos cerrados—. Vendrían aquí en estampida y se horrorizarían al ver mi actual estado. La noticia de mi milagrosa supervivencia puede esperar hasta que esté más recuperado.

—Como quieras —dijo lady Agnes de mala gana—. ¿Puedes subir la escalera hasta una habitación de huéspedes?

Él lo pensó un momento.

—Con una baranda fuerte y la ayuda de Cassie, sí.

Llegó al vestíbulo un ama de llaves de aspecto muy competente. Cuando lady Agnes terminó de darle la orden de que enviara comida, bebida y agua caliente al dormitorio azul, Grey ya iba por la mitad de la escalera, dándose impulso resueltamente apoyando la mano en la baranda, y subiendo peldaño a peldaño.

Cassie subía detrás para ayudarlo si se tropezaba, pero él consiguió llegar arriba sin ayuda.

Lady Agnes los seguía dos peldaños más abajo, con una lámpara en la mano.

—A la izquierda —dijo, adelantándolos, para iluminar el camino por el corredor. Se detuvo ante una puerta y la abrió—. Observad la colcha con tantos dibujos y colores, elegida expresamente para que no se vean las manchas de sangre o de lodo.

Si Cassie no hubiera estado tan agotada se habría reído.

—Está claro que lord Wyndham no es el primer hijo pródigo herido que llega a su puerta. Pero de todos modos podría convenirle cubrir la colcha con una manta oscura.

—He tenido a otros alumnos que han vuelto de entre los muertos, pero los milagros nunca envejecen. —De un arcón sacó una manta azul marino y la extendió sobre la cama—. Pero tiene razón en que Wyndham está muy excepcionalmente sucio. Nunca hacía las cosas a medias.

Grey estaba casi inconsciente cuando Cassie lo guió hasta la cama y lo ayudó a tenderse. Mientras *Régine* subía de un salto a instalarse a su lado, ella le apretó la mano:

—Ahora estás a salvo, milord. Ha sido toda una aventura, ¿verdad?

Él le retuvo la mano cuando ella intentó retirarla.

—No te vas a marchar ahora, Cassie. No puedes.

—Claro que no se va a marchar ahora —dijo lady Agnes enérgicamente—. Parece tan a punto de desplomarse como tú, así que se quedará aquí también. Habrá tiempo de sobras para una despedida como es debido cuando los dos estéis recuperados del viaje.

En eso entraron varias criadas con baldes de agua caliente y bandejas. Delante de ellas entraron un hombre mayor de porte militar y una mujer más o menos de la edad de lady Agnes, aunque más baja y de apariencia más blanda. Cassie supuso que eran el general Rawlings y la señorita Emily Cantwell, los colegas de lady Agnes en la dirección del colegio.

Haciendo gestos con la cara, el general le cogió la otra mano a Grey.

—Pardiez, chico, te has tomado tu tiempo en salir del problema que te encontraste.

Grey se rió, casi en un susurro.

—Debería haber hecho más caso a sus sermones, señor. Tuve que ser rescatado por esta dama, Cassie Fox.

El general fijó en ella sus penetrantes ojos grises.

—Algo más que una dama, me parece. Usted es una del grupo de Kirkland, ¿verdad? Espero con ilusión oír la historia.

—Después —dijo la señorita Emily en tono rotundo—. Estos jóvenes necesitan descanso y un buen lavado primero. Además, quiero ver lo que hay debajo de esas vendas. —Movió el brazo hacia lady Agnes como quien ahuyenta a unas ovejas—. Lleva a la señorita Fox a su habitación. Nosotros nos ocuparemos de lord Wyndham.

A Cassie la alegró pasar la responsabilidad a esas manos tan capaces, pero se sintió vacía cuando entró detrás de lady Agnes en el dormitorio de enfrente. Dos de las criadas entraron detrás con agua caliente y una bandeja con comida y bebida.

—Podría ordenar que subieran una bañera —dijo lady Agnes—, pero mi suposición es que preferiría hacerse un lavado rápido, comer algo más rápido aún y luego un muy largo descanso. En ese ropero encontrará un camisión de dormir. Si deja la ropa que lleva puesta fuera de la puerta, la haré limpiar y planchar.

—Excelente —dijo Cassie. Se cubrió la cara con las dos manos, y estuvo un momento intentando ordenar sus dispersos pensamientos—. El tinte del pelo de lord Wyndham saldrá con vinagre. Las heridas tienen menos de un día. Dice que sana bien, pero durante la travesía por el Canal tenía un poco de fiebre. Es necesario limpiarlas.

—Cualquier otra cosa puede esperar hasta mañana —dijo lady Agnes dulcemente—. Ahora descanse, hija. Ha terminado su trabajo.

Le puso una mano en el hombro, la dejó ahí un momento, y salió.

Cassie se quitó la ropa sucia pensando que entendía mejor por qué los nobles extraviados de lady Agnes la querían tanto. Sin duda sus familiares lo querían muchísimo, pero su cariño era del tipo que va acompañado de esperanzas, temores y expectativas. Lady Agnes ofrecía cariño, simpatía y aceptación. Y eso incluso lo hacía extensivo a los perros.

Con el cuerpo pesado y la mente obnubilada, dobló sus sucias y desaliñadas ropas y las dejó fuera de la puerta. Se hizo un lavado rápido pero muy apreciado en la jofaina y se puso el camisón de suave algodón. Entonces comió un trozo de pan con queso, acompañado por unos cuantos tragos de vino, y se metió bajo las mantas.

La cama era mullida y muy cómoda, pero la sentía vacía. Sintió una fuerte punzada al pensar que la travesía en la barca pesquera abrazada a Grey había sido su última noche con él. El vizconde Wyndham, heredero del conde de Costain, había vuelto a su rango legítimo. En su vida no había lugar para una espía sin nombre ni reputación.

Debía estar agradecida de lo que habían compartido. Porque a Cassie el Zorro le quedaba más trabajo por hacer.

Se estaba ahogando, sofocado, cayendo en una noche infinita...

Despertó sobresaltado, con el corazón retumbante.

—Cassie. ¿Cassie? ¿Dónde estás?

Una lengua húmeda le lamió sonoramente la cara. Tembloroso, se dijo que estaba a salvo en Inglaterra, en Westerfield. Lo habían atendido bien y luego dejado solo para que durmiera, pero él necesitaba a Cassie. No estaba muy lejos, pero no sabía dónde, y se sentía demasiado agotado para salir a vagar hasta encontrarla.

Además, ella se merecía descansar también. Prácticamente lo había llevado a peso la mayor parte de la última etapa del viaje. Debía conformarse con *Régine*, que estaba acurrucada debajo de su brazo derecho.

Se obligó a relajarse, lo que no le resultó fácil, pues ansiaba estar con Cassie. Ya había comprendido que ella era su protectora y defensora mientras él se adaptaba al mundo fuera de la prisión, pero no se había dado cuenta de lo mucho que necesitaba su fuerza y tranquila inteligencia.

Sabía que estaba mal, que era una debilidad necesitarla tanto, pero eso no le impedía necesitarla.

Capítulo 23

*U*nos gritos despertaron a Grey. Le llevó un momento recordar dónde estaba y caer en la cuenta de que los gritos eran de niños jugando a algo fuera.

Se relajó, recordando cuando él gritaba en esos mismos campos de juego. Lady Agnes y el general Rawlings eran decididos partidarios de que los niños quemaran su energía haciendo deporte. Había un lugar para todos en los equipos, incluso para los menos buenos para el deporte, y no se permitía ningún tipo de agresividad ni violencia, y eso lo hacía mejor que cualquier otro colegio de Gran Bretaña. Esos habían sido buenos tiempos.

Le dolía todo el cuerpo y sentía dolorosas punzadas en las heridas de bala en la cabeza y el costado, pero eso lo aliviaba la comodidad de la mullida cama y saber que estaba seguro. Decidió disfrutar de eso aun cuando el agradable peso que sentía en el costado era de *Régine*, no de Cassie. Lo ideal sería tenerlas a las dos ahí: la cama era bastante espaciosa.

Había echado en falta a los animales durante tanto tiempo que casi había olvidado el placer de su compañía. A lo mejor se compraría una casita como la que deseaba Cassie y viviría ahí con numerosos animales. Y con ella.

Exhaló un suspiro, consciente de que eso era un sueño imposible. Finalmente le caerían encima responsabilidades de las que no podría desentenderse. Peor aún, algún día, muy pronto, ella desaparecería de su vida para volver a su mundo misterioso y peligroso. Pero todavía no.

Régine emitió un sonido canino que dejaba claro que necesitaba salir a hacer sus necesidades fuera y luego comer, y no aceptaría vacilaciones.

—Pronto, mi reinecita peluda —le dijo, moviéndole las orejas.

Estaba tan cansado que no se veía capaz de moverse. En parte por el alivio de haber llegado al final del largo viaje, supuso. Por no decir la cantidad de sangre que había perdido. Le llevaría tiempo recuperarse de eso. Tendría que comer muchísima carne roja.

Igual que *Régine*, necesitaba hacer sus necesidades y comer, así que bajó de la cama. El largo espejo del ropero reflejó a un absoluto salvaje.

Vagamente recordó cómo llegó a la casa, cómo subió a la habitación y luego perdió el conocimiento. Unas manos eficientes lo lavaron, trataron y vendaron sus heridas, lo que le dolió también. Cuando ya estaba limpio de suciedad y de sangre, consiguieron ponerle unos calzoncillos limpios.

Aparte de eso, estaba desnudo, a no ser que se contaran como ropa las vendas que le rodeaban la cabeza y la caja torácica. Su pelo y su barba eran enmarañados desastres y de su blanca piel inglesa sobresalían muchos huesos.

Agradeciendo que sólo tenía que tirar del cordón para tener a su disposición una navaja y agua caliente, fue a trastabillones hasta el lavabo, que estaba a la izquierda de la puerta. Estaba vertiendo agua en la jofaina cuando se abrió la puerta y una voz masculina profunda dijo:

—El desayuno, lord Wyndham.

La inesperada voz, curiosamente conocida, lo sobresaltó tanto que soltó el jarro de porcelana, que cayó al suelo y se hizo trizas. Saltaron los trocitos y, por instinto, retrocedió, alejándose de la puerta. Y así fue como chocó con el sólido sillón de orejas que estaba detrás y perdió el equilibrio.

—*Merde!* —exclamó al caer al suelo.

El elegante hombre de pelo moreno que había entrado con una bandeja con fuentes cubiertas y una humeante tetera, soltó una palabrota también y fue a dejar la bandeja sobre una mesa pequeña.

—Lo siento, no era mi intención sobresaltarte, Wyndham. ¿Te sientes mal?

—¡Ah, pues bien no estoy, desde luego! —exclamó Grey. Tembloroso se incorporó hasta quedar apoyado en las manos y las rodillas. Había creído que se estaba acostumbrando al mundo normal, pero, por lo visto, no. Muy humillante—. Tengo dos agujeros de bala en el pellejo y estoy convertido en casi un salvaje. —Tratando de alegrar el tono añadió—: Has descendido mucho en el mundo si te han contratado como lacayo, Kirkland.

—Creí que podría ser mejor recibido si llegaba trayendo comida —dijo este tendiéndole la mano—. ¿Comenzamos de nuevo?

Grey no le cogió la mano y retrocedió hasta quedar apoyado en el sillón. Condenada manera de corresponderle a Kirkland todo el trabajo y esfuerzo que había dedicado a rescatarlo.

—No estoy preparado para esto —dijo a borbotones, con el corazón retumbante.

Kirkland bajó la mano, con la cara pálida, cenicienta. Se veía mucho mayor que su edad.

—Lo siento —repitió y alargó la mano para coger el pomo de la puerta—. Debería haber sabido que no querrías verme. Te juro que no tendrás que volver a verme.

Grey frunció el ceño, sorprendido.

—¿Por qué no querría verte a ti en particular? Es con todo el mundo que tengo problemas.

—Por mi causa pasaste diez años en el infierno —dijo Kirkland, con los ojos tristes—. Tienes derecho a retarme a duelo.

Grey pestañeó.

—Eso es la peor idiotez que he oído en mi vida. —Había olvidado lo concienzudo que era Kirkland; excesivos sentimiento de culpa y responsabilidad presbiterianos—. Los diez años de infierno se debieron a mi estupidez. Nunca te he culpado a ti.

Le habría gustado continuar en el suelo porque se sentía débil como un gatito recién nacido, pero hablarle a las rodillas de Kirkland era más vergonzoso aún. Se cogió del brazo del sillón que tenía detrás y siseó al sentir el dolor que le recorrió el costado donde tenía la herida.

Al verlo en dificultades, Kirkland le tendió la mano, vacilante. Esta vez él se la cogió, estremecido por los nervios, la emoción y la debilidad física.

—¡Buen Dios! —exclamó Kirkland emocionado, ayudándolo a ponerse de pie—. ¡Cuánto me alegra verte vivo otra vez!

Al notar que se le mecía el cuerpo, Grey apoyó una mano en el hombro de Kirkland para afirmarse, y de pronto se encontraron fuertemente abrazados. Muy impropio de caballeros ingleses, pensó, pero él ya no era un caballero, así que agradeció el calor y la fuerza que le ofrecía Kirkland sin palabras. Kirkland siempre había sido irónico, cerebral y amedrentadoramente inteligente, pero no habría podido pedir un amigo mejor y más leal.

—Perdona mi extraño comportamiento —dijo al poner fin al abrazo. Cogió una holgada bata que vio sobre el respaldo del sillón, se la puso y se sentó cansinamente—. No hace falta mucho para desquiciarme este último tiempo.

Sin perder un instante, Kirkland puso la mesa con la bandeja delante del sillón, luego cogió el sillón de madera del escritorio, lo situó enfrente y se sentó.

—No te habría reconocido con ese matorral que te cubre la cara —dijo, destapando las fuentes—. ¿Piensas dejártela?

—Buen Dios, no. Ya me la habría afeitado, pero Cassie la consideró un disfraz útil. —Apartó a *Régine*, que quería poner las patas sobre la mesa; aunque la comprendía, el beicon inglés olía divino—. ¿Cómo llegaste aquí tan pronto?

—Salí de Londres tan pronto como recibí el mensaje de lady Agnes —contestó Kirkland simplemente. Puso dos lonchas de jamón en un plato para el pan y lo colocó en el suelo, para *Régine*—. Sírvete. Hay comida suficiente para los dos y para una perra hambrienta también.

Si Kirkland había pasado la mitad de la noche viajando no era sorprendente que se viera tan cansado, pensó Grey. Llenó su plato con beicon, jamón, patatas fritas y huevos revueltos con queso.

Comer era fácil, pero estar con un amigo le resultaba desconcertantemente incómodo. Antes de caer prisionero jamás se sentía incómodo con nadie, pero ya no era ese joven relajado y seguro de sí mismo. Había deseado angustiosamente volver a Westerfield porque lady Agnes era como una amada y tolerante tía; era un refugio.

Pero con los viejos amigos, que llevaban a cuestas diez años de vida complicada, era distinto. Se decidió por:

—Después de diez años podrías haber dormido unas cuantas horas más antes de venir aquí.

—Ver es creer —dijo Kirkland mirando la tostada a la que le estaba poniendo mantequilla—. Necesitaba ver que estabas realmente vivo.

Grey supuso que también deseaba saber si él lo odiaba.

—¿Por qué pensabas que podrías ser una vista molesta?

—Porque te pedí que mantuvieras los ojos abiertos en Francia por si captabas alguna información, y eso te costó diez años de vida. —Su expresión se tornó lúgubre—. Años malos, a juzgar por todos esos huesos y vendas. Como has dicho, pareces un salvaje.

—Sólo medio salvaje, gracias a Cassie. Ella me ha ido reintroduciendo lentamente en el mundo. —Deseoso de saber más sobre ella, continuó—: Es una mujer extraordinaria. ¿Dónde la encontraste?

—Ella me encontró a mí. Es una de mis agentes más valiosos. —Sirvió té en las dos tazas—. ¿Sigues tomándolo con leche y azúcar?

Qué memoria tenía el hombre.

—Sólo con leche ahora. Perdí la costumbre de tomar azúcar.

Kirkland añadió leche y le pasó la taza.

—¿Me puedes contar lo que ocurrió? ¿O prefieres no hacerlo?

Grey miró su té con leche.

—Ni siquiera sé por dónde empezar. Diez horrendos años de vacío. No te los recomiendo. Y no sé adónde ir ahora.

—Das un paso y luego otro. He traído a mi ayuda de cámara, que te puede hacer un buen afeitado y un corte de pelo. Puesto que teníamos más o menos la misma talla, te traje ropa mía. Te quedarán muy holgadas, pero por lo menos volverás a parecer un caballero inglés.

—¿Es eso lo que deseo?

Kirkland titubeó.

—No tengo ni idea. ¿Sabes qué deseas?

A Cassie. Pero no podía decir eso. No sólo estaban a punto de tomar cada uno su camino, sino que, además, ¿por qué diablos una mujer fuerte e independiente como ella iba a desear a un hombre tan necesitado y confundido como él?

—Deseaba libertad. Nunca pensé más allá de eso. —Torció los labios—. En realidad no tengo muchas opciones, ¿verdad? Mi camino quedó establecido el día que nací heredero de Costain. Heredé riqueza, privilegios y grandes responsabilidades. Puedo hacer buen o mal uso de esas cosas, pero no puedo volverles la espalda. Son otro tipo de prisión.

—Aunque mucho más cómoda que una mazmorra subterránea del castillo Durand.

—Más cómoda, sí, pero mucho más exigente. En la mazmorra sólo necesitaba sobrevivir.

Había intentado un tono alegre, pero Kirkland no se dejó engañar.

—No tienes por qué hacer nada para lo que no estés preparado —dijo tranquilamente—. Aunque espero que me permitas decirlo pronto a tu familia.

—Te lo permitiré —prometió Grey—, pronto. Una vez que me haya recuperado un poco de la pérdida de sangre. Me siento tan débil como un gatito de un día.

—Una vez yo sangré hasta casi morirme —dijo Kirkland—. Dentro de unas dos semanas te sentirás mucho más fuerte. Mientras tanto, te enviaré un baño, a mi ayuda de cámara y la ropa que te he traído. Una vez que estés limpio, afeitado y vestido como un caballero, te sentirás mejor.

Eso esperaba Grey. Necesitaría todas sus fuerzas para enfrentar el amoroso alboroto de su familia. Y cuando ellos supieran que estaba vivo lo sabría también todo el mundo. La vida se le haría enormemente complicada y estresante.

Dentro de un año tal vez ya estaría establecido en su existencia como vizconde Wyndham y apenas lograría recordar el nerviosismo de vértigo que estaba experimentando. Pero por el momento ese nerviosismo estaba ganando.

Capítulo 24

*E*l sol ya estaba alto en el cielo cuando Cassie despertó por fin. Las camas para huéspedes de lady Agnes eran muy cómodas, aunque ella habría dormido bien sobre piedras puntiagudas. Se desperezó con exuberancia y deseó que Grey estuviera a su lado. Pero él ya no era su amante; Grey era lord Wyndham, devuelto a su verdadero rango y a las personas que lo querían.

Normalmente cuando terminaba con éxito una misión sentía satisfacción, triunfo incluso, porque había asestado otro pequeño golpe a la tiranía de Napoleón.

Esta vez se sentía... vacía. Dedicó un momento a convencerse de que sólo lamentaba la pérdida de un magnífico compañero de cama. Fracasó.

Enfurruñada, bajó de la cama. Al diablo sus racionalizaciones. No habría sobrevivido a tantos años de espionaje si hubiera sido propensa a engañarse. Grey la afectaba como ningún otro hombre con su combinación de irónico encanto, vulnerabilidad y fuerza en la desesperación. No sabía si sentirse agradecida o irritada.

Tiró del cordón para llamar. La pronta aparición de una criada confirmó su suposición de que la casa de lady Agnes estaba extraordinariamente bien llevada. Quince minutos después estaba bebiendo una taza de delicioso chocolate caliente, sumergida en una bañera con agua caliente perfumada («Su señoría nos dijo que tuviéramos preparada mucha agua caliente, señorita»). No salió de la bañera hasta que el agua se enfrió y ya hacía rato que se le había acabado el chocolate.

Le llevaron un abundante desayuno en una bandeja, junto con

su desaliñado vestido ya limpio. Después de comer, vestirse y recogerse el pelo en su acostumbrado moño nada favorecedor, salió a explorar.

Grey no estaba en su habitación, así que bajó. Puesto que lady Agnes estaría ocupada en su colegio, detuvo a una criada que andaba por ahí.

—¿Sabe dónde podría encontrar a lord Wyndham?

—Podría estar en el invernadero, señorita. Le vi caminando en esa dirección.

—No sabía que lady Agnes tenía un invernadero.

—Es bastante nuevo —explicó la criada—. Fue un regalo que le hizo el duque de Ashton, para recordarle India a su señoría. ¿La llevo ahí? Lo construyeron junto a la sala de estar, en la parte de atrás de la casa.

—Gracias, lo encontraré sola.

Tomó la dirección indicada. La casa particular de lady Agnes sólo ocupaba un ala de la inmensa casa señorial, pero aún así era elegante y espaciosa.

Llegó a la sala de estar y vio que el invernadero estaba ingeniosamente construido a partir de la última puerta cristalera de la derecha, por la que comunicaba, y por lo tanto no tapaba la vista del bien cuidado parque desde la sala de estar. Ese lado de la casa daba al sur, así que el invernadero recibía la máxima luz y calor posible del sol.

Abrió la puerta y entró en un paraíso tropical. Se detuvo en seco, encantada por el aire tibio y húmedo y las exquisitas fragancias de las flores y plantas. El antídoto perfecto para un invierno inglés.

Había tal cantidad de flores y árboles (¿y aquello que pasó volando era un par de pájaros de vivos colores?) que era imposible calcular el tamaño del invernadero o ver si había alguien ahí. Tomó un sendero enlosado que formaba un serpentino pasillo por entre palmeras y arbustos florecidos. Pasó por un lado de un espacio en que había mesitas, una butaca para dos y varios sillones; el lugar perfecto para tomar el té o una comida.

Al dar la vuelta a un recodo se encontró ante un pequeño santuario en que se elevaba la estatua de piedra de un ser con cabeza de elefante. ¿Un dios hindú, tal vez?

Al dar la vuelta a otro recodo vio al hombre más hermoso que había visto en su vida. Con su brillante pelo dorado, bellos rasgos cincelados, y una chaqueta azul marino de impecable confección, era el modelo de un caballero inglés. Estaba junto a un arbusto de flores rojas, con los ojos cerrados, aspirando extasiado el intenso perfume de la flor que había cogido.

Retuvo el aliento, como si él fuera un pajarito de la selva que podría emprender el vuelo si lo perturbaban. Era un ex alumno del colegio o tal vez el padre de un posible alumno.

El hombre se giró y entonces ella vio un pulcro apósito blanco en el lado izquierdo de su cabeza, casi oculto por su pelo dorado. Era Grey.

La conmoción visceral que le causó la impresión la recorrió toda entera, paralizándola. Desde el principio sabía que su romance sería breve, que no había ningún futuro posible para ellos, pero verlo en ese momento, indiscutiblemente el vizconde Wyndham, heredero del conde de Costain, subrayaba las diferencias entre ellos con cruel claridad.

Sólo tuvo un instante para controlar la conmoción. Él la vio y se le iluminó su pensativa cara.

—¡Cassie! Estuve tentado de despertarte, pero conseguí dominar el impulso. Ayer fue un día demasiado lleno de emociones y ajetreo para los dos.

Unos pocos pasos, largos y rápidos lo llevaron junto a ella y la estrechó en sus brazos. El deseo se encendió tan pronto como él la tocó. Podría ser cualquier otra cosa, pensó ella, irónica, pero Greydom Sommers no era ningún esnob. Al parecer no había notado que él se había convertido en un rutilante aristócrata y ella seguía siendo una espía avejentada y sosa.

Lo rodeó con los brazos.

—¡Ay! —exclamó él.

Ella se apartó al instante.

—¡Perdona! Me olvidé de la herida en tus costillas.

Él sonrió pesaroso.

—Yo también. Pero estoy curando tan bien que la mayor parte del tiempo no siento ninguna de las dos heridas. Sólo cuando me las tocan. —Se tocó con cuidado la herida de la cabeza—. Dentro de unos pocos días estaré muy bien.

—Ha sido mejor que te dejaras la barba hasta ahora, milord. Si te la hubieras afeitado en Francia, todas las mujeres con que nos hubiéramos cruzado te habrían recordado.

Él hizo un mal gesto.

—Me resulta raro mirarme en un espejo y ver a un hombre que se parece tanto al joven idiota que era yo. —Con suma delicadeza le puso la flor roja detrás de la oreja izquierda y luego le cogió la cara entre sus fuertes y delgadas manos—. Ahora veamos qué puedo hacer sin que me duelan las costillas.

Se inclinó a besarla, moviendo tiernamente los labios sobre los de ella. Podría no haber reconocido su cara, pero su boca sí. Rodeada por las intensas fragancias de plantas tropicales, cerró los ojos y se entregó a disfrutar de lo mucho que él le daba de sí mismo. Tal vez la prisión lo había despojado de la armadura que usan muchos ingleses para ocultar sus emociones.

Le rozó los labios con la lengua; tanta dulzura en el momento; qué pocos momentos les quedaban.

Recordando que no debía seguir el romance con él bajo el techo de lady Agnes, interrumpió el beso.

—Hueles a vinagre —bromeó—. Como una cebolla escabechada particularmente guapa.

Él se rió, con tanta alegría que ella pudo imaginarse cómo había sido de joven.

—Puede que las consecuencias sean cebollescas, pero el vinagre fue muy bien para quitarme ese tinte castaño del pelo. El ayuda de cámara de Kirkland me encontró un reto muy interesante.

—¿Kirkland ya ha llegado? —preguntó ella, con las cejas arqueadas.

—Al parecer partió hacia Kent a medianoche, tan pronto como recibió el mensaje de lady Agnes. Me trajo ropa además de a su ayuda de cámara. Ahora bien, ¿en qué estábamos?

Volvió a besarla y esta vez la dulzura cedió el paso al fuego. Se le desintegró la resolución de comportarse. Deseó hacerlo caer sobre las flores tropicales y quitarle esas ropas tan bien confeccionadas para que pudieran aprovechar bien el poco tiempo que les quedaba.

—Mis disculpas si interrumpo —dijo la sarcástica voz de Kirkland—. Me alegra verte ilesa, Cassandra.

Cassie pegó un salto como si la hubieran sorprendido en adulterio y no simplemente besándose con su amante, por indiscreto que fuera el comportamiento. Notó la repentina tensión de Grey.

Régine se apartó de Kirkland y de un salto llegó hasta ellos y comenzó a pasar por entre sus piernas.

—¿Mi fiel sabuesa me siguió el rastro hasta aquí? —dijo Grey, agachándose a rascarle las orejas.

—Sí, aunque no me gustaría apostar qué porcentaje de sabuesa hay en ella —dijo Kirkland y sus tranquilos ojos se encontraron con los de Cassie—. ¿Nos sentamos en ese espacio de estar cerca de la entrada para poder relajarnos y hablar de lo que convendría hacer?

—Hay maneras de estropear un día que hasta el momento ha sido bueno —dijo Grey, con humor frágil. Puso la mano en la espalda de Cassie a la altura de la cintura y la llevó hacia el lugar donde estaban los sillones—. Pero la parte de sentarse la encuentro estupenda porque otra vez estoy fatigado.

—Ayer te hirieron de bala dos veces —dijo Cassie—. Tienes derecho a tomarte las cosas con calma durante un tiempo. Si lady Agnes llamó a un cirujano, seguro que te dijo que pasaras varios días en cama.

—Sí que me lo dijo, el muy pesado. Lógicamente yo no le hice caso. ¿Cómo se pueden recuperar las fuerzas sin hacer ejercicio?

—Veo que no ha cambiado tu desprecio natural por la autoridad —observó Kirkland.

—El desprecio por la autoridad es la piedra fundamental de mi carácter.

Llegaron a la parte de estar intercalada entre palmas y cascadas de flores. Grey se sentó en la butaca para dos e instó a Cassie a sentarse su lado.

Cuando ella estuvo sentada, le cogió la mano y entrelazó los dedos con los de ella. Ella no supo si sentirse complacida o irritada por esa descarada proclamación de que eran amantes. Aunque eso no importaba, pues Kirkland ya lo había deducido.

La inquietó la tensión de Grey. Antes que apareciera Kirkland estaba muy bien. ¿Estaba enfadado con su viejo amigo? ¿O se sentía incómodo con todos a excepción de ella? Dispuesta a retrasar la conversación sobre el futuro de él, dijo:

—Este invernadero es un regalo magnífico. Ashton debió pasarlo muy bien los años que estuvo aquí.

—Sí, todos lo pasábamos muy bien —dijo Kirkland—. Lady Agnes hace algo más que enseñar latín, retórica y matemáticas. Ayuda a los chicos a encajar en sus vidas.

Eso era un don muy superior a la capacidad para conjugar los verbos en latín, pensó Cassie. ¿Por qué habría Kirkland llegado a estar en ese colegio? No sabía el motivo aun cuando había trabajado con él durante años. Su reserva no alentaba a hacer preguntas.

—Wyndham —continuó Kirkland—, ¿has cambiado de opinión y dicidido ir a Summerhill inmediatamente?

—No —ladró Grey—. No tengo ni idea de cuánto tiempo me va a llevar armarme de valor. Semanas, por lo menos. Tal vez meses.

Cassie lo miró sorprendida. Ella daría lo que fuera por volver a estar con su familia, aunque fuera una hora.

—¿Tanto tiempo quieres tardar en volver a ver a tu familia? Creía que te llevabas bien con ellos.

—Me llevo bien —dijo él—, pero no quiero volver a Summerhill hasta que me parezca un poco más al Greydon que ellos recuerdan.

Ella entendía su renuencia, aunque suponía que su madre lo querría tener de vuelta inmediatamente, se encontrara como se encontrara. Al ver su agitación, preguntó, con voz neutra:

—¿Tienes algún plan para que eso ocurra?

—Ninguno —contestó él, apretándole más la mano—. Pero lo conseguiré. Con el tiempo.

Kirkland estaba ceñudo, tratando de encontrar una solución.

—¿Te gustaría vivir en una tranquila casita de campo en alguna parte hasta que vuelvas a acostumbrarte a Inglaterra? —le preguntó.

Grey curvó los labios en una sonrisa sesgada.

—Eso lo encuentro delicioso, pero es posible que no quiera

marcharme nunca de ahí. ¿Tal vez debería continuar aquí en Westerfield? No creo que a lady Agnes le importe.

—Le encantaría —dijo Kirkland—, pero correrías el riesgo de que te vieran y reconocieran antes que estés preparado. ¿Crees que podrías soportar Londres? Mi casa es cómoda y serías más que bienvenido.

Grey negó con la cabeza.

—La casa Kirkland está en un barrio elegante. Cada vez que saliera correría el riesgo de ser reconocido por la prima de segundo grado de mi madre o por mi padrino o por cualquiera de las demás personas que me conocían desde que estaba en la cuna.

—Eso ocurriría en cualquier parte de Mayfair —convino Kirkland—. Me imagino que no quieres estar encerrado en una casa.

—Ni en ninguna otra parte otra vez —dijo Grey, con la voz ahogada.

Esas palabras le sirvieron a Cassie para comprender por qué a él lo asustaba tanto la idea de volver a su mundo. Siendo el heredero de un condado, tendría riqueza y muchísima libertad, pero también estaría atrapado en una jaula dorada de responsabilidades y expectativas. Cuando era más joven no había reconocido los barrotes.

Si no se sentía capaz de volver inmediatamente a la casa de su familia, ¿cuál sería una buena alternativa?

—Podrías estar mejor en Londres, pero viviendo en el anonimato. Así podrías acostumbrarte a la gente teniendo un refugio seguro donde poder esconderte siempre que lo necesitaras. Nadie estaría revoloteando impaciente fuera de tu puerta cuando lo hicieras. Y así, cuando te sientas preparado, los viejos amigos podrán ir a verte de uno en uno.

—Exeter Street —dijo Kirkland al instante—. Brillante, Cassie. La casa está pensada para ser un refugio y eso es exactamente lo que se necesita.

—¿Qué es Exeter Street? —preguntó Grey, receloso.

—Es la calle donde Kirkland tiene una casa, cerca de Covent Garden —explicó Cassie—. Es una casa de huéspedes, para alojar a sus agentes cuando están en Londres. Es lo más parecido a un hogar que tengo. En el barrio hay mucho movimiento, pero no es elegante, así que no hay probabilidades de que te encuentres con alguien de tus antiguos círculos sociales.

Grey exhaló un suspiro de alivio.

—Perfecto, si tú estás ahí.

Ella se mordió el labio, pensando que sería más juicioso desaparecer inmediatamete, puesto que Grey ya estaba en manos de Kirkland. Él necesitaba arreglárselas sin ella, y ella necesitaba dejarlo en el pasado, para poder continuar su trabajo sin distraerse con pensamientos sobre noches apasionadas. Era terriblemente injusto que él fuera tan atractivo.

Pero al parecer aún no había llegado el momento de desaparecer y pasar a otra cosa. Y no le importaría pasar un poco más de tiempo con él. No le iba mal en absoluto.

—Estaré en Exeter Street unas dos semanas —dijo.

Grey se relajó.

—Estupendo. Estoy acostumbrado a tenerte cerca. —Le soltó la mano y se levantó—. Hoy me he cansado demasiado pronto, pero mañana estaré en forma para el viaje a Londres. ¿Subes conmigo, Cassie?

Antes que ella pudiera contestar, Kirkland dijo:

—Si tienes unos minutos, Cassie, te tengo unas preguntas acerca de la información que recogiste en París antes de ir al castillo Durand.

Esas sesiones eran normales después de una misión, aunque esta vez sería más complicado contestar a las preguntas.

—Por supuesto. Te tengo un mensaje de uno de tus agentes en París.

—Hasta luego —dijo Grey, con cierto deje mordaz—. Sentiros libres para hablar de mí. Sé que lo haréis tan pronto yo me haya alejado lo suficiente.

Kirkland pareció incómodo, pero Cassie le dijo ásperamente:

—Pues claro que vamos a hablar de ti. Eres absolutamente fascinante.

—Más una molestia que fascinante —replicó él con su sonrisa sesgada—. Habrías sido más juiciosa si me hubieras dejado pudriéndome en Francia.

Capítulo 25

Grey salió pisando fuerte, con *Régine* pisándole los talones, dejando a Cassie muy afectada. Kirkland también parecía incómodo.

Cuando Grey ya no podía oírlos, ella dijo en su tono mordaz:

—Dejarlo en Francia no habría sido más juicioso, pero tiene razón en que vamos a hablar de él.

—Lógico. Él es el motivo de que los dos estemos aquí. —Se inclinó hacia ella con expresión preocupada—. ¿Puedes decirme más acerca de su... de su estado mental?

Entendiendo a qué se refería, Cassie lo tranquilizó:

—Wyndham no está loco, aunque él teme estarlo. Su humor es muy variable, su mal genio puede ser peligroso y los grupos de personas lo angustian terriblemente. Pero no está dañado irremediablemente. Sólo necesita tiempo. —Rindiéndose a su curiosidad preguntó—: ¿Qué te ha parecido? ¿Está muy distinto a como era?

—No —dijo Kirkland—. Sí. —Se pasó los dedos rígidos por el pelo—. He estado intentando imaginarme cómo sería pasar diez años encerrado en una fría celda de piedra y... supera a mi imaginación. —Deseo ayudarlo, pero no sé cómo.

—Sólo necesita tiempo —repitió Cassie—. Es fuerte, Kirkland, mucho más fuerte de lo que tú, él o cualquier otro suponían.

—Debe de serlo, porque si no se habría vuelto verdaderamente loco. Estoy agradecido por todo lo que has hecho y estás haciendo por él, Cassie, pero estoy preocupado también.

—¿Debido a que mis servicios han sobrepasado la llamada del deber? —dijo ella con la voz ahogada—. Siempre has sabido que soy una puta.

A él le relampaguearon los ojos con una muy excepcional furia.

—Sabes condenadamente bien que jamás te he dado motivos para creer eso tan terrible. Nunca he conocido a una mujer a la que respete más.

—Tal vez por mi habilidad para el espionaje —replicó ella—. Eres muy bueno para ocultar tus verdaderos pensamientos, pero sé que no me conformo a tu gazmoña moralidad escocesa.

La expresión de él se volvió glacial.

—Recuérdame que no debo volver a estar con fiebre ni delirante en tu presencia.

Ella hizo un mal gesto.

—Perdona, no debería haberme referido a eso. Pero no estoy de humor para oír un sermón sobre lo indecoroso que es que yo me acueste con Wyndham. No tienes por qué preocuparte. Una vez que él esté preparado para alternar en la sociedad normal, desapareceré calladamente, como debe hacer una mujer sin reputación. No voy a ser un estorbo ni una vergüenza para el niño dorado.

Se levantó y se giró para salir, pero Kirkland le cogió la muñeca.

—¡Mi precupación no es que vayas a ser una vergüenza ni un estorbo, Cassie! Es evidente que Wyndham te necesita. Tú lo liberaste, sabes cómo era su prisión, y se fía de ti. Tú puedes ayudarlo a sanar de los daños que sufrió en la prisión como no podría ninguna otra persona.

Ella se liberó la muñeca.

—¿Qué es lo que te preocupa, entonces? La mayoría de los hombres están felices cuando tienen a mujeres afables y no exigentes en sus camas, y yo desempeño competentemente ese papel.

—Lo que me preocupa es que esto te haga sufrir. Más que sufrir. Que te destroce, porque ya has perdido más de lo que nadie debería perder en una vida. —Se levantó y quedó gigantesco ante ella; ella tendía a olvidar lo alto que era—. La gente se ha enamorado de Wyndham desde que estaba en la cuna. Incluso ahora que está furioso y sufriendo los efectos de la prisión, tiene ese encanto magnético. Pero no puede haber un futuro para ti con él.

—¿Crees que no sé eso? —ladró ella, mirándolo indignada—. No te preocupes, James, he sobrevivido a cosas peores.

Dándose media vuelta se alejó furiosa por sus palabras, aun cuando eran ciertas. Sí que había sobrevivido a cosas peores que perder un amante.

Aunque jamás a uno como él.

Hirviendo de rabia salió del invernadero y subió para ir a su habitación. Nunca antes se había peleado con Kirkland; y todo porque el maldito tenía razón. Era demasiado fácil enamorarse de Greydon Sommers, aun cuando estuviera dañado y tuviera dificultades para recuperarse de sus años de infierno, y ella no tenía ningún verdadero lugar en su vida.

Ojalá su padre le hubiera hecho caso cuando le suplicó que volviera inmediatamente a Inglaterra con la familia. Pero ella sólo era una niña, así que él se rió de su angustiado pronóstico de inminente desastre. En ese tiempo no entendía por qué estaba tan convencida de ese inminente desastre. Simplemente sabía que debían salir de Francia inmediatamente.

Después, con los años, había llegado a comprender que tenía un potente instinto que la advertía cuando estaba en peligro. Gracias a ese instinto se había mantenido viva contra viento y marea durante doce años de trabajo peligroso. Y así se había transformado, pasando de ser Catherine, la niña de buena crianza y de buen comportamiento, a ser Cassandra, la profetisa obsesionada e ignorada, e instrumento de venganza contra la revolución que mató a su familia.

Su vida habría sido inimaginablemente distinta si hubieran salido de Francia a tiempo. Podría haber conocido a Grey cuando los dos eran jóvenes sanos, enteros. Podrían haber...

Se detuvo en lo alto de la escalera asaltada por la comprensión de que si se hubieran conocido entonces él no se habría fijado en ella. La jovencita Catherine no tenía nada especial para atraer la atención del heredero dorado de un condado que estaba feliz divirtiéndose en todos los sentidos. Era apenas pasablemente guapa y de niña no poseía ningún encanto ni talento especiales. Lo único especial en ella ahora era su poco atractiva y resuelta capacidad para captar información y sobrevivir.

Curiosamente, esa comprensión la tranquilizó. No le habría servido de nada a Grey cuando tenía diecisiete años, pero la mujer que era ahora había sido capaz de liberarlo y sacarlo de Francia sano y salvo.

Además, estaba en la mejor situación para ayudarlo a recuperarse de sus terribles experiencias. Muchísimo más útil que si fuera otra más de las chicas perdidamente enamoradas del joven lord Wyndham.

En lugar de ir a su dormitorio, golpeó la puerta del de él. No hubo respuesta. Probó el pomo y comprobó que la puerta estaba abierta. Tal vez él no quería sentirse encerrado con llave. O tal vez simplemente no estaba ahí y había salido a hacer una furiosa caminata por la propiedad.

Entró sigilosa y vio su largo cuerpo atravesado sobre la cama, todo él huesuda fuerza. Estaba de costado, y ni siquiera se había quitado los zapatos.

Régine estaba echada a su lado y levantó la cabeza cuando ella entró. La perra estaba bien redondeada, bien alimentada. Bajó de un salto de la cama y trotó hacia ella. Después de rascarle la cabeza, salió de la habitación; posiblemente iría a la cocina a mendigar comida o igual estaba deseosa de salir fuera. Una vez que Grey la adoptó en Francia, aprendió rápido a aguantarse hasta poder salir a hacer sus necesidades fuera.

Se acercó a la cama. Grey parecía un ángel estragado, su cara marcada por arruguitas de agotamiento; no sólo del agotamiento físico y las consecuencias de la pérdida de sangre por sus heridas, sino también del agotamiento mental, de su espíritu, por estar en un mundo en que las personas esperaban mucho de Greydon Sommers, heredero del conde de Costain. Había hecho todo lo posible por ocultar ese agotamiento, incluso a ella, pero este estaba marcado en sus cincelados rasgos.

Cerró la puerta con llave para que no pudiera entrar nadie, después prendió fuego a la leña ya preparada en el hogar, porque hacía frío en la habitación. Igual que en la suya, en el armario ropero había un edredón bien doblado, desgastado pero limpio y aromado con lavanda. Lo sacó y lo extendió encima de él y luego se metió debajo, acostándose detrás suyo y modelando su cuerpo al de él; entonces le pasó el brazo por encima de la cintura.

Grey no despertó pero expulsó suavemente el aliento, y subió la mano hasta cubrirle la que ella tenía apoyada en su pecho.

Comenzó a disipársele la tensión por la difícil escena en el invernadero y el mundo se fue reduciendo hasta quedar solamente él, la cama y el momento. Ella también estaba cansada.

Y nada la descansaría más que dormir junto a Grey.

Capítulo 26

Grey despertó poco a poco, cansado y nada feliz por la escena con Kirkland; pero se sentía relajado. Estaba a salvo en Inglaterra y Cassie estaba acurrucada junto a él. Paz.

Paz limitada. Por la posición del sol calculó que era última hora de la tarde. Pronto tendría que levantarse y prepararse para cenar con lady Agnes y sus amigos, y a la mañana siguiente viajaría a Londres. Amedrentador pensamiento.

Se puso de espaldas y acercó más a Cassie, a su costado. Ella movió los párpados, adormilada, y luego los abrió, dejando ver sus neblinosos ojos azules. Lo miró con expresión de absoluta aceptación y le sonrió.

—*Régine* estaba aquí y ocupé su lugar.

—Buen cambio. —Aumentó la presión del brazo con que la rodeaba, agradeciendo que se hubiera acostado a su lado—. Parece que eres la única persona con la que me siento cómodo. Tú, *Régine* y tal vez lady Agnes, por ese orden.

—Interesante lista. Lo único que tenemos en común es el sexo femenino.

—Hay un motivo, las mujeres tienden a perdonar con más facilidad.

—Sin duda no les cuesta perdonar a los hombres guapos —dijo ella, introduciendo los dedos en su pelo—. Pero no olvides al padre Laurent.

Grey pensó en la infinita aceptación de su amigo, la que era muy similar a la de Cassie, ahora que lo pensaba. Él necesitaba muchísima aceptación.

—Es estupendo que seas buena para perdonar, milady zorro. Es demasiado lo que te pido que hagas por mí.

—Nunca es demasiado —dijo ella tranquilamente—. Puede que Londres y tu antigua vida te parezcan abrumadores, pero no tardarás en desplegar tus alas y emprender el vuelo nuevamente.

Él deseó tener esa seguridad. Era mejor tomar su resurgimiento en el mundo paso a paso. Y el paso del momento era apreciar a la mujer que tenía en sus brazos.

—He deseado verte desnuda a la luz del día —dijo, pensativo—. Estamos aquí agradablemente solos e iluminados por la luz del sol de la tarde que entra por la ventana. Debo aprovechar esta situación.

Le desató el cordón que le cerraba el cuello del feo e informe vestido; cerrado con botones en la parte delantera, el vestido estaba diseñado para una campesina que tenía que vestirse sin ayuda.

—No es de la situación que te aprovechas —dijo ella sarcástica—, sino de mí. Me gusta estar protegida por la oscuridad. La noche cubre mis defectos.

Él le quitó las horquillas y con los dedos le peinó los abundantes cabellos ondulados hasta dejárselos suelos alrededor de los hombros. ¿De qué color sería su pelo, ahora tapado por ese apagado castaño canoso? Un castaño hermoso, supuso, con un lustre que reflejaba su edad y buena salud. Ya no llevaba esas líneas que simulaban arrugas en su cara, y su piel limpia tenía la transparente pureza de la porcelana.

—Infravaloras tus encantos, Cassandra. Puede que no te haya visto, pero he palpado todo lo que he podido de tu delicioso cuerpo, y todo lo he encontrado de primera. —Comenzó a soltarle los botones del corpiño—. Sin duda tu piel es más hermosa que este horrible vestido gris. Vestido más feo no había visto jamás.

Ella se rió.

—De eso se trata. Ningún hombre me miraría dos veces; ni siquiera una vez si puede evitarlo.

—De todos modos, aún así te ves asombrosamente atractiva y deliciosa —musitó él—. Es un gran misterio.

Ella arrugó la nariz.

—Muy bien, pero tú también debes desnudarte. —Le tironeó la arrugada corbata—. La única vez que te he visto sin ropa fue cuando estabas tiritando al lado de ese estanque de agua helada a medianoche. Tenía tanto miedo de que te murieras de congelación que no pude admirar tus encantos masculinos.

—En realidad no te conviene verme desvestido. A pesar de todo lo que has hecho por alimentarme, sigo pareciendo más un espantapájaros que otra cosa.

Ella sonrió traviesa.

—Ah, pues ahora que sabes cómo me siento por mis imperfecciones, ¿estás dispuesto a renunciar a la mutua desnudez?

—No —dijo él rotundamente—. Vale la pena enseñar mi huesudo cuerpo para ver el tuyo mucho más agradable de mirar.

—Ah, bueno —dijo ella, filosófica—, si sólo copularan las personas hermosas hace tiempo que se habría extinguido la humanidad. Debemos aceptar mutuamente nuestras deficiencias.

Le estaba abriendo la camisa cuando él le abrió el corpiño y la camisola, dejando al descubierto sus hermosos pechos. Sintiéndose más fuerte por momentos, le lamió un pezón.

Ella hizo una brusca inspiración y agrandó los ojos.

—¿Quieres hacer algo más que mirar?

—No sé cuánto más. Podría ser que no me haya recuperado lo suficiente para hacer lo que ansío hacer. —Le frotó el otro pezón entre el pulgar y el índice—. ¿Veamos hasta dónde puedo llegar? Te prometo que no te dejaré insatisfecha.

—Faltaría más, continúa. Pero sería más fácil desvestirnos de pie.

—Eres una líder natural que siempre tiene excelentes ideas. —Se bajó de la cama y aprovechó para añadir más leña al fuego y quitarse los zapatos de dos patadas; después le tendió la mano en un gesto cortesano—. ¿Me acompañas, milady, en el preludio de la seducción?

Ella le cogió la mano y bajó de la cama sonriendo, con una sonrisa que la hacía parecer décadas más joven de lo que aparentaba, incluso menor de la edad que tenía.

—No veo la hora de quitarte las prendas una a una, milord Wyndham.

Comenzó por su chaqueta y luego atacó su camisa. Él sabía que enseñaba demasiados huesos, pero en los ojos de ella había admiración, y sensualidad en su forma de deslizarle la palma por su pecho desnudo.

—Ahora me toca a mí —dijo, y se le cortó la respiración porque ella le posó los labios en el hueco de la base del cuello—. Este vestido gris debe desaparecer.

—Resiste la tentación de quemarlo —le advirtió ella—. Es el único que tengo hasta que vuelva a Londres.

Él le levantó la falda y le sacó el vestido por la cabeza, haciendo la silenciosa promesa de comprarle vestidos de seda en la ciudad. Ella salió de los pliegues de tela gris riendo, y deliciosa con su corsé y camisola. Cuantas más prendas le quitaba, más hermosa estaba.

Se desvistieron mutuamente, quitándose prenda por prenda, en medio de risas y besos. Cuando él le quitó la desgastada camisola blanca, y quedó desnuda a la dorada luz del atardecer, dijo con voz ronca:

—Eres aún más hermosa de lo que sabía.

Ella le bajó los calzoncillos haciéndole de paso una caricia que paralizó su simple cerebro masculino.

—La lujuria te trastorna el juicio —dijo, y añadió melancólica—: Aunque esa mentira es agradable de oír.

—No voy a negar la lujuria, pero no me trastorna el juicio. —Se quitó del todo los calzoncillos—. Al menos no acerca de lo deseable que eres.

—Soy decepcionantemente mediocre.

—No mediocre. Eres la quintaesencia de la belleza. —Ahuecó tiernamente las manos en sus pechos, y se los acarició moviéndolas en un lento círculo, y sintió en las palmas cómo se le iban endureciendo los pezones—. Cada parte de ti es perfecta. Tus pechos no son demasiado grandes ni demasiado pequeños, caben a la perfección en mis manos. —Le besó la hendidura entre los pechos—. Tu piel es extraordinaria. Suave, tersa, casi luminiscente, como una estatua de mármol de Miguel Ángel acariciada por el sol.

—Y tú... eres mejor de lo que aseguraste. Demasiado delgado, pero ¡qué espléndidos hombros! —Le deslizó las manos por ellos, para demostrarlo.

Quería ser amable. Él sabía que se le veían las costillas y tenía varias feas cicatrices de los magullones y heridas que se ganó después que lo capturaron en París. Deseó que se hubieran conocido cuando él era joven y estaba en su mejor forma, pero, como dijo ella, no es necesario ser perfecto para copular. Por suerte.

—Tú eres francamente perfecta —dijo, deslizando las palmas por sus caderas y muslos—. Como la Venus naciendo del mar de Botticelli, tus proporciones son las correctas. Esbelta pero redondeada en todos los lugares que deben serlo. Bellamente formada y fuerte.

Reanudó los besos, bajando los labios por la suave curva de su vientre, y excitándose más de lo que habría creído posible; toda ella era deliciosamente femenina, como para comérsela.

Ella hizo una brusca inspiración cuando él hizo girar la lengua alrededor de su ombligo.

—Es el momento de pasar de vertical a horizonal.

Cogiéndola en los brazos la depositó en la cama, se tendió a su lado y reanudó los besos, bajando hacia los seductores misterios de su entrepierna.

Cuando sus labios y lengua llegaron a sus lugares secretos más sensibles ella gritó y le enterró las uñas en los hombros, con una fuerza como para hacerle sangre. Esa reacción lo embriagó, haciéndole pasar fuego por las venas.

Ella se estremeció violentamente, apretándose a él, y su éxtasis le produjo una urgente necesidad. Se posicionó entre sus piernas y la penetró, uniendo sus cuerpos, fusionándose con ella todo lo que es posible entre un hombre y una mujer.

—Veo que te has recuperado del todo, milord —resolló ella.

—Tú eres mejor para curar que cualquier cirujano, mi dulce lady Zorro —jadeó él, embistiendo.

Riendo, ella lo abrazó apretándolo contra sí y continuaron moviéndose al mismo ritmo avanzando juntos hacia el éxtasis. Era mejor que la primera vez, cuando él estaba loco por el consuelo del cuerpo femenino. Eso era una unión de espíritus además de cuerpos, que superaba todo lo que había conocido.

—Cassandra —resolló—. Catherine...

Perfección.

Aunque ese anochecer cenaron en el pequeño comedor familiar, fue la cena con más miradas de soslayo que había asistido Cassie. Lady Agnes, el general Rawlings y la señorita Emily observaban a Wyndham, las dos mujeres también la observaban a ella, y Kirkland los observaba a todos. Grey era digno de observar. Con su pelo dorado y su capacidad de hacer parecer hecho a la medida el traje prestado que llevaba, era el modelo de un caballero inglés. Hablaba poco, pero era magnético sin pretenderlo.

Nadie observaba a *Régine*, que había entrado en el comedor y estaba echada debajo de la mesa con el hocico apoyado en un pie de Grey. Mientras nadie se diera por enterado oficialmente de su presencia, no había por qué echarla. Había engordado notablemente desde que la encontraron.

La tensión en torno a los ojos de Grey indicaba claramente que no se sentía cómodo con toda esa atención, pero llevaba bien la situación. Ella pensó que se merecía parte del mérito por haberlo relajado tan completamente esa tarde. Bajó la vista a su plato de carne estofada; sí, ella lo había relajado, él la había hecho sentirse deseable.

Al final de la cena, lady Agnes se levantó.

—Señorita Fox, Emily, retirémonos a la sala de mañana para dejar a los caballeros con su oporto. —Al ver la expresión de Cassie dijo—: ¿La sorprende que sea tan convencional?

—Sí —repuso Cassie levantándose—. Creía que sólo se atenía a las costumbres cuando le venía bien.

Lady Agnes sonrió de oreja a oreja.

—Es usted muy perspicaz. A veces me viene bien retirarme, y en esos casos siempre tengo del mismo excelente oporto Ballard en la sala de mañana.

Cassie miró a Grey; se veía receloso pero resignado a quedarse ahí con el general y Kirkland. Él le hizo un gesto tranquilizador, así que salió detrás de las dos mujeres y entró con ellas en la sala de mañana. Después de cerrar la puerta, dijo:

—Me apetecería beber de ese oporto, por favor, para que me sostenga durante el inminente interrogatorio.

Lady Agnes sirvió tres copas del oporto de color ámbar oscuro y las distribuyó.

—Deseo saber más acerca del cautiverio y el rescate de Wyndham. Si se lo pregunto a él se pondrá estirado y estoico y dirá que todo está bien.

—Tal vez —dijo Emily Cantwell, pensativa—. Pero él siempre fue mejor que la mayoría de nuestros chicos para hablar con franqueza.

—En ese tiempo sí —convino lady Agnes—. Pero esta noche estaba en la modalidad caballero inglés reservado. —Fijó en Cassie su penetrante mirada—. No le pido que revele sus secretos o cosas íntimas, pero —se le tensó la cara—, ¿alguna vez volverá a... a ser él mismo?

—Es él mismo —dijo Cassie amablemente—, aunque un él formado por su viaje por un camino inesperado. Va a volver a sentirse relajado en compañía, no me cabe duda. Pero nunca volverá a ser ese niño dorado sin complicaciones.

Lady Agnes exhaló un suspiro.

—Eso lo sabía, claro, pero es útil oírselo decir a la mujer que lo conoce mejor que nadie. Lógicamente sus experiencias lo han hecho cambiar. Pero ruego que con el tiempo vuelva a ser feliz y a estar totalmente sano.

—Siempre pensé que sería un padre maravilloso —dijo la señorita Emily—. Tenía tanta paciencia con los niños más pequeños.

Las dos mujeres dirigieron a Cassie sus miradas evaluadoras.

—¿Tienen pensado soltarme el sermón sobre no formarme expectativas con Wyndham? —preguntó ella con dulce mordacidad—. No hace falta. Kirkland ya me lo dio.

Lady Agnes hizo un gesto de pena.

—No tengo ninguna intención de soltarle un sermón. Usted es una mujer de mundo y comprende la situación. Pero sí deseo agradecerle todo lo que ha hecho. Por rescatarlo, por estar con él mientras se recupera de todo lo que ha soportado. Me imagino que para usted el precio será elevado.

—Como ha dicho —repuso Cassie—, soy una mujer de mundo y no me hago ilusiones. —Bebió un trago del excelente oporto pensando que el comentario de lady Agnes era otra referencia oblicua al don de Grey de hacerse querer por todo el mundo en general—.

Puesto que estamos girando en torno al futuro de Wyndham, les daré mi opinión personal. No me sorprendería que no se casara nunca. O que si se casa sea muy en el futuro.

La señorita Emily arqueó las cejas.

—No me va a convencer de que él ha perdido su gusto por las mujeres.

Nadie sabía mejor que Cassie cuánto le gustaban las mujeres a Grey, pero esa conversación le había cristalizado una comprensión.

—Le gustan las mujeres, sin duda alguna, pero después de años detrás de unos barrotes detesta estar atrapado por la sociedad, por responsabilidades, por las expectativas de los demás. No le va a hurtar el cuerpo a esas responsabilidades, pero creo que verá el matrimonio como un conjunto de barrotes que puede evitar.

Pasado un largo silencio lady Agnes dijo:

—Es usted extraordinariamente clarividente, señorita Fox. Siendo una mujer que ha evitado esos barrotes, entiendo eso.

—Pero será un desaprovechamiento de un buen padre —suspiró la señorita Emily.

Esa tarde había acordado con Cassie que en aras de la discreción cada uno dormiría en su dormitorio. Pero pasada la medianoche esa resolución se hizo trizas cuando lo despertó una pesadilla de oscuridad y desolación.

Temblando atravesó el corredor y entró en la habitación de Cassie. Ella se despertó al instante, como debe hacer una buena espía, y con la misma rapidez reconoció a su visitante. Sin decir palabra le tendió la mano. Él se la cogió agradecido, se metió en la cama y se acurrucó a su lado.

En sus brazos se durmió.

Capítulo 27

*G*rey se sentó en la cama emitiendo un gemido.

—Ya es casi el alba. Será mejor que vuelva a mi dormitorio.

Cassie le rodeó la cintura con un brazo.

—Me parece que no estamos en el tipo de casa en que alguien se escandaliza fácilmente.

—Tal vez no, pero no quiero poner en una situación incómoda a lady Agnes. —Le besó la frente—. No te quejes. Tú vas a continuar en esta cama agradablemente calentita.

—Se enfriará muchísimo —suspiró ella, mientras él se levantaba.

—Nos espera un calentito viaje a Londres. Cuando lleguemos ahí ya estarás cansada de mí.

Abrió la puerta y asomó la cabeza para comprobar que no hubiera nadie a la vista y volvió sigiloso a su dormitorio, pensando que había un motivo para que la gente se casara. Compartir legalmente una cama tiene que ser mucho más agradable que recorrer en puntillas gélidos corredores.

No se iba a volver a dormir, así que se vistió y bajó con la esperanza de conseguir una taza de té, puesto que el personal de la cocina comenzaba temprano sus actividades. Encontró no sólo una cocinera amistosa y té, sino también tostadas con miel. Estaba feliz comiendo la segunda tostada cuando entró lady Agnes totalmente vestida y con una expresión de diversión en los ojos.

—Buenos días a todos.

Mientras Grey respondía al saludo, la cocinera sirvió una taza de té, le añadió miel y leche y se la pasó a la directora. Lady Agnes bebió un trago largo y después dijo:

—Han surgido complicaciones, Wyndham. Ven conmigo y te las enseñaré.

—Sí, señora.

Era fácil volver a la modalidad escolar. Aunque lady Agnes no parecía molesta, él sintió curiosidad, así que se tragó el último bocado de la tostada con miel y la siguió escaleras arriba. Ante su sorpresa, ella lo llevó a sus aposentos y abrió la puerta de su vestidor.

—He ahí las complicaciones —dijo riendo.

Echada sobre una carísima capa de terciopelo estaba *Régine* con tres cachorritos que estaban mamando con los ojos cerrados.

—¡Santo cielo! —exclamó Grey, arrodillándose a mirar a los recién nacidos, aunque guardando una prudente distancia—. Vaya si no estás orgullosa, *Régine*. Además de comer por tres caballos, guardaste bien tu secreto. ¿Cómo sería el padre? En los cachorritos se ve más mezcla que en la madre.

—Son adorables —dijo lady Agnes rotundamente—. El linaje no importa.

Grey sonrió de oreja a oreja.

—Dicho por una mujer que pertenece a uno de los mejores linajes de Gran Bretaña.

—Yo no elegí a mis antepasados, tal como estos cachorritos no eligieron a su padre. —Bebió otro largo trago de té—. Me gustan las razas mezcladas. Más sorpresas.

Régine dejó de lamer a sus crías para mirarlos un instante, y luego reanudó la limpieza. Grey se incorporó.

—No sé cómo entró aquí, lady Agnes. Le restituiré la capa cuando vuelva a tener dinero.

Ella descartó eso con un gesto.

—No te preocupes por eso, pero no puedes llevar a una madre recién parida con sus cachorritos en un coche a Londres.

Él se rió al verle la expresión.

—No lo lamenta en absoluto, ¿verdad?

Ella sonrió.

—Tengo debilidad por todos los seres pequeños, sean niños, gatitos o cachorritos. Me encantaría quedarme uno de estos. Mi viejo perro murió hace unas semanas y he estado pensando que es hora de buscar un cachorro. Hay niños aquí a los que también les gustaría tener cachorritos. —Su expresión se tornó pensativa—. Hay un muchacho en particular que francamente necesita tener un cachorro.

—Puede regalar todos los cachorros, pero yo volveré a buscar a *Régine* cuando sus cachorros ya tengan edad para estar sin ella. —Alargó la mano hacia *Régine* y al ver que ella no parecía inclinada a morder, le rascó la cabeza—. Pero la echaré de menos.

—Pues, sencillamente tienes que mantener cerca a tu señorita Fox —dijo lady Agnes en tono afable.

Y eso intentaría hacer él, por supuesto.

Después de un rápido viaje a Londres, el lujoso coche se detuvo con una sacudida ante la puerta de la casa Kirkland. Mientras el lacayo bajaba los peldaños, Kirkland le tendió la mano a Grey.

—Mañana me pasaré por Exeter Street. Si necesitas algo, envíame recado.

—Estaré muy bien —dijo Grey estrechándole la mano—. Cuando me sienta preparado para volver al seno de mi amorosa familia serás el primero en saberlo.

—Yo diría que más bien seré el segundo —dijo Kirkland, y haciendo una venia de despedida a Cassie, bajó del coche.

Una vez que se cerró la portezuela y el coche reanudó la marcha por la ciudad, Grey se acomodó en el asiento y le cogió la mano a Cassie.

—¿Londres siempre ha sido tan hediondo y ruidoso y con las calles tan llenas de gente?

—Sí, y tal vez por eso has enterrado esos recuerdos. —Entrelazó los dedos con los de él—. ¿Londres te hace desear echar a correr chillando?

—Un poco. —Esbozó una media sonrisa—. Me siento mejor de lo que me habría sentido una semana atrás. Pero me alegra ir en dirección a una cueva donde puedo esconderme el resto del día para recuperarme del viaje.

—El resto de hoy puedes relajarte. Pero te advierto que mañana te sacaré a probar las delicias de Londres. Comenzaremos por el mercado de Covent Garden. Está tan cerca de la casa que si echas a correr chillando no te quedarás sin aliento antes de llegar de vuelta a tu cueva.

—Muy considerado por tu parte. Pero creo que si tú estás conmigo seré capaz de dominarme en la mayoría de las situaciones. —Le dio un rápido beso en la frente—. No sé por qué encuentro tan cómoda tu presencia, pero la agradezco.

—Podría ser que conmigo te sientes más cómodo porque no te conocí antes del castillo Durand —dijo ella, pensativa—. No espero que seas el mismo que eras a los veinte años. Y dado que sé que no estás dañado sin remedio, no ando rondándote, ni preocupándome ni echando de menos al rutilante lord Wyndham del que tengo tan buenos recuerdos. Me conformaré con verte feliz siendo el hombre en que te has transformado.

Él agitó las cejas.

—¿Que sea un amante pasmoso no forma parte de tus cálculos?

Ella se rió.

—Eso se calcula en otro tipo de balanza, milord.

—Balanza de oro sólido, sin duda. —Se le desvaneció la sonrisa al mirar por la ventanilla—. Mis padres podrían estar en Londres esperando que empiecen los debates del Parlamento.

—Tal vez. En el caso de que estén, no tienes por qué verlos mientras no lo desees.

—Deseo verlos. Sólo que... todavía no. —Se obligó a alegrar el tono—. Prefiero visitar el Circo Astley o algún otro lugar de entretenimiento. ¿Sigue existiendo el Teatro Real en Covent Garden, supongo?

—Sí, aunque el teatro que conociste se incendió hace varios años. Construyeron uno nuevo en el mismo lugar, así que continúa el espectáculo. Tal vez mañana podríamos pasar por el teatro a mirar la cartelera para ver qué están representando.

Él vaciló.

—Me gusta el teatro, pero no estoy preparado para formar parte de una alborotada multitud, y no puedo sentarme en un palco sin correr el riesgo de que me reconozcan.

—Tal vez dentro de una o dos semanas —dijo ella tranquilamente.

El resto del trayecto lo hicieron en silencio, pero con las manos entrelazadas. Grey contemplaba interesado la ciudad que era el corazón de Inglaterra. Cassie pensó que llevaba bien lo de la multitud y la confusión. Estaba más y más fuerte día a día; más capaz de arreglárselas.

Comenzaba a caer la oscuridad cuando llegaron a Exeter Street 11.

—Es más grande de lo que creía —comentó Grey, ayudándola a bajar del coche.

—En otro tiempo este era un barrio elegante y han quedado las casas grandes. —Sacó su llave y subió delante de él la escalinata de la entrada—. Hay bastantes pensiones por aquí, así que nadie se fija en nuestras idas y venidas.

Abrió la puerta y entraron en el pequeño vestíbulo, Grey rodeándole afectuosamente los hombros con el brazo. En el vestíbulo se toparon con un hombre que parecía a punto de salir. Cassie se tensó al reconocer ese pelo castaño. ¡Rob Carmichael!

Una sonrisa le iluminó la cara a él al verla.

—¡Cassie! Mañana parto para Escocia, así que pasé por aquí a ver si por una casualidad ya habías regresado.

Cassie se quedó paralizada cuando él avanzó hacia ella. Entonces Rob pasó su mirada de ella a Grey y se paró en seco.

—¡Dios mío, Wyndham, has vuelto de la tumba! —exclamó con sorprendido placer. Entonces vio e interpretó correctamente la informal proximidad entre ellos y le cambió la expresión—. Parece que has salido de Francia oliendo a rosas, Wyndham —dijo con voz más dura.

—¡Qué va! —dijo Grey, y frunció el ceño al mirar de Rob a Cassie y nuevamente a Rob.

—No te creía tan poco juiciosa como para que te fueras a enamorar del encanto barato —le dijo Rob a Cassie con voz quebradiza—. ¿O es por su dinero? Wyndham tiene más que yo, sin duda, y tiene fama de ser generoso con sus queridas.

—¡Cuidado con lo que dices, Carmichael! —exclamó Grey, retirando el brazo de los hombros de Cassie y avanzando un paso con las manos cerradas en puños—. ¡Pídele disculpas!

—¿Por decir la verdad? —Rob también adoptó la postura de lucha, con las mandíbulas apretadas de furia—. ¡Ni hablar!

—¡Basta, los dos! —ladró Cassie con una voz que habría cortado el vidrio—. Os portáis como críos. —Vio aparecer a la señora Powell, que llevaba la casa con su marido, y que sin duda llegó atraída por las voces, así que continuó—: Señora Powell, él es el señor Sommers y se va a alojar aquí durante un tiempo. Llévelo a una habitación, por favor.

Al ver que Grey abría la boca para protestar, le dirigió una mirada que decía «¡Ve!». Él no pareció nada contento con la situación, pero siguió a la señora Powell por la escalera.

—No tienes por qué echarlo —dijo Rob con voz áspera—. Me marcho. Dudo que nuestros caminos se crucen mucho en el futuro, Cassandra.

—No te vas a ir mientras no hablemos, Robert —dijo ella con firmeza. Le cogió el brazo para que no pudiera escapar sin sacudírsela de encima—. En el salón.

Pasado un momento de resistirse como un canto rodado, él entró con ella en la sala contigua. El salón estaba más iluminado y entonces ella vio pena en sus ojos. Se le evaporó el enfado.

—Lo siento, Rob, no era mi intención que te enteraras de esta manera tan directa.

—No creo que haya una buena manera de despedir a un amante.

—No hemos sido amantes, Rob. Hemos sido amigos y ocasionales compañeros de cama cuando nos venía bien. Nunca nos hicimos ninguna promesa de amor o de fidelidad.

—¿Quieres decir que con Wyndham sí lo has hecho? ¿O esperabas que yo no me enterara?

Ella exhaló un suspiro.

—Nunca hemos hablado de otros amantes, aunque dado que paso tanto tiempo en Francia he supuesto que no siempre duermes solo cuando yo no estoy.

—Curiosamente, sí duermo solo. —Torció la boca—. Creía que éramos más que simples compañeros de cama convenientes.

—Sí, pero el verdadero lazo siempre ha sido la amistad, no el amor romántico. —Lo miró a los ojos, rogándole que le creyera—.

La amistad, el afecto y la confianza han sido reales, Rob. Detestaría perder eso.

A él se le movió un músculo en la mandíbula.

—¿Por qué Wyndham, Cassie? ¿Por su legendario encanto? Me resultaba difícil odiarlo aunque quisiera.

Ella frunció el ceño.

—¿Por qué querías odiarlo?

Él se encogió de hombros.

—Simplemente porque le envidiaba que todo se le diera bien.

Y a Rob nada le había sido fácil.

—Tal vez te haga sentir mejor saber que Grey pasó diez años encerrado solo en la mazmorra de un castillo —dijo ásperamente—. Te aseguro que sobrevivir a eso no es nada fácil.

—¿Diez años encerrado solo? —exclamó Rob, consternado—. Pobre diablo. ¿Tú lo ayudaste a escapar?

Ella asintió.

—Acabamos de volver a Inglaterra. —Cansinamente se desabrochó la capa—. Me hacía ilusión pasar una noche tranquila.

—Con Wyndham —dijo él, y movió la cabeza—. Me cuesta imaginarte con él. ¿Se debe a que por ahora él te necesita y te sientes obligada a ayudarlo?

¿Por qué Wyndham, por cierto?

—Tal vez —dijo, pensativa—. Tú nunca te permites necesitar a nadie ni nada, Rob. Yo soy igual. Los dos somos expertos en no pedir nada. Somos tan autosuficientes que no podemos conectar a fondo con otro ser humano. Con Grey... me transformo en otra persona.

Él le escrutó la cara.

—¿Estás enamorada de él?

—Un poco, supongo. —Titubeó, sin saber hasta qué punto ser sincera. Pero Rob se merecía sinceridad—. Con él vuelvo a «sentir». Duele, pero es gratificante.

—Uy, Cassie, no sabía que tuvieras una pizca de romanticismo en tu alma. —Se le acercó y le dio un fuerte abrazo—. Si deseas más de lo que tenías conmigo, espero que lo encuentres. Pero no será con Wyndham. Él no se casará contigo.

Notando que ese era un abrazo de amigos, ella se relajó apoyada en su duro y conocido cuerpo, sintiendo el escozor de lágrimas en los ojos. Aunque pudieran salvar la amistad, ya no existía la posibilidad de que esta se convirtiera en algo más.

—Aunque hubiera llegado a hacerme esas ilusiones, ya he recibido las advertencias de un buen número de personas deseosas de explicarme por qué eso no ocurirá jamás. Cuando Wyndham y yo nos separemos para ir cada uno por su lado, no me sorprenderé ni quedaré destrozada.

Era muy buena para continuar con su vida sola.

Había desaparecido la rabia de Rob, pero su voz sonó triste al decir:

—Creía que algún día podríamos retirarnos a un pueblo tranquilo, para poder aburrirnos contándonos nuestras viejas historias de guerra. Pero eso no va a ocurrir, ¿verdad?

—Es muy improbable —convino ella—. Pero..., Rob, ¿podemos volver a ser amigos? ¿Por favor?

—Podemos —dijo él, poniendo fin al abrazo—. Pero me alegra irme a Escocia. Ahí tendría que estar lo bastante ocupado para no suspirar.

—No suspirarás —dijo ella, con un deje de diversión en la voz—. Yo sólo era una costumbre.

—Tal vez, pero una buena —dijo él tranquilamente—. Cuídate, mi muchacha.

Ella se lo quedó mirando hasta que salió del salón, firme, tenso, siempre preparado para cualquier problema, y deseó que hubieran podido amarse.

Cassie subió la escalera preparándose para otra conversación difícil. Cuando llegó arriba se encontró con la señora Powell.

—Puse al señor Sommers en la habitación de la parte de atrás de la casa, que es agradable y silenciosa —le dijo esta. Aunque era de edad madura y famosa por su tranquila sensatez y discreción, soltó una risita de jovencita—. Todo un hombre guapo, ¿no? ¿Cuánto tiempo estará aquí?

Era evidente que el encanto de Grey se estaba recuperando junto con el resto de él, pensó Cassie, mordaz.

—Varias semanas tal vez. Es un viejo amigo de lord Kirkland.

—Un lord también, seguro —dijo la señora Powell comenzando a bajar la escalera—. Me encargaré de que esté cómodo.

Cassie recorrió el largo corredor hasta llegar al Dormitorio Azul. Después de golpear la puerta a modo de aviso, entró, antes que él la echara.

Él estaba junto a la ventana mirando caer la noche sobre Londres, la silueta de la cúpula de la iglesia San Pedro recortada en el horizonte. Estaba frío y distante, muy a lo lord Wyndham.

—Lamento esa escena —dijo sin preámbulos—. Ha sido mala suerte que Rob Carmichael estuviera por aquí justo cuando nosotros llegábamos.

—Mala suerte, desde luego —dijo él, sin volverse a mirarla.

—Sabías que yo no era una virgen inocente —dijo ella, exasperada.

—Tampoco lo era yo, pero todos mis escarceos se remontan a hace más de diez años. —Pasado un largo silencio, dijo con la voz algo titubeante—. Además, hay una diferencia entre el conocimiento abstracto y saber que tenías un romance con un hombre que conozco y que siempre encontré bastante amedrentador. —En tono más suave añadió—: Un hombre que parece ser muy de tu tipo.

—Amedrentador es un rasgo útil en un agente de Bow Street —convino ella, interesada en cómo se veían mutuamente ellos—. ¿Vas a hacer el favor de dejar de mirar por la ventana?

Grey se giró, aunque a la tenue luz era difícil interpretar su expresión.

—Te debo una disculpa por perjudicar tu romance con Carmichael. Aunque sabía que eres una mujer de mundo, no sabía que tenías un amante esperándote en Londres.

—Acabo de tener esta conversación con Rob —dijo ella, sarcástica—. Hemos sido amigos y compañeros de trabajo, y hemos enfrentado peligros juntos. Pero aunque a veces compartíamos una cama, eso nunca ha sido la parte más importante de nuestra amistad.

Él entrecerró los ojos.

—¿Es la cama la parte principal de nuestra amistad? ¿O sólo es una parte del servicio de niñera que ofreces cuando rescatas a idiotas de la cautividad?

Ella resistió el deseo de arrojarle algo.

—¡Debería haberos dejado que os rompierais el cuello!

Girando sobre sus talones se dirigió a la puerta, pensando que Grey se estaba convirtiendo demasiado rápido en un caballero flemático, irónico.

Soltando una maldición, él le dio alcance antes que llegara a la puerta, le rodeó la cintura con los brazos desde atrás y la estrechó fuertemente apretándola a su pecho.

—Perdona, Cassie —dijo, vehemente—. No sabía que tenía una vena posesiva, pero es que contigo soy diferente.

—Las circunstancias son diferentes —dijo ella, combatiendo el deseo de derretirse y apoyarse en él—. No te preocupes, pronto te recuperarás de cualquier moderada posesividad y volverás a tener romances despreocupados en los que no importa por quien otro podría hacerse acompañar la dama.

Él aumentó la presión de sus brazos.

—Un romance despreocupado no es lo que deseo, Cassie.

—¿Qué deseas, entonces?

—Deseo ser especial para ti, Cassandra. Al principio no me importaba si te acostabas conmigo por lástima o por deber, pero ahora me importa. Deseo... deseo ser algo más que otro trabajo más.

Ella tragó saliva.

—Lo eres, Grey. Pese a lo que pudieras pensar, nunca me he acostado con hombres despreocupadamente. Y mucho menos con hombres a los que acompaño para alejarlos del peligro.

—Me alegra oír eso. —Le besó la curva superior de la oreja—. Pero... la primera vez que hicimos el amor dijiste que te habías acostado con hombres por motivos peores que el consuelo y la amistad. No supe qué querías decir.

No lo dijo como pregunta, pero ella compredió que sí era una pregunta.

—No le he contado a nadie mi pasado —dijo en voz baja—. No toda la sórdida historia.

—Tal vez si la cuentas a alguien, eso te aligere la carga. —Su calor le estaba quitando el frío a la noche—. Cassie, tú sabes todo lo importante de mí y yo sé muy poco de ti. —Bajó la mano por su brazo derecho, acariciándoselo—. Sólo sé que eres amable, sensual, peligrosa y tremendamente competente.

Ella casi se rió de esa lista, pero se le desvaneció enseguida la sonrisa. Había echado la llave a su pasado hacía tanto tiempo que le costaba imaginarse contándolo. Pero él tenía razón. Sabía muy poco de ella mientras que ella había visto vulnerabilidades de él que nadie más conocería.

Dijo la verdad cuando le explicó a Rob que los dos eran demasiado autosuficientes, demasiado renuentes a necesitar o ser necesitados. Su relación con Grey era distinta, y gran parte del motivo de que lo fuera era que él había estado dispuesto a dejarle ver su dolor, sus miedos y debilidades. Le debía lo mismo.

—De acuerdo —dijo cansinamente apartándose de sus brazos—. Pero llevará tiempo. Si abres la puerta de la izquierda del armario ropero, tendrías que encontrar diversas bebidas para calmar al agente feroz.

Grey abrió la puerta y emitió un silbido al ver estantes de botellas y copas.

—Kirkland sabe hacer sentirse bien recibidos a sus huéspedes. ¿Que te apetecería?

Si bebía coñac estaría inconsciente antes de llegar al final de su historia.

—Oporto.

—Pues oporto tendrás.

Mientras él sacaba la botella, ella fue a sentarse en un sillón, pensando tristemente si sería capaz de desvelar las partes negras de su pasado.

Pero si podía contárselo a alguien ese era Grey. Él también había pasado temporadas en el infierno.

Capítulo 28

Cuando él le pasó la copa, Cassie la cogió y le preguntó:

—¿Por dónde debo comenzar?

—Por el principio, por supuesto.

Se arrodilló a encender la leña que habían dejado dispuesta en el hogar y después se sentó en el sillón enfrentado al de ella, lo bastante cerca para tocarla. La luz del fuego daba el tono de oro bruñido a su lustroso pelo y cincelaba los fuertes planos de su cara seria y paciente.

Cassie contempló su vino, haciendo girar la copa.

—Mi padre era inglés, mi madre francesa. Hacíamos largas visitas a la familia de ella en Francia. Mi niñera era francesa, porque mi madre quería que sus hijos hablaran el francés tan bien como el inglés.

El silencio se fue alargando hasta que él preguntó:

—¿Otros hijos?

—Un hermano y una hermana mayores. Yo era la mimada hija pequeña.

Cerró los ojos, recordando los cariñosos abrazos de su padre, la disciplina firme pero afable de su madre. Su bromista hermano, su hermosa hermana, que estaba entusiasmada haciendo planes para su presentación en sociedad.

—Estábamos en Francia cuando comenzó el reinado del Terror. Los adultos se preocuparon y nuestros parientes franceses debatían acerca de si debían salir del país. Pero la mayor parte de la revuelta ocurría en París, y la propiedad Montclair estaba en las afueras de Reims, bastante lejos. Había tiempo para decidir qué sería lo mejor.

—Pero tú sabías que no, como profetisa que eres —dijo él cuando ella volvió a quedarse en silencio.

—Yo sentía una terrible sensación de inminente desastre. —Sumida en sus recuerdos, bebió un trago de oporto, pues necesitaba su dulzura y fuego—. Jugaba con los niños del pueblo y oía hablar a sus padres. En el pueblo veía a oradores venidos de París a despotricar contra los ricos. Oí acusar a la familia de mi madre de «delitos contra la libertad». Todo eso se lo decía a mis padres, tratando de explicarlo bien, pero dado que sólo tenía diez años, no me hicieron caso. ¡No me hicieron caso!

Aun después de tantos años, la furia y la angustia le perforaban el corazón.

—Fue una tragedia que no te hicieran caso —dijo él dulcemente—, pero no una tragedia causada por ti.

Tal vez no, pero nunca había dejado de pensar que si hubiera dicho las cosas de otra manera, dado mejor el aviso, le habrían hecho caso.

—Mi padre se reía, intentaba tranquilizarme diciendo que dentro de un mes ya estaríamos en casa. Pero entonces ya fue demasiado tarde. El Terror ya había llegado ahí para destruirnos.

Nuevamente se quedó callada y él la animó preguntando:

—¿Cómo?

—Esto yo sólo lo supe después. Resulta que un grupo de revolucionarios pasó por el pueblo de camino a unirse al ejército. Tenían un barril de licor barato y lo ofrecían a todo el que quisiera beber gratis. La consecuencia fue un tremendo disturbio de borrachos, con los revolucionarios azuzando a todos los hombres para enfurecerlos. Cuando la furia pasó a rabia asesina, se dirigieron en masa a la casa de la familia de mi madre. —Cerró los ojos—. Entonces... rodearon la casa y le prendieron fuego.

Él retuvo el aliento.

—¿Tú estabas dentro?

Ella negó con la cabeza.

—Josette Maupin, la joven niñera de la casa Montclair, solía llevarme a visitar a su sobrina, que era de mi edad y muy amiga mía. Mientras nosotras jugábamos, Josette coqueteaba con su chico. Esta casa no estaba en el pueblo sino en una granja que se encontraba en el lado opuesto. —Bebió otro trago, con la mirada en el pasado—. Ese día fuimos a la granja y nos quedamos más tiempo que de costumbre. Al regresar no supimos que había problemas hasta que vimos la nube de humo. Las dos echamos a correr. Cuando llegamos a la orilla del parque de césped vimos la casa ardiendo y rodeada por bulliciosos hombres que gritaban insultos a los asquerosos aristócratas. Si alguien intentaba escapar de la casa, le disparaban. —Tragó saliva pues ya casi no podía hablar—. Mi tío intentó escapar; llevaba a un niño, mi primo más pequeño, creo. Los mataron a los dos. Una anciana, tía Montclair, saltó por una ventana de arriba para escapar de las llamas. Si hubiera sobrevivido a la caída, no podría haber sobrevivido a la paliza que le hubieran dado después.

La cara de él reflejaba el horror.

—¿Toda tu familia estaba dentro?

—*Oui* —dijo ella, volviendo a sentirse como la niña que fuera—. Eché a correr gritando hacia la casa pero Josette me detuvo; ella tenía amigas dentro y lloraba igual de fuerte que yo. Continuamos ahí abrazadas entre los setos de arbustos recortados, mirando arder la casa. Ella decía que debíamos irnos, pero ninguna de las dos podía moverse. Continuamos mirando cómo se iba quemando, quemando la casa. El fuego iluminó el cielo nocturno durante horas.

—Una pira funeraria —dijo él dulcemente—. Por suerte, muchas de las personas que estaban dentro murieron por el humo, no por las llamas.

Eso esperaba ella, Dios Santo, eso esperaba.

—Finalmente la casa ardiendo se desplomó y sólo quedaron las brasas. Entonces nos marchamos sigilosas. Josette me llevó a la casa de su familia, prometiéndome que ahí estaría segura. Quemaron mi ropa cara y me dieron un sencillo vestido que era de una de sus sobrinas. Su familia fue... muy buena y amable.

Esa había sido su primera experiencia en disfrazarse, porque no sólo le dieron un vestido de niña campesina, sino que además Josette le tiñó el pelo de color castaño para hacérselo menos llamativo.

—Josette se casó con su chico y se mudó a la granja de la familia de él, que estaba más lejos aún. Yo me fui con ella bajo el nombre de Caroline Maupin, y a todos se les dijo que era una prima huérfana. Catherine Saint Ives había muerto.

—¿Cuánto tiempo viviste como Caroline?

—Casi seis años. Nunca olvidé que era inglesa y pensaba volver a Inglaterra cuando por fin terminara la lucha, pero la mayor parte del tiempo sólo era una niña ocupada con los quehaceres diarios de una granja, que era muy parecida a la de los Boyer. Me trataban como a un miembro de la familia, porque siempre había trabajo para un par de manos fuertes.

Bebió lo que le quedaba de oporto y dejó a un lado la copa para poder calentarse las manos frotándoselas. Grey se inclinó a cogerle las manos entre las suyas, cálidas.

—¿Qué ocurrió después?

Ella hizo una inspiración entrecortada.

—Había personas en los alrededores que sabían que yo era Catherine Saint Ives, pero no me denunciaron porque yo era sólo una niña. Esa protección desapareció cuando crecí. No sé qué pasó. Tal vez prometieron una recompensa por información acerca de enemigos de Francia. O tal vez le hice un desaire a un posible pretendiente. Fuera cual fuera el motivo, me denunciaron a la gendarmería del pueblo como espía inglesa. —Se le escapó una risa algo histérica—. ¡Tenía quince años! Vivía en una granja, ordeñaba vacas y hacía queso. ¿Qué sabía de espionaje?

—Los hechos no importan cuando hay miedo y odio —dijo él, apretándole con más fuerza las manos—. ¿Te arrestaron?

—En la plaza del pueblo un día de mercado. Yo estaba ahí vendiendo queso y huevos. —Hizo otra inspiración resollante, sin poder hablar, y después continuó a borbotones—: Me llevaron a Reims, me juzgaron y condenaron, me violaron dos guardias y me arrojaron a una celda para que me pudriera allí.

—Santo Dios de los cielos. —Soltando maldiciones en los dos idiomas, la levantó del sillón y se sentó con ella acunándola en su regazo, dándole con su cuerpo el único calor en ese mundo frío de terribles recuerdos—. ¿Cómo escapaste?

Ella hundió la cara en su hombro tratando de no echarse a llorar. Temía que si comenzaba a llorar no podría parar jamás.

—Pasado un año más o menos, llegó un guardia nuevo al que le gusté. Me hablaba por la rejilla de la puerta. Cuando estaba sobrio, me prometía un trato especial si yo era amable con él. Cuando estaba borracho, que era lo más frecuente, me amenazaba con tomar por la fuerza lo que yo no quería darle. —Su apestoso aliento inundaba toda la celda cuando le explicaba las cosas que deseaba hacerle—. Yo contestaba que sería dulce como un mazapán si él me permitía salir de la celda. Entonces él se reía. Un día, cuando percibí que se le estaba acabando la paciencia, acepté la proposición. Él esperó hasta que ya fuera pasada la medianoche y entró en mi celda. Yo me dejé hacer. —Le vinieron bascas con el recuerdo, y terminó con un rasposo susurro—. Cuando ya estaba satisfecho, sudoroso y medio dormido, lo maté con su propio cuchillo y escapé.

Inundada por esos insoportables recuerdos se echó a llorar, con desgarradores sollozos. Apenas se dio cuenta cuando Grey se levantó con ella en los brazos, la depositó en la cama y se tendió a su lado, la puso de espaldas a él y la mantuvo abrazada, calentándole el tembloroso cuerpo con el suyo y susurrándole palabras tranquilizadoras al oído.

Lloró hasta que ya no le quedaban lágrimas y se sentía seca como el serrín. Pero cuando finalmente comenzó a caer en el profundo sueño del agotamiento, comprendió que en los brazos de Grey se había sentido segura y a salvo por primera vez desde que murió su padre.

Grey mantuvo abrazada a Cassie hasta que el cielo estuvo absolutamente oscuro y en el hogar sólo ardían brasas. Sentía los músculos agarrotados por la inmovilidad, pero no quería perturbarle el sueño. No deseaba soltarla jamás.

Él había dado por descontada su fuerza, como si tuviera una reserva sin límites. Ni una sola vez se le había ocurrido pensar que esa fuerza tenía que habérsela ganado arduamente. Era un tonto egoísta.

De pronto la sintió moverse en sus brazos.

—¿Cómo estás? —le preguntó en voz baja.

—¿Agua? —dijo ella, en un susurro casi inaudible.

Él se levantó y se orientó a tientas por la habitación. Después de encender una lámpara, llenó un vaso con agua del jarro, lo llevó a la cama y la sentó para que pudiera beber. Ella se la bebió toda y volvió a reposar la cabeza en la almohada; tenía oscuras ojeras bajo sus tristes ojos.

Hacía frío en la habitación, así que él puso leña y volvió a encender el fuego. Después fue al armario ropero, encontró una manta doblada y la extendió sobre ella. Sentándose en el borde de la cama, le friccionó la espalda. Ella parecía una niña desmoronada, no la mujer tan increíblemente capaz.

—Lamento haberte insistido en que hablaras de tu pasado —dijo.

—Yo no lo lamento —dijo ella, inesperadamente—. Hablar de lo que pasó me ha aliviado parte del dolor. Ha puesto más distancia entre el entonces y el ahora.

—Entonces me alegra que me lo hayas contado. —Aunque sus recuerdos le producirían pesadillas a él—. A veces me avergüenzo de mi sexo. Has sido tratada abominablemente por los hombres.

—Sí, pero también he sido muy bien tratada por otros. Kirkland ha sido una combinación de amigo y hermano, a veces casi padre. Y ha habido otros. —Exhaló un suspiro—. También hay mujeres que se portan muy mal.

Él colocó la mano sobre la curva de su cadera.

—Me sorprende que permitas que un hombre te toque. Lo agradezco, pero me sorprende.

—Yo tenía ansias de contacto físico, tal como tú. —Puso la mano sobre la de él—. Me llevó mucho tiempo, pero descubrí que con un hombre del que me fiara, podía tolerar la proximidad y la intimidad física porque necesitaba el calor humano. Con el tiempo y la amabilidad, llegué a disfrutar también de la relación íntima.

Él le miró los cansados ojos comprendiendo que en su pasado había misterios que él no sabría jamás; que no tenía ni la necesidad ni el derecho de saber.

—Eres la mujer más extraordinaria que he conocido —dijo.

—Simplemente buena para sobrevivir —dijo ella. Curvó los labios en una leve insinuación de sonrisa—. Una vez me dijeron que no tengo ni una pizca de delicadeza femenina.

La sorpresa hizo reír a Grey.

—Espero que lo hayas tomado por un cumplido. ¿Cómo encontraste a Kirkland?

—Deseaba volver a Inglaterra, y puesto que no había manera de cruzar legalmente el Canal, comencé a buscar a un contrabandista que estuviera dispueso a colaborar. Me llevó tiempo. Trabajé en diferentes empleos a lo largo de la costa, generalmente de camarera de taberna, hasta que finalmente conocí a Marie. Cuando ya éramos amigas y nos teníamos confianza, le expliqué que quería volver a Inglaterra y aprender a ser espía para trabajar en contra de Napoleón. Después que ella habló de mí con su hermano Pierre, él me trajo a Inglaterra en su siguiente travesía y me dejó con los Nash. Ellos me enviaron a Kirkland, y tres días después estaba en Londres diciéndole que me necesitaba como agente.

—Y él tuvo el buen juicio de aceptarte —dijo Grey. Contempló su cara cansada; la encontró fea la primera vez que la vio, pero ya hacía tiempo que había dejado de juzgar su apariencia; ella era simplemente Cassie, única e inolvidable, una mujer que lo hacía sentir deseo y ternura—. ¿Tienes hambre?

Ella frunció el ceño.

—Creo que sí.

Él se levantó.

—Encontraré mi camino hacia la cocina y robaré comida.

—No hace falta robar. Tiene que haber una olla con sopa en el quemador, y en la despensa encontrarás fiambres, quesos y pan. Si está ahí la señora Powell, coqueteará contigo.

—Eso espero. —Sonrió tímido—. No me gustaría pensar que he perdido facultades. Traeré una bandeja, comeremos, dormiremos bien, con lo que quiero decir no totalmente vestidos, y mañana decidiremos la manera de entretenernos en Londres.

—Eso me gustará. —Le cogió la mano y lo miró con ojos muy serios—. Pero antes que nos durmamos necesito que me ayudes a olvidar, aunque sólo sea por un rato.

Jamás había recibido un honor más grande, pensó él, y tal vez nunca volvería a recibirlo.

—Todo será como lo desees, milady Zorro. Esta noche nos haremos mutuamente el regalo del olvido. —Le besó la mano y se la soltó de mala gana—. Y mañana los dos estaremos otro día más lejos de nuestros demonios.

Capítulo 29

A la mañana siguiente Cassie despertó sonriendo. Tenía la dorada cabeza de Grey apoyada en su pecho y el brazo sobre su cintura. Generoso y apasionado, él había hecho todo lo posible por separarla de sus dolorosos recuerdos, y lo había conseguido. Se sentía más ligera y más libre de lo que se había sentido desde que era niña. No podía cambiar el pasado, pero ya lo sentía más... pasado.

No era mucho lo que habían dormido esa noche, pero los dos estaban de buen ánimo para pasear despreocupadamente por Londres. Incluso el día estaba soleado, lo que ella, para sus adentros, consideró un buen presagio.

Salieron temprano en dirección al mercado Covent Garden, que estaba cerca. Al llegar ahí bebieron té caliente y bollos dulces en un puesto, mirando las carretas que pasaban con alimentos frescos para alimentar a la ciudad. Había alegría y ánimo en el ajetreo y bullicio del mercado, y los olores a verduras y a flores tempraneras eran un agradable contraste con los olores habituales de Londres. Estaba llegando la primavera y había más luz y más clientela en los puestos.

Cuando ya habían visto lo suficiente del mercado, subieron al sencillo coche que les había dejado Kirkland. El cochero los condujo hacia la parte oeste de la ciudad, siguiendo una ruta serpentina, con la que pasaron junto a muchos de los hitos importantes de Londres, desde iglesias y palacios a las tranquilas plazas del barrio residencial del elegante Mayfair.

Contemplando los edificios que bordeaban el Strand, Grey dijo:

—He cabalgado y caminado incontables veces por aquí, sin embargo, todo lo encuentro nuevo y maravilloso. El Strand me recuerda que he llegado a mi patria. Siempre me ha gustado Londres.

—Pues entonces has venido al lugar apropiado —dijo Cassie, sonriendo—. Conozco una taberna junto al río en Chelsea. He pensado que allí podríamos despedir el coche, tomar en ella una comida muy inglesa y después coger una barca para que nos traiga de vuelta río abajo.

—Me gusta la idea. —Pensó un momento—. Creo que le pediré al cochero que pasemos por la calle donde está la casa Costain para ver si está la aldaba en la puerta y mi familia está en la ciudad.

—Si están aquí, ¿desearás subir la escalinata y golpear la puerta? ¿El regreso del hijo pródigo?

Él veló su expresión.

—Todavía no.

La aldaba de la casa Costain no estaba puesta, lo que salvó a Grey de volver a pensarlo, pero Cassie consideró que era un progreso que estuviera interesado en el paradero de sus padres.

Después de recorrer Mayfair, el coche los llevó a Chelsea, y allí bebieron buena cerveza inglesa y comieron empanadas de carne con masa de hojaldre.

—Si tenía alguna duda —dijo Grey al terminar su tercera empanada—, estas empanadas de carne con cebolla me han demostrado que realmente estoy en Inglaterra. —Se quitó con la mano las migas que le habían caído en el regazo—. Me hace ilusión ver la ciudad desde el río.

—Si quieres, mañana podríamos ir hacia el este, hasta la Torre de Londres y los muelles para los barcos grandes. —Se levantó, sintiéndose llena, satisfecha. Apuntó hacia el río—. ¿Qué te parece ese esquife? ¿El pintado de amarillo?

—El barquero parece formal, y me gusta el alegre color. Veamos qué suma exorbitante va a intentar cobrarnos.

Y sí que era exorbitante la suma que pedía el barquero, pero ellos regatearon y no tardaron en llegar a una que satisfacía a ambas partes.

—Esta es mucho más cómoda que la última travesía que hicimos en barca —comentó Grey cuando ya iban navegando por el río.

Cassie se estremeció al recordar esa terrible travesía por el Canal.

—Muy cierto. ¡Mira, ahí viene una barca con pollos!

Se cruzaron con una lancha cargada con jaulas llenas de indignados y chillones pollos. Voló una pequeña pluma roja que se le quedó cogida en el pelo a Cassie. Grey se la quitó y la guardó en un bolsillo, diciendo guasón:

—Una prenda de mi dama. Conservaré eternamente esta pluma como un tesoro.

A Cassie le bajó un poco el ánimo al pensar si de verdad él conservaría esa tonta pluma. Probablemente no. No creía que ella fuera a dejar muchas huellas en la vida de él. Qué más daba; estaban disfrutando de un hermoso día.

Una vez que el barquero los dejó en la orilla, hicieron a pie el camino de vuelta a Exeter Street. Cuando llegaron a la casa y ella sacó la llave, él dijo:

—Estoy cansado y me apetece una cena y un anochecer tranquilo.

Ella supuso que el cansancio se lo produjo el haber estado cerca de tanta gente.

—Te portaste bien —dijo, introduciendo la llave en la cerradura—. No echaste a correr gritando ni una sola vez.

—Me está volviendo el orgullo masculino —explicó él—. El deseo de echar a correr es superado por el deseo de no parecer un absoluto cobarde delante de una mujer hermosa.

Ella puso los ojos en blanco.

—Sí que se ha recuperado tu pico de oro.

Entraron en el vestíbulo los dos riendo. Estaba abierta la puerta de la derecha, la del salón, y a los oídos de Cassie llegó el sonido de una conocida voz femenina. Contenta preguntó en voz alta:

—¿Kiri? ¿Eres tú?

—¡Cassie! —Del salón salió lady Kiri Lawford, de pelo moreno, pasmosamente bella, y la abrazó—. Vamos a ir al teatro, y puesto que estábamos en el barrio decidí venir a dejarte unos perfumes nuevos para cuando volvieras, pero no me imaginé que te vería. ¡Cuánto me alegra que hayas vuelto sana y salva otra vez!

Cassie se rió y le correspondió el abrazo con sumo cuidado, pues Kiri llevaba un precioso vestido verde de noche.

—Soy una mujer misteriosa, jamás se pueden predecir mis movimientos.

Sólo entonces su mente registró el «vamos» que dijera Kiri.

—Me alegra ver que nuevamente has engañado al diablo, Cassie —dijo una voz masculina profunda.

Cassie miró detrás de Kiri y vio al alto, corpulento y fuerte Damian Mackenzie saliendo del salón. Venía sonriendo y estaba guapísimo con su traje de noche formal.

Su primera reacción fue de placer; siempre le había caído muy bien Mackenzie, se entendían a la perfección, y no era sorprendente verlo con su flamante esposa.

Su segunda reacción fue pensar «¡Maldición!». Pero ya era demasiado tarde para una retirada. Mac miró detrás de ella y paró en seco.

—Dioses, ¿eres tú, Wyndham? —exclamó—. ¿O estoy alucinando?

Aunque no lo veía, Cassie percibió la tensión de Grey. Pero él avanzó y dijo con voz tranquila:

—Es muy temprano aún para tener alucinaciones, Mac. —Le tendió la mano—. Así que creo que debo de ser real.

A Mackenzie se le iluminó la cara.

—Kirkland nunca quiso admitir la posibilidad de que hubieras muerto, y que me cuelguen si no tenía razón. —Alegremente le cogió la mano entre las suyas—. ¡Jamás me ha alegrado tanto estar equivocado!

Al ver a Grey junto a la ancha y atlética figura de Mackenzie, Cassie notó lo delgado que seguía estando. Pero él sonrió con auténtico placer al estrecharle la mano a Mac.

—Yo estoy bastante contento también —dijo. Le hizo una venia a Kiri—. ¿Y supongo que esta magnífica criatura es tu esposa y hermana de Ashton?

—Es usted tan bueno para las lisonjas como Mackenzie, lord Wyndham —dijo Kiri, y su perspicaz mirada pasó de él a Cassie—. Me imagino que están cansados, así que no los vamos a entretener con preguntas sobre lo que ocurrió. —Miró a su marido—. Tendríamos que ponernos en camino para el teatro. Cassie, ¿puedo venir a verte mañana para ponernos al día?

—Me encantará verte, pero tendrá que ser pasada la media tarde, porque antes vamos a estar fuera. —Miró a los ojos a su amiga—. No le digáis a nadie que hemos vuelto.

—¿Así que aún no has regresado oficialmente del todo, Wyndham? —comentó Mackenzie—. Me imagino que adaptarse a Londres lleva tiempo después de diez años en el extranjero.

—Sobre todo después de diez años en prisión —dijo Grey escuetamente.

Con Cassie habían hablado de lo que diría sobre su larga ausencia, y él decidió explicarla de la manera más sencilla posible. Kiri y Mac estaban en el grupo de amigos más íntimos, y podría decirles más, pero los detalles podían esperar.

—Entonces no diremos nada hasta que el milagro se haga oficial —dijo Mac, y entonces titubeó—. ¿Existiría una explicación de una sola frase que puedas darme para satisfacer mi curiosidad?

Grey torció la boca.

—Fui un estúpido y lo pagué con diez años de mi vida.

—¿Estuvo involucrada una mujer? —preguntó Mac. Al ver su gesto de asentimiento, añadió—: Alguna noche en que estemos bastante borrachos te contaré cómo ser estúpido con una mujer me consiguió que me azotaran, casi me colgaran y me echaran del ejército.

—Es bueno saber que no estoy solo en mi estupidez —dijo Grey, y esta vez su sonrisa fue auténtica.

Cassie vio que Kiri miraba algo extrañada a su marido, y tuvo la impresión de que sabía la historia, pero la sorprendía que él estuviera dispuesto a contarla. Mackenzie debió suponer que revelarle su error haría sentirse mejor a su viejo amigo.

Entonces Mac puso una mano en la espalda de Kiri a la altura de la cintura, para llevarla hacia la puerta.

—Si hay algo que yo pueda hacer para facilitar tu regreso, Wyndham, Cassie sabe dónde encontrarme.

Después que salieron, Grey rodeó a Cassie con un brazo y la atrajo hacia sí.

—Está claro que esta casa no es tan exclusiva como creíais tú y Kirkland. ¿Qué otro viejo compañero de colegio podría aparecer?

—No tomé suficientemente en cuenta que esta casa es un centro de trabajo de Kirkland —dijo Cassie en tono de disculpa—. No se me ocurre ningún otro compañero de colegio que pueda aparecer por aquí, pero eso podría ser falta de imaginación por mi parte.

—¿Mackenzie o lady Kiri le dirían a los demás que he regresado de entre los muertos?

Ella negó vehemente con la cabeza.

—De ninguna manera. Lo primero que aprendemos los agentes de Kirkland es la discreción.

—¿Esa preciosa chica con la que se casó Mac es también otra agente? —preguntó Grey, sorprendido, mientras iban subiendo la escalera—. Si es por eso, yo no sabía que Mackenzie chapoteaba en las turbias aguas del trabajo de inteligencia.

—Revelar eso ha sido una indiscreción mía —dijo Cassie, pesarosa—. Aunque no habrías tardado en deducirlo.

—Era inverosímil la presencia de lady Kiri en esta casa —convino él.

Ella lo miró y lo vio agotado por las actividades del día.

—Es una lástima que te quisieran tantas persona —dijo, abriendo la puerta del dormitorio—. Esto se presta a enérgicas celebraciones para anunciar tu vuelta a la vida.

A él se le relajó la expresión.

—Mackenzie siempre fue muy enérgico. Más o menos como un cachorro grande y simpático. Ahora que he vuelto a verlo, he caído en la cuenta de que había más bajo su superficie de lo que yo veía cuando era un joven inconsciente.

—¿Acaso eso no es cierto de todos? —dijo ella, desabrochándose la capa—. ¿Que hay más bajo la superficie de lo que es visible?

—De mí no. Yo estaba totalmente en la superficie. —Colgó las capas de los dos en el armario ropero—. No tenía más sustancia que un gorrión.

—No de un gorrión, de un brillante pinzón dorado.

Él se rió.

—Me has clasificado correctamente. Muchísimas gracias, Catherine. —Frunció el ceño al ver su estremecimiento por el uso de su verdadero nombre—. No te llamaré Catherine si te aflige. Siempre lo he encontrado un nombre bonito y te sienta bien, pero si te evoca demasiado sufrimiento...

—El nombre sí me evoca sentimientos profundos, pero no todos son de sufrimiento. —Lo pensó—. No querría que todo el mundo me llamara Catherine, pero no me importa que tú me llames así a veces.

—Muy bien, Catherine. —Le rozó el pelo con los labios—. Cassandra. Cassie. Estos nombres le sientan bien a diferentes aspectos de tu personalidad.

Ella entrecerró los ojos y dijo en tono misterioso:

—Soy una espía, una mujer de mil disfraces. ¿Con cuál te vas a acostar esta noche?

Riendo él la cogió en sus brazos.

—¡Con toda tú!

Capítulo 30

Cassie y Grey estaban haciendo planes para un trayecto en barca hasta Greenwich cuando apareció Kirkland a estropearles el desayuno.

—¿Pasa algo? —preguntó ella tan pronto como lo vio.

—¿Tan transparente soy? —respondió él, cansinamente.

Los dos contestaron al mismo tiempo, «Sí», Cassie, «No», Grey.

—Me alegra que todavía pueda desconcertar a algunas personas —dijo Kirkland. Cogió la taza de humeante té que acababa de servirle Cassie; bebió un largo trago y entonces dijo—: Lamento ser el portador de una mala noticia, Wyndham. Acabo de enterarme de que tu padre está gravemente enfermo.

Grey palideció.

—¿En Summerhill?

Kirkland asintió.

—No sé ningún detalle, pero... me han dicho que se teme por su vida. Podría convenirte repensarlo e ir a visitar a tu familia lo más pronto posible.

—Iré mañana. ¿Puedes disponer de un coche para ir?

—Enviaré uno aquí a primera hora.

Grey fijó en Cassie su sombría mirada.

—¿Me acompañarás? No puedo manejar esto solo.

Ella ahogó una exclamación.

—¡No puedo ir contigo a la propiedad de tu familia!

Grey le cogió la mano.

—¡Por favor, Cassie! Te necesito.

—Si necesitas apoyo, lleva a Kirkland.

Dirigió una fulminante mirada a este; Wyndham era trabajo de él, no de ella.

—No es a mí a quien necesita, Cassie —dijo Kirkland, levantándose—. Pero tú ya has hecho más que suficiente. Necesito hablar con los Powell, así que os dejaré solos para que solucionéis esto.

—Muy discreto Kirkland al dejarnos discutir en privado —dijo Cassie una vez que se cerró la puerta—. Pero la respuesta es la misma. Llevar a tu amante a la casa de tu familia sería escandaloso en cualquier circunstancia, y mucho más cuando tu padre se podría estar muriendo. —Se le tensó la boca—. Además, nadie creerá que un hombre como tú se relacione con una mujer como yo.

Grey la miró sin entender.

—¿Por qué no?

—¡Míranos! Un caballero y una lavandera. —Furiosa se levantó, le cogió el brazo y de un tirón lo puso de pie, para que se miraran en el espejo de encima del aparador. Grey no sólo era pasmosamente guapo, sino que también tenía porte aristocrático. Ella parecía una campesina vieja, no apta ni para ser su criada—. Los hombres no atractivos con dinero encuentran fácilmente a una mujer hermosa, pero los hombres guapos con dinero no eligen mujeres feas y avejentadas.

Él miró atentamente sus imágenes en el espejo.

—Es curioso. Yo veo a un hombre roto que no es capaz de arreglárselas día a día, y a una mujer con el corazón de un león y más belleza de la que permite ver al mundo.

Ella se mordió el labio para dominar el deseo de llorar.

—Puede que tú creas eso, pero nadie más nos mirará como tú.

Él dejó de mirar el espejo y se giró hacia ella.

—Estoy de acuerdo en que no puedes ir como mi amante. Eso sería muy indecoroso. Debes ir como mi novia.

Cassie creía que ya nada podía sorprenderla, pero al oír eso le bajó la mandíbula.

—Le dije a Kirkland que no estás loco, pero al parecer estaba equivocada.

Él sonrió.

—Cuando estés mejor vestida a nadie le extrañará que estemos comprometidos.

—¡Pero es que no hay tiempo para comprar ropa nueva! —exclamó ella, exasperada, pensando en su guardarropa. No tenía ni un solo vestido que fuera apropiado para usar en la propiedad del campo de un noble. Los vestidos sencillos y oscuros que tenía en Londres serían apropiados para una viuda de edad madura de medios modestos. De ninguno de esos vestidos se podía decir que fuera elegante o favorecedor—. Los vestidos viejos de una tienda de segunda mano no me van a convertir en una novia creíble, y no hay tiempo para encontrar otra cosa.

—No estarás obligada a casarte conmigo —dijo él, pasando por alto lo que ella le acababa de decir—. ¿Por qué diablos podrías querer casarte conmigo? Sólo simula que eres mi novia durante una o dos semanas, hasta que yo me sienta cómodo con mi familia. Entonces puedes poner fin al compromiso y volver a Londres.

—No sabes lo que pides. —Movió la cabeza, sintiendo la garganta oprimida—. Mi familia no era de tu rango, pero me educaban para ser una dama. Yo era una niña cuando llegó a su fin esa vida. He vivido como una chica de granja, prisionera, vendedora ambulante, espía y unas cuantas cosas más. Estaría tan fuera de lugar en tu casa como esa lavandera.

—No lo creo —replicó él—. Has representado muchos papeles de modo muy convincente, y este es el papel para el que naciste. Sólo serán unos cuantos días, dos semanas como máximo. Detesto que eso te desagrade, pero sé que eres capaz de hacerlo.

Tal vez. Pero la idea de representar a una dama la aterraba, y la de fingir que era la prometida de Grey era peor aún.

—El riesgo es muy grande para ti —alegó—. ¿Y si a mí se me antoja llegar a ser condesa y aseguro que el compromiso es de verdad? O bien te quedas clavado conmigo o atrapado en un terrible escándalo.

—Tú no harías eso. —Sus ojos bordeados de pestañas oscuras se tornaron pensativos—. Aunque no me opondría si me obligaras a mantener el compromiso, sencillamente no logro imaginar que desees hacer eso.

¿No desear casarse con él? Buen Dios, sólo pensar en la posibilidad la confundía. Que él siguiera necesitándola tanto que estaba dispuesto a sugerir oblicuamente matrimonio era la peor tentación que había conocido.

Pero si se aprovechaba de su actual debilidad, los dos lo lamentarían.

—Sería mucho más fácil si simplemente confiaras en tu familia, Grey —dijo, procurando hablar en tono calmado y sensato—. No te hace ninguna falta llevar a una desconocida a Summerhill en un momento tan difícil.

—No necesito a una desconocida, te necesito a ti, Cassie —dijo él tranquilamente—. Y me prometiste que no me abandonarías mientras te necesitara. Te juro que nunca más volveré a pedirte nada, pero, por favor, acompáñame. Tienes razón en lo de que será difícil estando en juego la vida de mi padre. Si... si ocurriera lo peor, me caerán encima muchísimas responsabilidades. Si tú estás conmigo hay muchas menos probabilidades de que me rompa bajo el peso.

Ella maldijo para sus adentros, consciente de que fue un error hacer esa promesa tan amplia. Pero le había dado su palabra, y aun en el caso de que no se la hubiera dado, no podía abandonarlo en esos momentos.

—De acuerdo, pero necesito encontrar ropa elegante muy rápido.

Sonó un golpe en la puerta.

—¿Se puede entrar sin riesgos? —preguntó Kirkland.

—Pasa —dijo Cassie—. El niño dorado ha prevalecido otra vez —añadió sarcástica—. Iré con Wyndham a Summerhill.

—Me alegra que estés dispuesta —dijo Kirkland, aliviado—. ¿Mañana? ¿No hoy?

Grey asintió.

—Necesitamos tiempo para prepararnos. Además, un día extra da tiempo para enviar un mensaje a mi madre, comunicándole que voy. Ella decidirá si decírselo o no a mi padre. No quiero matarlo de la conmoción.

—Yo me encargaré de eso —dijo Kirkland—. ¿Qué otra cosa puedo hacer para ayudar?

—Voy a necesitar más ropa tuya —dijo Grey, e hizo un mal gesto—. Algo negro también, por si acaso.

Kirkland asintió.

—¿Qué necesitas tú, Cassie?

—¿Puedes llevarme a la casa de Kiri Mackenzie? Ella es la mujer más elegante que conozco y ruego que pueda dejarme respetable antes de mañana.

—Por supuesto. ¿Alguna otra cosa?

Grey negó con la cabeza.

—Voy a hacer una larga caminata para poder mentalizarme, a ver si logro entrar en el estado mental adecuado.

Cassie frunció el ceño.

—¿Voy contigo?

Él veló la expresión.

—No, tú necesitas un guardarropa y yo... necesito estar solo.

Eso tenía lógica, pensó ella, ya que habían estado juntos día y noche desde que salieron del castillo Durand. Pero encontraba raro no estar cuidando de él. Kirkland, más pragmático, sacó una brillante pistola pequeña del bolsillo interior de la chaqueta y se la pasó a Grey.

—Supongo que recuerdas cómo se usa una de estas.

—Sí. —Grey examinó el arma sin ningún entusiasmo—. Supongo que podría usar esto si fuera necesario, pero la verdadera finalidad es que tú te sientas mejor al saber que voy armado.

—Exactamente. Y también te sugiero una chaqueta y un sombrero menos caros.

—Disfrazado en mi país natal —masculló Grey. Le dio un rápido beso en la mejilla a Cassie—. No te preocupes. No me pasará nada.

—¿No puedo preocuparme un poquito? —preguntó ella alegremente.

—Si lo encuentras entretenido.

Observándolo salir, Cassie pensó irónica que si se hacía matar en la calle, por lo menos ella no tendría que ir a Summerhill.

Impaciente, Grey cambió la chaqueta que llevaba por una sosa e informe que le proporcionó el señor Powell, y después de calarse un sombrero igualmente informe, salió en dirección este. Necesitaba estirar las piernas, ver más de Londres, armar sus piezas rotas para poder ser el hijo al que necesitaban en Summerhill.

Y en algún lugar del camino deseaba encontrar una buena pelea.

Aunque Cassie había estado en la casa de Mackenzie cuando había ido a atender a Kirkland, que estaba ahí con la malaria, sólo conocía la habitación donde se alojaba este, y no la había visitado después que Mackenzie se casó con Kiri. Era una bonita casa contigua al club de Mackenzie, el Damian's. Mientras esperaba que el lacayo la fuera a anunciar, se puso a observar el amueblado del vestíbulo, notando atractivos detalles indios que sin duda debió añadir la nueva señora de la casa.

—¡Cassie, qué placer! —exclamó lady Kiri entrando en el vestíbulo y abrazándola—. Estaba escribiendo cartas, muy tedioso. Mucho mejor oír tus aventuras.

Cassie le entregó la papalina y la capa al lacayo y siguió a Kiri hasta la simpática sala de mañana, en la que había un escritorio con papeles y pluma.

—Las aventuras pueden venir después —dijo—. Antes debo arrojarme a tus pies suplicando piedad, porque estoy necesitada de tus servicios.

Kiri se sentó elegantemente en la silla que estaba delante del escritorio y le hizo un gesto indicándole que ocupara la de enfrente.

—¿Perfume? Por supuesto.

—Voy a necesitar mucho más que perfume —dijo Cassie sombríamente, sentándose—. Mañana debo acompañar a Wyndham a la sede de su familia en el papel de su novia, y necesito transformarme en una mujer con la que sería creíble que él se casara.

Kiri agrandó los ojos.

—¿Vas a ser una falsa novia? ¿Por qué?

Cassie se lo explicó en pocas palabras.

—Esta es una misión bastante difícil por muchos motivos, ¿verdad? —dijo Kiri cuando acabó la explicación—. Porque esta vez es más que una representación.

—Has puesto el dedo en la llaga. Estoy demasiado liada con Wyndham para que esto sea fácil. Además...

Se miró las manos cerradas en puños y comprendió que la ansiedad que sentía era muy distinta al franco miedo a la muerte o a la prisión, que eran los peligros constantes en Francia.

—¿Además? —preguntó Kiri.

—Por primera vez debo entrar en el mundo en el que nací pero perdí —repuso Cassie, titubeante—. Sobreviví aceptando que ese mundo estaba perdido y avanzando hacia delante, siempre hacia delante. Ahora debo fingir que pertenezco a ese mundo perdido y la sola idea es... —se le cerró la garganta— aterradora.

—Intento imaginarme en tu situación y no puedo —dijo Kiri—, pero comprendo que tiene que ser terriblemente desconcertante. —Entrecerró los ojos, pensando—. ¿Esto podría resultarte más fácil si al mirarte en el espejo vieras a una desconocida, no a ti? Eso tendría más de representación.

—Tal vez —dijo Cassie, y se mordió el labio al ver otra posibilidad—. No deseo mentirle a la familia de Grey, porque él tendrá que vivir con ellos, así que debo usar mi verdadero nombre. Así, si alguna tía anciana pregunta acerca de mi familia puedo contestar la verdad y no inventarme algo y correr el riesgo de que me pillen en una mentira.

Kiri captó su uso del nombre de pila Grey, pero no hizo ningún comentario.

—Yo puedo hacerte imprimir tarjetas, para que apoyen tu papel.

—¿Puedes conseguir que hagan tarjetas en un día? —preguntó Cassie incrédula.

—Son muchas las ventajas de ser hija y hermana de duques. Aquí tienes papel y lápiz. Escribe lo que deben decir las tarjetas.

Cassie escribió su verdadero nombre por primera vez desde hacía casi veinte años.

—Me resulta raro. Ya no soy Catherine Saint Ives.

—Una parte de ti lo es, pese a todo lo que ha ocurrido. Podría no ser malo llegar a conocer mejor a Catherine. —Miró lo que había escrito Cassie y arqueó las cejas—. Ahora, la apariencia. ¿Se puede eliminar ese tinte que usas para el pelo? El color no sólo es feo, sino que también apaga el brillo natural de tu pelo.

—El color se puede quitar lavándolo con vinagre, pero no quiero dejarme el color natural. —Arrugó la nariz—. Es un castaño rojizo muy chillón, que me amargó la infancia. Me alegró tener un motivo para teñírmelo. No he visto el color natural desde que era niña, y feliz que estoy de eso.

Durante el tiempo que estuvo en prisión el tinte se había descolorado, así que cuando escapó se cubría la cabeza con un pañuelo y evitaba mirarse en un espejo hasta que pudo preparar un tinte y aplicárselo.

—Si quieres representar un personaje que no seas tú, ¿qué mejor que comenzar con el pelo de Catherine Saint Ives? —dijo Kiri—. Con los años se habrá oscurecido, así que ahora será un cobrizo menos alarmante. —Hizo una anotación en su lista—. Ahora la ropa. Vas a necesitar, como mínimo, dos vestidos de día, otro para la noche y un traje de montar. Más varias prendas de ropa interior, zapatos, capas y otros accesorios.

Cassie exhaló un suspiro.

—Lo que es imposible conseguir antes de mañana. Al menos ropa de la calidad que exige el papel. Incluso será difícil conseguir ropa de calidad media, en tan poco tiempo.

—Nada de eso. Mi hermana Lucía tiene más o menos la misma talla que tú. Le pediré que nos envíe varios vestidos de los que pueda prescindir y que sienten bien a tu coloración. También haré venir a la espléndida madame Hélier, modista de todas las mujeres de mi familia. Ella podría tener vestidos parcialmente terminados que te queden bien a ti, y tiene costureras que pueden hacerles alteraciones rápidamente. —Sonrió de oreja a oreja—. Esto será muy divertido.

—Apuesto a que te gustaba jugar con muñecas cuando eras niña —dijo Cassie irónica.

—Desde luego. Las transformaba en hermosas reinas guerreras.

A Cassie no le costó imaginárse eso.

—¿Como tú? Pero yo no soy hermosa ni soy reina guerrera.

A Kiri le brillaron los ojos.

—Lo serás cuando yo haya acabado mi trabajo contigo.

Cassie puso los ojos en blanco.

—Empiezo a pensar que cometí un error al venir aquí.

—Te prometo que después me lo agradecerás —le aseguró Kiri. Entrecerró los ojos—. ¿Te sientes preparada para usar el perfume que preparé para ti?

Cassie pensó en rosas e incienso, sueños dejados atrás y la noche más oscura, y se le oprimió el corazón. ¿Estaba preparada para tanta verdad?

Titubeó un momento.

—Tal vez sí.

—No lo lamentarás, de verdad —dijo Kiri en voz baja—. Ahora dame un momento para enviar estas notas y reunir a mis tropas, y nos pondremos a trabajar en ese pelo.

Capítulo 31

Grey iba a paso rápido en su recorrido por Londres en dirección a la zona este. Necesitaba quemar la terrible ansiedad que le producía el inminente regreso a su casa familiar.

Después de años de cautividad y semanas de viajar a caballo, en barca y en coche, era agradable estirar las piernas. También encontraba un nuevo tipo de libertad en que nadie supiera dónde estaba.

Ante su sorpresa, incluso encontraba agradable estar solo. Durante los diez años de encierro solitario se había sentido hambriento de contacto humano, pero al salir de la prisión descubrió que encontrarse en medio de un grupo o muchedumbre le producía terror, pánico. Sólo con Cassie se sentía realmente cómodo, aunque también podía arreglárselas con unas cuantas personas amigas, como el padre Laurent, o lady Agnes o Kirkland.

Tenía la esperanza de poder ir pronto a buscar a *Régine*. Necesitaría su compañía porque muy pronto ya no tendría la de Cassie. La idea de vivir sin ella le causaba un sufrimiento tan intenso que no tenía palabras para expresarlo. Pero ni siquiera con su maravillosa amabilidad podía ella disimular su impaciencia por liberarse de sus deberes de niñera para poder volver a su verdadero trabajo.

Lo avergonzaba un poco haber recurrido a su promesa de estar con él mientras la necesitara para que ella lo acompañara a Summerhill. Aunque no lo avergonzaba tanto como para desear no haberlo hecho.

Estando gravemente enfermo su padre, lógicamente debía volver a su casa. Esa perspectiva ya lo paralizaba antes de saber de la enfermedad de su padre; ahora era peor.

No dudaba de que lo recibirían bien. El problema era encontrarse entre ellos. Incluso más que sus amigos de toda la vida, sus familiares tenían expectativas y recuerdos de él. Eran las personas a las que más haría sufrir; no soportaba la idea de hacerlos sufrir más siendo tan diferente de lo que ellos recordaban.

La grave enfermedad de su padre hacía mucho más difícil la situación. Si lord Costain moría...

Se estremeció. No quería ni pensarlo.

Suponía que una vez que pasara la conmoción inicial de su familia y estuvieran dadas todas las explicaciones, sería capaz de manejarse con la ayuda de Cassie. Entonces se prepararía para el reto más aniquilador aún que despedirse de ella.

Dejando de lado las preocupaciones por su regreso a casa, centró la atención en Londres. Había llegado al tramo ancho del Támesis llamado Pool de Londres, que se extiende hacia el este desde el Puente de Londres. Había un bosque de mástiles de los veleros amarrados de dos en dos, y de tres en tres en los muelles públicos. Por las calles caminaban marineros de muchas nacionalidades, se oían diferentes idiomas y, por encima de los olores habituales de Londres, se olían aromas exóticos.

Comprobó que la multitud no lo angustiaba mucho si caminaba orillándola; al parecer le estaba disminuyendo el miedo a la multitud.

Recorrió los muelles observando los veleros. En otro tiempo había soñado con embarcarse en uno de esos veleros para navegar hacia tierras lejanas. Su viaje a Francia había sido la primera vez que se alejaba de las costas de Inglaterra. Eso no resultó bien.

¿Alguna vez recuperaría ese deseo de viajar? Por el momento le resultaba inmensamente atractiva la idea de no volver a poner jamás un pie fuera de Gran Bretaña.

Estuvo horas caminando y explorando. Ya era bien avanzada la tarde cuando cayó en la cuenta de que debería comer algo. Estaba pasando ante la fachada de una taberna llamada la Three Ships, que le pareció tan buena como cualquiera. Entró y aspiró los olores a lúpulo y a buena cerveza inglesa mezclados con los de pescado, carne y pan horneado. Inglaterra. Patria.

En el bodegón había unos ocho o diez hombres distribuidos en pequeños grupos. Estibadores, a juzgar por su apariencia. Kirkland le había dejado dinero para salir de apuros hasta que hubiera solucionado sus asuntos. En ánimo de osada generosidad dijo al tabernero en voz alta:

—Acabo de volver a Inglaterra después de muchos años fuera, así que invito a todos los presentes a una jarra de cerveza. —Puso monedas en la barra—. Una para usted también, señor.

Se elevó un murmullo de aprobación entre la clientela. Un hombre mayor de pelo entrecano levantó la jarra que le acababan de llenar en gesto de brindis.

—A su salud, señor, y bienvenido a casa.

La mayoría de los hombres aceptaron la jarra ofrecida dando las gracias, pero la buena voluntad no era general. Un estibador particularmente fornido dijo en tono despectivo:

—¿Qué hace en nuestra taberna un tío fardón como tú?

De mucho le servía ir disfrazado con una chaqueta y un sombrero informes, pensó Grey.

—Invitar a cerveza a mis compatriotas ingleses —dijo mansamente—. ¿Le apetece una?

El hombre escupió hacia un lado.

—No necesito nada de un supuesto caballero como tú.

—¿Qué clase de tonto no desea una cerveza gratis, Ned? —dijo el hombre canoso indignado—. Yo estoy encantado de beber a la salud del caballero.

La significativa mirada que el hombre dirigió a su jarra indujo a Grey a poner más monedas en la barra.

—Una segunda ronda para los que la deseen.

Eso les vino bien a todos menos a Ned. Se levantó y se le acercó:

—No te necesito aquí, dándote aires —le espetó, echándole encima el aliento que apestaba a gin agrio.

—Creo que lo que buscas es una pelea —dijo Grey, en su tono más altanero—. ¿Tengo razón?

—Pues sí que la busco, maldita sea —exclamó Ned, echando atrás el brazo para darle un puñetazo.

Grey sintió discurrir una feroz alegría por sus venas. Se había quedado con las ganas de enterrarle los puños a alguien y por fin se le presentaba la oportunidad.

Esquivó el golpe y aprovechó para moverse hacia un lado, para no quedar atrapado por la barra. Ned era más alto y pesaría unas treinta o cuarenta libras más que él, pero para pelear tenía que recurrir sólo a su fuerza, pues le faltaba habilidad. Él no tenía ninguna dificultad en bloquear o evitar los puñetazos al tiempo que colocaba varios buenos.

Cuando Ned lanzó un golpe con tanta fuerza que perdió el equilibrio, él le cogió la muñeca y lo arrojó de espaldas al suelo.

—¡Uff! —exclamó Ned al chocar con el suelo.

—¡Llevad fuera la pelea! —gritó el tabernero.

Grey se balanceó levemente con los pies, de puntillas, listo para avanzar en cualquier sentido.

—¿Has tenido bastante? —preguntó a Ned.

—¡No, pardiez! —gritó el estibador poniéndose de pie—. Ningún caballero flaco como tú le da una paliza a Ned Brown.

—Entonces continuemos la pelea fuera.

Para irritarlo le hizo una reverencia cortesana casi tocando el suelo con el brazo, y salió antes que el hombre pudiera atacar otra vez.

Reanudaron la pelea en la acera de la ventosa calle. Los clientes de la Three Ships salieron detrás con sus jarras y haciendo apuestas sobre el resultado. Al parecer, Ned era un luchador callejero bien considerado porque las apuestas lo favorecían a él, que no al «caballero flaco».

Pero a él lo habían entrenado bien en Westerfield, donde el boxeo era el deporte favorito entre los chicos. Después había tomado clases de boxeo en el Salón de Jackson, antes de viajar a Francia. Sus músculos recordaban las fintas, los puñetazos y las patadas.

Se repitió que esa no era una pelea a muerte, sino sólo una riña de taberna, y una manera de dar salida a sus agitadas emociones. Mientras tenía cuidado de no causar verdadero daño, disfrutaba de la liberación física.

Ned consiguió conectar unos cuantos golpes de refilón que le dejarían moretones, uno de ellos en la mejilla, pero él era más rápido y más ágil. Cuando notó que el estibador resollaba de manera peligrosa, decidió que era el momento de poner fin a la riña.

Lo arrojó al suelo boca abajo, le puso una rodilla en la espalda, le dobló el brazo hacia atrás y se lo subió, torciéndoselo.

—Buen combate, señor —dijo jadeante—. ¿Te quiebro el brazo o te pago una cerveza en la Three Ships?

Pasado un momento de sorpresa, Ned se echó a reír.

—Eres el tío más condenado, pero sí que sabes pelear, maldita sea. Venga la cerveza.

—Puede que tengas razón en lo de condenado —dijo Grey.

Le soltó el brazo y cuando el macizo estibador se levantó, los dos dirigieron el desfile hacia el interior de la taberna.

—¿En qué lugares del extranjero ha estado? —le preguntó el hombre mayor canoso.

—En Francia. —Bebió un trago de cerveza pensando cómo le sentaría decir más; puesto que esos hombres eran desconocidos, decidió continuar—: Diez malditos años en una prisión francesa.

El hombre canoso emitió un suave silbido.

—Con razón está tan contento de haber vuelto. Venga, ¡por un saludable futuro aquí en Inglaterra!

Incluso Ned bebió por eso. Grey invitó a unas cuantas rondas más, bebiendo él también su parte. Siempre había sido bueno para hablar con hombres de todas las clases sociales, y acababa de descubrir que no había perdido el don.

Cuando comenzó a sentir la cabeza desconectada del cuerpo, comprendió que era el momento de marcharse. Ya se acercaba la hora del crepúsculo y deseaba volver a estar con Cassie. Apuró la jarra y dijo dirigiéndose a todos:

—Gracias, caballeros, por ayudarme a celebrar mi vuelta a mi patria.

Salió de la taberna seguido por un coro de invitaciones a volver a la Three Ships cuando quisiera. Y tal vez volvería. Todo había sido maravillosamente poco complicado.

Pero Summerhill sería complicado.

Grey tomó la ruta más directa, pero ya estaba casi oscuro cuando llegó a Exeter Street. Aunque le dolían los pies, iba silbando y complacido con la vida. Por muchos criterios ese había sido un día desperdiciado, pero se sentía más capaz de hacer frente a Summerhill.

Apresuró el paso cuando llegó a la casa y subió la escalinata. Cassie ya estaría de vuelta, seguro. Era ridículo desear tanto su compañía cuando sólo habían pasado unas horas separados, pero le parecía que el mundo estaba bien cuando ella estaba cerca.

Tuvo que hurgar bastante para encontrar la llave; debería haber bebido una o dos jarras menos. Aunque le costó un poco, logró introducir la llave en la cerradura, abrió la puerta y entró en el vestíbulo iluminado por una lámpara.

Se estaba quitando la chaqueta cuando oyó unos pasos suaves bajando la escalera. Los pasos se parecían a los de Cassie, así que miró hacia arriba esperanzado, pero la mujer que bajaba era una desconocida.

Tenía que reconocer que era una mujer despampanante, de lustroso pelo castaño rojizo y una figura espléndida. Aunque él no estaba al tanto de la moda actual, entendía lo suficiente para saber que el elegante vestido verde tenía que provenir necesariamente de una de las mejores modistas de Londres. Hacía falta talento para conseguir que una mujer pareciera una dama y fuera tremendamente provocativa al mismo tiempo.

Debía ser una de las agentes de Kirkland. Si lo era, ese escote dejaba claro cómo le sonsacaba información al enemigo. Procurando no mirarle descaradamente el escote, hizo una profunda venia lo mejor que pudo sin caerse.

—Buenas noches, señorita.

Ella se detuvo a tres peldaños del pie de la escalera y dijo con voz glacialmente aristocrática:

—Con su perdón, señor, ¿nos han presentado?

Esa voz...

Hizo una brusca inspiración. La altura y las proporciones perfectas, los rasgos delicados, vulnerables, los ojos azules de profundidades misteriosas insondables.

—¿Cassie? —preguntó, incrédulo.

—Me sorprende que me hayas reconocido dado el lugar donde mirabas —dijo ella, divertida.

—Cassie. —Se le acercó para abrazarla; como ella estaba unos peldaños más arriba, le rodeó la cintura y apoyó la cabeza en la deliciosa blandura de sus pechos. Sintió aromas a lilas y rosas y otros que lo logró identificar, todos combinados para hacerla oler aún más a Cassie—. Te he echado de menos.

Sonriendo ella le echó los brazos al cuello.

—Sólo han sido unas horas.

—Demasiadas horas.

Deslizó una mano por la curva perfecta de su trasero. Sí, todo era exactamente como debía ser.

—¿Qué te parece mi fino plumaje? —preguntó ella, tímida.

Él se apartó y la miró desde su brillante pelo a los zapatos, sin dejarse nada entre medio.

—Siento un intenso deseo de hacerte el amor loca y apasionadamente —dijo, con absoluta sinceridad.

—Eso lo sientes incluso cuando parezco una lavandera —dijo ella—. En serio —añadió ceñuda—, ¿te parezco adecuada para ser tu novia?

Al ver su preocupación él se obligó a concentrarse. Tal vez algunos no la considerarían una beldad porque no tenía los rasgos clásicos perfectos y ese espectacular pelo cobrizo era claramente pícaro, pero ella dejaba ver su fuerza, simpatía e inteligencia y, en su opinión, era la mujer más hermosa que había visto en su vida.

Hermosa y más.

—Eres una dama refinada de la cabeza a los pies —dijo, muy serio—. Siempre has sido hermosa. Permitir que el mundo vea esa belleza debe hacerte sentir más segura de ti misma y eso te hace aún más hermosa. Pero me siento algo celoso, porque ahora todos te verán como te veo yo.

—Me alegra que me encuentres lo bastante fina. —Le pasó los dedos por el pelo, muy a la manera de su Cassie, a pesar de su nueva apariencia—. Aunque, por lo demás, no hablas con mucha lógica y hueles a cerveza. ¿Estás borracho?

—Sí —repuso él mansamente.

Ella le tocó la mejilla amoratada.

—Te metiste en una pelea?

—Sí, pero gané.

—¿Qué ganaste?

—El derecho a pagarle una cerveza al tío.

—Supongo que eso tiene sentido para los hombres —dijo ella riendo en voz baja—. ¿Estás feliz?

Él suspiró y la atrajo hacia sí. Hermoso escote, hermoso vestido; deseó quitárselo.

—Sí, especialmente ahora que tú estás aquí. ¿Quieres subir para que yo pueda hacerte el amor loca y apasionamente?

—Después tal vez, pero de momento deseo satisfacer otro apetito. Los Powell sirven la cena a todos los alojados y Kirkland tenía la intención de venir si tenía tiempo. Acompáñame, porque necesitas comer algo y beber una taza de café fuerte.

—Supongo que tienes razón. Creo que se me olvidó comer.

—Es estupendo que seas un borracho feliz y no uno cruel. —Bajó los últimos peldaños—. Milord, ¿tendrías la amabilidad de ofrecerme el brazo para llevarme al comedor?

—Déjame ver si recuerdo la manera de ser caballeroso.

Se inclinó en una reverencia casi tocando el suelo con el brazo, sin caerse, se enderezó y le ofreció el brazo.

—Si me haces el honor.

Cuando ella se le acercó, él le acarició el pelo, deleitándose en su sedoso tacto y su elasticidad. Ese brillante castaño rojizo tenía que ser natural, porque le sentaba mucho mejor a su piel que el otro tono tan apagado.

—¿Cómo conseguiste transformarte tan rápido?

—Kiri lo hizo todo. Yo sólo acaté sus órdenes. La hermana de Kiri es casi de mi misma talla y aportó varios vestidos preciosos. La modista de Kiri fue con varias prendas parcialmente terminadas, junto con las costureras que hicieron las alteraciones al instante. Kiri incluso consiguió que le imprimieran tarjetas de visita para mí. —Sacó una tarjeta del delicado y pequeño ridículo y se la pasó—. Todavía está algo húmeda la tinta, pero se ven muy decentes.

—Me sorprende que lleves un monedero tan pequeño que no puedas ocultar un arma —comentó él cogiendo la tarjeta.

—Tengo armas ocultas en otras partes —le aseguró ella, con una expresión de diversión en los ojos.

Él miró la tarjeta y, sorprendido, volvió a leerla:

—La Honorable Catherine Saint Ives. ¿Tu padre era par del reino? Siempre has dado a entender que eres de una clase social inferior. En realidad, dijiste que tu familia no tenía el rango de la mía.

Ella se encogió de hombros.

—Mi padre era un simple barón, el tercer lord Saint Ives. Somos de cepa comerciante, no de un linaje de título antiguo, prestigioso y rico como el condado de Costain.

—Bastante cerca. Eres de sangre noble.

Eso era otra pieza del rompecabezas que era Cassie Fox o, más bien, Catherine Saint Ives. Volver a la clase social de su infancia después de pasar una vida como campesina y vendedora ambulante tenía que ser... terriblemente desorientador.

—Eso no significaba nada cuando limpiaba gallineros en Francia —dijo ella irónica—. Y ahora significa menos aún.

—Tu hermano habría sido el heredero. ¿Quién heredó en lugar de él? ¿O no había ningún heredero y el título cayó en desuso?

—Mi padre tenía un hermano menor, y este tenía tres hijos. Los dos mayores eran más o menos de mi edad. —Movió la mano en gesto desdeñoso—. No había escasez de herederos.

—¿Alguna vez les has escrito a tus primos? Sin duda estarían felices de saber que sobreviviste.

—Catherine Saint Ives «murió» —dijo ella, impaciente—. Habría continuado muerta, sólo que resucitarla para una o dos semanas me hará una novia más convincente. Cuando me marche de Summerhill, ella volverá a su tumba francesa, esta vez para siempre. —Giró sobre sus talones y echó a andar—. Basta de tonterías. Tengo hambre.

Antes de seguirla, Grey se metió la tarjeta en el bolsillo. Si a ella no le interesaba su familia, a él sí; hablaría de eso con Kirkland.

Le dio alcance y volvió a ofrecerle el brazo; ella apoyó suavemente la mano en su antebrazo y continuaron caminando hacia el comedor como si se dirigieran a un magnífico baile. Alrededor de la mesa estaban cenando al estilo familiar Kirkland, el señor y la señora Powell y una sosa joven a la que él no conocía.

Cuando entraron, todos levantaron la vista y se quedaron en pasmado silencio mirando a Cassie, en especial los hombres.

El primero en levantarse fue Kirkland. Hizo una venia y se permitió una leve sonrisa.

—Señorita Fox, siempre he sabido que eras brillante para disfrazarte, pero de lo que no me había dado cuenta es de que tu principal disfraz es ocultar tu belleza natural.

—Adulador —dijo ella sin inmutarse—. El mérito es de lady Kiri y de las ayudantes que reunió para transformarme. —Acercándose a la silla que le estaba retirando Grey, continuó—: Por el momento no soy Cassandra Fox. Llegué a la conclusión de que para esta determinada farsa irá mejor usar mi verdadero nombre.

Le pasó una tarjeta a Kirkland. Él la miró y su cara quedó inmóvil, inexpresiva.

—¿Tu padre era el tercer lord Saint Ives?

Ella asintió, con expresión sombría. En vista de que ella no añadía nada al gesto de asentimiento, él continuó:

—Puesto que vas a viajar a Dorset en calidad de dama, necesitas una doncella, así que una de mis asociadas hará ese papel. —Hizo un gesto hacia la chica que estaba sentada a su lado—. Señorita Saint Ives, permíteme presentarte a la señorita Hazel Wilson. Creo que descubrirás que tiene las habilidades habituales de una doncella de señora y también unas cuantas más.

—Encantada de conocerla, señorita Wilson —dijo Cassie formalmente—. Le agradezco que haya aceptado este puesto habiendo tenido tan poco tiempo para decidirlo.

La chica se levantó y le hizo una reverencia.

—Tutéeme, señorita, llámeme Hazel —dijo con acento londinense. Tenía el pelo castaño y la cara agradable aunque normal y corriente, nada especial; sus ojos azules reflejaban humor e inteligencia—. ¿Él es lord Wyndham, supongo?

Grey le hizo una venia con todo el respeto debido a una agente de Kirkland.

—Sí, Hazel. Gracias por tu disposición a dejar Londres para ir a las agrestes tierras de Dorsetshire.

Hazel le hizo su reverencia.

—¡Me hace ilusión peinarle ese precioso pelo, señorita!

Cassie se ruborizó.

—Odiaba mi pelo rojizo cuando era niña. Me llamaban Zanahoria.

—Todas las chicas que se burlaban de ti entonces te envidiarían ahora —dijo Grey sentándose—, y los chicos languidecerían por una de tus sonrisas.

—Tu pico de oro está en buen funcionamiento —dijo ella, divertida.

—¡Tiene razón, señorita! —exclamó el señor Powell.

—Me parece que la muchacha está más interesada en el pastel de cordero que en las lisonjas —dijo la señora Powell, dirigiendo una severa mirada a su marido—. Si me pasan sus platos, les serviré.

Grey y Cassie obedecieron. Al sentir el olor del humeante pastel, Grey comprendió que disfrutaría más de esa comida plebeya que de los complicados platos que servían en las casas de sus padres.

Aunque su apariencia volvía a ser la de un caballero, distaba muchísimo del joven lord Wyndham que saliera de Summerhill diez años atrás.

Capítulo 32

Cuando partieron a la mañana siguiente, todavía reinaba la oscuridad en Londres. El trayecto de Londres a Summerhill se podía hacer en un día si los caminos estaban secos, pero era un día largo y con muchas paradas para cambiar los caballos. Cassie y Hazel conversaban de tanto en tanto, pero Grey no se sentía inclinado a hablar y se dedicó a mirar por la ventanilla viendo pasar los conocidos paisajes.

¿Con qué frecuencia había hecho ese viaje antes? Con mucha. Conocía todas las ciudades, pueblos y aldeas, todas las posadas de posta, y también había conocido a varias camareras amistosas en esa ruta.

Le agradadaba ver ciertos puntos de referencia conocidos, como la torre de aguja de la catedral de Salisbury, pero su tensión iba en aumento milla tras milla. Y si su padre se moría cuando él podría haber estado ahí si no se hubiera tomado un día extra para prepararse mentalmente para el regreso...

Pero, aunque por distintos motivos, tanto él como Cassie habían necesitado ese día, y su familia se beneficiaría de recibir por adelantado la noticia de su regreso de entre los muertos. Aunque su madre podría decidir no darle la noticia a su padre, sí se la daría a Peter y Elizabeth. Ellos ya eran adultos, aunque en su imaginación seguían siendo niños.

Su familia lo recibiría bien aun cuando se sintieran decepcionados de él. Cuando ya hubieran pasado unos pocos días, todo iría bien. Eso se lo repetía una y otra vez, entre oraciones por la vida de su padre.

Ya estaba oscuro cuando finalmente llegaron a la propiedad. Pero en cuanto el coche viró para pasar por las puertas, vio que le retumbaba el corazón y cayó en la cuenta de que le tenía fuertemente apretada la mano a Cassie. ¡Summerhill! ¡Summerhill! ¡Summerhill!

El largo camino de entrada bordeado por árboles proclamaba la larga historia de la riqueza y poder de los Costain. Se consoló pensando que él sólo era una ramita algo torcida del por lo demás sano árbol genealógico.

Cuando el coche se detuvo bajo la puerta cochera del lado este de la casa, dijo escuetamente:

—Esta casa es bastante nueva, tiene menos de cien años. Es mucho más cómoda que la laberíntica primera casa.

—Algún día voy a encontrar consuelo en los bocetos históricos —dijo Cassie alegremente apoyando la mano en la que él le ofrecía para ayudarla a bajar del coche.

Él sintió la tensión en su mano enguantada, pero ella la disimulaba bien.

Ahora que deseaba parecer elegante, tenía el magnífico sentido francés de la elegancia. Toda ella se veía del tipo beldad aristócrata con que se esperaría que se casara un hombre como él. Sin embargo, era mucho más.

—*Courage, mon enfant* —le dijo ella en voz baja.

—Tú también, *mon petit chou* —contestó él, a su vez en un susurro—. Al menos aquí no corremos el peligro de perder la vida. Sólo están en peligro nuestros orgullo y cordura.

A ella se le alegró la cara con la risa reprimida.

—Dicho así...

Se cogió de su brazo y caminaron hasta la puerta; ahí él golpeó con la maciza aldaba de bronce; esta tenía la forma de un delfín, como símbolo del mar que estaba al otro lado de la colina.

Se fue alargando la espera, y Grey volvió a golpear, muy consciente de que la muerte del señor de la casa podría ser la causa de esa falta de atención. Finalmente se abrió la puerta y apareció una criada muy joven con la cara sonrojada. Los miró, sin dar señales de reconocimiento, aparte de que eran evidentemente de buena cuna.

—¿Les esperan, señor, señora?

—Sí —contestó Grey—. Se le notificó nuestra visita a lady Costain. Dile, por favor, que hemos llegado.

—Muy bien, señor. Si tienen la amabilidad de esperar en ese salón pequeño —apuntó—, iré a informar a su señoría.

Después de inclinarse en una torpe reverencia, la chica se dio media vuelta y se alejó sin preguntarles los nombres.

El salón estaba frío y mal iluminado. Era tal su nerviosismo que Grey prefirió no sentarse, así que fue hasta el hogar, cogió la caja de pedernal de la repisa y se acuclilló a encender la leña.

—Ha descendido la calidad del gobierno de la casa —comentó—. Esa chica no ha sido bien enseñada.

Tranquilizadoramente serena, Cassie fue a sentarse en un sillón tapizado en brocado.

—Es evidente que recibir visitas no es su trabajo habitual.

Él se incorporó, pues el fuego prendió y ya salían llamitas.

—¿Crees que eso significa que mi padre ha...? —Se le cerró la garganta y no pudo terminar la frase.

—No hay ningún motivo para creer que ha muerto —se apresuró a decir ella—. Y no tiene ningún sentido angustiarse. Muy pronto lo sabremos.

Más espera. Grey se sintió tentado de salir a buscar a su madre, pero antes que se le acabara la paciencia que le quedaba, se entreabrió la puerta y oyó su voz diciendo:

—¡Deberías haberles preguntado los nombres, hija!

Entonces entró lady Costain, seguida por la criada. Seguía siendo alta, rubia y hermosa, aunque su cara reflejaba tensión y cansancio, como si llevara cargas muy pesadas. Él había creído que nunca más volvería a verla, y al verla ahí se quedó paralizado. Casi temiendo que ella fuera un sueño y desapareciera consiguió susurrar:

—¿Madre?

Ella dijo al mismo tiempo, avanzando:

—Mis disculpas por... —Lo miró y se paró en seco; el color le abandonó la cara—. No, no es posible —susurró, y cayó al suelo desmayada.

—¡Madre! —Horrorizado corrió a arrodillarse a su lado y la acunó en sus brazos—. Madre, soy yo de verdad, no un fantasma.

—Las sales, rápido —ordenó Cassie a la criada—. ¿Hay algún otro familiar en la casa?

—Lord Wyndham —repuso la chica.

«¿Lord Wyndham?», pensó Grey. Peter debió asumir el título cuando a él lo dieron por muerto.

—Dile que baje aquí inmediatamente —ordenó a la chica—. Dile que su madre está enferma.

Tiernamente levantó a su madre en los brazos y la depositó en el sofa; cogió una manta de punto para las piernas y la cubrió con ella. Se veía cansada y en su cara había arruguitas que no tenía diez años atrás. Pero era ella, su irónica, paciente y amorosa madre. Se tragó las lágrimas.

Lady Costain movió los párpados, abrió los ojos y lo vio inclinado sobre ella. Emitió un sonido ahogado y le tocó la mejilla con la mano temblorosa.

—¿Eres... real?

Él le cogió la mano. Sintió latir fuerte el pulso de la garganta.

—Sí. ¿No recibiste el mensaje que envió Kirkland ayer? Yo no quería que nadie sufriera una conmoción como esta.

Ella le escrutó la cara, con la misma avidez que él a ella.

—Llegó un mensaje, pero no me molesté en abrirlo. De vez en cuando escribe para decir que no ha encontrado ninguna información acerca de ti, pero que continúa la búsqueda. Estando enfermo tu padre, no podía tomarme la molestia de leer eso.

—Y en eso quedaron mis buenas intenciones —dijo él, pesaroso, ayudándola a sentarse—. Lo siento, deseaba ahorrarte esto.

—Cuando te vi aquí tuve... tuve el horrible pensamiento supersticioso de que eras un espíritu que venía para guiar a tu padre al cielo. —Le dio un fuerte abrazo, con las mejillas bañadas por las lágrimas—. De todos los mensajes, justamente no hacer caso de este. ¡Oh, Grey, Grey!

Se oyeron fuertes pasos en el vestíbulo y entró un joven muy afligido.

—Madre, ¿te sientes mal?

Grey se enderezó y vio... se vio a sí mismo a los veinte años. O muy parecido. Peter ya tenía su misma altura, era rubio y pasmosamente guapo. Su cara parecía hecha para reír, y sí que siempre fue un niño alegre, pero estaba demacrado, preocupado por su padre y en ese momento por su madre también.

Peter se detuvo con un patinazo y su asombrada mirada pasó de su madre a su hermano, desaparecido hacía tanto tiempo

—¿Grey? —preguntó, indeciso. Se le acercó y lo miró atentamente, con expresión de incredulidad—. Tienes que ser un impostor. Mi hermano lleva diez años muerto.

—Lamento decepcionarte, Peter —dijo Grey, esbozando una retorcida sonrisa—. Te habría escrito para sacarte de ese error, pero la prisión en que residía carecía espantosamente de comodidades como papel y pluma.

—Dios mío —musitó Peter, escrutándole la cara—. Esa cicatriz en la ceja izquierda, de la herida que te hiciste esa vez que caíste sobre la piedra trizada. ¡Eres tú!

Grey se tocó la tenue cicatriz.

—La que me hice cuando me empujaste y caí junto al estanque, si mal no recuerdo.

Un caluroso día de verano estaban jugando junto al estanque y Peter le dio alegremente una zancadilla y lo empujó, y luego se horrorizó al ver la cantidad de sangre que le manaba del pequeño corte que se hizo al caer. En retrospectiva, era un recuerdo feliz, de niños jugando. Le tendió la mano, vacilante.

—Estuviste días pidiéndome disculpas.

Peter le cogió la mano entre las suyas y se la apretó y movió con entusiasmo.

—Te volveré a pedir diculpas si quieres —dijo—. ¿Prisión has dicho?

Grey abrió la boca para explicarlo, pero no pudo. Su regreso a casa le había desencadenado un torrente de intensas emociones. Si intentaba describir el castillo Durand se desmoronaría del todo.

—Durante diez años. Después te contaré más, pero no esta noche. Por favor, cuéntame lo de padre. ¿Qué ocurrió? ¿Está muy grave?

Contestó su madre, que ya había recuperado la serenidad:

—Costain estaba cazando y se cayó cuando su caballo se plantó ante una valla muy alta. Se quebró uno o dos huesos, pero el verdadero peligro es la lesión en la cabeza. Está... ha estado inconsciente desde el accidente.

Varios días, entonces, pensó Grey. Eso era grave, muy grave. Cerró los ojos y los mantuvo así un buen rato, combatiendo la desesperación ante la posibilidad de haber llegado demasiado tarde.

—¿Puedo verlo? —preguntó al fin.

—Por supuesto. Ahora está tu hermana con él. Nos hemos turnado en acompañarlo. —Sólo entonces lady Costain percibió la presencia de Cassie y entrecerró los ojos—. Hazme el favor de presentarme a tu amiga, Grey.

Él se giró hacia Cassie, que se había mantenido discretamente en un segundo plano, le cogió la mano y la hizo avanzar un paso.

—Permíteme que te presente a mi futura esposa, señorita Catherine Saint Ives. —Le susurró un silencioso «Gracias», de forma que ni su madre ni su hermano lo vieran—. Cassie, mi madre, lady Costain, y mi hermano, Peter Sommers.

A su madre se le agudizó la mirada al observar atentamente a Cassie.

—Saint Ives. ¿De los Saint Ives de Norfolk?

Grey notó la tensión de sus dedos, pero ella dijo con la tranquila seguridad de una aristócrata desde la cuna:

—Sí, lady Costain, aunque conocí a lord Wyndham en Francia.

—Donde me salvó la vida —dijo Grey.

Mientras hablaba vio pasar una sombra por la cara de Peter. Lo había alegrado saber que él estaba vivo, pero acababa de caer en la cuenta que le habían arrebatado el título y la herencia que había llegado a considerar suyos. Era una complicación que él no había tomado en cuenta, y debería haberlo hecho. Peter ya no era un niño, era un hombre. No le gustaría ser suplantado.

Dejó de lado el pensamiento para analizarlo después, porque no sería capaz de sobrellevar más ansiedad. Al menos no esa noche. Cogiendo del brazo a Cassie, preguntó:

—¿Lord Costain está en sus aposentos habituales, supongo?

Una vez que su madre hizo el gesto de asentimiento, echó a caminar, agradeciendo tener a Cassie a su lado, para mantenerle templados los nervios. Ya era terrible sentirse observado por su madre y su hermano, pero además se sentía observado por los criados, desde detrás de las puertas y desde los rincones. Esa atención le retorcía los nervios, pero no podía permitir que se le notara; debía parecer cuerdo, por difícil que fuera.

Sintió una intensa sensación de irrealidad al caminar por el conocido corredor y luego al subir la escalera de mármol con una mano en la pulida baranda por la que bajaba deslizándose de niño. Pero al mismo tiempo Summerhill le parecía eterna y sus diez años en prisión poco más que una pesadilla. Esa desorientación debía ser lo que le producía tanta renuencia a regresar. Si no fuera por Cassie, se ahogaría en las profundidades de su mente.

Sus padres ocupaban un enorme conjunto de aposentos en el centro de la casa. Entró en el dormitorio de su padre llevando a Cassie al lado. La luz de las lámparas arrojaban una suave iluminación sobre el cuerpo inmóvil de su padre; se veía pequeño en esa enorme cama, como si se hubiera reducido su potente cuerpo.

Cerca de la cama estaba sentado Baker, el ayuda de cámara de su padre de toda la vida. Este alzó la vista y prácticamente no se fijó en él, pues su mirada de admiración estaba dirigida a Cassie. Entonces vio entrar a Peter y le bajó la mandíbula, y su mirada pasó de este a él y nuevamente a Peter.

Haciéndole un gesto de saludo con la cabeza, Grey rodeó la cama por delante en dirección al otro lado, donde estaba sentada con la cabeza inclinada una hermosa joven de pelo rubio recogido atrás. Lady Elizabeth Sommers, su pequeña Beth.

Al llegar al otro lado, paró en seco. Elizabeth estaba amamantando a un bebé.

Le tocó a él sentir una conmoción. ¿Su hermana pequeña, madre? Pero claro, ya tenía veintitrés años, edad para tener marido y un hijo. Le costó recuperarse, porque ninguna otra cosa lo había hecho tomar tanta conciencia del mucho tiempo que había pasado.

Su hermana levantó la cabeza y sus ojos hicieron el mismo recorrido entre él y Peter. A la tenue luz del dormitorio habría sido posible suponer que él era Peter de vuelta a la habitación, pero puesto que estaban los dos, la conclusión era obvia.

La boca de Elizabeth formó una O de sorpresa.

—¿Grey?

—Él mismo. Como el pelma que soy, he vuelto.

Le dio un beso en la frente, orgulloso por haber logrado un tono alegre.

El bebé era rubio y querúbico. Él no era experto en bebés, pero sabía muy bien que los elogios complacen a los padres amorosos.

—¿Quién es esta preciosidad?

—Mi hija —dijo Elizabeth, su cara aturdida por la emoción—. Tu sobrina. Le puse Grace, por ti.

Ese diminuto ser perfecto lo conmovía e impresionaba.

—Es mejor nombre para una hija que Greydon —dijo—. ¿Quién es tu marido? ¿Un hombre digno de mi hermana?

Ella sonrió.

—Johnny Langtry.

La propiedad Langtry era similar a Summerhill. Siendo las dos familias de mayor rango de esa parte del condado, siempre había habido buena relación entre las dos.

John Langtry era un par de años menor que él, y el heredero de su padre. De constitución robusta y una contagiosa sonrisa, era un hombre realmente bueno; mucho más fiable que él.

—¡Picaruela! Le tenías echado el ojo desde que estabas en la sala cuna.

Elizabeth sonrió de oreja a oreja.

—Johnny no tuvo jamás una posibilidad de escapar. ¡Y no es que se queje!

Grey contempló a su hermana y su hija, el cuadro de la Virgen y el Niño de un rubio nórdico.

—Es un hombre muy afortunado —dijo.

—Lo es, desde luego —dijo su madre llegando hasta ellos y poniéndole la mano en el brazo como si temiera que fuera a desaparecer—. Debes de estar cansado, Grey, si has hecho hoy todo el viaje desde Londres. Trasladémonos a la sala de mañana a tomar algún refrigerio. Todos deseamos saber lo que te ha ocurrido todos estos años. —Desvió la mirada hacia Cassie—. Y me gustaría conocer mejor a mi futura nuera.

Grey supuso que Cassie se encogió por dentro al oír eso, pero continuó con la cara tranquila. Lógicamente sus familiares estaban locos de curiosidad, pero él no podría contestar sus preguntas. No esa noche. Algunas preguntas no las contestaría jamás.

Desvió la mirada a la cara inmóvil de su padre.

—Deseo quedarme aquí con padre —dijo—. Hay cosas que necesito decirle. —Sonrió sin humor—. Aunque no me oiga.

—Tal vez sea mejor que no te pueda hablar —dijo Peter, y Grey detectó algo en su tono que decía que no era broma.

—¿Quieres que me quede? —le preguntó Cassie en voz baja.

—Gracias, pero no. —Hizo una honda inspiración—. Hay cosas que han de hacerse solo.

Capítulo 33

*L*lame, por favor, si falta alguna cosa en su habitación, señorita Saint Ives —dijo lady Costain, invitándola con un gesto a entrar en una habitación para huéspedes—. Lamento no haber leído el mensaje de Kirkland ayer. Habría tenido tiempo para preparársela adecuadamente.

Cassie se había disculpado para retirarse de la cena familiar lo más pronto que pudo para evitar más preguntas. El día había sido agotador y a eso se le sumó la carga de tener que enfrentar a la familia Sommers sin Grey a su lado.

—No tiene por qué preocuparse, lady Costain —dijo. Entró en la habitación, que estaba inmaculadamente limpia y calentada por un crepitante fuego en el hogar; la luz de la lámpara se reflejaba en el color rosa de las cortinas floreadas de la ventana y de la cama y sobre el escritorio había un jarrón con flores de invernadero—. Es precioso este dormitorio. He dormido en habitaciones mucho más humildes. —Eso era quedarse impresionantemente corta—. ¿Grey sabe donde está su habitación, o están desocupados sus antiguos aposentos?

La condesa frunció el ceño.

—Olvidé eso. Peter se mudó a esos aposentos cuando... cuando perdimos la esperanza de que Grey volviera. Le haré preparar otra habitación para que pase la noche. Es demasiado tarde para trasladar las cosas de Peter.

—¿Es necesario que Peter se mude? —preguntó Cassie, sorprendida.

La condesa la miró perpleja.

—Peter ha estado ocupando los aposentos del heredero. Ahora que Grey ha vuelto, son de él.

Cassie titubeó y pasado un momento se decidió a decir:

—Supongo que en esta espléndida casa hay otros aposentos adecuados. Incluso las noticias felices pueden considerarse perjudiciales. Dado que Peter va a tener que adaptarse a otros cambios importantes, ¿tal vez no es necesario que se mude?

La condesa frunció el ceño.

—Comprendo lo que quiere decir. Hablaré de esto con Grey antes de hacer planes definitivos. Él tiene derecho a exigir que se le devuelvan sus antiguos aposentos. —La miró con ojos escrutadores—. No quise tener esta conversación delante de Peter y Elizabeth, pero tengo ciertas dudas respecto a sus antecedentes. La familia Saint Ives no alterna mucho en el bello mundo, pero tenía la impresión de que sólo había hijos.

En tono igualmente tranquilo, Cassie contestó:

—Su verdadera pregunta es si soy una cazadora de fortunas que se está aprovechando del estado vulnerable de lord Wyndham. —Le dolía la cabeza, así que comenzó a quitarse horquillas—. Soy quien digo ser. No soy una puta intrigante que ha enterrado sus codiciosas garras en su hijo.

Lady Costain hizo una brusca inspiración.

—Es partidaria de la franqueza.

—Cuando es apropiado —dijo Cassie, y curvó los labios—. Pero sé mentir bien cuando es necesario.

—Y yo no tengo manera de saber cuál de las dos cosas hace ahora. —La condesa exhaló un suspiro—. Perdone la franqueza, pero supongo que comprende que me preocupa el bienestar de mi hijo. Nunca pensé... —Se mordió el labio—. No me pone fácil esto. Se mostró extraordinariamente evasiva cuando hablamos en la cena. ¿Hay algo que esté dispuesta a decirme que calme mi preocupación maternal?

Cassie fue a situarse ante el tocador. La imagen que vio en el espejo era la de una tentadora pelirroja, una mujer de mundo, sofisticada y despiadada. Con razón lady Costain estaba preocupada. Si ella tuviera un hijo querría tenerlo lejos de las garras de una mujer así.

—La historia de Grey debe contarla él, y es él quien debe decidir cuánto contar. —Cogió el cepillo de plata y comenzó a cepillarse el pelo—. El actual lord Saint Ives es el hermano menor de mi padre y sí que sólo tiene hijos. Mi madre era francesa. Toda mi familia, excepto yo, murió en una masacre durante el reinado del Terror. De esto hace muchísimos años, así que no es sorprendente que usted no sepa lo que les ocurrió.

—¿Mataron a toda su familia? —exclamó la condesa—. ¡Qué horroso! ¿Cómo sobrevivió usted?

Cassie continuó cepillándose. El color de su pelo podía ser escandaloso, pero era vivo y hermoso a su manera.

—Había salido con mi niñera a pasar fuera la tarde. Claro que podría estar mintiendo y Catherine Saint Ives murió con el resto de su familia, pero resulta que digo la verdad. —Deseosa de aliviarle la preocupación a la condesa, añadió—: El compromiso no será largo. No obligaré a Grey a cumplir su palabra si cambia de opinión.

Pasado un largo silencio, la condesa dijo en voz baja:

—Le creo. ¿Qué ha hecho todos estos años?

—Sobrevivir.

Se miró en el espejo y se vio oscuras ojeras. Ya sabía de antes que venir a Summerhill sería difícil, pero sólo estaría unos pocos días. Decirle la verdad sobre ella a la familia de Grey significaba que estarían felices de decirle adiós cuando llegara el momento.

—¿Es la amante de Grey? —preguntó lady Costain.

«Amante.» Qué palabra tan sencilla para una relación tan compleja.

Se quitó los pequeños pendientes de oro.

—Sí —contestó.

—No le llevó mucho tiempo buscarse una —dijo la madre, desaprobadora—. Esperaba que a esta edad ya hubiera dejado de ser mujeriego.

Asaltada por una repentina furia, Cassie se giró a mirarla.

—Imagínese diez años de encierro solitario, lady Costain. Diez años en que no ve ni toca jamás a otro ser humano. Nada de abrazos ni besos de sus hijos o de su nieta, nunca una palmadita de su marido en el trasero cuando nadie está mirando. Sin sentir el olor de otro ser humano, sin ver la cara de otro ser humano. Imagínese todo eso ¡y no se atreva a criticar a su hijo!

La condesa pareció a punto de explotar. Pasado un momento le cambió la expresión.

—Está enamorada de Grey —dijo.

Con la garganta oprimida Cassie fue a tirar del cordón para llamar a Hazel, lo que pondría fin a esa dolorosa conversación.

—Eso está entre Grey y yo. Pero le aseguro que no he venido aquí a causarle problemas a la familia Sommers.

—Acepto lo que dice —dijo la condesa y se giró para salir—. Y... gracias por traerme de vuelta a mi hijo.

Cassie cerró los ojos, absolutamente agotada. No necesitaba las gracias de lady Costain. Todo lo que había hecho había sido por Grey.

Una vez que salieron sus familiares y el ayuda de cámara de su padre, Grey se sentó en el sillón desocupado por su hermana. En la cara inmóvil de su padre se veían más arruguitas alrededor de los ojos y de la boca, y tenía vetas plateadas en su pelo rubio Sommers, pero sus fuertes rasgos no habían cambiado. Lord Costain parecía a punto de despertar en cualquier momento.

Le cogió la mano. La tenía fláccida, ni caliente ni fría.

—He vuelto a casa, padre —dijo en voz baja—. Lamento toda la preocupación que te causé. Tú hiciste todo lo posible por enseñarme a ser un conde fuerte y compasivo que supiera de agricultura y leyes y todo lo que debe saber un par del reino. Fuiste muy buen profesor, por lo que yo no pude dejar de aprender, pero sé que soy responsable de un buen número de esas canas.

Le pareció sentir una suave presión de la mano de su padre, aunque igual se lo había imaginado.

—Deja que te cuente cómo llegué a caer prisionero en Francia. Si hubiera tenido una pizca de sensatez, me habría venido antes que terminara la Paz de Amiens, pero no, yo era el niño dorado al que no le podía pasar nada jamás.

Continuó hablando; de tanto en tanto las palabras le salían vacilantes y penosas. Le contó cómo lo apresaron y lo llevaron a la mazmorra, su casi locura, la bendita compañía del padre Laurent, en fin, todo lo que no había sido capaz de contarle al resto de su familia.

—El padre Laurent fue mi segundo padre. Os tomaríais simpatía si os conocierais.

Sonrió al intentar imaginarse ese encuentro.

—Aunque es católico, no parecía en absoluto dispuesto a invadir Inglaterra y convertirnos a todos los herejes a punta de espada.

Esa era la ambición de Napoleón, y no tenía nada de religiosa.

A veces tenía que parar para recuperar la serenidad, pero necesitaba decírselo todo a su padre, aun cuando ya fuera demasiado tarde para tener una verdadera conversación. Cuando llegó al final y ya no le quedaban palabras, dijo en voz baja:

—De verdad no deseo que te mueras, padre. Yo no estoy en absoluto preparado para ser el próximo conde. Te necesito. Todos te necesitamos.

Las últimas palabras le salieron ahogadas. Con el fin de poner una nota alegre, dijo:

—Pero hay una cosa que he hecho bien. Tú deseabas que me casara para asegurar la sucesión, así que he traído a mi novia a Summerhill.

—¿Es guapa?

El susurro fue tan débil que creyó que se lo había imaginado. Inclinándose sobre su padre le preguntó en voz baja.

—¿Has dicho algo?

Los blancos párpados se movieron y se abrieron.

—¿Es «guapa»?

Pasmado, Grey dijo a borbotones:

—Es hermosa. Pelirroja.

—¿Nietos pelirrojos? —dijo el conde como si desaprobara eso—. Dime... más.

—Su padre era lord Saint Ives. Es la mujer más increíble que he conocido, y me salvó la vida varias veces.

El conde pestañeó.

—Me parece... demasiado buena para ti.

—Lo es —dijo él. Deseó levantarse de un salto a gritar de júbilo por la mejoría de su padre, pero le pareció que eso sería una falta de respeto en la habitación de un enfermo—. Conocerás a Cassie, pero ahora debes descansar.

El conde cerró los ojos.

—Estoy cansado de descansar. Oía todo lo que hablaban, pero no podía contestar. Hasta que llegaste tú. Tenía que decirte que eres un condenado idiota.

—Sí, padre, lo he sido. Procuraré hacerlo mejor. —Le bajaron silenciosas lágrimas por las mejillas—. Iré a buscar a madre. Deseará hablar contigo.

Una leve sonrisa le suavizó la cara al conde.

—Necesito a mi Janey.

Jubiloso, Grey le apretó la mano.

—Vendrá enseguida.

Cuando salió de la habitación no lo sorprendió encontrar a Baker esperando tranquilamente para volver al lado de su señor.

—¡Buenas noticias! Despertó y habló conmigo. Y totalmente coherente. —Sonrió de oreja a oreja—. Me dijo que soy un condenado idiota.

—Eso quiere decir que está bien de la cabeza —dijo el ayuda de cámara con un asomo de humor—. ¿Puedo entrar?

Grey asintió.

—Desea ver a su señoría. Iré a decírselo.

A pesar de lo tarde que era encontró a su madre en la sala de mañana. Estaba sentada junto al hogar, con el abandonado bordado en la falda, contemplando las llamas. Cuando lo sintió entrar levantó la cabeza.

—¿Has hecho las paces con tu padre? —le preguntó.

—Eso espero, pero si no, tendré otras oportunidades. Madre, ¡despertó! Está débil pero me habló claramente. Creo que se va a poner bien.

La condesa se levantó con la cara radiante dejando caer el bordado al suelo.

—¡Gracias a Dios! —Lo abrazó con fuerza, aferrándose a él, intentando serenarse—. ¡Qué día de milagros ha sido este!

—Lo ha sido, sí. —La retuvo un momento más recordando cuando de pequeño lo tenía en brazos y le cantaba nanas. Había perdido la esperanza de volver a tenerla abrazada así—. Perdona todos los problemas y aflicción que te he causado.

—Los hijos existen para causar preocupación y aflicción a sus padres —dijo ella irónica. Apartándose, añadió—: Pero también son la mayor alegría de la vida. A veces tú eras demasiado despreocupado, pero no había maldad en ti. Quedar atrapado en Francia cuando terminó la tregua... —Se encogió de hombros—. Fue una suerte abominable, pero no pecado tuyo.

Él no estaba de acuerdo en eso, pero estaba tan cansado que no iba a discutirlo.

—¿Cassie te contó algo sobre mi estancia en Francia?

—Muy poco. Me dijo que a ti te corresponde contar la historia.

Esa era su Cassie, discreta hasta la médula de los huesos. En realidad, él no sabía muy bien cuánto deseaba contar, pero sí sabía que evitaría los detalles. Era de esperar que su padre no los recordara.

—¿Por qué la llamas Cassie? —preguntó su madre—. ¿Es un apodo por Catherine?

Él asintió, puesto que no podía revelar el motivo secreto.

—Creo que le sienta bien.

—Qué joven tan extraordinaria es —dijo ella, con voz neutra—. Formidable incluso.

Formidable. Un calificativo perfecto.

—Sí, ¿verdad? —convino—. Ahora sube a ver a padre. Te estará esperando, si no se ha vuelto a dormir.

—¿Está en su sano juicio? —preguntó ella, con una apariencia mucho más joven de la que tenía cuando él llegó.

—Sí. Yo creo que estaba a punto de despertar solo, y oír mi voz le inspiró curiosidad.

—Prefiero llamarlo milagro —dijo ella, sonriendo radiante—. Medio espero despertar por la mañana y descubrir que eres un sueño.

—Si llegara a aparecer en tus sueños, seguro que no sería tan delgado y excéntrico —dijo él irónico.

Ella lo examinó con ojo crítico.

—Decididamente delgado, pero con tu elegancia normal.

—Las gracias por la elegancia se le deben a Kirkland, que me prestó ropa decente.

—Espero que comiences a usar los servicios de su sastre —dijo ella riendo, y al instante se puso seria—. ¿Te has convertido en un excéntrico, Grey?

—Tal vez no es esa la palabra correcta. —Contempló su amada cara y comprendió que ella nunca entendería—. Sólo... sólo que voy a necesitar tiempo para acostumbrarme a la vida normal. Necesito más paz y silencio que cuando era joven.

Ella se rió y le dio una palmadita en el brazo.

—Todos necesitamos eso cuando nos hacemos mayores. Buenas noches, cariño. Duerme hasta todo lo tarde que quieras por la mañana.

—Esa es mi intención.

Se quedó observándola hasta que salió, pensando en qué habitación estaría Cassie. Podría habérselo preguntado a su madre, pero le pareció una pregunta poco delicada.

Lo pensó. Como su novia, la habrían puesto en la mejor habitación para huéspedes. Lo más probable en el Dormitorio Rosa, que estaba a una discreta distancia de la suya.

Subió y se dirigió al Dormitorio Rosa, desesperado por encontrar a su espina entre las rosas.

Capítulo 34

Era muy tarde, pasada la medianoche, así que Grey no vio a nadie cuando subió la escalera en su búsqueda de Cassie. Bajo la puerta del dormitorio de su padre vio una rendija de luz y oyó murmullos en la voz de su madre. Pasó de largo y continuó caminando por el corredor. Summerhill tenía la forma de una U ancha y baja; del bloque principal salían dos alas en los extremos. Giró a la derecha y tomó el corto corredor del extremo este.

Sí, bajo la puerta del Dormitorio Rosa se veía una delgada rajita de luz. Tal vez la luz de una lámpara ardiendo muy tenue. Giró el pomo, lo alegró que la puerta no estuviera cerrada con llave y entró sigiloso. A la tenue luz de la lámpara vio a Cassie dormida. Estaba de costado, y una gruesa trenza le caía sobre el hombro, parecida a una cuerda de cobre oscuro derretido.

Antes que pudiera anunciarse, ella despertó y se bajó de la cama por el otro lado con sorprendente rapidez. Apareció un cuchillo en su mano y se ocultó detrás de uno de los postes de la enorme cama, evaluando el peligro.

Él se quedó absolutamente inmóvil.

—Perdona, debería haberme imaginado que no debía darte una sorpresa. —Al ver que ella se relajaba y hacía desaparecer el cuchillo, continuó—: Por tu reacción, supongo que consideras Summerhill peligroso para ti.

—Eso parece —dijo ella pesarosa, rodeando la cama. El camisón que llevaba era grueso y abrigado, pero no ocultaba la ágil gracia de sus movimientos—. Me sentía... bastante sola y vulnerable.

Él hizo un gesto de pena.

—Lo siento, debería haberte acompañado y no dejarte sola con todo el peso del entusiasmo de mi familia.

Ella negó con la cabeza.

—Sí que habría sido agradable enfrentar juntos su curiosidad, pero tú necesitabas hablar con tu padre mientras está vivo.

Ante ese recordatorio del milagro, él exclamó:

—¡Despertó! Me habló con mucha coherencia. Yo creo que se va a poner bien. Ahora está mi madre con él.

—Maravillosa noticia —dijo ella cogiéndole las manos, encantada—. Y no sólo porque no vas a ser el conde de Summerhill hasta pasado un tiempo.

—Espero que mi padre esté bien por lo menos otros veinte años —dijo él vehemente rodeándola con los brazos.

Ella se apoyó en él suspirando extasiada.

—Cuánto me alegra que hayas venido. Dormiré mejor habiéndote visto y después de que me des un buen abrazo.

—Ah, pues deseo muchísimo más que un abrazo. —Se inclinó a besarla ávidamente en la boca, deseando succionar su esencia. Le quitó el camisón y la llevó hasta la cama—. Cassie, Cassie...

—¿Sería correcto hacer esto bajo el techo de tu madre? —preguntó ella indecisa, aunque tironeándole la chaqueta para quitársela.

—Es mi techo también. —Levantándola la depositó en la cama y se quitó la ropa tironeándola sin siquiera pensar en el sastre de Kirkland—. Te necesito más de lo que necesito el decoro.

Cassie se puso de costado para verlo desvestirse, toda una diosa de nata y cobre a la tenue luz, sus misteriosos ojos azules tan deseosos como él. Cuando quedó desnudo, enseñando demasiados huesos, ella le cogió la mano y lo invitó a meterse bajo las mantas, diciendo con la voz ronca:

—Eres una droga tan potente como el opio, milord.

Y no volvieron a hablar.

Sus deseos fueron satisfechos por la fuerza de ella, pero él notó también en ella una vulnerabilidad que no había notado antes. Se vació dentro de su cuerpo, entregándole todo lo que tenía, deseoso de recompensarle los regalos impagables que le había hecho. Y juntos encontraron la satisfacción.

Después de la culminación, continuaron abrazados, fláccidos. A ella se le había deshecho la trenza y su pelo formaba un brillante velo sobre su pecho.

—Catherine —musitó, enroscándose un mechón en los dedos—, tienes el pelo más precioso que he visto. Puede que teñírtelo haya sido esencial para tu trabajo, pero es un crimen privar al mundo de su esplendor.

—Ninguna chica apodada Zanahoria creería eso. Y el color se considera vulgar en una mujer adulta. De puta, incluso. Y no es que eso no encaje conmigo —añadió en tono irónico—, puesto que soy una pu...

—¡No! —exclamó él—. ¡Nunca jamás digas eso de ti! Eres la mujer más buena que he conocido, leal, auténtica, generosa y fuerte. No te veas como te verían personas de criterio estrecho.

—Eso es difícil, sobre todo aquí. Tu madre y tu hermana son mujeres buenas en todo el sentido de la palabra, y yo... no lo soy.

—¿Han sido groseras contigo? ¡Eso no lo permitiré!

—Estás encajando muy rápido en tu papel señorial —dijo ella, divertida—. Tu hermana se mostró encantadora y feliz de conocerme porque supone que vamos a ser vecinas, y desea que seamos amigas. Tu madre... —titubeó—, no fue grosera, pero naturalmente está preocupada por ti y quería asegurarse de que no hubieras caído en las garras de un arpía cazadora de fortunas.

—¡Cómo se ha atrevido! Hablaré con ella.

—No. La preocupación de tu madre es legítima. Yo no soy la idea de nadie de una novia virgen inocente.

—¿Y por qué diablos desearías ser una de esas? Lo encuentro condenadamente aburrido.

—Muchos hombres veneran la pureza de la virginidad. Me alegra que no seas uno de ellos —dijo ella riendo—. Pero cualquier madre se preocuparía cuando su hijo tanto tiempo desaparecido se presenta con una mujer rara.

—No eres rara. —Ahuecó una mano en su pecho—. Eres magnífica.

Cassie lo obsequió con una sonrisa traviesa.

—Tu regreso ha ido mejor de lo que esperabas, ¿verdad? Estando tu padre en recuperación, puedes tomarte tu tiempo en lugar de asumir responsabilidades importantes antes de estar preparado. —Le rozó la mejilla con los labios en un beso pluma—. No soy necesaria aquí, así que puedo volver a Londres inmediatamente.

Eso le sentó a él como un jarro de agua helada.

—¡No! No puedes marcharte, acabas de llegar. —Hizo una honda inspiración para dominar su reacción de terror—. Es lógico que desees volver a tu verdadera vida, pero no te espera ninguna misión urgente. Quédate una o dos semanas. Relájate, cabalga buenos caballos, déjate mimar y tratar como a una florecilla frágil. Te mereces eso.

—Muy bien —dijo ella—. Me quedaré una semana. —Comenzó a deslizar la mano por su cuerpo—. Sin duda echaré de menos esto.

Ahuecó la mano en su miembro y el fuego discurrió por sus venas.

—Yo también —dijo con la voz rasposa.

Se inclinó a coger la exquisita nutrición de su boca pensando si podría sobrevivir sin esa dulzura y fuego.

A pesar de su agotamiento, Cassie estuvo despierta muchísimo tiempo después que Grey se durmió. Deseaba atesorar en su memoria todos los momentos que le quedaban con él. Había sido tan débil que no pudo negarse a quedarse más días, pero una semana debía ser el límite. Lady Elizabeth se había mostrado tan amistosa y acogedora que la avergonzaba estar en Summerhill fingiendo ser lo que no era.

También estaba la cruda realidad de que cuanto más tiempo estuviera con Grey más difícil le resultaría marcharse. Jamás se había sentido tan unida a ningún otro hombre. Él estaba dispuesto a abrirse a ella como nadie jamás.

Recordando la intensa relación sexual de esa noche, comprendió que se había producido un cambio en el equilibrio entre ellos. Al principio, él necesitaba una mujer, cualquier mujer, y ella había aceptado eso a cambio de los simples placeres de la pasión.

Eso había cambiado cuando llegaron a conocerse mejor. Ella

se había vuelto especial para él, y él se había vuelto especial, increíblemente especial, para ella. Antes ella le daba la relación íntima curativa a cambio del placer. Esa noche él le había dado la relación curativa. Era el momento de marcharse. Cuando todavía se sintiera capaz.

Aunque a Grey le habría gustado muchísimo dormir hasta el mediodía con Cassie, había recuperado tal discreción caballerosa que cuando despertó y vio que asomaban las primeras luces del alba, emitió un gemido y se bajó de la cama.

—Hora de irme.

Se inclinó a besarle el hombro desnudo. Observó divertido que ella estaba tan relajada que sólo emitió un sonido adormilado aceptando que él se marchara en lugar de saltar de la cama con un cuchillo en la mano.

Subió las mantas hasta cubrirle el hombro, y luego se puso la ropa suficiente para estar decente. Llevando los zapatos en la mano, salió al corredor. El interior de la casa seguía estando muy oscuro, pero las criadas no tardarían mucho en comenzar su actividad.

Una vez en Summerhill, casi había desaparecido su profunda renuencia a volver. Antes se le antojaba que tener que enfrentar las exigencias y conmoción que causaría su regreso de entre los muertos sería una barrera insuperable.

Tenía razón en cuanto a la conmoción. Su vuelta habría sido más fácil si su madre hubiera abierto el mensaje de Kirkland y hubiera estado preparada para verlo. Pero habiendo pasado eso se sentía... él mismo.

Ese él ya no era el inconsciente lord Wyndham que viajó a París en busca de diversión, sino un hombre mayor sufrido y, era de esperar, más sabio. Un hombre cuyo sitio era Summerhill. Esa casa, esa tierra, esa gente eran suyas. Se sentía como una planta que ha sido arrancada de su lugar de origen y pasa años marchitándose en un basural y ahora por fin ha sido replantada donde le corresponde.

Se sentía tan fuerte que se atrevía a pensar, por primera vez, si le sería posible convencer a Cassie de quedarse con él. Esperaría unos cuantos días para darle tiempo de experimentar la belleza y la paz de Summerhill.

Entonces hablarían. Ya no estaba dispuesto a dejarla salir de su vida sin por lo menos intentar hacerla cambiar de decisión.

Capítulo 35

Sus aposentos estaban en el otro extremo de la enorme casa, pero Grey consiguió llegar a ellos sin ser visto. Feliz por su decisión respecto a Cassie abrió la puerta de su sala de estar y se detuvo al ver a su hermano sentado delante del hogar.

Peter estaba repantigado en un sillón de orejas, con una copa en la mano, contemplando las llamas; estaba totalmente vestido, sólo había reemplazado la chaqueta por una holgada bata. Era la imagen del Grey borracho y despreocupado de unos doce años atrás.

—¿Peter? —dijo, sorprendido; al pasear la mirada por la sala vio que habían cambiado algunos muebles y decoraciones.

—Ah —dijo Peter—, ha llegado el joven amo y señor a reclamar su propiedad. —Levantándose hizo una venia tan exagerada que derramó un poco de su bebida y casi se cayó al suelo—. Me sorprende que no me hayas echado de aquí antes, pero supongo que has estado ocupado follando a tu puta.

La furia se apoderó de Grey.

—¡No te atrevas a hablar así de Cassie!

Peter se dirigió al armario licorera, diciendo:

—¿Por qué no? Es condenadamente indecente que hayas traído a tu querida a la casa de tu familia, pero nunca te ha importado nadie fuera de ti. —Sacó coñac y bebió de la botella—. ¿Cuánto cobra? Parece cara, pero durante mis años como heredero mi asignación era sustanciosa. Tendría que permitirme pagar una o dos noches.

Grey se abalanzó hacia él, tan furioso que casi no supo cómo lo arrojó al suelo de un puñetazo y le cayó encima aplastándolo. No tenía conciencia de nada aparte de la necesidad de matar al hombre que había dicho esas infames palabras.

Un ronco susurro lo devolvió a la conciencia.

—¡Grey! Grey, por el amor de Dios, ¡para!

Desvanecida su furia asesina, Grey cayó en la cuenta de que tenía a su hermano aplastado contra el suelo y lo estaba estrangulando; que este tenía la cara casi morada y apenas logró balbucear su súplica.

Se apartó rodando y se cubrió la cara con las manos, intentando recuperar el aliento. Había creído que ya era capaz de dominar sus furias, pero casi había asesinado a su hermano; un crimen tan horrendo que antes prefería morir que cometer.

Un poco más allá Peter estaba vomitando hasta las entrañas sobre la valiosísima alfombra china; la consecuencia, sin duda, de haber bebido demasiado coñac y de haber estado a punto de ser estrangulado.

Peter se sentó y se arrastró hasta poder apoyar la espalda en un sillón de orejas; entretanto, Grey se levantó, fue al dormitorio a coger una toalla del lavabo, la mojó en el jarro, volvió con ella y se la pasó. Sin decir palabra, Peter se limpió la cara y la boca, y después bebió del vaso de agua que le fue a buscar él.

—Buen Dios, Peter, cuánto lo siento —dijo entonces Grey, asqueado de sí mismo—. No deberías haber hablado así de Cassie, pero nada puede justificar que casi te matara.

—No debería haber dicho esas vilezas de tu invitada —dijo Peter, con voz más sobria. Dobló la toalla y se la aplicó al ojo que se le estaba amoratando rápidamente—. ¿Dónde diablos aprendiste a luchar así?

—En la Academia Westerfield —explicó Grey; todavía estremecido, se sirvió dos dedos de coñac, se sentó en la alfombra a una yarda de su hermano y apoyó la espalda contra el sofá—. Ashton es medio indio y a todos sus compañeros de clase nos enseñó una técnica de lucha que había aprendido en India. Esto se ha convertido en tradición en el colegio.

—Yo debería haber ido ahí en lugar de al maldito Eton —masculló Peter.

—Tú eras menos conflictivo, así que no se consideró necesario.
—Espiró en un resoplido—. Di lo que quieras de mí, pero no toleraré ni una sola palabra en contra de Cassie. Es la mujer más admirable que he conocido.

—Pues entonces es una lástima que tenga la apariencia de la mercancía de Bond Street de la mejor calidad. —Al ver la expresión de Grey, se apresuró a añadir—: Te creo que no es una puta, pero es... no es la mujer que uno esperaría que fuera tu novia. ¿Por qué la trajiste a Summerhill cuando padre está moribundo y tú acabas de regresar de entre los muertos? No son las circunstancias ideales para presentar a un nuevo miembro de la familia.

—La buena noticia es que padre no está moribundo —dijo Grey—. Despertó y habló conmigo. Ahora está madre con él.

A Peter se le alegró la cara.

—¡Maravilloso!

Grey bebió un trago de coñac. Lo tentaba emborracharse, pero claro, no habría peleado con Peter si a este la borrachera no le hubiera trastornado el juicio. O tal vez el genio; era evidente que a Peter no lo hacía feliz que hubieran quedado en nada sus expectativas.

—Cassie me acompañó para mantenerme cuerdo —explicó; rió amargamente—: Yo creía que estaba progresando en ese frente, pero por lo visto no. Si ella hubiera estado aquí, yo no habría estado tan cerca de cometer un fratricidio.

—¿Es capaz de frenarte cuando estás tan loco de furia? —preguntó Peter, escéptico.

—Y muy capaz —repuso Grey, sonriendo con cariño.

—A mí me pareces bastante cuerdo ahora.

Grey comprendió que debía explicar más.

—Cassie entró sola en el castillo donde me tenían prisionero y nos liberó a mí y a un sacerdote que estaba en la celda contigua, el que llegó a ser mi único lazo con la realidad. Nos llevó a un refugio y después me sacó del país, guiándome, ayudándome, prestándome su fuerza y su cordura cuando yo no tenía ninguna. Te aseguro que estoy mucho mejor. A ella le debo más de lo que podría pagarle jamás.

Peter frunció el ceño.

—Me parece admirable, pero ¿es ese suficiente motivo para que te cases con ella?

—Yo deseo casarme con ella —dijo Grey, eligiendo con esmero las palabras—, pero ella aún no ha dicho sí. Desea esperar para ver cómo se desarrollan las cosas. —Hizo una temblorosa inspiración—. Se marchará pronto. Es posible que nunca más la vuelva a ver.

Fue atroz decir eso en voz alta.

—Lo siento —dijo Peter, incómodo, al detectar pena en su voz—. ¿Puedes... arreglártelas sin ella?

—Tendré que arreglármelas, ¿no? —repuso Grey en tono brusco—. ¿Y tú, Peter? Creía que te alegraba que yo estuviera vivo, pero cuando entré aquí actuaste como si yo fuera tu peor enemigo.

—Me alegra que hayas vuelto, de verdad. Y me gusta bastante Cassie por lo que he visto de ella. Pero... —Se pasó los dedos tiesos por su enredado pelo rubio—. Yo te admiraba y respetaba muchísimo. Cuando desapareciste fue... fue lo peor que me había ocurrido. Pasé años esperando, sin perder la esperanza. Todos esperábamos.

Grey hizo un mal gesto.

—Ojalá hubiera tenido la sensatez de volver a Inglaterra cuando me lo aconsejaron.

—Eso nos habría hecho más fácil la vida a todos, pero tú no podías saber las consecuencias. Si te hubieran recluido en una ciudad como a los demás prisioneros, lo habríamos sabido y podríamos habernos conformado y esperado a que volvieras. Dadas las cosas... —Se encogió de hombros—. Claro que supusimos lo peor.

—Por lo que dice Cassie, estar recluido así no es terrible. Es una vida aburrida, pero bastante normal. —Y nadie se vuelve loco por el aislamiento—. Claro que si me hubieran recluido ahí, todavía estaría en Francia, esperando y pensando si alguna vez va a terminar esta maldita guerra.

—Pero habríamos sabido que estabas vivo —dijo Peter. Exhaló un ronco suspiro—. En cambio, aunque nunca nadie admitía francamente que tenías que haber muerto, la gente comenzó a tratarme como al heredero. Siete años después de tu supuesta muerte, el conde dijo que era hora de que yo asumiera el título de lord Wyndham.

Madre hizo trasladar mis cosas aquí cuando yo estaba en la universidad. Comencé a considerarme el próximo conde de Costain. Aprendí a administrar la propiedad, comencé a prestar atención a los debates del Parlamento. Y ahora —abrió las manos en gesto de impotencia—, vuelves tú y se me arrebata todo. Todo ese trabajo y planes para nada.

Grey paseó la mirada por la sala, que era unas diez veces el tamaño de su celda en Francia. Y a esta se sumaban el dormitorio y el vestidor.

—Puedes continuar en estos aposentos. Yo no los necesito y no me parece justo echarte de ellos. Pero no puedo cederte el título ni la propiedad vinculada. La ley no funciona así. Mientras yo esté vivo, soy el heredero.

—Lo sé. —Se levantó a poner más agua en el vaso y volvió a sentarse cansinamente en la alfombra—. Me he pasado la noche bebiendo y pensando qué puedo hacer con mi vida. No me apetece convertirme en un derrochador ocioso.

—Las ocupaciones tradicionales para los hijos menores son la Iglesia, la política y el ejército. ¿Ninguna de ellas te interesa? —Al verle el mal gesto, preguntó—: ¿Hay algo menos tradicional que te gustaría hacer?

Peter titubeó, con expresión afligida.

—El teatro. Deseo ser actor.

—¿Actor? —repitió Grey, incrédulo.

Se cerró la expresión de Peter.

—Comprendes por qué no hablo de esto. Aunque en realidad nunca pensé que el teatro fuera una posibilidad. Hasta que tú volviste, mi destino era Summerhill.

Grey le observó la cara, hermosa y juvenil. Su primera reacción al ver a su hermano adulto esa noche al llegar fue pensar en lo mucho que se parecían los dos. Y se parecían: eran de altura, constitución y coloración similares, y cualquiera que los viera juntos sabría al instante que estaban emparentados.

Pero siempre habían tenido distintos temperamentos. Él era extrovertido, interesado en la gente y en resolver problemas. Peter era más un soñador, le gustaba el arte y la música y, sí, las obras de teatro que de vez en cuando se ponían en escena en las casas cuando se invitaba a un grupo a pasar unos días. Pasado un momento, dijo:

—Recuerdo que ya de pequeño te gustaba actuar en obras de teatro. Los adultos siempre encontraban encantadora la seriedad con que te lo tomabas. Pero tu interés era en serio ya a esa edad, ¿verdad?

Peter asintió.

—Me enamoré del teatro la primera vez que subí a un escenario improvisado. Me encantan el lenguaje, el drama, los personajes exagerados, ficticios. Es... —Se le cortó la voz y hundió la cabeza en el sillón en que estaba apoyado—. Es imposible.

—¿Has tenido la oportunidad de actuar estos últimos años?

—No tanto como me habría gustado. Pero el verano pasado estuve en casa de un amigo en Yorkshire. Ahí hay un teatro de buen tamaño y el director de la compañía realizó una producción especial de *A vuestro gusto*, haciendo participar a muchas personas de la localidad. Es esa obra con el parlamento «Todo el mundo es un escenario». La idea era conseguir que los parientes y amigos compraran entradas para ver la obra. Me hicieron una prueba para el papel de Orlando.

«Orlando es el protagonista romántico», pensó Grey, si recordaba Shakespeare. Peter con su apariencia estaba hecho para esos papeles.

—¿Resultó bien la obra?

—La mayor parte de las actuaciones fueron horrendas, pero el director, Burke, ganó un montón de dinero. —Guardó silencio un momento y luego continuó con cierta timidez—: Después de la última representación, Burke me llevó a un lado y me dijo que si alguna vez deseaba actuar como profesional habría un lugar para mí en su compañía. Él sabía que yo era un caballero, pero hice la prueba con el nombre de Peter Sommers, así que no se enteró de que yo era heredero de un condado. —Torció la boca—. Al menos lo era entonces.

—¿Qué elegirías si tuvieras elección? —le preguntó Grey—. ¿El condado o ser un actor de éxito?

—Actuar —contestó Peter al instante—. Ni siquiera tengo que ser famoso. Una carrera en ese oficio con trabajo constante superaría mis sueños más locos.

—Entonces hazlo —dijo Grey lisamente—. A los padres no les va a gustar, pero yo te apoyaré en esto. Y si te suprimen la asignación, yo me encargaré de que no te mueras de hambre.

A Peter le bajó la mandíbula.

—¿Harías eso? ¿No te avergonzaría que tu hermano fuera un vulgar actor?

—Creo que no serías un actor vulgar —dijo Grey; sonrió pesaroso—. Diez años en una mazmorra despojan de muchísimas ideas sobre lo que es correcto o decente. Tú estabas dispuesto a cumplir con tu deber como heredero de Costain cuando eso parecía necesario. Ahora que no lo es, creo que deberías hacer lo que te gusta. Aun en el caso de que fracases, es mejor intentarlo y fracasar que pasarte el resto de la vida deseando haberlo intentado.

—No fracasaré —dijo Peter, vehemente—. Soy buen actor, Grey. Y haré todo lo que sea necesario para triunfar.

Grey sonrió de oreja a oreja.

—¿Estoy perdonado por sobrevivir?

—Ahora tengo más motivos aún para agradecer que estés vivo —dijo Peter, burbujeante de placer—. Le escribiré al señor Burke diciéndole que acepto su oferta. Serán papeles de poca importancia, no me cabe duda, pero un comienzo.

—Me alegra —dijo Grey. Dejó a un lado el resto de su bebida porque ya era de día y el coñac es un desayuno condenadamente raro—. ¡Hoy Yorkshire, mañana Londres! Te aconsejo que esperes unos días, hasta que padre esté más fuerte, para anunciar tus planes.

—Esperaré hasta recibir respuesta del señor Burke. Y si ha cambiado de opinión, bueno, buscaré a otro director de teatro. —Ladeó la cabeza—. ¿Y tú, Grey? ¿Has tenido sueños secretos con lo que deseas?

Grey no lo había pensado nunca pero contestó al instante:

—Esto. —Hizo un gesto abarcador con el brazo—. Desde que tengo memoria he sabido que yo soy Summerhill y Summerhill es yo. La tierra, la gente, las responsabilidades del condado. Incluso me hace ilusión ocupar un escaño en el Parlamento para colaborar en el gobierno del barco del Estado. Nunca he deseado ninguna otra cosa.

A no ser Cassie.

—Entonces es fabuloso que hayas resucitado —dijo Peter sonriendo—. Porque vas a ser mucho mejor conde de lo que habría sido yo.

«Tal vez sí, tal vez no», pensó Grey. Pero, como Peter, haría todo lo que fuera necesario para triunfar.

Capítulo 36

Cassie despertó cuando entró una criada que le traía un jarro pequeño con chololate caliente y una nota de Grey:

¿Te apetecería una cabalgada después del desayuno? El día está perfecto para ver Summerhill.

Miró por la ventana y vio el cielo claro y despejado de un día soleado primaveral. En la misma nota escribió «Sí, por favor» y le ordenó a la criada que se la llevara a lord Wyndham. Menos mal que Kiri le había encontrado un traje de montar, dorado con ribetes en marrón oscuro, para complementar su guardarropa reunido con tantas prisas.

Una vez que se puso el bonito traje bajó a tomar un verdadero desayuno. Se encontró con una atmósfera más alegre, por la noticia de la recuperación del conde. Lady Elizabeth, que estaba alojada ahí desde el accidente, hablaba con ilusión de volver a su casa. Peter la obsequió con una sonrisa de oreja a oreja, y Grey la saludó con correcta formalidad al tiempo que con los ojos le hacía pícaras sugerencias.

Lady Costain estaba acompañando a su marido, pero bajó expresamente a la sala de desayuno para decirle:

—Costain desea conocerla, señorita Saint Ives.

—¿Está lo bastante recuperado para recibir visitas de personas ajenas a la familia? —preguntó ella, con la esperanza de no subir a verlo.

—Está mucho más fuerte y muy resuelto a conocerla —contestó la condesa.

No había forma de escapar.

—Encantada —dijo.

—Te acompañaré —añadió Grey cuando ella se levantó—. Aún no le he visto esta mañana.

Cassie se dirigió a la escalera, contenta de tener la compañía de Grey.

—Estás muy hermosa con ese traje de montar dorado —dijo él cuando subían juntos la ancha escalera.

—La hermana de lady Kiri es bastante pelirroja, así que podemos usar colores similares. —En voz más baja preguntó—: ¿Cómo debo actuar con tu padre?

Él le sonrió con cariño.

—Sencillamente sé tú misma, hermosa Catherine.

Ella supuso que llamarla Catherine insinuaba un consejo de peso.

Entraron en el dormitorio. Para ser un hombre que el día anterior había estado jugando a los dados con san Pedro, el conde de Costain tenía muy buen aspecto. Estaba sentado en la cama, apoyado en almohadones, y dictando órdenes a su secretario.

Era además un hombre de muy buen ver, su apostura familiar modelada por años de ejercer autoridad. En sus ojos ella vio humor e inteligencia cuando despidió al secretario para centrar la atención en ellos. Grey sería muy similar a su padre algún día.

—Acercaos más a la cama —ordenó él—. Así que eres tú de verdad, muchacho. Anoche pensé si no estaría alucinando.

Grey le estrechó la mano con una emoción indecible.

—Nada de eso, señor. Me sorprendí a mí mismo con mi tenacidad.

—No recuerdo todo lo que me dijiste anoche, así que después querré saber más de lo que ocurrió. —Había un asomo de humedad en sus ojos al estrecharle la mano; entonces desvió la mirada hacia Cassie—. Pero ahora deseo conocer a tu futura condesa. Tienes razón, es guapa a pesar de ese pelo rojo, pero no me dijiste su nombre. Preséntanos.

—Señor, permíteme que te presente a la señorita Catherine Saint Ives. —Le sonrió a Cassie—. Me imagino que ya has deducido que él es lord Costain, Cassie.

Antes que ella pudiera contestar, Costain exclamó:

—Buen Dios, tienes que ser hija de Tom Saint Ives.

Ella hizo una brusca inspiración.

—¿Conoció a mi padre?

—Desde luego. Nos hicimos amigos en Eton y continuamos siéndolo hasta su prematura muerte. —Movió la cabeza—. Yo estaba presente cuando conoció a tu madre. Qué mujer más despampanante. Todos estábamos locamente enamorados de ella. —Estuvo un momento mirando en la distancia, nostálgico, y añadió—: Claro que eso fue antes que conociera a mi esposa, que expulsó a todas las demás mujeres de mi cabeza.

Cassie se puso una mano en el pecho, sintiendo dificultades para respirar. No se había imaginado que su lejano y medio olvidado pasado cobraría vida de esa manera tan sorprendente.

—¿Supo lo que les ocurrió a mis padres y al resto de mi familia?

El conde asintió tristemente.

—Una terrible tragedia. ¡Malditos los revolucionarios franceses! También conocí a algunos de tus parientes Monclair. Buenas personas, a pesar de ser francesas. ¿Gracias a qué milagro sobreviviste?

—Había salido con una niñera y no estaba en la casa cuando la incendiaron. Pero podría ser una impostora, ¿sabe?

Costain se rió.

—Qué tontería. Tienes el pelo rojo Saint Ives y tienes un gran parecido con tu madre. —Le tendió la mano—. ¡Bravo, Grey! Es un honor para mí ver unidas la sangre Saint Ives con la de la familia Sommers. Incluso me he reconciliado con la idea de tener nietos pelirrojos.

Cassie le estrechó la mano, conteniendo las lágrimas. Escasamente consiguió decir:

—Gracias, milord.

—Ya está, te he hecho llorar —dijo Costain; le soltó la mano y volvió a reclinarse en los almohadones, con aspecto cansado—. Grey, llévatela y hazla sonreír otra vez. Y envíame a tu madre. La echo de menos.

Mirándola preocupado, Grey le ofreció el brazo y la llevó fuera de la habitación. Al salir le ordenó al secretario que hiciera llamar a su madre. Después la llevó escalera abajo y la hizo entrar en el salón, en que no había nadie. Tan pronto como cerró la puerta la abrazó.

—Diablos, Cassie. Cuánto siento que esto te afectara tanto. No tenía ni idea de que mi padre conociera a tus padres.

—Ha sido... una conmoción —dijo ella con voz trémula, hundiendo la cara en su hombro—. Me siento como... —buscó las palabras—, como si hubiera tenido amputado un brazo y ahora me lo hubieran vuelto a pegar. Sólo que esto es mi vida, no mi brazo.

—Como un pie que se ha adormecido y comienza a despertar —musitó él, friccionándole la espalda—. Se siente vivo pero muy desagradable.

—Exactamente. —Cerró los ojos, intentando serenarse—. Mi familia ha estado muerta para mí tantos años que nunca se me ocurrió que habría otras personas que los recordaban.

—Podría no ser malo que te recuerden que este es el mundo en el que naciste —dijo él dulcemente—. Tu padre fue a Eton, tu madre era una mujer encantadora que cautivó los corazones de jóvenes ingleses. Perteneces a la alta sociedad exactamente igual que yo, aun cuando los dos hayamos pasado años en el exilio.

—El recordatorio no es malo, pero es muy desagradable. —Exhaló un suspiro—. Me sentí una impostora cuando tu padre habló de tener nietos pelirrojos.

Él titubeó un momento.

—Podríamos hacerlo realidad —dijo al fin—, o por lo menos intentarlo.

Ella se apartó bruscamente de él, más conmocionada aún que por los recuerdos de su padre.

—¿Qué diablos significa eso?

Él la miró con sus ojos grises enigmáticos.

—Estás aquí como mi novia, así que podríamos seguir adelante y casarnos. Nos llevamos bien y eso podría salvarme de afrontar el mercado del matrimonio.

Ella puso los ojos en blanco, dándose tiempo para encontrar la forma de convertir eso en una broma.

—Ese es el motivo más perezoso que puedo imaginar para casarse. Venga esa cabalgada. El día está precioso y podría irme bien tomar aire fresco.

Él sonrió, no perturbado por ese rechazo a su proposición.

—Y yo estoy deseoso de ver Summerhill. No sé decirte la cantidad de horas que me he pasado visitando mentalmente la propiedad.

—Y yo estoy deseosa de cabalgar esos buenos caballos que me prometiste.

Recogiéndose la falda del largo traje de montar, se dirigió a la puerta delante de él. La vida es complicada, cabalgar es sencillo.

Mejor lo sencillo.

—¡Te echo una carrera hasta lo alto de la colina! —gritó Grey.

El caballo de Cassie partió como un rayo, la risa de ella flotando en el aire detrás. Grey se las vio y deseó para seguirle el paso. Ella cabalgaba tan bien en silla de mujer como a horcajadas, y con ese ancho traje de montar estaba muchísimo más atractiva que como vendedora ambulante sobre el lomo de un poni.

Llegaron a la cima de la colina empatados, los dos riendo, y tiraron de las riendas para detener a los caballos.

—He reservado lo mejor para el final —dijo Grey. Hizo un gesto con el brazo señalando la amplia franja de terreno que se extendía abajo, en el que se elevaba una enorme casa de piedra con vistas al mar—. Esa es la casa de la viuda, Sea Grange.

Cassie hizo una brusca inspiración.

—¡Mira ese río de narcisos que baja por la ladera. En todas partes sólo estan empezando a florecer.

—Las flores siempre florecen antes aquí porque este lugar mira al sur y está protegido por tres lados. —Hizo avanzar al caballo ladera abajo—. Después florecen otras flores, pero no hay nada que se compare con la gloria de los narcisos en primavera.

Cassie comenzó a bajar detrás de él.

—La casa se ve más antigua que Summerhill.

—Lo es por un par de siglos. Al principio era una casa de granja.

—Se regaló los ojos mirando las conocidas paredes de piedra—.

Creo que nadie ha vivido aquí desde que murió mi abuela, la condesa viuda, hace tres años. Ojalá la hubiera vuelto a ver.

—¡Qué desaprovechamiento de una casa tan hermosa!

—Siempre he pensado que cuando me case viviré aquí hasta que herede —dijo él—. Está a sólo unos minutos de la casa principal, pero en un lugar retirado, con más intimidad.

—Es juicioso poner cierta distancia entre un lord y su heredero —convino ella—. La propiedad se ve tan bien llevada como hermosa. No me extraña que la quieras tanto.

—Aunque pensaba en Summerhill cada día de mi cautiverio, había medio olvidado lo... lo conectado que me siento con esta tierra. —Estuvo en silencio un momento, buscando las palabras—. Estar aquí repara algunos de los agujeros que hay en mi enmarañada psique.

Cassie le sonrió con cariño.

—Veo la diferencia. Hora a hora adquieres más seguridad en ti mismo.

—Mientras también adquiera más cordura —dijo él irónico—. Casi maté a Peter esta mañana. Fue horroroso para los dos.

—¿Qué ocurrió? —exclamó ella.

—Te lo contaré mientras almorzamos. Pedí en la cocina que nos empaquetaran comida y bebida. No tengo la llave de la casa de la viuda, pero en ese lado hay un porche donde podemos comer.

Ella asintió y no hizo ninguna pregunta más. Cuando llegaron abajo, desmontaron, amarraron los caballos y él llevó el paquete con la merienda al porche lateral. Ahí había una maciza mesa y bancos de piedra, bañados por el sol, y las vistas del mar eran espléndidas.

Suspirando de placer Cassie limpió de polvo y hojas secas el banco, y se sentó en medio de la nube dorada que formaba la amplia falda.

—Me encanta que el mar esté tan cerca. ¿Salías a navegar cuando eras niño? ¿Soñabas con ser capitán de barco y ver mundo?

Él se rió y le pasó una copa de vino.

—Mis sueños estaban más ligados a la tierra.

—Cuéntame que te ocurrió con Peter.

El recuerdo fue tan doloroso que él decidió explicarlo escuetamente. Mientras lo escuchaba, ella comía un bocadillo de jamón con queso y salsa picante. Cuando él terminó, dijo pensativa:

—Así que va a intentar hacer carrera en el teatro. ¿Tus padres no lo repudiarán, espero?

—No, aunque no les gustará. Pero ahora me tienen a mí como el heredero y desean que sus hijos sean felices. Elizabeth podría haber tenido un matrimonio mucho más grandioso que con Johnny Langtry, pero éra él con quien deseaba casarse. Si Peter prospera como actor, es muy probable que le compren su propio teatro.

Ella se rió.

—No me cuesta imaginarme a alguien haciendo un comentario mordaz sobre la profesión de actor de Peter y a tu padre mirándolo fijamente con la expresión «Soy Costain» hasta que el otro baje los ojos.

Grey sonrió de oreja a oreja.

—Le has calado bien. Los Sommers tenemos nuestra cuota de orgullo. Comparados con nosotros la Casa Hanover es un conjunto de arribistas.

—Orgullo sí, pero no arrogancia —dijo ella—. Vas a ser un muy buen conde, Grey.

—Eso espero. Es lo único que siempre he deseado verdaderamente.

Aparte de ella, claro, pero era lo bastante listo para no decir eso en voz alta. No debía, después de su reacción cuando le sugirió que podrían hacer realidad el compromiso.

Contempló los efectos de la luz del sol al reflejarse en su exquisito pelo cobrizo, anhelando tenerla siempre con él. Necesitaba hacerla cambiar de opinión, y se le estaba acabando el tiempo.

Cuando terminaron la relajada comida al sol, emprendieron la marcha para volver a la casa principal. Cassie estaba encantada con la cabalgada, el caballo y el hermoso día de primavera. Por encima de todo le gustaba la entereza que percibía en Grey.

Aunque su cautiverio fue espantoso, cabía suponer que algunas de las maneras como le cambió la vida eran buenas. Estaba claro que si había tenido alguna tendencia hacia la arrogancia, esta había desaparecido.

El daño emocional tardaría más tiempo en sanar. Suponía que los grupos de gente continuarían angustiándolo y agobiando durante un tiempo, y el incidente con su hermano demostraba que su furia seguía peligrosamente cerca de la superficie.

Pero los cimientos de su carácter se estaban reconstruyendo, formando una estructura tan sólida que ella ya no necesitaba preocuparse por él. No mucho al menos.

Cuando salieron del bosque vieron a un buen número de personas reunidas en el patio, cerca de la puerta principal.

—¡Esos son inquilinos y vecinos! —exclamó Grey—. ¡Buen Dios, mi padre!

Capítulo 37

*G*rey azuzó a su caballo y emprendió la carrera a todo galope en dirección a la casa. Cassie lo seguía a sólo unos pasos más atrás, consciente de que él tenía razón al temer lo peor. Las lesiones en la cabeza son imprevisibles, y aunque el conde parecía estar recuperándose, igual podría haber sufrido un ataque letal. Ese tipo de aglomeración era el que se produce cuando se ha corrido la voz por el vecindario de que ha muerto un hombre importante y querido.

Eran entre treinta y cuarenta las personas reunidas, pero cuando se acercaban vio que el ánimo era festivo, no solemne. Sí, era una fiesta improvisada, pues había mesas con comida bajo el pórtico. Dos hombres, uno de ellos Peter, estaban sacando bebida de sendos barriles y llenando y distribuyendo jarras.

—¡Ahí está! —gritó alguien cuando vio a Grey galopando hacia ellos, y se elevaron los gritos—: ¡Hip, hip, hurra! ¡Hip, hip, hurra!

Al instante ella y Grey comprendieron que se habían reunido ahí para darle la bienvenida al heredero de Costain tanto tiempo desaparecido.

Grey agitó la mano en gesto de saludo y aminoró la marcha hasta dejarla al paso. Cuando Cassie puso su caballo a su lado, le dijo en voz baja:

—Es evidente que la noticia de mi milagroso regreso se ha propagado rápido. Están ahí la mayoría de los inquilinos y aldeanos.

Tenía las mandíbulas apretadas y ella supuso que estaba sintiendo pánico a la multitud.

—Podrías dar la vuelta hasta la parte de atrás y entrar por ahí —le sugirió—. Después te asomas a una de las ventanas y los saludas.

Él negó con la cabeza.

—Los Sommers no hacemos ese tipo de cosas. Si han venido a manifestar que están contentos de que yo esté vivo, no puedo esconderme. Pero, por favor, Cassie, mantente cerca de mí.

—¿Me vas a presentar como tu novia? —preguntó ella, recelosa—. Esta mentira se va a propagar más y más rápido.

—No, si tú prefieres que no, pero me sorprendería si todos los presentes no hubieran oído ya que mi hermosa acompañante pelirroja es la futura condesa de Costain. —Esbozó su sonrisa sesgada—. Para una que ha sobrevivido gracias al ingenio y la astucia, estás extraordinariamente apegada a la verdad.

Ella no pudo evitar reírse.

—Llevar una vida de engaño es justamente el motivo de que trace una raya muy clara entre la verdad y la mentira siempre que sea posible.

La gente ya venía caminando hacia ellos, gritando saludos a Grey.

—Te sentirás menos agobiado si te quedas en la silla de montar.

—Cierto —dijo él—, pero no puedo.

Desmontó y le estrechó la mano a un granjero rechoncho y canoso que tenía lágrimas en los ojos. Ese no era un saludo de un señor a un campesino. El apretón de manos era prueba viva de una comunidad en que los Sommers de Summerhill formaban parte de una tela más grande. La comunidad había llorado la supuesa muerte de Grey, y ahora venían a celebrar su milagroso retorno.

—Sabía que esos malditos franchutes no podrían matarlo —dijo el granjero.

—Se acercaron muchísimo, señor Jackson —dijo Grey.

Una corpulenta mujer se le acercó y le dio un feroz abrazo.

—¡No vuelva a asustarme así nunca más! No es tan mayor que no pueda darle una buena zurra en el trasero, jovenzuelo.

—Y usted es justo la mujer para hacerlo —dijo él sonriéndole y correspondiéndole el abrazo.

Cassie percibió que a pesar de sus amables respuestas él estaba tan tenso como una cuerda de arpa. Desmontó y fue a situarse a su lado izquierdo. Del grupo salieron dos chicos que cogieron las riendas y se llevaron los caballos.

Cassie se mantenía a su lado, tal como él le pidiera, pero la gente se iba acercando más y más, encerrándolos. Aunque los ánimos de todos eran de alegría y felicidad, incluso ella se puso nerviosa. Inquieta por Grey, aprovechó que se les acercó Peter para cogerle el brazo.

—Las multitudes lo agobian, lo desquician —le dijo en voz baja—. Ponte a su otro lado y procura evitar que la gente se le acerque demasiado.

Peter frunció el ceño.

—Yo veo que está muy bien.

—¡No lo está! Por favor, procura hacerle más espacio.

Aceptando su palabra, Peter fue a situarse al otro lado de Grey, separándolo como otra barrera de la gente que avanzaba a empujones. Cassie se cogió del brazo de él y le susurró al oído:

—Debes ayudar a tu frágil novia a entrar en la casa.

—¿Tú, frágil? —dijo él incrédulo, aunque aliviado—. Pero es una buena disculpa.

Echó a caminar por entre la gente, continuando los saludos, estrechando manos y correspondiendo abrazos con el brazo libre. A su otro lado, Peter interceptaba a admiradores y desviaba en parte el entusiasmo.

Llegaron a la escalinata y subieron al pórtico. Ya arriba, Grey se giró y levantó las dos manos pidiendo silencio.

Cuando acabó el bullicio, dijo con voz sonora:

—No sé expresar lo mucho que significa para mí recibir esta bienvenida. Durante largos diez años he soñado con Summerhill. Con mi familia —le apretó el hombro a Peter— y con mis amistades. Por ejemplo con usted, señora Henry, que me hacía trabajar en su jardín si quería ganarme uno de sus maravillosos panes de jengibre.

Todos se rieron y una mujer alta gritó:

—Sólo por esta vez enviaré una hornada a la casa grande para celebrar su vuelta a casa.

—Si se olvida me encontrará en su puerta, hambriento. —Paseó la mirada por todas las caras vueltas hacia él—. Pensaba en todas las bonitas hijas Lloyd, veo que ahora hay dos más que cuando me marché. —Más risas—. Antes que me olvide, quiero decir que mi padre se está recuperando bien de sus lesiones por el accidente, así que no tendréis que véroslas conmigo durante muchísimo tiempo más.

Más vivas y risas.

Cassie lo observaba admirada mientras él continuaba hablando con sus amigos y vecinos con mucho ingenio y encanto; verdaderamente estaba hecho para Summerhill. Esas personas eran la prueba de que generaciones de Sommers habían cuidado de su tierra y sus inquilinos. De cómo amaban y eran amados.

Una mezcla de emociones le empañó los ojos. Orgullo por Grey; envidia de su potente sentido de pertenencia, de formar parte de esa comunidad, y pena de que nunca más volvería a ver esa conexión entre él y su comunidad, porque realmente era hora de que ella se marchara. Grey tenía ahí todo lo que necesitaba.

—Cuéntenos lo que ocurrió, lord Wyndham —gritó alguien—, que si no nos inventaremos unas historias que cortarán la leche.

—Eso no lo toleraré —dijo él. Pensó un momento—. En realidad la historia es muy simple y tengo toda la intención de olvidar los detalles, así que no preguntéis más. Diez años atrás estaba en París y ofendí a un alto cargo del gobierno justo cuando terminó la Paz de Amiens. Las cosas estaban muy caóticas, así que el funcionario no tuvo ninguna dificultad para meterme en su mazmorra particular en el campo. Fueron diez años de un día aburrido tras otro, así que no hay mucho que contar. Cuando por fin escapé me dirigí al norte y encontré a un contrabandista que me trajo a Inglaterra. Y aquí estoy.

—¿Quién es la dama? —gritó una mujer—. ¿Es la próxima condesa?

Grey le cogió la mano a Cassie y la hizo avanzar.

—Lo siento —le susuró, y volviéndose nuevamente al público dijo—: Ella es la señorita Catherine Saint Ives de Norfolk, que me ayudó a escapar. Tengo la esperanza de convencerla de que continúe aquí. ¿Le vais a dar una bienvenida Dorsetshire?

Todos aplaudieron y rugieron palabras de bienvenida y a Cassie se le puso la cara de un rojo subido. ¡La maldita piel blanca de las pelirrojas!

Grey agitó la mano en gesto de despedida.

—La señorita Saint Ives está cansada, así que os digo hasta luego y gracias. Jamás olvidaré este día.

Entraron en la casa y tan pronto como se cerró la puerta Grey la estrechó en sus brazos y se estremeció. Ella sintió en el pecho los fuertes latidos de su corazón.

—Gracias por rescatarme otra vez —dijo él con la voz rasposa—. La bienvenida ha sido maravillosa en teoría, pero yo no habría durado mucho sin portarme horrorosamente.

—Creo que habrías durado todo el tiempo que fuera necesario —dijo ella, pasándole una tranquilizadora mano por la espalda—. Pero esta prueba ha sido suficiente por hoy.

Entonces entró Peter y cerró la puerta.

—Es evidente que la gente prefiere que heredes tú y no yo —dijo alegremente. Se puso serio al ver la cara crispada de su hermano—. Sí que fue agobiante para ti. Creí que Cassie exageraba.

—Ella es muy buena en impedir que me desmorone —dijo Grey irónico, sin soltarla—. ¿Todas esas personas simplemente aparecieron por aquí? Temí que eso significara que padre había muerto.

Peter hizo un mal gesto.

—Habría sido similar, ¿verdad? Cuando madre vio llegar a los inquilinos me envió a hacer de anfitrión mientras ella se encargaba de que les llevaran refrigerios. Yo creo que gran parte del motivo de que hayan venido es que este es el primer día verdaderamente primaveral que hemos tenido, y todos deseaban tener un pretexto para celebrarlo.

—O sea, que mi regreso fue el pretexto —dijo Grey; ya relajado puso fin al abrazo aunque dejó un brazo rodeándola—. Y al venir aquí tenían una buena oportunidad de probar la sidra y la cerveza de Summerhill y seguro que también los jamones y quesos.

—Oportunidad que han aprovechado al máximo —dijo lady Costain desde lo alto de la escalera. Bajó deslizando una mano por la baranda, toda ella una condesa—. Estaba a punto de enviar mozos a buscarte, Grey, pero entonces llegaste y lo llevaste todo muy bien. Tu padre estaba mirando desde su dormitorio.

—Debe de estar mucho mejor —dijo Grey—. Lo cual significa que probablemente va a bajar a cenar esta noche.

Su madre se rió.

—Pues sí que bajará. Puesto que tenemos muchos motivos para celebrar, he decidido que esta noche tengamos un festín especial de celebración sólo para la familia. Vendrán Elizabeth y su marido. Catherine, ¿tienes algún plato favorito, para pedirle a la cocinera que lo prepare?

Cassie pestañeó. Al parecer ya no era una fulana cazadora de fortunas. Lo pensó un momento.

—Hay un dulce que me gustaba cuando era niña —dijo—. Es una tarta de manzana preparada con un puñado de pasas que se han remojado en coñac. Se servía en ocasiones especiales con natillas o nata.

—¿Manzana con pasas remojadas en coñac? —musitó la condesa, interesada—. Tiene que ser excelente, y entra en las capacidades de mi cocina. Grey, ¿me imagino que sigue gustándote el cordero asado especial de la señora Bradford?

—Ah, sí —repuso él rotundamente—, con salsa de menta.

—Será hasta la cena, entonces —dijo lady Costain y, haciéndoles una gentil venia a sus hijos y a Cassie, desapareció en dirección a la cocina.

—Mi madre ya te considera parte de la familia —comentó Grey.

—No podría excluirme de la cena siendo yo tu invitada —observó ella—. Debo ir a revisar mi guardarropa para ver qué puedo ponerme que sea apropiado para una celebración familiar en el campo cuando la mitad de los invitados tienen títulos.

—Puedes bajar con ese traje de montar y aun así estarás hermosa —le aseguró Grey.

—¡Pero no es apropiado! Hasta pronto.

Diciendo eso se recogió las faldas y subió la escalera. Cuando llegó a su habitación tiró del cordón para llamar a Hazel. Esta no tardó en llegar.

—Eres la doncella perfecta —le dijo Cassie—. Tienes todas las habilidades que se necesitan para ser una doncella, pero puesto que eres del grupo de Kirkland, podemos conversar como iguales.

Hazel se inclinó en una reverencia muy correcta.

—Tengo mucha experiencia como doncella. Es una buena manera de captar información sin que nadie se fije.

Cassie asintió. Como las ancianas vendedoras ambulantes, las criadas solían ser invisibles.

—Necesito ponerme algo muy bonito pero no demasiado llamativo para la cena de esta noche. El conde bajará por primera vez desde el accidente, y también quieren celebrar el regreso de lord Wyndham. Dos escapadas de la muerte. —Sonrió de oreja a oreja—. Lady Kiri me armó este guardarropa tan rápido que no sé qué tengo.

—Hay un vestido de satén verde que le irá de maravilla a su pelo rojizo. No es de gala ni largo como un vestido de baile ni tan escotado tampoco, pero es lo bastante bonito para una cena especial. Podría ser necesario hacerle algunas alteraciones, así que mejor que se lo pruebe una vez que se quite ese traje de montar.

—Es una suerte que la hermana de lady Kiri tenga una talla tan similar a la mía y una naturaleza tan generosa. —Se giró para que Hazel pudiera desabrocharle el traje—. ¿Te aburres mucho aquí sin ningún espía o ministros del gobierno a los que observar?

Hazel se rió, deshaciéndole uno de los lazos.

—Ha sido muy descansado. Esta es una casa de lo más excepcional; un personal feliz.

—Insólito en realidad. ¿Qué piensan los criados del regreso de lord Wyndham?

—Todos están encantados, en particular los mayores, que lo conocieron mejor. Dicen que se parece mucho a su padre, y que eso es bueno para Summerhill. —Le sacó el traje por la cabeza—. Los más serios reconocen que diez años en prisión cambian a un hombre. Esperan que no haya cambiado demasiado.

—Tiene una extraordinaria capacidad de recuperación, así que creo que no tienen ningún motivo para preocuparse por sus futuros. —Levantó los brazos para que Hazel le pusiera el vestido de satén—. ¿Qué piensan de Peter? Durante años ha sido considerado el heredero.

Hazel le alisó la tela sobre el cuerpo.

—Es muy querido y la gente cree que habría hecho un trabajo decente si hubiera heredado, pero piensan que su hermano mayor lo hará mejor.

—No me cabe duda de que tienen razón. Grey le tiene verdadero cariño a esta propiedad y a las responsabilidades que van con ella.

Mientras Hazel le hacía pinzas con alfileres en varios lugares, intentó no pensar en la lady perfecta necesaria para formar buena pareja con el lord perfecto que sería Grey.

Capítulo 38

*E*nvuelta en reluciente satén verde, Cassie bajó la escalera y vio a Grey, que la esperaba al pie, mirándola con los ojos agrandados.

—Estás espléndida —le dijo él—. Ese vestido es perfecto para esta noche.

Ella se rió, pero le agradó su calurosa admiración.

—Dado lo feliz que estabas con mi traje de montar, no sé cuánto debo fiarme de tu juicio.

Él le ofreció el brazo.

—Te aseguro que siempre he tenido un gusto impecable tratándose de vestir a mujeres —continuó en un susurro—: Y soy igualmente bueno para desvestirlas.

—Chss —susurró ella ruborizada, pues estaban entrando en el salón pequeño donde ya se congregaba la familia para tomar el aperitivo.

Lord Costain estaba sentado en un sofá, no de pie, pero se veía muy bien. Su esposa se encontraba a su lado, y tenían las manos cogidas como enamorados recién casados.

Cuando llegaron ante ellos, Cassie se inclinó en una profunda reverencia.

—Me alegra verle tan bien, milord. Agradezco a los dos su cortesía para con una invitada inesperada.

Lord Costain esbozó una sonrisa benévola.

—Muy bellamente dicho —dijo—. Mi esposa y yo no podríamos estar más encantados por conocer a la futura esposa de nuestro hijo, y encontrarla tan apropiada.

Un destello en los ojos de lady Costain insinuó que no estaba del todo de acuerdo con esa afirmación de su marido, pero su sonrisa fue amable.

Entonces entró Peter y detrás de él entraron Elizabeth y su marido. John Langtry era más agradable de ver que pasmosamente guapo como los hombres Sommers, pero tenía una sonrisa atractiva y estaba claro que él y Elizabeth se adoraban.

A Cassie le gustó ver lo relajado que estaba Grey con su familia, estando ya superados los obstáculos iniciales. No tenía dificultades para conversar con naturalidad e intercambiar recuerdos con su cuñado, y al mismo tiempo estaba atento a ella, con lo que no se sentía fuera de lugar.

Pasada media hora de relajada conversación, lady Costain se levantó.

—¿Pasamos al comedor?

—Excelente plan —dijo Grey—. Oigo a un cordero asado llamándome.

Cassie sonrió, pensando con ilusión en el cordero asado de Grey y la tarta de manzana con pasas Saint Ives. Justo cuando se levantó apareció el mayordomo en la puerta.

—Han venido a verla dos caballeros, señorita Saint Ives.

Detrás del mayordomo estaban dos jóvenes bien vestidos más o menos de la edad de ella. Se parecían muchísimo aun cuando uno era más alto y corpulento. Era evidente que estaban emparentados, y los dos tenían el pelo castaño rojizo, igual que el suyo.

—Mira ese pelo, tiene que ser ella —le susurró uno al otro. En voz más alta le gritó—. ¿Catherine? ¿Eres nuestra Cat?

Mirando pasmada a los recién llegados, a Cassie se le aflojaron los dedos y soltó la copa de vino, que cayó al suelo y se rompió. Cuando jugaba con sus primos los tres eran niños, y sus caras no estaban del todo formadas, pero en los rasgos de esos jóvenes adultos veía semejanzas con las de su hermano de pelo moreno muerto ya hacía tanto tiempo.

Una riada de recuerdos le oprimieron la garganta de tal forma que casi no pudo hablar.

—¿Richard? —musitó, mirando al joven más delgado. Miró al otro—. ¿Neil?

Se le meció el cuerpo y se habría caído si Grey no la hubiera afirmado poniéndole una mano en el hombro.

—¿Sois los primos Saint Ives de Cassie? —preguntó él.

—¡Sí! —exclamó Richard, estrechando a Cassie en un exuberante abrazo—. Cat, ¡Dios mío, es un milagro! Te creíamos muerta. —Se apartó sin soltarla y preguntó, titubeante—: ¿Alguien... alguien más sobrevivió?

Ella negó con la cabeza, con las mejillas bañadas por las lágrimas.

—Sólo yo.

El otro joven apartó a Richard hacia un lado.

—Ser el heredero no significa que debas recibir todos los abrazos, Richard —dijo, abrazándola con una fuerza como para romperle las costillas—. Será mejor que me recuerdes a mí también, Cat, o te pondré sapos en la cama.

—Ah, pues también encontrarás sapos en la tuya —contestó ella, medio riendo, correspondiéndole el abrazo. Estaba alto y fuerte, ya un hombre. Los tres eran muy cercanos en edad y ellos formaron parte importante de su infancia, cuyos insoportables recuerdos había enterrado en lo más recóndito de su memoria—. Has crecido mucho, Neil. Yo era capaz de derrotarte cuando luchábamos.

—¡Y lo que se fastidiaban nuestras madres cuando nos enzarzábamos! —rió él.

Richard pasó la atención a los miembros de la familia Sommers, que los contemplaban fascinados. Inclinándose ante el conde y la condesa, dijo:

—Lord Costain, lady Costain, les ruego que acepten nuestras disculpas por venir a entrometernos en una reunión familiar. Nuestra única disculpa es que cuando nos enteramos de que nuestra prima podría estar viva, nos desesperamos por conocer la verdad.

—Nosotros como nadie comprendemos lo que es la experiencia de este tipo de milagro —dijo lord Costain—. Nuestro hijo pródigo estuvo desaparecido diez años. Vuestra prima pródiga lo ha estado nada menos que veinte.

—Exactamente, señor —dijo Richard, y su sonrisa iluminó la sala—. Los desaparecidos han sido encontrados y no podríamos estar más contentos.

Lord Costain los miró atentamente.

—Conozco a vuestro padre, y vuestro tío era un buen amigo mío. Me alegra conocer a la siguiente generación Saint Ives.

Lady Costain miró al mayordomo.

—Ordene que pongan dos cubiertos más en la mesa y preparen habitaciones para nuestros huéspedes.

—Eso no es necesario, lady Costain —exclamó Richard—. Nos alojaremos en la posada del pueblo. Deberíamos haber esperado hasta mañana para venir pero... no pudimos.— Tragó saliva—. El hermano y la hermana de Catherine tenían el pelo moreno como su madre y eran muy mayores para jugar con nosotros, pero Cat era de nuestra edad y una verdadera pelirroja Saint Ives, más una hermana que una prima.

—Os alojaréis aquí, como es lógico —dijo la condesa enérgicamente—. Pronto van a estar conectadas nuestras familias y sois muy bienvenidos bajo nuestro techo. Esta noche vamos a celebrar la recuperación de mi marido de un grave accidente y el regreso de mi hijo de Francia. ¿Qué podría ser más apropiado que celebrar todos juntos que hayáis encontrado viva a vuestra prima?

—Es usted muy amable, señora —dijo Neil.

—Tengo fama de eso —dijo la condesa, con una chispa de humor en los ojos—. ¿Os apetece una copa, señores, antes de cenar?

Los hermanos se miraron.

—Me parece que estabais a punto de pasar al comedor —dijo Richard—. Dénos un momento para lavarnos las manos y pasaremos a cenar enseguida si no les importa nuestra ropa polvorienta por el viaje.

Acordaron eso. Durante el frenesí de actividad que siguió, Grey aprovechó para preguntarle a Cassie:

—¿No tienes ninguna duda de sus identidades?

—Ninguna. Su padre era el cura de la parroquia Saint Ives, así que Richard, Neil y yo crecimos juntos. —Los miró en el momento en que salían para lavarse—. Después que mataron a mi familia yo cerré la puerta a mi infancia. Ahora que ellos la han abierto he encontrado muchos recuerdos felices, luminosos.

—Me alegro —dijo él simplemente.

Y lo alegraba, comprendió ella, pero vio también otra emoción en sus ojos, una que no logró interpretar.

Siendo el número de hombres el doble del de las mujeres, a Cassie le tocó sentarse al lado de Grey y frente a sus primos, y así pudo hacerles pregunta tras pregunta acerca de la familia. Sus padres estaban bien, y George, el hermano que era un bebé la última vez que lo vio, estaba estudiando en Oxford, preparándose para imitar a su padre y entrar en la Iglesia. Cuando llegaron los postres y sirvieron la tarta de manzana, los tres la disfrutaron riendo y suspirando felices.

Al final de la comida lady Costain se levantó, como era la costumbre, y dijo:

—Sugiero que no nos separemos los hombres y las mujeres para el oporto y el té, porque tal vez a Catherine y sus primos les gustaría reunirse a conversar, pues tienen tanto en qué ponerse al día.

A Cassie le resultó embarazoso dar una respuesta, así que miró a Grey; al ver su gesto de asentimiento, dijo:

—Eso me gustaría muchísimo, si Richard y Neil están de acuerdo conmigo.

Ellos dijeron que nada les gustaría más, así que los llevaron a la biblioteca, donde pusieron a su disposición oporto y té. Sintiéndose osada, Cassie sirvió tres copas de oporto y se instaló en el sillón de cara al hogar con la suya en la mano.

Ellos se sentaron en sillones enfrentados, visiblemente cansados por el largo viaje, pero contentísimos.

—Observé que lord Wyndham te llamó Cassie —comentó Richard—. ¿Prefieres ese sobrenombre a Cat?

—Cualquiera de los dos me va bien. No he sido Cat desde hace casi veinte años, así que me gusta bastante oírlo otra vez.

Cat era una niña feliz, traviesa, muy diferente de la Cassie seria, obsesionada, pero las dos eran reales.

—¿Vuestros padres saben de mí, o están en Norfolk?

—Están en Londres, pero no les dijimos nada —dijo Richard—. Conozco un poco a Kirkland, y cuando él me dio la información sobre ti, decidí la manera de actuar.

—Kirkland —dijo ella, irónica—. Debí imaginármelo. ¿Por qué no se lo dijo a vuestro padre, ya que están en Londres?

Neil hizo un mal gesto.

—Hace unos diez años se presentó un impostor. Fue muy doloroso para la familia, en especial para mis padres.

—¿Alguien se hizo pasar por mí? —preguntó ella, sorprendida.

—No por ti, por Paul, ya que él era el único heredero de Saint Ives —explicó Richard—. El impostor tenía, como Paul, el pelo moreno de tu madre, y se parecía bastante a él. Parecía un Saint Ives, y había reunido mucha información sobre la familia, por lo que resultó del todo convincente.

—Ojalá hubiera sido Paul —dijo Cassie, apenada—, pero estoy segura de que yo fui la única superviviente.

En pocas palabras les contó cómo la salvó la niñera Josette. La historia no le había parecido apropiada para contarla durante la cena de celebración.

—Por lo menos la muerte fue rápida, no meses de sufrimiento en una mazmorra esperando la ejecución —dijo Neil, tratando de no revelar su furia en la voz—. La muerte de toda tu familia lo cambió todo, y no sólo porque padre heredó el título.

—Aunque mudarnos de la casa parroquial a Saint Ives Hall fue un cambio considerable —observó Richard—, y no siempre tan divertido como se podría pensar.

Neil asintió.

—Si tu familia hubiera muerto de una fiebre o de viruelas habría sido trágico, pero podría haberse considerado la voluntad de Dios. Ser asesinados porque eran ingleses y estaban ahí en un mal momento fue algo absolutamente malvado.

—Los dos queríamos entrar en el ejército para ir a matar franceses —dijo Richard francamente—, pero puesto que yo era el heredero, acepté mis responsabilidades y me quedé en Inglaterra.

—Así que yo tuve que ser el héroe —dijo Neil sonriendo—. Soy capitán en el regimiento de caballería.

—Para ser justos, probablemente él es mejor que yo para el alboroto.

—Me veo mejor con el uniforme también —dijo Neil, engreído.

Cassie se rió de esas bromas entre los hermanos.

—Contadme más sobre el impostor. ¿Cómo descubristeis que no era Paul?

—Mi madre siempre había adorado a Paul y lo aceptó de todo corazón; deseaba que fuera Paul, pero mi padre no estaba tan seguro —explicó Richard—. Él nunca había esperado convertirse en lord Saint Ives, y se sintió destrozado cuando mataron a tu familia. Pero cuando se presentó el impostor ya hacía diez años que era el lord, y había descubierto que le gustaba. Así que cuando le entraron las dudas no sabía si eran auténticas o si él no deseaba creerlo por motivos egoístas.

—Mi padre siempre decía que su hermano era el hombre más honrado que conocía —dijo Cassie—. No me extraña que se sintiera tan indeciso. ¿Cómo se descubrió que era un impostor?

—Yo comprendí que Richard tenía más o menos los mismos conflictos que padre —dijo Neil—. Para mí era más fácil dado que yo no era el heredero y no tenía mucho que perder. El falso Paul era bastante convincente, pero yo tenía la impresión de que no lo conocía de antes, de que era un desconocido. Una vez que lo hablamos con Richard, comenzamos a tenderle trampas. Simular que recordábamos cosas que habíamos hecho con él y no habían ocurrido, cosas de ese tipo. Él era muy bueno a la hora de contestar con evasivas, pero finalmente tuvimos bastantes pruebas de que era un impostor y las expusimos a nuestros padres.

—Madre no quería creernos —dijo Richard, continuando la narración—. Padre frunció el ceño, llamó al falso Paul y le pidió que se quitara la camisa.

—¿Por qué? —preguntó Cassie pestañeando sorprendida.

—Se ve que cuando Paul era muy pequeño, antes que tú nacieras, se cayó sobre un trozo de madera con mellas afiladas y quedó muy mal herido. Casi se muere y le quedó una enorme herida en el hombro. Pocas personas sabían eso, pero claro, mis padres sí.

—¿El falso Paul intentó escapar? —preguntó Cassie, fascinada por la historia.

—Sí, pero estábamos nosotros ahí —repuso Neil, sombríamente—. Yo lo arrojé al suelo, lo inmovilicé y le corté la camisa. No tenía ninguna cicatriz. Eso bastó para convencer a mi madre.

—¿Qué le ocurrió?

—Constituimos un tribunal familiar ahí mismo —dijo Richard—. Se llamaba Barton Black y en realidad era un primo de primer grado. Su madre era hija bastarda de nuestro abuelo, que al parecer era un viejo lujurioso. Cuando Barton se enteró de las muertes en Francia comenzó a averiguar acerca de la familia. Dejó pasar el tiempo suficiente para que se borraran los recuerdos y entonces se presentó asegurando que era Paul.

—Creo que ese es un primo que me alegra no haber conocido —dijo Cassie.

—Mi padre no se había enterado de lo de la madre de Barton —continuó Richard—, y consideró que tanto a ella como a él los habían tratado muy mal. Le hizo firmar una detallada confesión, con todos nosotros como testigos, y después le dijo que podía marcharse, libre. —Se echó a reír—. Barton era un fresco. Dijo que deseaba marcharse de Inglaterra a un lugar de clima más templado y pidió que le pagaran el pasaje para Botany Bay, porque había oído decir que ahí había grandes oportunidades.

Neil continuó la narración:

—Padre aceptó y lo acompañamos a los muelles y lo embarcamos. No volveremos a verlo. —Sonrió—. Me caía bastante bien, aunque no fuera Paul. Pero ahora comprendes por qué cuando Kirkland le dijo que Catherine Saint Ives estaba viva, Richard decidió echarte un vistazo antes de que se lo dijéramos a nuestros padres. Dado que yo estaba en Londres, me enganchó para venir.

—No me lo habrías perdonado si no te lo hubiera pedido —observó Richard.

—¿No tuvisteis ninguna duda de mi identidad? —preguntó Cassie, curiosa—. Veinte años es mucho tiempo. Dos tercios de nuestras vidas.

—Tienes el pelo —explicó Neil—. Además, Kirkland dijo que te conocía de muchos, muchos años. Puesto que tú nunca declaraste ser de la familia, no daba la impresión de que fueras tras algo.

—¿Por qué no nos lo dijiste, Cat? —preguntó Richard, con la voz embargada de pena—. ¿Creías que no nos importabas?

Cassie miró su copa y vio que se había bebido todo el oporto. Se levantó a servirse más y también llenó las copas de ellos.

Cuando volvió a sentarse, explicó:

—Yo era una niña huérfana en Francia, afortunada por estar viva. Mi vida en Inglaterra me parecía muy lejana, no más que un sueño. Estando en guerra, no era asunto sencillo escribir una carta. Y cuando ya tuve la edad para volver había pasado demasiado tiempo. Pensé que nadie me recordaría, o que a nadie le importaría quién era.

—Deberías haber sabido que no, Cat —dijo Richard—. Dije en serio lo que les declaré ante los Costain. Eras como una hermana. ¿Cómo pudiste imaginarte que Neil o yo te olvidaríamos?

Contemplando su oporto, ella comprendió que había otro motivo.

—Necesitaba creer que... que vuestra familia estaba bien y erais felices. Si me hubiera enterado de que uno de vosotros había muerto, no habría sido capaz de soportarlo.

Neil se inclinó a darle un buen apretón de hermano en los hombros.

—Estábamos bien y éramos felices, Cat. Pero habríamos sido más felices si hubiéramos sabido que estabas viva.

—¿Qué has hecho todos estos años? —preguntó Richard—. ¿Te casaste? ¿Tienes hijos? ¿Cómo has sobrevivido?

Cassie vaciló, pensando cuánto decir. Pero Richard y Neil eran su familia, se merecían algo de la verdad.

—He pasado buena parte de mi tiempo en Francia, pero periódicamente vuelvo a Inglaterra. Hago un trabajo que el Gobierno británico considera útil.

—Eres espía —dijo Neil, con repentina comprensión—. Caray, Cat, siempre fuiste la chica más dispuesta que he conocido a arrostrar lo que fuera.

—Creo que ahora entiendo un poco mejor por qué no nos escribiste —dijo Richard, muy serio—. El trabajo que has estado haciendo debe de ser muy peligroso.

Cassie se encogió de hombros.

—No había ningún motivo para trastornaros la vida, y si me ocurría algo no tendríais la pena de perderme por segunda vez.

—Pues, la verdad, tenías un muy buen motivo para comunicarnos que estabas viva, Cat —dijo Richard—. ¿No sabías que eres una heredera?

Capítulo 39

*H*eredera? —repitió Cassie, asombrada—. Me imagino que el contrato de matrimonio de mis padres especificaría una cierta suma para cada uno de sus hijos, pero sin duda todo eso volvió a la propiedad Saint Ives después que se informó de nuestras muertes. ¿De dónde podría salir un dinero que se me deba a mí?

Neil sonrió de oreja a oreja.

—Tú se lo explicas, Richard. Eres tú el que se pasa todo el tiempo con los abogados y banqueros de la propiedad.

Richard puso los ojos en blanco.

—Por mis pecados. Sigues siendo heredera de tu parte puesto que estás viva, pero eso sólo es el comienzo. Tu madre poseía una sustanciosa fortuna, y en el contrato de matrimonio la dividieron equitativamente entre sus hijos. Puesto que eres la única hija sobreviviente, toda su fortuna pasa a ti, junto con tu parte de la propiedad Saint Ives.

Cassie seguía dudosa.

—Los Montclair eran ricos, pero yo suponía que toda su riqueza fue confiscada por el gobierno francés durante la Revolución.

—Tal vez. No tengo información sobre eso —repuso Richard—, pero dado que tu madre estaba casada con un inglés, su fortuna fue transferida a Inglaterra, donde ha estado creciendo muy bien desde entonces.

—Los Saint Ives somos comerciantes en el fondo, ¿sabes? —dijo Neil sonriendo—. Somos mucho mejores para hacer dinero que el aristócrata normal y corriente.

Una fortuna quedaba fuera del alcance de la comprensión de Cassie.

—O sea, que ahora puedo comprarme una casita junto al mar.

—Puedes comprarte un castillo junto al mar si quieres —le aseguró Richard.

Cassie movió la cabeza: no lograba captar del todo la magnitud de esa noticia.

—Nunca creí que viviría el tiempo suficiente para que me importara el dinero. Mis gastos siempre los pagan las personas con las que trabajo, así que siempre me ha sobrado bastante dinero de mi salario. —No tenía sentido comprarse ropa cara o joyas cuando no las usaría casi nunca—. Jamás me he preocupado por el futuro, porque nunca he esperado llegar a vieja.

—No digas tonterías, Cat —dijo Neil, en tono severo—. Siendo soldado durante una guerra yo podría encontrar una muerte prematura de muchísimas maneras, pero tengo toda la intención de jubilarme como un viejo y arisco coronel y vivir hasta los noventa. No tiene ningún sentido suponer que uno va a morir joven.

Ella había supuesto eso. Pero en ese momento estaba descubriendo motivos para vivir.

—Basta de hablar de muerte —dijo Richard—. Cat, vente a Londres con nosotros. Mis padres van a estar fuera de sí de felicidad al verte.

¿Dejar a Grey? ¿Marcharse de Summerhill? Pero debía, y pronto. Para ganar tiempo dijo, evasiva:

—Debo pensarlo. Esto ha sido muy repentino.

—Te ha vuelto el mundo del revés —convino Richard—. Trae a Wyndham. Él debería conocer a tu familia. A mí me gustaría conocerlo mejor, ver si es lo bastante bueno para mi casi hermana.

—Acaba de regresar a Summerhill y no deseará marcharse tan pronto.

Ellos asintieron comprensivos y comenzaron a ponerla al tanto de lo ocurrido en la familia durante las dos décadas pasadas. Ella se sentía como si estuviera formándose un nuevo y brillante mundo ante sus ojos.

Este reemplazaría al mundo brillante que había atisbado en Summerhill y que nunca sería de ella.

Cuando Cassie y sus primos agotaron los temas de conversación sobre la familia, el resto de los moradores de la casa ya se habían ido a acostar. Finalmente, tan cansada que le costaba hablar, se levantó para darles las buenas noches con un abrazo.

—Había olvidado lo maravilloso que es tener una familia.

—Nada hay nada más importante —dijo Richard, soltándola para que Neil pudiera abrazarla—. Ahora que te tenemos de vuelta, nunca más vas a carecer de familia.

—Vuelve a Londres con nosotros, Cat —añadió Neil—. Yo debo marcharme a España este fin de semana y creo que todavía tenemos años de conversación para ponernos al día.

—Lo pensaré.

Diciendo eso salió de la biblioteca y subió la escalera para ir a su habitación, sintiéndose algo mareada por todo el oporto que había bebido. Jamás olvidaría a Paul y a Anne, sus verdaderos hermanos, pero debería haber recordado que tenía otros hermanos también.

Por debajo de la puerta de su habitación se veía una tenue franjita de luz, o sea, que una criada debió dejar una lámpara encendida esperándola y tal vez encendido el fuego del hogar para calentar la fría noche. Suspirando cayó en la cuenta de que debía llamar a Hazel para que la ayudara a quitarse el vestido.

Abrió la puerta de la habitación y no la sorprendió ver que no estaba sola. Grey estaba tendido en la cama con las manos detrás de la cabeza y los ojos fijos en el cielo raso; se había quitado las botas y la chaqueta y se veía delgado, largo, todo él rezumando la potencia felina de una pantera, su cabeza dorada y sus contornos masculinos marcados por la luz del fuego del hogar.

Al oírla entrar él volvió hacia ella sus ojos ribeteados por esas pestañas más oscuras que el pelo.

—Te vas a marchar, ¿verdad? —preguntó en voz baja.

Cassie cerró la puerta y apoyó la espalda en ella.

—Sí.

—Veo lo mucho que significa para ti volver a tener una familia. Tus primos me parecieron buenas personas. De todos modos... —en un instante bajó de la cama y estuvo delante de ella a la distancia de un brazo—, no te vayas, Cassie, por favor.

Ella deseó echarse en sus brazos, abrazarlo y no soltarlo jamás; deseó conocer los misterios aun más profundos de su alma, estar entrelazada con él todo lo cerca que pueden estar dos seres humanos.

Pero no podía.

—Es hora de que me marche, Grey —dijo, procurando que la voz le saliera normal.

—¿Por qué? ¿No crees que podríamos llevar una buena vida juntos?

Ella negó con la cabeza.

—No lo sé. Tampoco lo sabes tú. Has estado libre sólo unas semanas. Todo ese tiempo hemos estado constantemente juntos, enfrentando el peligro y compartiendo la pasión. Yo he sido la única constante en tu reintroducción en el mundo. Pero eso no es un motivo suficientemente bueno para casarnos. —Movió el brazo abarcando todo el entorno—. Ya no me necesitas, Grey. Todo lo que realmente necesitas está aquí, en Summerhill.

—No te pido que te quedes porque te necesito, sino porque te deseo —dijo él muy serio—. ¿Eso cambia las cosas?

Ella volvió a negar con la cabeza.

—El deseo es potente, pero no hay que permitirle que domine al juicio.

—¿No? ¿Crees que esto se descarta fácilmente?

La atrapó entre él y la puerta con un beso abrasador y sus manos la recorrieron llenas de calor y promesas, haciendo cobrar vida al deseo por todo su cuerpo.

Desaparecidos la resistencia y el juicio, ella se entregó a la pasión que los unía. Continuaron besándose y acariciándose retorciéndose de deseo, con una urgencia que no les permitía quitarse la ropa.

Con la respiración agitada él le levantó las faldas aplastándoselas contra las caderas y le introdujo la mano en la entrepierna acariciándole la sedosa humedad con infalible destreza.

Jadeante ella se arqueó, apretándose a su mano. Deseó fundirse en él y con igual intensidad deseó arrancarle la ropa. Ganó el deseo; le sacó los faldones de la camisa fuera de los pantalones y bajó la mano por la tensa piel de su vientre.

Cuando encontró el duro miembro excitado a él se le estremeció todo el cuerpo y se le escapó un ronco gemido. Mientras él se abría rápidamente la bragueta levantó la pierna y le rodeó con ella las caderas. Al instante él la penetró y se fundieron en uno, con las respiraciones agitadas, moviéndose juntos con frenesí, buscando la intensa compleción hombre mujer.

—Catherine —musitó él con voz ronca, ahuecando las manos en la perfecta curva de su trasero para apretarla más a él—. Cat. ¡Cassie!

Se hizo trizas su autodominio y eyaculó, cayendo en el abismo y llevándola con él. Ella le mordió el hombro para ahogar los gritos de placer mientras él la llenaba y saciaba, disolviendo el sufrimiento que había configurado su vida, dejando solamente las sensaciones.

Sin embargo, eso no era suficiente, no lo era cuando, saciado el deseo, quedó con la respiración jadeante, los músculos debilitados, y el pesar.

No habría podido caminar hasta la cama si él no la hubiera llevado. Cuando se detuvieron al lado del lecho, él le soltó diestramente los lazos y broches del vestido de satén. Mientras le quitaba las capas de ropa pensó si se podría salvar el vestido.

Eso no importaba, supuso, puesto que ya podía reemplazarlo por cualquier vestido que quisiera, pero estaba formada por muchísimos años de frugalidad, por lo que no podía dejar de importarle el gratuito destrozo de un vestido.

También estaba formada por muchos años de peligro y engaño como para entregarse del todo a un hombre que la deseaba ahora, pero que no la desearía eternamente.

Ese era el quid del asunto, pensó, al meterse bajo las mantas y girarse a mirarlo mientras él se desvestía.

Qué hermoso, todo músculos duros y fuertes planos. Era un hombre al que le gustaban las mujeres, y cuando se desvaneciera la pasión que los unía, él buscaría a otras para satisfacer su pasión.

No sería cruel con ella, no. Haría todo lo posible por proteger sus sentimientos y su dignidad ocultándole sus aventuras, pero ella lo sabría. Es imposible engañar a una espía experta en un asunto tan íntimamente relacionado con su corazón.

Dentro de uno o dos años, cuando sanaran las roturas de su carácter, y este cambiara de una manera que aún no se podía saber, tal vez él estaría preparado para encontrar a la próxima condesa de Costain. Sería una joven virgen, hermosa y sofisticada, que se conformaría con lo que él tuviera para ofrecerle y, tal vez, disfrutaría con la libertad de echarse amantes una vez que se desvaneciera la pasión y hubieran tenido al heredero y al otro de recambio que les exigía su posición.

Pero Cassie Fox nunca sería una mujer como esa; no tenía el deseo de compartir una vida así. Debía marcharse ya, antes de estar tan perdidamente enamorada de él que no pudiera hacerlo.

Cuando él se tendió a su lado y la abrazó, le dijo con triste resignación:

—De todos modos te vas a marchar, ¿verdad, milady Zorro?

—Sí —susurró ella—. Hay atracción entre nosotros, además de los lazos que se formaron cuando escapamos de Francia, pero eso no es un cimiento lo bastante firme y sólido para construir nuestras vidas sobre él.

—Yo creo que lo es, pero si tú no estás de acuerdo, no sé cómo hacerte cambiar de opinión. —Bajó la mano acariciándola a partir del hombro, calentándole la piel y moldeándole las partes de su cuerpo que iba encontrando hacia abajo—. Deseo darte todo, sin embargo no hay nada que tú necesites de mí. Has encontrado tu camino de vuelta a la vida de riqueza y posición para la que naciste, así que ni siquiera eso te puedo dar.

—Me has dado algo mucho más valioso que un título y una fortuna. —Giró la cara y lo besó tierna y largamente en los labios—. Me has abierto el corazón de una manera que hace concebible un futuro diferente. Si sobrevivo a esta guerra, y he comenzado a pensar que eso es posible, podré vivir una vida mejor que la que viviría si no te hubiera conocido.

Él ahuecó la mano en un pecho.

—Me alegra que valores el tiempo que hemos pasado juntos. Creía que todo el beneficio había sido para mí, y no soy tan egoísta que lo prefiera así.

—No eres egoísta. —Volvió a besarlo y la ternura dio paso a la excitación—. Eres generoso de una manera que ninguno de los otros hombres que he conocido pueden igualar.

Él se puso encima de ella apoyando el peso en los brazos de modo que su cuerpo apenas rozaba el de ella.

—Tienes razón en que recuperarme del infierno llevará más de un mes. ¿Me considerarás un partido mejor, más sensato, de aquí a un año? Cuando estés en Inglaterra, ¿puedo llevarte a unas locas y apasionadas vacaciones junto al mar?

—¡No! —exclamó ella—. Debemos poner fin a esto ahora. No debes esperar para ver si cambiaré de opinión, y lo único que haría continuar este romance sería prolongar el sufrimiento. Encuentra alegría en todas las cosas de que estuviste privado. De aquí a un año no te interesará una espía vieja.

—Me dan ganas de zurrarte —dijo él, exasperado—. Te preocupas por mi estado mental, pero eres tan tonta que no ves lo extraordinaria y hermosa que eres. —Deslizó los labios bajando desde su cuello, produciéndole sensaciones que ella creía agotadas—. ¿Puedo al menos convencerte de que eres increíblemente deseable?

Ella abrió las piernas y él se instaló entre ellas, deslizándole todo el largo de su miembro ya endurecido por sus partes exquisitamente sensibles.

—Me haces sentir la mujer más deseable del mundo —dijo, arqueándose para apretarse a él.

—Porque lo eres. —Hundió la cara en la curva de su hombro y cuello—. Aaah, Cassie. Si sólo tenemos esta noche, pasemos bien cada momento de ella.

—Sí —musitó ella en el instante en que él la penetraba—. Sí.

Cuando se agotaron la pasión y las palabras, Grey la acunó como a un niño, la espalda de ella tocando el pecho de él de forma que sentía los fuertes latidos de su corazón. Pensó si alguna vez volvería a sentirse tan unida a un hombre.

Tal vez. El tiempo pasado con Grey la había cambiado de maneras fundamentales. Ya era capaz de imaginarse una vida más allá de la guerra. Si sobrevivía se compraría una casa en Norfolk para estar cerca de su familia. Tal vez incluso podría casarse algún día. Pero en ese momento le era imposible imaginarse amando a un hombre que no fuera Grey.

Estaba medio dormida cuando este comenzó a cantar, en voz tan baja que apenas eran audibles la letra y la melodía. No lo había oído cantar desde ese día en que entró en el pasillo de las mazmorras del castillo Durand buscándolo. Esa vez la sorprendió la estupenda y fuerte voz que tenía, y la divirtió la sucia letra de la canción.

Su voz seguía siendo exquisita, pero estaba cantando una canción de amor. Se le oprimió la garganta al reconocer la inolvidable canción que le evocaba su infancia:

> *¿Vas a la Feria de Scarborough?*
> *Perejil, tomillo, salvia y romero.*
> *Dale mis recuerdos a una que vive ahí,*
> *En otro tiempo fue el único y verdadero amor mío.*

La canción continuaba con una serie de retos a realizar tareas dificilísimas para alcanzar el amor. Apenada, cerró los ojos para contener las lágrimas.

> *Dale mis recuerdos a uno que vive ahí.*
> *En otro tiempo fue el único y verdadero amor mío.*

Capítulo 40

Sin duda él había enfrentado retos más difíciles que el de despedirse amablemente de Cassie cuando lo dejaba para siempre, pero no lograba recordar cuándo. Sólo podía esperar ser capaz de mostrarse sereno hasta el final sin desmoronarse y demostrarle que eran fundadas las dudas que ella tenía acerca de su estabilidad mental.

En el vestíbulo principal se había reunido toda la familia Sommers para despedir a Cassie y sus primos. Esa mañana ella no vestía glamurosa para una ocasión especial, pero su vestido de vivo color marrón oscuro y bellamente confeccionado era un complemento perfecto para su maravilloso pelo castaño rojizo y su piel de porcelana. Cuando se volvió hacia él para despedirse, se veía más regia que la reina de Inglaterra. Era difícil recordar que esa noche la habían pasado abrazados desnudos en la cama.

Mientras Richard y Neil se despedían del conde y la condesa, dándole efusivas gracias, él aprovechó la oportunidad para hablar a solas con Cassie. Al mirarla de cerca se le notaban las ojeras. No era de extrañar que las tuviera, pues habían dormido muy poco. Seguro que él se veía igual de ojeroso.

—Si logro pasar por esto sin caer en un fuerte ataque de histeria, puedo suponer que estoy curado de la locura por la prisión —musitó, intentando un tono alegre—. Aunque, para ser sincero, lo único que me impide cogerte en volandas y encerrarte en el ático es saber que me romperías el brazo o algo aun más valioso.

A ella se le iluminaron los ojos de risa reprimida.

—No dudo de que estás bien encaminado hacia la recuperación,

Grey. No tardarás mucho en romperle el corazón a todas las mujeres del bello mundo.

—Curiosamente, no es esa mi ambición.

Le escrutó la cara con una intensidad tal que igual le habría chamuscado su blanca piel de pelirroja. En un recóndito recoveco de su mente entendía por qué ella creía que debían separarse, y una parte de él aún más pequeña, estaba de acuerdo. Pero su corazón, su cuerpo y su alma creían otra cosa.

—¡Hora de partir, Cat! —dijo Neil, llamándola.

—Adiós, milord y compañero en la adversidad —dijo ella, rozándole suavemente la mejilla con las yemas de los dedos—. Nunca te olvidaré.

A él se le hizo trizas el autodominio y la estrechó en sus brazos con desesperación.

—No te vayas, Cassie —le susurró al oído—. Quédate.

Ella le correspondió el abrazo con igual fuerza pero enseguida se apartó, ruborizada.

—Vive bien, Grey. Sé feliz.

Acto seguido se dio media vuelta y salió de la casa.

Llevándose su corazón con ella.

Cassie no se relajó hasta que estuvieron bastante alejados de la propiedad. No era que supusiera que Grey aparecería al galope para sacarla del coche y subirla a su caballo y llevársela. Sin duda él sabía que no debía hacer eso. Pero, tratándose de Grey, nunca se podía estar segura.

Sólo cuando llegaron a la carretera principal y el coche tomó la dirección este, hacia Londres, se acomodó en el asiento apoyando la espalda en el respaldo. Cuatro personas en el interior de un coche significan calor, así que se quitó la papalina. Richard iba sentado a su lado. En el otro asiento iban Neil, sentado enfrente de ella, y enfrente de Richard, Hazel, haciéndose invisible como sólo sabían hacer las agentes de Kirkland.

Richard, que hasta el momento había guardado silencio, dijo de repente:

—Vi lo que hizo Wyndham cuando nos estábamos despidiendo. ¿Se ha portado de manera deshonrosa contigo, Cat?

—¿Deshonrosa? —repitió ella, sorprendida.

—¿Te llevó a formarte expectativas que no cumplió? —preguntó él, azorado pero con expresión de estar dispuesto a retar a duelo a Grey.

Atrapada entre la diversión y la irritación, ella contestó tranquilamente:

—Si lo que quieres es ejercitarte en ser el cabeza de familia, no lo hagas. Soy muy capaz de cuidar de mí misma.

—Pero ¿ha sido correcto contigo? —insistió Richard—. Lo digo en serio, Catherine.

Ella observó a sus dos primos durante doce vueltas de las ruedas del coche, tratando de discernir si serían capaces de entender la realidad de la vida de una espía. Tal vez se horrorizarían, eran hijos de párroco después de todo. Mejor no intentar explicar las complejidades de la situación.

—Wyndham deseaba casarse conmigo. Muchas personas considerarían eso una conducta honrosa.

—¿Y tú no aceptaste? —preguntó él, perplejo—. No lo entiendo. Vi mucho afecto entre vosotros.

—Es complicado —dijo ella, cerrando los ojos para poner fin a la conversación.

Ella tampoco lo entendía. Pero sabía que tenía razón. Grey aún no estaba preparado para tomar esposa, y cuando lo estuviera, no sería ella con quien se casaría.

Nuevamente el trayecto se hizo a la mayor velocidad que se puede conseguir en un coche alquilado y con frecuentes cambios de caballos. De todos modos ya comenzaba a anochecer cuando llegaron a Londres. A petición de Hazel el coche se detuvo cerca de la oficina de Kirkland para que bajara. Cassie supuso que la agente tenía que informar a su superior acerca del regreso de Grey a su casa.

Cuando la chica bajó del coche, le dijo:

—Muchísimas gracias, me has hecho mucho más fácil la visita al sureste.

Hazel sonrió.

—Me gustó. Tal vez volvamos a encontrarnos en Exeter Street.

Una vez que el coche reanudó la marcha, Neil comentó:

—No es una doncella de señora habitual.

—Yo no soy una dama habitual —contestó Cassie sonriendo.

La casa Saint Ives estaba cerca, así que el trayecto fue corto. Cuando bajó del coche ayudada por Neil, observó la fachada. Ese bloque de casas era hermoso y bien proporcionado. Cuando era niña no la traían a Londres con frecuencia, pero recordaba bien la casa.

—¿Encuentras difícil estar nuevamente aquí? —le preguntó Richard, cuando ella se cogió de su brazo.

Ella asintió.

—Estuve muy pocas veces aquí, pero tengo agradables recuerdos de la casa, así que la he evitado.

—¿Nunca venías aquí cuando estabas en Londres? —preguntó Neil, sorprendido.

—Jamás —dijo ella. Torció la boca—. Enterré todo lo que tenía que ver con mi infancia y nunca miré atrás.

—Eso no volverá a ocurrir —dijo Neil rotundamente—. No te lo permitiremos.

—Hermanos mandones —dijo ella sonriendo—. Ni cuando tenía ocho años aceptaba bien las órdenes.

Richard sonrió de oreja a oreja.

—¿No puedo tener aunque sea una mínima esperanza de que te hayas vuelto más sumisa?

—Pérdida de tiempo. Será mejor que vuelvas la atención a no provocarles una conmoción a tus padres. Cuando lady Wyndham vio a su hijo sin previo aviso se desmayó.

—Buen argumento. Iré a prepararlos entonces. Neil, dame unos minutos para preparar el escenario y entonces traes a Cat.

—Muy bien.

El lacayo que les abrió la puerta sólo la miró con curiosidad, pero era demasiado joven para haberla conocido.

—Bienvenidos a casa, señores. Si desean presentar sus respetos a lord y lady Saint Ives, están tomando el té en el salón.

—Di en la cocina que envíen cena para tres personas —ordenó Richard, y subió la escalera con paso rápido.

Neil cogió la capa y la papalina de Cassie, añadiendo:

—Di que preparen una habitación para nuestra invitada. —Cuando el lacayo se hubo alejado a cumplir las órdenes, le preguntó a ella—. ¿Te sientes preparada para un encuentro con más parientes?

Ella se cogió de su brazo, con una media sonrisa.

—Ahora siento más compasión por los nervios que sintió Wyndham al ir a su casa después de su larga ausencia.

—No esperabas vernos a Richard y a mí, así que no tuviste tiempo para preocuparte antes —convino él—. Pero esto no será terrible. ¡Ahora, camina con paso animado!

Ella se rió y obedeció. Mientras subían la escalera intentó recordar los años en que nacieron sus primos. Richard era más o menos un año mayor que ella y Neil un año menor. Al ser casi de la misma edad, los tres jugaban y correteaban como un hatajo de paganos. El ambiente en la casa parroquial era más relajado que en la casa señorial y ella pasaba muchísimo tiempo ahí, donde también asistía a las clases que impartía su tío.

El interior de la casa se veía muy similar a lo que ella recordaba y reconoció un buen número de muebles y decorados. Pero también había bastantes cambios, en particular nuevas obras de arte y tapizados, lo que la hacían menos parecida a la casa de sus padres. Eso la alegró.

Cuando entraron en el salón lady Saint Ives estaba diciendo tranquilamente:

—¿Cuánto rato tenemos que esperar para ver esta feliz sorpresa, Richard?

—No mucho. ¡Ahí está! —exclamó moviendo el brazo hacia la puerta.

Entonces fue a reunírseles. Estando los tres juntos el parecido familiar era innegable.

El tío y la tía la miraron boquiabiertos. Cassie observó que los años les habían añadido libras, arrugas y canas, pero seguían siendo los relajados y acomodadizos tía y tío que ella había adorado. Se inclinó en una profunda reverencia.

—Ha pasado muchísimo tiempo, tío Párroco, paciente tía Patience —dijo, llamándolos por sus apodos con el fin de verificar su identidad.

—¿Catherine? —exclamó su tía.

Su tío atravesó rápidamente la sala para verla más de cerca. John Saint Ives se parecía a su padre, pero era más blando y más rechoncho, y habían pasado veinte años.

—Catherine —dijo cogiéndole las dos manos, con la cara radiante—. Mi querida niña. ¡No es una impostora, Patience!

La reunión que siguió fue muy parecida a la que tuvo con Richard y Neil, aunque con más personas, más comida y más voces solapándose. Cuando se acercaba la medianoche no pudo reprimir un bostezo.

—Perdón —se disculpó—, ha sido un día muy largo.

—Debería haber pedido que te prepararan una habitación —exclamó su tía—. Estaba tan ocupada hablando que lo olvidé.

—Yo no lo olvidé —dijo Neil afectuoso—. La habitación estará lista cuando Cat lo esté.

—Que es ahora —dijo Cassie, ahogando otro bostezo.

Estaba cansada no sólo por el viaje sino también por tanta conversación. Normalmente su vida era más tranquila.

—¿Cuáles son tus planes ahora, Catherine? —le preguntó su tío—. Esta es tu casa siempre que estés en Londres, por supuesto, pero ¿te gustaría ir a Eaton Manor? Con la próxima llegada de la primavera Norfolk debe de estar particularmente hermoso.

La idea le produjo una punzada de dolor. Había vivido la mayor parte de su infancia en Eaton Manor, y allí habría muchísimos otros recuerdos que en esos momentos no soportaría enfrentar.

—Tal vez más adelante —contestó—. Por ahora, tengo asuntos que atender en Londres.

Después de los abrazos de buenas noches se retiró agradecida a una acogedora y cómoda habitación con atractivos muebles y calentada por un crepitante fuego en el hogar. Su ropa la habían alisado y colgado en el ropero.

Pasado un momento entró una criada. La chica venía a ayudarla a quitarse el vestido y le traía un ponche caliente de leche cuajada con vino y especias para facilitarle el sueño. Estuvo a punto de echarse a llorar al ver la taza. Por el olor comprendió que era el ponche de la receta francesa de su madre; solía beberlo cuando era niña.

Una vez que la criada le desabrochó el vestido, le dio las gracias y la despidió. Terminó de quitarse la ropa, se puso el camisón y la bata, y con la taza en la mano fue hasta la ventana a mirar el Londres dormido. Un trago del ponche le indicó que en deferencia a sus años le habían añadido una fortalecedora dosis de ron.

¿Qué estaría haciendo Grey en ese momento? No, mejor no pensar en él.

Quería muchísimo a su familia recién reencontrada, pero llevaba muchísimos años de vida independiente como para permitir que ellos tomaran el mando de su vida. Ellos tenían las mejores intenciones del mundo, lógicamente, pero durante toda su vida adulta ella había sido Cassie el Zorro, consagrada por juramento a trabajar por la derrota de Napoleón.

Sin embargo, aunque no estaba preparada para ir a Eaton Manor, le gustaría pasar un tiempo con los Saint Ives y ser una mujer de posibles. A Kiri Mackenzie y Lucia Stillwell les debía gratitud y una espléndida salida de compras por haberla provisto de un guardarropa de la noche a la mañana.

Cayó en la cuenta de que ahora que tenía bienes debía hacer testamento. Nunca antes había necesitado hacer uno.

También deseaba mostrarle los dientes a Kirkland, por haber informado a Richard de que ella estaba viva, y sin su permiso. El que todo hubiera resultado bien sólo significaba que Kirkland, como siempre, había tenido la razón, y eso la irritaba.

Después que lo regañara, le pediría otra misión. Bien podía haber cambiado espectacularmente su vida en las últimas semanas, pero en Europa continuaba la guerra, y no se sentiría satisfecha mientras no acabaran con Napoleón.

El Zorro aún no había terminado su carrera.

Grey adoptó la costumbre de salir a correr. Durante sus años en prisión había corrido en un mismo sitio incontables horas, imaginándose que corría al aire libre contemplando verdes paisajes. En esas carreras hacia ninguna parte muchas veces visitaba mentalmente los terrenos de Summerhill; ahora podía correr de verdad por ellos. Necesitaba ese ejercicio porque no quemaba su energía en una cama con Cassie.

No tardó en darse cuenta de que correr subiendo y bajando colinas era muy distinto a correr en un mismo sitio. Aunque por las agujetas iba descubriendo nuevos músculos que no eran necesarios en terreno llano, le encantaba la libertad para correr ya estuviera la mañana soleada, lluviosa o neblinosa. Y jamás se cansaría de contemplar la belleza de Summerhill.

Aunque le gustaba cabalgar, corriendo descubría nuevos aspectos de Summerhill. El zapatero del pueblo le había hecho unas botas de media caña livianas y cómodas que eran perfectas para entregarse a su nueva pasión. Comenzó a sentirse más fuerte, tanto en lo emocional como en lo físico. Esa hermosa tierra ancestral lo sanaba de maneras que no sabía expresar.

Intentaba no pensar en Cassie. En la prisión podía habérsele detenido el proceso de maduración, pero, condenación, era un hombre adulto. Debía ser capaz de entender que una mujer puede tener buenos y suficientes motivos para no desearlo.

Por desgracia, la recordaba cada vez que sus padres ofrecían una cena a un grupo reducido de vecinos. Había aceptado esas reuniones sociales porque sabía que la gente sentía curiosidad por el hijo pródigo y él necesitaba volver a formar parte de su comunidad.

Pero detestaba que lo miraran como a un bistec arrojado a una manada de perros hambrientos. Fue necesario decirle a su familia que Cassie había puesto fin al compromiso, aunque se negó a contestar preguntas. Pero el hecho de que estuviera disponible significaba que todas las damitas cotizables del vecindario lo miraban evaluando sus posibilidades.

Las que no eran damitas cotizables lo evaluaban de otra manera y hacían otro tipo de oferta. Se convirtió en un experto en desaparecer cortésmente. Tanta feminidad núbil hacía resaltar lo única y especial que era Cassie. Echaba de menos su inteligencia, su simpatía, su sabiduría arduamente conseguida. También echaba de menos su cuerpo deliciosamente redondeado y sensual.

Siempre que los pensamientos se le desviaban en esa dirección, era el momento de salir a correr otra vez.

Llevaba dos semanas en casa, y comenzaba a relajarse y a sentirse nuevamente lord Wyndham cuando recibió una carta que le volvió el mundo del revés otra vez.

Buscó a Peter y lo encontró en la biblioteca, que era uno de los lugares predilectos de su hermano. Peter estaba leyendo una carta y levantó la vista sonriendo radiante.

—¡Carta del señor Burke, el director de teatro! Dice que su compañía necesita un actor joven que haga desmayar a las damas, y dado que yo he demostrado tener cualidades para actuar, me dará una oportunidad.

—¡Maravilloso! —exclamó Grey. Y, por desgracia, tenía que poner fin a la felicidad de su hermano—. Pero no lo digas a nuestros padres todavía. —Tristemente levantó la mano enseñando su carta—. Debo viajar a Francia. Si no vuelvo, volverás a ser el heredero de Costain.

Capítulo 41

Samuel Johnson dijo que un hombre que está cansado de Londres está cansado de la vida. Tal vez eso no se aplicaba a las mujeres, pensaba Cassie, porque después de dos semanas de salir de compras y de hacer vida social, se sentía desasosegada. Estaba acostumbrada a llevar una vida con una finalidad. Comparado con trabajar por acabar con Napoleón no encontraba muy importante elegir cintas para papalinas.

Fue un alivio recibir un mensaje de Kirkland diciéndole que fuera a verlo. Ya había ido a hacerle una visita para regañarlo por revelarles su identidad a sus primos, pero ninguno de los dos tomó en serio la reprimenda porque los resultados de la intromisión eran buenos.

Esta visita era diferente. Al levantar la aldaba en forma de cabeza de dragón para golpear la puerta, recordó el día de enero en que fue a visitarlo a petición de él, y él le pidió que fuera a Francia a investigar si el desaparecido Wyndham estaba vivo. En los meses siguientes habían ocurrido tantas cosas que le parecía que había transcurrido mucho tiempo más.

Nuevamente el mayordomo la hizo pasar y ella se dirigió sola a la parte de atrás de la casa donde estaba el despacho de Kirkland. Cuando entró, él se levantó cortésmente.

—¿Qué me tienes hoy, James? —le preguntó alegremente—. ¿Información para llevar o para traer de Francia? ¿Exploración, asesinato?

—Te tengo información —dijo él sombríamente, invitándola a sentarse con un gesto—. De ti depende lo que hagas con ella.

Ella se sentó.

—Parece ser algo grave.

Él volvió a sentarse cansinamente.

—Lo es. ¿Sabes que los gobiernos francés y británico tienen formas ocultas de comunicarse entre ellos? —Al ver que ella asentía, continuó—: Recibí un mensaje enviado por Claude Durand. Pasó por muchas manos antes de llegar a mí. Ha vuelto a capturar al padre Laurent, el compañero de cautividad de Wyndham. También arrestó a las personas que le daban refugio.

—Los Boyer. —Se le formó un nudo en el estómago, tan fuerte que casi le vinieron náuseas. Ya estaba mal que Durand hubiera vuelto a capturar al padre Laurent, pero ¿también a Viole y Romain?—. La sobrina del sacerdote y su marido. Nos ofrecieron amabilidad y refugio cuando estábamos en terrible necesidad de ambas cosas. ¿Arrestó a sus hijos también?

—Al parecer sí. Dice que tiene prisioneros a cuatro miembros de la familia Boyer.

O sea, que tal vez Durand no se molestó en arrestar a la hija mayor casada, pero eso era poco consuelo. Soltó unas palabrotas que Catherine Saint Ives no habría aprendido jamás.

—¡El muy canalla! —La comprensión le llegó como una ola de agua helada—. Durand envió esa información como cebo para tender una trampa, ¿verdad? Desea que Wyndham regrese a Francia.

—Es el único motivo por el que se tomaría el considerable trabajo de enviar esta información a los ingleses —convino Kirkland—. Y creo que va a conseguir lo que desea. En estos momentos Wyndham se está preparando para viajar a Francia.

—¿Por qué diablos se lo dijiste? —exclamó ella—. Rescatar a los Boyer sería casi imposible incluso para un agente entrenado. Si él va a Francia lo matarán.

—Espero que no. En cuanto a por qué le dije lo del mensaje de Durand... —Hizo un mal gesto—. A pesar de tu justificado comentario acerca de mis intromisiones, no me gusta tomar decisiones por los demás. ¿Cómo se sentiría Wyndham si después se enterara de que habían capturado otra vez al padre Laurent y que murió en la prisión? ¿Y los Boyer? Son buenas personas cuyo único delito fue ofrecerle refugio al tío de ella.

—Tenías que saber que Wyndham se sentiría obligado a ir a Francia. —Hizo un mal gesto—. No me cuesta imaginármelo negociando con Durand, ofreciéndose él a cambio de la libertad del padre Laurent y los Boyer.

Kirkland jugueteó con su pluma con dedos nerviosos.

—Sería tremendamente imprudente negociar con una serpiente como Durand, pero me imagino que él lo haría si pensara que es la única manera.

A Cassie la invadió la calma.

—Has de saber que no permitiré que Grey vaya solo.

—Consideré probable que insistieras en ir con él.

—¿Alguna vez te cansas de jugar a Dios, James? —dijo ella, irritada.

—Con frecuencia. —Se le quebró la pluma entre los dedos—. Si Wyndham va solo es improbable que sobreviva y mucho más improbable que tenga éxito. Si tú vas con él, aumentan las posibilidades de éxito, pero de todos modos estas no son buenas y yo he puesto en peligro tu vida también. ¿Qué harías tú en mi lugar?

Ella lo pensó.

—Exactamente lo que has hecho. Pero necesito enfadarme con alguien y tú eres el que está más cerca.

—Siéntete libre para maldecirme. Estoy acostumbrado. —Esbozó una sonrisa torcida—. Aquí estás tú con una nueva vida, una familia que te quiere, una fortuna, de vuelta al mundo para el que naciste, y yo te arrastro de nuevo al mundo turbio y peligroso del espionaje.

—Si te sirve de consuelo, ya estaba aburrida con la vida elegante y lista para volver al trabajo. —Entrecerró los ojos como una gata, haciendo honor al sobrenombre de su niñez—. Supongo que sabes cómo reaccionaría si permitieras que Wyndham fuera solo a su perdición sin decírmelo.

—Temería por mi vida —dijo él al instante.

—Hombre juicioso. —Se levantó, ya sabía lo que debía hacer—. ¿Sabes dónde está Wyndham?

—Arriba, en una habitación para huéspedes. Lo invité a alojarse aquí mientras estuviera en Londres.

Ella giró sobre sus talones y se dirigió a la puerta.

—Primera planta, al final del corredor en la parte de atrás.

Ella no necesitaba esa orientación; sabiendo que Grey estaba cerca, lo encontraría. Y que Dios amparara al que se interpusiera en su camino.

Grey estaba en su habitación escribiendo una de las muchas cartas difíciles, que tenía la esperanza de que no fuera necesario enviar, cuando se abrió la puerta. Levantó la vista, pensando que era una de las silenciosas criadas de Kirkland, y se quedó paralizado. Cassie.

Se veía serena y discretamente elegante con un vestido de mañana azul oscuro. Ese sería su estilo como dama inglesa, comprendió. Impecable confección, hermosas telas y un corte algo conservador para equilibrar la sensual magnificencia de su cuerpo perfecto y su reluciente pelo castaño rojizo.

Ella cerró la puerta y apoyó la espalda en ella, dejando una mano en el pomo, como si quisiera estar lista para salir y echar a correr. Con el corazón retumbante él se puso de pie, pensando que Kirkland había sido condenadamente injusto al enviársela. La tensión hizo tormentosa la atmósfera. Deseó atravesar la habitación corriendo, cogerla en sus brazos y llevarla a la cama.

Pero se obligó a continuar detrás del escritorio.

—No voy a cambiar de decisión —dijo rotundamente, sin preámbulos.

Ella lo contempló con una mirada tranquila y evaluadora.

—¿Así que te crees capaz de cruzar el Canal, recorrer Francia y rescatar del castillo Durand a cinco personas, estando al menos una de ellas casi incapacitada?

—No lo sé —repuso él sinceramente—. Pero tengo que intentarlo. Les debo muchísimo al padre Laurent y a los Boyer, debo hacer lo que pueda.

—¿Estás seguro? Pasaste diez años en el infierno. Ahora lo has recuperado todo, tu familia, tu riqueza, tu posición en la vida. ¿Estás dispuesto a arrojarlo todo lejos para emprender una misión imposible?

—Sí. —A pesar de sus ataques de furia y locura, su vida había sido casi insoportablemente dulce desde que Cassie lo rescató. Eligiendo con esmero las palabras adecuadas, lo explicó con la voz entrecortada—. Necesito hacer esto. Son muchos los beneficios que he recibido por el accidente de mi nacimiento, y nunca se me ha pedido que haga algo a cambio. Nunca me he arriesgado por nadie. Ne-necesito demostrarme a mí mismo que soy un hombre, no un niño inconsciente.

Ella asintió, como si sus palabras le confirmaran lo que pensaba.

—No he venido a gastar saliva tratando de hacerte cambiar de opinión. Sabía que no podrías volverles la espalda.

—Tengo que compensar años de frivolidad. Entonces... —la miró receloso—, si no has venido a intentar disuadirme, ¿a qué has venido? ¿A atarme y encerrarme en un armario ropero para que no pueda salir de Inglaterra?

Ella arqueó las cejas.

—A tomar el mando de la misión, lógicamente. Si dejo que te las arregles solo, conseguirás que te maten y se habrá desperdiciado todo el tiempo y el trabajo que te he dedicado.

Él no supo si echarse a reír o soltar maldiciones.

—No. Ya te has arriesgado demasiado por mí. El padre Laurent y su familia son responsabilidad mía, no tuya.

—Eso es discutible, pues yo os llevé a la granja de los Boyer y me beneficié de su generosidad. Lo que no es discutible es que tú no tienes ni la experiencia ni los conocimientos necesarios para entrar en Francia, sortear los peligros y tener la posibilidad de salir de ahí vivo.

—Me infravaloras —dijo él, secamente, consciente de que ella tenía razón—. Hablo francés como un francés, y habiendo viajado por Francia contigo, tengo una idea de cómo se hacen esas cosas. Además, Kirkland me prometió nuevos papeles de identificación.

—¿Sabrás encontrar transporte para cruzar el Canal? Cuando llegamos a Inglaterra estabas casi inconsciente por el sufrimiento de dos heridas de bala, así que supongo que te resultaría difícil encontrar el camino de vuelta a la casa de mis contrabandistas ingleses.

Era cierto que cuando llegaron él estaba aturdido, por las heridas y el mareo, pero había pensado en eso.

—El apellido es Nash y tengo bastante buena idea del lugar en que desembarcamos. Los encontraré y les ofreceré tanto dinero que harían mal negocio si se negaran a llevarme.

—Es posible que consigas eso —concedió ella—, e incluso es posible que logres llegar al castillo Durand, teniendo los papeles adecuados, aunque, eso sí, algunas personas podrían mirar con desconfianza a un hombre joven que no está en el ejército. Pero ¿que harás cuando llegues al castillo? ¿Tienes pensado asaltarlo tú solo?

—Ya se me ocurrirá algo, y no será un asalto frontal. Puede que no tenga experiencia, pero no soy estúpido.

—No normalmente, pero rechazar mi ayuda es muy, muy estúpido. Juntos tenemos ciertas posibilidades. Tú solo... —Movió la cabeza—. Me dijiste que Peter no quería heredar el condado. ¿Lo vas a obligar a asumir el título?

—Delicadamente expresado —dijo él, exasperado.

En dos zancadas cruzó la distancia que los separaba y la besó con la pasión que había ido en aumento desde la última noche que pasaron juntos.

Besarla lo calmó e inflamó al mismo tiempo. Ella le correspondió el beso, su boca dulce y ardiente, y apretó los pechos al suyo, enterrándole los dedos en la espalda. Vagamente consciente de que no era eso lo que había esperado, puso fin al beso y se apartó, con la respiración agitada.

—¿En serio crees que podemos viajar juntos y evitar que ocurra esto?

Ella tenía la cara sonrojada y el pelo le había caído sobre los hombros.

—Obviamente no. —Esbozó una sonrisa tristemente traviesa—. Por eso debemos viajar como marido y mujer.

Capítulo 42

*G*rey no pudo evitar reírse.

—¿Compartir una cama va a ser mi recompensa si te permito acompañarme?

—Tal vez eso es más una justificación. Los dos estamos locos por pretender rescatar a alguien del castillo Durand. —Se acercó a besarlo, tironeándole la corbata—. Pero no te permitiré ir solo. Si lo intentas, podrías encontrarte encerrado en un armario ropero.

La razón se disolvió mientras le desabrochaba el vestido y luego el corsé. Necesitaba verla y tocarla toda entera, para absorber su maravillosa «cassiedad» en todas las fibras de su ser.

Ella debía sentir lo mismo porque le quitó la ropa con una urgencia semejante a la de él. Aunque sólo habían transcurrido dos semanas desde la última vez que se unieron, parecían años. Deseaba devorarla, deleitarse en ese brillante pelo cobrizo, en sus sutiles aromas, y en esa poderosa mujer.

Cuando finalmente se encontraron abrazados piel con piel, cayeron sobre la cama, besándose y acariciándose en un frenesí de deseo y necesidad. Cuando él ya no pudo esperar más y la penetró, gimió de placer y se quedó muy quieto, consciente de lo rápido que podría acabar eso. Deseando prolongar la unión, rodó hasta quedar de espaldas, con ella encima.

—Sssí —musitó ella, adaptando la posición y buscando un ritmo que les fuera bien a los dos.

Pero estaba igualmente impaciente, así que no tardó en estremecerse por el orgasmo, contrayendo los músculos de la vagina alrededor de su miembro.

Al instante él llegó a la culminación, apretándola con fuerza al arquearse en las últimas embestidas. Cassie, Cassie, Cassie.

Saciada la pasión, le acarició la espalda al tiempo que recuperaba el aliento. Cuando pudo hablar coherente, dijo:

—Había pensado viajar como sacerdote, pero creo que eso no resultaría.

—Decididamente no —dijo ella, riendo.

Bajó de encima de él, se tendió de costado a su lado izquierdo, y puso tiernamente la mano en su abdomen.

—En cualquier momento me vas a explicar que esto no cambia la situación a largo plazo y que no tenemos ningún futuro juntos —dijo él—. Pero si vamos a viajar juntos, es más sensato hacerlo como marido y mujer que intentar mantenernos separados.

—Sensato —musitó ella, pensativa, trazándole círculos con el dedo alrededor del ombligo—. Nosotros sensatos.

Él sonrió de oreja a oreja, enrollándose en un dedo un mechón del lustroso pelo.

—Tal vez esa no sea la palabra correcta.

—Probablemente no. —En tono más serio añadió—: Nuestras posibilidades de rescatar con éxito al padre Laurent y a su familia entre los dos son mínimas en el mejor de los casos. Eso revaloriza los placeres del momento por la posible pena del futuro.

—¿O sea, que si fracasamos no viviremos para soportar el dolor de la separación? Eso es sensato en cierto modo.

Le acarició el hombro pensando que esa intimidad valía pagar un muy elevado precio. Incluso años de su vida.

Ella se acurrucó bajo su brazo, toda curvas suaves, cálidas.

—¿Cómo te iba en Summerhill?

—He adoptado la costumbre de correr para distraerme, ya que es agradable y saludable. También he salido a caballo a visitar inquilinos para recordarles quién soy y asegurarles que soy fiable. —Se rió—. Todavía quedan algunas dudas, pero he tenido cierto éxito en simular que soy caballeroso. Además, mi madre ha invitado a tomar el té o a cenar a las familias de la pequeña aristocracia, de una en una, para que yo fuera reanudando mis relaciones con los vecinos.

—Ha sido juiciosa al invitar a grupos no numerosos —observó ella.

—Su primera reunión fue a un té, al que invitó a más de veinte personas —dijo él, irónico—, pese a mi petición de que evitara los grupos grandes. Cuando llegué a la puerta del salón y vi la cantidad de personas reunidas ahí, me incliné en una amable venia y me marché. Eso la convenció de que había hecho en serio mi petición.

—Pero, en general, ¿te has sentido mejor?

Notando la preocupación en su voz, él la tranquilizó:

—Mucho mejor. Podría estar en buena forma para venir a Londres a participar en la temporada social de otoño. —Si estaba vivo y ya de vuelta en Inglaterra—. ¿Y tú? ¿Tus tíos te acogieron tan bien como tus primos?

—Ah, sí. Mi tía Patience siempre deseó tener una hija. Yo fui una niña marimacho, pero ahora me gusta bastante ser una hija adoptiva.

Y tener una madre adoptiva, supuso él.

—Cassie, me preguntaste si estaba seguro de querer arriesgarme a perder tanto. Tengo que hacerte la misma pregunta. Has reencontrado una vida que creías perdida para siempre. ¿De veras estás segura de que quieres arriesgarte a perderla por una causa que ni siguiera es tuya?

—Estoy segura. —Apoyó la frente en su brazo—. Una regla por la que he vivido es que no se abandona a las personas que nos han ayudado. Los Boyer nos ayudaron. Es horrendo que Durand los utilice como cebo para llevarte de vuelta a Francia. Como no podrías tú, yo no puedo mantenerme aparte y decir «Qué pena, pero no es asunto mío».

Él había tomado la decisión de ir a Francia sabiendo que eran insignificantes sus posibilidades de éxito, pero con Cassie a su lado, sentía despertar el optimismo.

—Puesto que tú eres la agente experta, ¿cómo crees que debemos actuar?

—Comencé a pensarlo tan pronto como Kirkland me dijo lo de tu loco plan. —Subió las mantas y los tapó a los dos, lo que les aumentó la comodidad y redujo las distracciones—. ¿Hasta dónde has llegado con tus ideas?

—Pensaba teñirme el pelo y tal vez dejarme crecer bigote para cambiar mis rasgos, pero eso lleva tiempo. ¿Se puede pegar un bigote postizo convincente?

—Los bigotes postizos se ven falsos y es difícil mantenerlos pegados mucho tiempo. —Pasó suavemente la yema de un dedo por encima de su labio superior, notando el vello casi invisible—. Dentro de un par de días, este vello se puede teñir. Será un bigote corto, pero bastará para desviar la atención del resto de tu cara.

—¿Y tú? ¿Vas a disfrazarte de anciana canosa otra vez?

—Ahora voy a necesitar una apariencia distinta. Además, no creo posible hacerte parecer un anciano canoso que pueda ser pareja mía convincente. —Frunció los labios, pensando—. Deberíamos viajar como una aburrida pareja de edad madura de ingresos modestos. Tu puedes ser un escribano o un funcionario del Gobierno de poca categoría. Yo seré remilgada y seriota. Monsieur y madame Harel. La gente nos evitará.

Él le miró su hermosa cara.

—Me cuesta recordar que al principio te consideré vieja y fea, pero si lo hiciste una vez, puedes volver a hacerlo.

Ella le dirigió una sosa mirada y... desapareció. No se había movido, sus rasgos y coloración eran los mismos, pero se veía más anodina, menos interesante.

—¿Cómo lo haces? —exclamó—. Es como si tuvieras una vela encendida dentro y de repente la apagaras.

—En realidad no sé explicarlo. Simplemente me imagino sosa, fea. —Esbozó una media sonrisa—. Me he pasado la mayor parte de mi vida adulta siendo una mujer fea, indigna de que un hombre se fije en ella. Se me da naturalmente.

—Te desearé igual, aunque te disfraces de la esposa fea de un funcionario aburrido. —Se rió—. Piensa en lo divertido que será sacarte las capas de ropa fea para revelar los deliciosos misterios que se esconden debajo.

Ella sonrió, manifestando su acuerdo.

—Pero no olvides que en público tenemos que dar la impresión de que no nos hemos tocado desde nuestra noche de bodas.

—Difícil, pero lo intentaré. —Habiendo dejado establecido eso, pasó a la siguiente pregunta—: ¿Cómo viajaremos cuando ya estemos en Francia? ¿En una carreta como hacías tú antes?

—Como los aburridos monsieur y madame Harel podemos viajar en diligencias públicas, lo que nos hará el viaje mucho más rápido. Y tomaremos otra ruta. Llegaremos al castillo Durand por otra dirección.

—¿Compraremos un par de buenos caballos para cabalgar cuando estemos cerca? Vamos a necesitar un medio de transporte propio, y los caballos pueden pasar por lugares donde los coches no pueden.

Ella asintió.

—Pero espero que no tengamos que sacarlos a todos de Francia. Eso sería mucho, mucho más difícil. Vamos a necesitar buscarnos una casa segura antes de actuar. Además, Kirkland va a tener que falsificar papeles para toda la familia, por si acaso.

Aún no se habían bajado de la cama y él ya estaba impresionado por las ventajas de trabajar con una agente experimentada.

—Durand me odia y me quiere muerto, si no no habría llegado a tal extremo para conseguir ponerme a su alcance. Si le es posible querrá estar en el castillo, pero no sabe cuándo iré ni si voy, y sin duda tiene responsabilidades en París, por lo que supongo que habrá contratado a un buen número de hombres para que monten guardia en el castillo y les habrá dado la orden de capturarme, de no matarme si es posible. ¿Le encuentras lógica a eso?

—Sí, pero podría estar en el castillo porque puede deducir cuándo es más probable que te presentes. —Frunció el ceño—. Podría incluso haber convencido a sus superiores de que está investigando a un grupo de espías que merodean cerca de su castillo y que debe quedarse ahí para poder encontrarlos a todos.

Eso esperaba Grey. Deseaba que ese cabrón estuviera en el castillo para poder matarlo con sus propias manos. Lo cual era muy improbable, puesto que todas las ventajas las tenía Durand, pero un hombre puede soñar. Dando voz a su peor temor, preguntó:

—¿Crees que Durand ya ha matado al padre Laurent y a los Boyer?

—Es posible, desde luego, pero me parece improbable. Francia es una nación regida por leyes, y a partir de la revolución muchas de esas leyes están pensadas para proteger a los débiles de los fuertes. —Oyó el bufido que emitió Grey—: No te rías. El Código Napoleón* es el único mérito que le reconozco al emperador. Antes de la Revolución, el país estaba regido por todo un mosaico de leyes feudales y eclesiásticas que asignaban privilegios para la nobleza y el clero. El Código Napoleón prohíbe concretamente los privilegios por motivo de nacimiento.

—La conducta de Durand ha estado muy cerca del límite, ¿verdad? Puede que no tenga un título, pero muchos de sus actos no son diferentes de los de sus antepasados aristócratas.

—Exactamente. Ha conseguido conservar las mazmorras en el interior de su castillo y ha salido impune de tener prisioneros ahí a un sacerdote y a un inglés. Pero asesinar a un respetado propietario de la localidad y a su familia lo metería en serios problemas. —Volvió a fruncir el ceño, pensando—. Lo más probable es que haya acusado de traición al padre Laurent y alegue que está investigando a los Boyer como posibles traidores. Eso le permite tenerlos prisioneros durante un tiempo, mientras los investiga. Podría liberarlos si te tiene a ti.

—Dios mío, eso espero —dijo Grey, en una verdadera oración—. Si tienes razón, hasta el momento no habrá hecho nada que lo meta en problemas con sus superiores. Como has dicho, los revolucionarios siempre odiaron a los sacerdotes y al poder de la Iglesia, y nadie haría preguntas por el asesinato de un espía inglés.

Cassie lo miró a los ojos y dijo con glacial precisión:

—De ninguna manera, en ninguna situación o circunstancia, te vas a ofrecer a cambio de su libertad. No te lo permitiré.

Él entrecerró los ojos.

—¿Te crees capaz de impedírmelo?

---

* Este código legislativo fue promulgado el 21 marzo de 1804 por el entonces cónsul Napoleón Bonaparte; una ley del 9 de septiempre de 1807 le impuso el nombre Código Napoleón (Code Napoléon).

—Sería una batalla interesante, ¿no? Esperemos no tener que llegar a eso.

Él estaba de acuerdo. Lo último que necesitaba era pelearse con Cassie. Cambiando de tema, dijo:

—Que todos estuvieran enfermos cuando entraste en el castillo fue un milagroso golpe de suerte. Ahora no vamos a tener tanta a nuestro favor. Me imagino que le echaste una buena mirada a las murallas. ¿Crees que puedo escalarlas si tengo el equipo adecuado?

—Los dos podemos y lo haremos si es necesario. Vamos a tener que llevar ropa oscura para que nos oculte si tenemos que escalar. —Contempló el cielo raso, pensativa—. ¿Es sensato suponer que a los prisioneros los han puesto en las mismas mazmorras en que estuvisteis tú y el padre Laurent?

—Yo creo que sí. Es imposible escapar de ahí sin ayuda del exterior.

—Si mal no recuerdo, cada celda tiene una ventanuca estrecha muy alta en la pared. Son demasiado estrechas y están demasiado arriba para que alguien pueda salir por ellas, pero de todos modos son ventanas. ¿Sabes adónde dan?

—A un tranquilo patio de atrás, creo que entre el castillo y el establo. Se oía muy poco ruido de tráfico o de paso de personas. Las ventanucas están a muy poca altura del suelo. De vez en cuando alguna criada iba ahí a charlar conmigo, pero no creo que se use mucho ese patio.

Ella se rió.

—¿Incluso en esa horrenda prisión podías coquetear?

Él recordó a las chicas curiosas que a veces iban ahí a hablar con él.

—Estaba tan hambriento de hablar con alguien que habría agradecido cualquier voz. A veces, si tenía mucha suerte, una criada me arrojaba una manzana. Divina.

A ella se le acabó la risa.

—Es increíble que hayas salido tan bien de ese suplicio.

—Si no hubiera sido por el padre Laurent, al salir sólo hubiera sido apto para el manicomio —dijo él, igualmente serio—. No soporto pensar que él muera en la mazmorra de Durand.

—Haremos todo lo posible para que no ocurra eso.

Se mordió el labio de una manera que a él le desvió la atención de lo que estaban hablando. Su cuerpo debía estar recuperándose de la apasionada relación sexual.

—Tendremos que hacer una buena exploración de los alrededores del castillo —continuó ella, concentrada en la misión—. Si podemos nos sería valiosísima la ayuda de la gente de ahí.

—Eso podría ser difícil.

—Podemos comenzar por la granja de los Boyer. Si vive alguien ahí, podría tener información sobre la familia y el castillo Durand.

—Lo más probable es que Durand se la haya dado a algún amiguete —dijo él, pesimista—. Si vamos ahí a pedir ayuda, nos arrestarán como a espías.

—Recuerda lo que te dije. Francia es una nación regida por leyes. Si Durand confiscara la propiedad sin haber terminado la investigación para acusar a los Boyer de algún delito, alguien de la comunidad iría a quejarse a un magistrado.

—O sea, que tal vez no se ha apropiado de la granja. ¿La granja podría estar desocupada?

Cassie negó con la cabeza.

—Una granja no se puede descuidar y mucho menos en primavera. Los Boyer tienen una hija casada. Mi suposición es que ella ha vuelto a la granja con su marido para ocuparse de los animales, la siembra y los demás trabajos. Es probable que esté rogando que liberen a sus padres. Si no los liberan, o los ejecutan, ella es la heredera. Si logramos encontrarla, ella será una fuente de información y de ayuda.

—Espero que tengas razón. Estamos haciendo muchas suposiciones.

Ella sonrió, irónica.

—Llámalas deducciones. Suena mejor.

Él comenzó a acariciarla bajo las mantas. Había mucho para encomiar en las conversaciones en la cama. Le frotó un pezón con el pulgar y ella retuvo el aliento.

—Necesitamos un ejército —dijo entonces—. Uno con artillería.

—Yo estaba pensando más o menos lo mismo —dijo ella, colocándole la mano en el muslo.

—¿Qué? —Se incorporó apoyado en un codo y la miró hacia abajo—. ¡Soy yo el que está loco aquí!

—¿De dónde has sacado esa estúpida idea? —dijo ella riendo con picardía—. Los dos estamos locos por querer intentar esto, así que no desperdiciemos ni un solo instante de locura.

Le echó los brazos al cuello y le bajó la cabeza para besarlo.

En sólo unos instantes había quedado olvidada la cordura.

Capítulo 43

*E*nmarcado por el cielo nocturno, el castillo Durand se veía austero e inexpugnable, muy semejante tal vez a como debió de ser en el siglo xv. Cassie y Grey habían llegado a explorar, vestidos de negro y con las caras casi totalmente cubiertas por bufandas oscuras.

El viaje había ido tan sobre ruedas que ella tuvo la supersticiosa idea de que los esperaba el desastre. Grey hizo la travesía del Canal con aguas revueltas, sin marearse, aunque estaba algo verde cuando desembarcaron. Sus disfraces como pareja aburrida y arisca habían sido muy eficaces. No se encontraron ante ningún reto o dificultad; muy pocas personas desearon hablar con monsieur y madame Harel.

Pero ya había acabado la parte fácil. La noche anterior se habían alojado en una posada de una ciudad de respetable tamaño que estaba a unas doce millas del pueblo St. Just du Sarthe, que se encontraba situada a los pies del castillo. Ahí Grey compró dos robustos caballos mientras ella representaba a la esposa sumisa.

Después de pasar por St. Just du Sarthe, exploraron los alrededores y encontraron un granero abandonado bastante alejado del camino. Allí acomodaron silenciosamente a los caballos y se cambiaron de ropa, poniéndose los pantalones y las chaquetas negras de ladrones. Grey no hizo ningún comentario sugerente acerca de los pantalones de ella, lo que le indicó lo nervioso que estaba.

Desde ahí sólo tuvieron que hacer una caminata de media hora por en medio del bosque para subir al castillo. La noche estaba fría y ventosa, y las nubes se deslizaban rápidas bajo la luna, que justo comenzaba su fase creciente. Ella notaba cómo le iba aumentando la tensión a Grey, tenía los nervios tirantes como una cuerda de violín.

No lograba ni imaginarse cómo sería volver al lugar donde había soportado diez años de prisión.

Cuando quedó a la vista el castillo, se detuvieron un momento en la oscuridad del bosque a observarlo. A diferencia del día en que ella fue allí, las puertas estaban cerradas y había un guardia en la caseta para el portero. Las murallas almenadas debían tener por lo menos seis yardas de altura. Rodeaban el castillo y sus patios formando un cuadrado, dejando por alrededor una franja de unas nueve yardas de terreno llano y limpio de matorrales y malezas.

En lo alto de cada esquina había un torreón de vigilancia. El tenue brillo de braseros encendidos indicaba que estaban ocupados. Los guardias podrían estar aburridos, pero tenían una visión muy clara de las murallas, si alguien intentaba escalarlas para entrar.

En la muralla de atrás, a la sombra, encontraron un pequeño postigo; ella lo examinó e intentó abrir la cerradura con ganzúas, pero estaba oxidada. Abrirla no sería fácil ni silencioso.

Mientras tanto, Grey, que estaba a su izquierda, estuvo un momento palpando la muralla para comprobar en qué condiciones estaba, encontró un hueco para apoyar el pie y comenzó a trepar a tientas. Estaba a la mitad cuando Cassie emitió un suave aullido de zorro para captarle la atención.

Él se detuvo. Pasados unos seis segundos, se dejó caer silenciosamente al blando suelo. Ella le tocó el brazo y con gestos le indicó que se retiraran al bosque del otro lado de la franja limpia.

Cuando ya estaban protegidos por la oscuridad del bosque, ella dijo en voz baja:

—¿Estás mal de la cabeza?

—Deseaba continuar trepando. —Miró hacia la imponente muralla y con la voz embargada por la emoción continuó—: Deseaba entrar y matar a Durand sólo con mis manos y luego hacer volar todo el maldito castillo hasta el infierno.

Ella le cogió una muñeca y se la apretó fuerte.

—Es comprensible, pero «deberás» dominarte cuando llegue el momento de entrar. Si te desquicias lo arriesgas todo, y a todos.

Él hizo una temblorosa inspiración.

—Sé que tienes razón. Te juro que no haré nada que os ponga en peligro a ti o al padre Laurent o a su familia.

Ella le soltó la muñeca, rogando que él fuera capaz de cumplir su promesa. Estaba mucho más estable que cuando escapó del castillo, pero una situación extrema podría hacerlo caer en la locura otra vez. Concentrándose en el trabajo que tenían entre manos, continuó:

—Dime lo de la muralla. Me pareció que la escalabas con facilidad.

—El mortero entre las piedras se está deshaciendo en muchos lugares. No fue difícil escalarla, aun cuando estaba oscuro. ¿Y la puerta?

—Es maciza y difícil de mover y la cerradura está oxidada. La muralla podría ser mejor para entrar sin hacer ruido, pero vamos a tener que volar la cerradura de esa puerta para que puedan salir los prisioneros.

Él asintió.

—Tendríamos que dar otra vuelta alrededor del castillo.

Asintiendo, ella echó a andar y él la siguió. Esa noche exploración, al día siguiente buscarían ayuda.

Después de una buena noche de sueño en el viejo granero, se pusieron nuevamente la ropa de los conservadores Harel y emprendieron la marcha hacia la granja de los Boyer. A caballo fue mucho más rápido el trayecto que conduciendo una carreta en medio de una ventisca. Además, el camino se veía mucho más bonito al no estar cubierto de nieve ni azotado por el viento.

Cassie rogaba en silencio que encontraran a la hija casada de los Boyer en la granja. Podría ser una valiosísima fuente de información. Sin ella, empeoraban más aún las posibilidades de éxito.

No se veía a nadie en el patio, pero salía humo de la chimenea de la cocina. La casa estaba habitada.

Tan consciente como ella de lo que estaba en juego, Grey desmontó y le pasó las riendas. Cuando representaban a los tradicionales Harel, él tomaba la iniciativa y lo dirigía todo, mientras que ella montaba en su silla de mujer y mantenía los ojos recatadamente bajos.

Golpeó la puerta. Al instante comenzaron a ladrar como locos varios perros dentro de la casa. Ladraban como si babearan por salir a hacer trizas al desconocido. Los caballos se movieron nerviosos, pero Grey se mantuvo firme.

Pasado un momento en que sólo se oían los ladridos, se abrió una ventanilla a la altura de la cabeza y una mujer preguntó, desconfiada:

—¿Qué desea?

Cassie no le veía la cara, pero su voz era de mujer joven.

—Soy un viejo amigo de monsieur y madame Boyer —dijo Grey, tranquilamente—, y pasaba por aquí cerca. ¿Están en casa?

—No. ¡Váyase!

Grey metió la mano en la ventanilla que ella iba a cerrar.

—¿Y el padre Laurent? ¿Está aquí todavía?

—¿Quién es usted?

Esta vez la voz sonó asustada.

Decidiendo que era el momento de ser sincero, él dijo:

—Soy monsieur Sommers. Fui compañero de su tío abuelo en la adversidad.

—La joven hizo una brusca inspiración.

—¿El inglés?

—El mismo. ¿Es usted la hija casada de los Boyer?

—Sí, soy Jeanne Duval —dijo, indecisa—. ¿A qué ha venido?

—A liberar a su familia —dijo él amablemente—. ¿Puede ayudarnos?

Otro largo silencio. Entonces sonó una llave en la cerradura y se abrió la puerta.

Jeanne Duval no podía tener más de veinte años, y estaría guapa con su lustroso pelo castaño y ojos castaños si no tuviera esa expresión preocupada. Había reunido a los perros a su alrededor, como si fueran un arma lista para golpear.

Grey se inclinó en una elegante venia.

—Encantado de conocerla, madame Duval. Sólo estuve unos días aquí con su tío abuelo, pero fueron suficientes para tomarles un inmenso cariño a sus padres.

A ella le brotaron las lágrimas.

—¿De verdad cree que puede liberarlos?

—No lo sé, pero haré todo lo posible. —Hizo un gesto hacia Cassie—. Permítame que le presente a madame Renard. Ella fue quien nos liberó al padre Laurent y a mí. ¿Nos permite entrar?

Jeanne pasó los dedos por la orilla de su delantal.

—¿Para qué desea conversar?

—Si queremos tener la posibilidad de liberar a su familia, necesitamos toda la información posible acerca de su arresto y cautiverio —explicó Grey con suma paciencia.

Jeanne hizo un brusco gesto de asentimiento.

—Madame Renard puede pasar mientras usted lleva los caballos al establo. Llamaré a mi marido.

Grey le ofreció la mano a Cassie para ayudarla a desmontar y después se alejó con los caballos hacia el establo.

Jeanne tocó una campana bastante grande colgada junto a la puerta, con tres toques seguidos, luego otros tres y otros tres. Cassie estaba absolutamente segura de que esa campana no estaba esa vez que estuvieron ahí. Esta era otra indicación de la angustia que reinaba en esa casa.

Entraron en la cocina. Todo estaba igual que antes, observó Cassie, los muebles y la ancha cocina de leña, pero la casa estaba demasiado silenciosa, sin el ajetreo y bullicio de una familia completa. Cuando la joven hizo salir a los perros, ya tranquilos, al patio de atrás, observó que el almidonado delantal blanco le cubría la suave curva de un embarazo de cuatro a cinco meses.

—¿Está esperando? —le dijo, compasiva—. Qué agotador, encima de la preocupación por su familia.

Al instante Jeanne se echó a llorar. Alarmada, Cassie la llevó a sentarse en el sillón junto al hogar. Vio una manta doblada en un banco, así que la cogió, la abrió y se la puso a la chica remetiéndosela por la espalda.

—¿Le apetece beber algo? ¿Un vaso de agua?

—Necesito a mi madre —dijo la chica en un susurro apenas audible.

Serenándose sacó un pañuelo, se secó los ojos y se sonó.

—Lo siento, todo me hace llorar ahora. El tío Laurent fue el primero que me dijo que estaba embarazada. Yo no estaba segura, pero cuando vinimos a visitar a mis padres y lo encontramos aquí, me echó una sola mirada, sonrió y me dijo que pronto sería tío bisabuelo.

Le brotaron más lágrimas.

—¿Sabe ver eso? —comentó Cassie, sorprendida.

—Ah, sí, es famoso por eso. Cuando tenía una parroquia venían a verlo las esposas jóvenes desde millas a la redonda para ver si él les confirmaba sus esperanzas. Nunca oí decir que se hubiera equivocado. —Se colocó la mano en la modesta curva de su vientre en gesto protector—. Él cree que pariré un hijo, aunque no es tan exacto como para predecir si será niño o niña.

Cassie había oído hablar de parteras que eran muy buenas para reconocer embarazos. Era muy posible que un sacerdote sabio y observador tuviera un talento similar.

En eso entró un joven alto y corpulento, de pelo moreno y manco de la mano izquierda, con la expresión de estar preparado para afrontar cualquier problema.

—¡Jeanne! —Fue a situarse detrás de ella y le puso la mano en el hombro—. ¿Esta mujer te ha ofendido?

El marido de Jeanne no era mucho mayor que ella, pero se veía tan capaz como protector. La falta de la mano explicaba por qué no estaba en el ejército.

Jeanne puso su mano sobre la de él, pero antes que pudiera contestar entró Grey. Cassie lo observó pensando en lo bien que se veía, aun con el delgado bigote. Seguía delgado, pero ya no se veía huesudo, y tenía un aire de verdadera autoridad, no el de solícita diplomacia de monsieur Harel.

—No pasa nada, Pierre —dijo Jeanne—. Este señor dice que es el inglés que estuvo prisionera al lado del tío Laurent, y que ha venido a liberar a mi familia.

—Madame Boyer dijo que el inglés tenía el pelo dorado —dijo Pierre, desconfiado.

—Me lo teñí castaño para llamar menos la atención —explicó Grey. Sonrió levemente—. En otras partes de mi cuerpo hay vello del color natural de mi pelo, pero tendré que pasar a otra habitación para poder enseñárselo sin ofender a las damas.

Pierre se ruborizó.

—Diga algo en inglés.

Sin perder un segundo, Grey dijo en inglés:

—El padre Laurent es el hombre más sabio y bueno que he conocido. Si no hubiera sido por él yo no habría sobrevivido diez años en una mazmorra. Yo lo necesitaba mucho más de lo que él me necesitaba a mí.

Aunque no hablaba inglés Pierre reconoció el sonido de las palabras y asintió.

—¿Qué le hace creer que puede sacar a la familia de Jeanne del castillo Durand? Ya es difícil entrar ahí, y Durand ha traído guardias para protegerlo.

—Vimos a los guardias anoche cuando exploramos los alrededores del castillo —terció Cassie—. Sería útil saber cuántos hay.

Pierre desvió hacia ella su recelosa mirada.

—¿Quién es usted?

—Me llaman madame Renard.

Jeanne asintió, pero comentó:

—Mi madre dijo que usted era mayor.

—Tengo cierta habilidad para cambiar mi apariencia —explicó Cassie—. ¿Les hemos convencido de que somos quienes decimos ser? Comprendo que se muestren cautelosos.

Jeanne echó atrás la cabeza para mirar a su marido y se encontraron sus ojos. Pasado un momento de silenciosa comunicación, Pierre dijo:

—Nos parecen auténticos. Pero ¿qué creen que pueden hacer para rescatar a cinco personas de un castillo bien vigilado? Sería necesario un ejército para entrar.

—Tenemos un plan —dijo Grey—, pero necesitamos más información. En primer lugar, ¿están seguros de que los tienen prisioneros ahí? Y en ese caso, ¿están en las mazmorras?

Jeanne se puso de pie, con el aspecto de sentirse fuerte y esperanzada, y muy parecida a su madre.

—Si vamos a hablar de esas cosas, debería ser mientras comemos. Está lista tu comida, Pierre. Tengo sopa, así que habrá suficiente para todos.

El estómago de Grey manifestó ruidosamente su acuerdo, y eso rompió la tensión. Aunque el estómago de Cassie fue más discreto, también tenía hambre. El desayuno de esa mañana en el granero fue pan con queso y agua.

Jeanne demostró ser hija de su madre sirviéndoles una espesa sopa de alubias y poniendo en la mesa pan fresco, queso y paté de cerdo.

Cassie intentó no engullir la comida con avidez.

En el caso de que los Duval acabaran diciéndoles que se marcharan, por lo menos se irían bien comidos.

Capítulo 44

*U*na vez satisfechos los apetitos, Jeanne apartó su plato y fijó la mirada en los invitados.

—Quieren liberar a mi familia. ¿En qué podemos ayudar?

—Como he dicho —dijo Grey muy serio—, debemos estar seguros de que están vivos y en el castillo. ¿Le han permitido visitar a sus padres?

Ella negó tristemente con la cabeza.

—No les he visto, pero Pierre tiene una prima que trabaja ahí. Dice que están bien y que ha hablado con ellos por las ventanas, que son muy estrechas y están muy cerca del suelo. Dice que están en dos celdas. Mi madre y mi hermana juntas en una y en la de al lado mi padre, el tío Laurent y mi hermano. No están felices, pero no se sienten indispuestos, aunque es duro para mi tío.

Grey se sintió casi mareado de alivio al saber que no había ocurrido lo que más temía: que ya hubieran muerto.

—¿Los han acusado de algún delito?

—Mi padre me acompañó a hablar con el magistrado del pueblo acerca de ellos —contestó Pierre—. Al padre Laurent lo han acusado de traición y a los Boyer los están investigando como a cómplices de ese delito. —Emitió un bufido—. Es ridículo y el magistrado lo sabe, pero dijo que hasta el momento Durand no ha infringido la ley.

Nuevamente Cassie había acertado en sus elucubraciones. Agradeciendo estar acompañado por una mujer que de verdad entendía Francia, Grey preguntó:

—¿Dijo su prima a cuántos guardias trajo para proteger el castillo?

—Doce, más un sargento. Son guardias a los que contratan particulares, pero todos han sido soldados, cree mi prima. —Lo miró escéptico—. ¿Cree que puede desafiar y derrotar a tantos? ¿Tiene una brigada de soldados ingleses escondidos por aquí cerca?

—No hay brigada ni habrá ataque directo. —Hizo un gesto hacia Cassie—. Milady zorro lo explicará.

—Queremos provocar una distracción que desvíe la atención de los soldados —dijo Cassie—. Mientras están ocupados con la distracción, nosotros escalaremos la muralla del castillo y llegaremos a las ventanas de las mazmorras. Con las herramientas apropiadas tendríamos que conseguir abrir una de las ventanas y ayudar a salir a los prisioneros.

—Me abstengo de hacer las muchas preguntas que me han venido a la cabeza para preguntar qué tipo de distracción tienen pensada —dijo Pierre—. Tendrá que ser importante para mantener alejados a más de doce hombres el tiempo suficiente como para abrir una ventana de las mazmorras.

—Granadas de mano —dijo Cassie tranquilamente.

Pierre y Jeanne la miraron boquiabiertos.

—¿Ha traído granadas? —preguntó él.

—¿No son terriblemente peligrosas e imprevisibles? —preguntó ella al mismo tiempo.

—Son peligrosas, desde luego —repuso Cassie—, pero justamente por eso son útiles. He traído suficiente cantidad de pólvora y mecha para hacer unas dos docenas de granadas más o menos del tamaño de una manzana grande. —Indicó el tamaño con la mano.

Pierre parecía dudoso.

—¿Serán lo bastante fuertes para abrir brechas en la muralla del castillo?

—No pretendemos echar abajo una muralla —explicó Grey—, sino sólo las dos puertas, y lógicamente no queremos herir o causar daño a ninguno de los criados, como su prima. Pero si se arrojan muchas granadas por encima de la muralla por diferentes lugares, van a provocar una distracción.

Pierre comenzaba a parecer interesado.

—Las granadas son recipientes metálicos llenos de pólvora, ¿verdad? ¿Ha traído los recipientes?

Cassie negó con la cabeza.

—Demasiado peso y demasiado llamativo. Cuando estuvimos aquí con el padre Laurent su madre me dio aguardiente de manzana que sacó de un jarrito de loza que me pareció bastante sólido. Mi esperanza es que tengan más de esos jarritos para usarlos de recipiente. Se llenan de pólvora, se les pone una mecha, se tapan con el corcho y ya está. Un arma para distraer.

Pierre ya la estaba mirando con franco respeto y asombro, pero no le había dejado de trabajar el cerebro.

—¿Pueden los dos arrojar las granadas por encima de la muralla en cantidad suficiente y con la suficiente rapidez como para producir el efecto que desean? Será necesario correr mucho y arrojar muchas granadas rápido para que exploten más o menos al mismo tiempo.

El joven había puesto el dedo en las partes débiles del plan.

—Mi intención es hacer las mechas del largo necesario para que duren unos diez minutos. Pero es difícil calcular el momento en que van a explotar.

—¿Y si la mecha se sale o los guardias las ven arder y comprenden lo que está ocurriendo?

Ella se encogió de hombros.

—Eso podría ocurrir. Debemos tener la esperanza de que bastantes granadas exploten en el momento oportuno para crear la confusión que necesitamos.

—Necesitan más lanzadores de granadas —dijo Pierre y sonrió de oreja a oreja—. Yo soy muy buen lanzador.

—¡No! —exclamó Grey—. No puede ayudarnos.

Pierre se ruborizó y levantó el brazo al que le faltaba la mano.

—¿Debido a esto?

—Noo, eso no tiene nada que ver. No le impediría arrojar granadas. Pero es esencial que no estén relacionados con esto de ninguna manera, porque serán las primeras personas de las que sospecharán de ayudarlos a escapar.

—Tiene razón —dijo Jeanne a Pierre, poniéndole la mano en el brazo derecho—. Debemos estar por encima de toda sospecha, y se me ha ocurrido una idea para eso. El magistrado es primo de mi madre. —Sonrió—. Todos estamos emparentados por aquí. Él nos ha estado aconsejando acerca de la situación legal. La noche en que lleven a cabo el plan, podemos pedirle que se reúna con nosotros en la taberna de Saint Just du Sarthe. Lo invitaremos a una de las excelentes cenas de madame Leroux y él nos dirá si ha tenido suerte en sus preguntas a sus superiores sobre la legalidad de arrestar a mi familia.

—Eso es otra pregunta —dijo Pierre—. Si consiguen liberarlos, ¿adónde van a ir? No pueden volver aquí mientras Durand los ande buscando.

—Lo sé. Hemos encontrado un lugar donde se pueden ocultar durante un tiempo mientras decidimos qué es mejor. Después... —abrió las manos en un gesto muy francés—. Si es necesario, los llevaré a Inglaterra. Esta guerra no va a durar eternamente.

Evitó la mirada preocupada de Cassie. Habían hablado de eso muchísimas veces durante el viaje. Lograr salir los dos de Francia había sido difícil. Siete personas sería muchísimo más difícil. Pero que lo colgaran si no hacía todo lo posible por dejar libres y a salvo a sus amigos.

—Supongo que tiene razón en que yo no debo participar en el asalto al castillo —dijo Pierre pesaroso—. Pero puedo encontrar a otros que estarán felices de ayudarles.

Grey retuvo el aliento.

—Eso sería utilísimo, si se puede confiar en ellos.

—Durand no es querido aquí —dijo Jeanne—. Hubo mucha indignación cuando sus hombres arrestaron al tío Laurent y a mi familia.

—También hay muchos realistas en esta zona —añadió Pierre—. No hablamos de estas cosas. Y no nos denunciamos mutuamente a los informantes de la policía. —Enseñó el muñón—. Yo perdí esta mano luchando por Francia y por mi familia, no por Napoleón ni por ese rey Borbón gordo y estúpido. Pueden confiar en cualquier hombre que yo les recomiende. Hay un hombre que trabaja en esta granja al que le confiaría mi vida.

Grey sonrió irónico.

—Espero poder confiarle la mía.

Y la de Cassie.

Jeanne había salido y en ese momento volvió con un jarrito achaparrado y cuatro copas pequeñas de loza para el licor. Puso el jarrito delante de Cassie.

—Mi madre es famosa por su aguardiente de manzana. Lo vendemos en el pueblo el día de mercado. ¿Servirá para hacer una buena granada? Hay unas dos docenas más en la despensa.

Cassie lo cogió para sopesarlo y le quitó el corcho para ver el grosor.

—Tendrían que servir —dijo—. Tenemos que hacer unas cuantas granadas y probarlas para estar seguros.

—Entonces vaciaré el jarro —dijo Jeanne. Sirvió un poco en cada una de las copas pequeñas, las distribuyó y levantó la de ella—. ¡Por la libertad para mi familia!

Grey bebió encantado. El aguardiente de manzana era tan fragante y afrutado como la primera vez que lo probó en el estanque con agua helada.

Y pegaba igual de fuerte.

Cuando Grey y Pierre salieron a preparar el lecho a los caballos y a buscar un buen lugar para probar una granada, Cassie se sentó a la mesa con Jeanne a hacer las granadas para probar. Había traído varias libras de pólvora y yardas de mecha. Jeanne la observó recelosa cuando hizo un embudo de papel para verter pólvora en el primer jarro.

—Eso no va a explotar y volarme la cocina, ¿verdad?

—No, la pólvora es muy estable. La granada no explota si no se le enciende la mecha. —Al terminar de echar la pólvora cortó un largo de mecha, la metió dentro y le puso el corcho bien apretado. Ya hecha, la granada se veía muy inocente: un pequeño jarro de aguardiente con un cordón colgando fuera—. Haré un par más con mechas de distinto largo y diferente cantidad de pólvora.

—¿Cuándo van a asaltar el castillo? —le preguntó Jeanne en cuanto comenzó a poner pólvora en la segunda.

—Lo más pronto posible —repuso Cassie, sin desviar la atención de la tarea—. De preferencia dentro de dos o tres noches. La luna está en creciente y cada noche iluminará más. —Ceñuda, cortó un largo de mecha—. Además, el instinto me dice que cuanto antes hagamos esto, mejor. Por el bien de su familia, pero en especial por el del padre Laurent.

Jeanne asintió, muy seria.

—En el tiempo que pasó aquí se había vuelto más fuerte, pero es frágil. ¡Imagínese su horror al encontrarse nuevamente en la celda donde pasó tantos años!

—Intento no pensar en eso —dijo Cassie.

Se mordió el labio haciendo la tercera granada de prueba. Sería una operación arriesgada, con demasiadas variables. Era de esperar que el padre Laurent estuviera en buenas relaciones con Dios, porque iban a necesitar toda la ayuda posible.

Esa noche se internaron en el bosque, en dirección opuesta al pueblo, para ir a probar las granadas; Jeanne se les sumó también, pues no quería perderse la acción. Grey y Pierre habían encontrado un lugar adecuado en la ladera de una colina situada al otro lado del pueblo y del castillo. Aunque estaban a millas de distancia, el sonido viaja y no querían alertar a nadie del uso de explosivos.

Caía una ligera lluvia, lo que significaba que las explosiones parecerían truenos. Llevando una linterna protegida y fijándose bien dónde ponía los pies, Cassie agradeció esas condiciones tan ideales para la prueba.

Tras media hora de caminata llegaron al sitio. En una pequeña extensión de terreno entre dos salientes rocosos se elevaban varios árboles más o menos de la altura de las murallas del castillo. Allí no sólo podrían ejercitar la puntería, sino también ver cuánto daño hacían las granadas a la roca de un extremo lanzándolas desde detrás del otro saliente, que les serviría para protegerse.

Cassie observó la disposición de los árboles.

—¿Comenzamos arrojando piedras más o menos del mismo peso para comprobar nuestra puntería?

Grey asintió.

—Cuando encontramos este sitio recogimos unas cuantas piedras que nos parecieron del peso adecuado. Las apilamos ahí.

Dejó su linterna en el borde de la roca y cogió una piedra. Después de hacerla botar en la mano un par de veces, la arrojó hacia la roca del otro lado por en medio de los árboles. La piedra pasó limpiamente a su buena distancia de los árboles y se estrelló en la roca.

—No está mal —comentó Pierre cogiendo una piedra.

Le tanteó el peso y la arrojó. La piedra también pasó limpiamente a bastante distancia de los árboles. No había mentido respecto a su buen brazo para tirar.

Le tocó a Cassie. Su piedra no pasó tan distanciada de los árboles, pero fue un buen tiro. Entonces le tocó a Jeanne. Con la cara resuelta, hizo girar el brazo y lanzó, y la piedra se estrelló en las ramas nuevas de un árbol.

—Sería perfecto que vaya a cenar con el magistrado —bromeó Grey sonriendo—. ¿Preparados para arrojar verdaderas municiones?

Cassie sacó las tres granadas, que traía en una bolsa de lona entre toallas para que no chocaran entre ellas.

—Les he puesto mechas de distinto largo. Creo que van a explotar a los cinco, tres y dos minutos, pero estos sólo son mis cálculos y quiero ver si son acertados. —Enseñó la de la mecha más corta—. Esta es otra prueba, menos pólvora. Una carga menor será útil para hacer volar el postigo sin atraer tanta atención como las explosiones en la fachada. También necesitaremos una si debemos romper los barrotes para entrar en las celdas. No quiero matar a las personas que queremos rescatar. Pierre, puesto que tú tienes la mejor puntería, puedes arrojar esta con la mecha más corta después que hayamos probado las otras dos.

Pierre asintió complacido. Grey encendió la mecha más larga en la llama de la linterna y arrojó la granada. Los tres fueron a situarse junto a Jeanne detrás de la roca y se taparon los oídos. Cassie contó mentalmente para calcular el tiempo.

¡¡¡¡Puuum!!!! El suelo se estremeció y aunque estaban detrás de la roca los golpeó el aire y el sonido.

Grey esperó hasta que se apagó el ruido que hizo la rocalla al caer para decir:

—Vamos a ver los daños.

Vieron que la granada había dejado un agujero en la roca, desprendiendo tierra y piedras y dejando una trizadura. Grey le puso una mano en el hombro a Cassie.

—¿Esto es lo que esperabas?

—Sí, aunque la mecha ardió más rápido de lo que esperaba. Tendré que cortar mechas más largas.

Ella lanzó la segunda granada, que tenía más o menos la misma cantidad de pólvora. La versión con menos pólvora que arrojó Pierre les pareció con la potencia adecuada para romper los barrotes de la ventana.

—Tenemos nuestro arsenal —dijo Grey cuando estaban examinando el agujero más pequeño que hizo esta última.

—Vuestro plan me parece más real ahora —dijo Jeanne, con voz vibrante de entusiasmo.

Cassie no se molestó en decirle que las granadas eran la parte fácil.

Capítulo 45

Dos días después, terminados todos los preparativos, el asalto quedó fijado para esa noche. Pierre y Jeanne se marcharon temprano en una carreta para encontrarse con el magistrado, y Grey y Cassie se reunieron en su pequeño dormitorio a revisar su equipo para comprobar que llevaban todo lo que podrían necesitar: soga, una pesada palanca, y armas. Grey frunció el ceño pensando que debían ir mejor armados.

Él llevaría los objetos más pesados y la mayoría de las granadas en una bolsa que habían convertido en mochila para que la llevara colgada a la espalda, dejándose las manos libres. Con los nervios de punta revisó por tercera vez su contenido, aun cuando habían hablado infinidad de veces sobre las posibilidades y perfeccionado la lista de materiales.

—¿Este es el tipo de tensión que se siente cuando se va a la batalla? —preguntó—. ¿Cuánto tiempo tarda uno en acostumbrarse?

—Vamos a entrar en una especie de batalla, así que la tensión es normal —dijo ella—. Aunque ahora estés nervioso, tan pronto como explote la primera granada se te templarán los nervios, estarás muy bien y serás peligroso. Hemos hecho nuestro plan lo mejor que hemos podido. Ahora todo está en las manos de Dios.

—Espero que Dios desee salvar a uno de Sus mejores sacerdotes y a nosotros con él—. Contempló su mochila—. Ojalá tuviéramos armas de fuego.

—Ya hemos hablado de eso —dijo ella pacientemente—. No podíamos traer un rifle por toda Francia sin llamar la atención. Además un rifle no sería muy útil contra una brigada de soldados.

Las pistolas no son muy certeras, y mucho menos por la noche, cuando vamos a tener que correr a la mayor velocidad posible. Yo tengo un cuchillo y sé usarlo.

—Disparar un arma podría conseguir que el enemigo busque refugio y nos ganaría tiempo, aunque sólo tenga una bala.

—Cierto —dijo ella, dando una palmadita a su bolsa más pequeña, en que llevaba el resto de las granadas—. Pero si bien no tenermos armas de fuego, tenemos explosivos.

Él miró por la ventana hacia el cielo que ya empezaba a oscurecer.

—¿Es la hora de irnos ya?

Ella se rió.

—No todavía. Estás tan impaciente como un niño al que le han prometido un helado en la Gunter.

—Nunca he hecho nada como esto.

Se sentó en la otra cama frente a Cassie. Jeanne y Pierre habían dejado claro que no les importaba qué arreglos hacían sus huéspedes para dormir, así que compartían la habitación que había sido de las dos hijas de los Boyer. Ocupaban una de las camas individuales, demasiado estrecha para los dos, pero deseaban estar lo más juntos posible. Una cama individual les iba bien para hacer el amor.

—La primera experiencia en la guerra es difícil —observó ella—. Pero todo el mundo tiene su primera vez. Al menos no eres un soldado novato de diecisiete años que nunca en su vida ha enfrentado a un enemigo.

—No le tengo mucho miedo a ser cobarde —dijo él, pensativo, intentando definir sus inquietudes—. Pero es muchísimo lo que está en juego. Tengo miedo de fracasar y hacerles daño a otros.

—La vida y la muerte son las apuestas más elevadas que existen —dijo ella tranquilamente—. Pero todos morimos finalmente. Espero que no sea esta noche, pero ¿preferiríamos no haber venido?

—Como dije en Inglaterra, esto es algo que debo hacer. —La miró ceñudo—. Pero tú no tienes por qué hacerlo. Podrías estar en Londres, segura y aprendiendo a gastar tu dinero. ¿Nunca has pensado en dejar este juego tan peligroso?

—Sí —dijo ella, sorprendiéndolo—. Cuando fui a ver a Kirkland para regañarlo por haberle comunicado a mi primo que yo estaba viva, me dijo que era hora de que dejara atrás el espionaje. Que he hecho un noble trabajo y he ayudado a mi país, pero que la caída de Napoleón es inevitable. —Sonrió levemente—. Aunque fue muy elogioso, me dejó claro que mis servicios ya no son necesarios.

Grey arqueó las cejas, sorprendido.

—Interesante. Más interesante aún es que no me hayas dicho nada de esto antes.

—Estoy indecisa. Aunque sigo deseando ver muerto a Napoleón y acabada su tiranía, ya no siento tanta necesidad de hacerlo personalmente. Pero ¿qué haré para ocupar el tiempo si no estoy recorriendo Francia furtivamente, durmiendo en toscos refugios y llevando ropa horrenda?

Él se rió.

—Sin duda muy pronto descubrirás actividades dignas de ti.

Pasado un momento ella dijo vacilante:

—He estado pensando en comprar una propiedad en Norfolk, cerca de mi familia, y administrarla yo. Trabajar por el bienestar de mis inquilinos, tal vez fundar escuelas... ese es un trabajo que vale la pena.

Él estaba buscando las palabras para sugerirle que si se casaba con él tendría la oportunidad de ofrecer esos mismos servicios, cuando ella continuó:

—¿Y tú? Dios mediante, faltan aún muchos años para que heredes el condado. ¿Los pasarás entregado al vino, las mujeres y la disipación?

Él se estremeció.

—Ya tuve bastante de eso cuando era joven. En realidad, he estado pensando en el Parlamento. Mi padre controla varios escaños, y uno de sus miembros del Parlamento está pensando en retirarse por mala salud.

—Eso podría evitarte hacer travesuras —dijo ella, pensativa—. Y sería una buena experiencia para cuanto heredes y ocupes tu escaño en la Cámara de los Lores.

—¡Exactamente! —exclamó él, sin poder disimular su entusiasmo en el tono—. Deseo trabajar en cosas que importan. Deseo forjar relaciones con miembros del Parlamento que me serán útiles después cuando esté en los Lores. El mundo está cambiando, Cassie. Este es un siglo de revoluciones. Si Gran Bretaña quiere evitar tener una debemos cambiar el sistema de formas que beneficien al ciudadano medio. —Sonrió de oreja a oreja—. Una de las cosas que es necesario cambiar es que nobles como mi padre controlen montones de escaños del Parlamento.

Cassie se rió.

—Así que vas a ser un reformador. Retiro lo dicho acerca de que entrar en la política te evitará hacer travesuras. Pero estoy de acuerdo con tus objetivos, y no me cuesta imaginarte como miembro del Parlamento.

Tal vez, pensó él. ¿Alguno de ellos sobreviría para trabajar por esos objetivos? Nervioso nuevamente, se levantó.

—Puesto que aún es demasiado pronto para ir allí, propongo que pasemos el rato de una manera que nos garantice la relajación.

Le tendió la mano.

Cassie se levantó ágilmente y se echó en sus brazos. El beso fue feroz, ávido, por parte de los dos, y la tensión que hervía dentro de ellos explotó convirtiéndose en aniquiladora pasión. Él necesitaba adorarla, poseerla, unirla a él por toda la eternidad.

Y puesto que esa podía ser su última vez, las llamas de la pasión se elevaron aún más.

En el cielo nocturno se mezclaban nubes con la luz de la luna y en el aire se insinuaba una posibilidad de lluvia. Aunque se habían propuesto llegar antes que los demás al lugar de encuentro al pie de la colina en la que se elevaba el castillo Durand, ya había dos hombres ahí esperando. Llevaban ropa oscura y las caras cubiertas, igual que ellos; protegidos por el anonimato. Cuando ellos desmontaron, los hombres salieron de la oscuridad del bosque.

—Libertad —dijo el hombre corpulento con voz bronca.

—Igualdad —contestó Grey.

—Fraternidad.

—Habiendo terminado el saludo en clave, el hombre le tendió la mano. Grey se la estrechó, agradeciendo en silencio la ayuda de Pierre al reclutarle granaderos. Eran seis los hombres que iban a participar y Pierre les garantizó que eran campesinos experimentados y dignos de confianza. Si se presentaban problemas en el castillo, ellos podrían alejarse sin peligro.

El otro granadero, más delgado y más ágil en sus movimientos, dijo:

—Justo después que llegamos aquí pasó un coche elegante por el camino y entró en el castillo.

—¿Durand? —preguntó Grey, con el corazón acelerado.

—Tal vez. El guardia corrió a abrirle la puerta.

Grey deseaba que ese canalla estuviera ahí, para poder descuartizarlo. Pero ¿la presencia del señor del castillo pondría más alertas a los guardias? ¿O su llegada los distraería?

Imposible saberlo. Fuera como fuera, no había nada que hacer. La misión había comenzado y debía continuar.

Los otros voluntarios llegaron en rápida sucesión. Cuando estaban todos, Cassie los agrupó alrededor para explicarles el uso de las granadas.

—Cada uno va a tener varias granadas con mechas de diferente largo —dijo con la voz ronca para parecer un hombre—. Si una mecha arde demasiado rápido, la quitan o la apagan. Nuestra misión es salvar vidas, no hacer volar a nuestros amigos.

—¿Cómo se encienden las mechas? —preguntó uno con voz juvenil.

Grey sacó tres linternas pequeñas cerradas.

—Con estas.

Encendió una con el pedernal y luego las otras dos. Al cerrarlas no se veía casi nada de luz.

—Una para cada tres de vosotros, la tercera para nosotros. Tened presente lo lejos que llegan la luz y el sonido por la noche, así que ocultad la luz y actuad con sigilo. Nosotros entraremos por la muralla de atrás y tenemos el plan de escapar por el postigo, así que es necesario que vosotros bombardeéis la parte delantera del castillo. Una granada para la puerta principal y las demás por encima de la muralla por ambos lados. ¿Alguna pregunta?

No hubo ninguna.

—Durante años he deseado bombardear a Durand —dijo uno de los voluntarios

—A mí me gustaría matarlo —dijo el hombre corpulento, melancólico.

Sí que era impopular el muy cabrón, pensó Grey.

—No sabemos de cierto que Durand esté en el castillo —dijo en tono de advertencia—. No olvidéis que nuestra principal misión es liberar al padre Laurent y a los Boyer, y hacerlo sin que resulte nadie herido.

—Una buena noche de diversión y granadas —dijo alegremente uno de los voluntarios—. Me recuerda mis tiempos en el ejército. ¿Estamos preparados?

Lo estaban.

Sólo Grey y Cassie tenían caballos. Los llevaron tirando por el bosque en dirección al castillo. La tierra estaba bastante blanda por la lluvia de la noche anterior, así que los cascos no hacían mucho ruido. Cuando llegaron ante el castillo, Grey les dijo en voz baja:

—Dadnos tiempo para dar la vuelta hasta la muralla de atrás. Buena suerte, amigos míos, y muchas gracias.

Le tendió la mano al que tenía más cerca.

—El placer es mío —dijo el hombre estrechándole la mano.

Todos se acercaron a estrecharle la mano.

Después ellos rodearon el castillo por el bosque. Amarraron los caballos a un árbol en la parte oscura, pero no muy lejos del castillo, por si los necesitaban.

Entonces esperaron. Grey sentía mucho más liviana la mochila, habiendo repartido la mayoría de las granadas. Tenía pensado meterse la pequeña linterna en el bolsillo para trepar, y rogaba a Dios que la llama no se apagara. Era rápido para encender fuego con el pedernal, pero cualquier desperdicio de tiempo podría ser la diferencia entre el éxito y el desastre.

La espera se le hizo interminable. Durante una exploración habían elegido una parte particularmente erosionada de la muralla, a medio camino entre el postigo y la esquina izquierda donde estaba uno de los torreones de vigilancia. Sería fácil trepar y no habría riesgo mientras los guardias estaban distraídos por las granadas. Y al bajar por el otro lado estarían cerca de las ventanas de las mazmorras.

¡¡¡Puuum!!! La primera explosión estremeció el aire. Un instante después, otra. Luego otra. Los granaderos estaban calculando bien los intervalos.

Cassie tenía razón, pensó. Tan pronto como explotó la primera granada se le calmaron los nervios y pudo concentrarse fríamente en lo que era necesario hacer. Encendió una granada de mecha corta, la arrojó al pie del postigo, y los dos corrieron hacia la parte de la muralla elegida.

Se oyeron más explosiones y gritos provenientes del patio delantero del castillo. Se veía luz de llamas, tal vez una granada había caído sobre un cobertizo de madera. Más gritos.

El postigo explotó, estremeciendo el suelo y desprendiendo piedras de la muralla. Sin esperar para ver si aparecía algún guardia atraído por la explosión de la puerta, comenzaron a trepar. Las piedras estaban bastante erosionadas, por lo que era fácil encontrar apoyos para las manos y las puntas de los pies, pero escalar a tientas en la oscuridad era horrorosamente lento.

Liviana y ágil, Cassie llegó arriba antes que él. Le faltaba poquísimo para llegar cuando se desmoronó la piedra en que apoyaba un pie; el peso de la mochila lo hizo perder el equilibrio y estuvo a punto de caer. Alcanzó a cogerse del borde de una tronera, salvándose de estrellarse en el suelo.

Con el corazón retumbante se dio impulso y subió el cuerpo hasta quedar encima de la tronera, agachado, inspirando a bocanadas para recuperar el aliento.

Cassie se arrodilló a su lado, él le cogió la mano, y contemplaron el caos que habían causado.

Aunque el castillo les tapaba parte de la vista, oyeron a un sargento con voz de látigo ordenar a gritos a los soldados que se reunieran junto a la puerta principal destrozada. Las llamas iluminaban a hombres corriendo; al parecer estaban trabajando en controlar el incendio, aunque no con mucho éxito, porque la luz de las llamas iba en aumento.

—Perfecto —suspiró Cassie—. Ahora a bajar.

Grey sacó un rollo de soga de la mochila. Ya habían hecho la lazada en un extremo. Pasó el bucle por el merlón y dejó caer al suelo el otro extremo.

Se cogió de la soga, y mientras bajaba rápidamente vio que su granada había abierto un buen agujero en el postigo, por el que podía pasar una persona. Afortunadamente la explosión no había atraído la atención de nadie, porque los guardias estaban reunidos en el patio delantero del castillo, donde se estaba efectuando el ataque principal.

En el instante en que él tocó el suelo, Cassie se cogió de la soga y bajó apoyando los pies en la muralla. Él era lo bastante hombre para observar que aunque ella vestía pantalones su cuerpo no tenía la forma del de un hombre. Tan pronto como ella estuvo a su lado, se tomó un instante para besarla, y enseguida corrieron hacia el tranquilo patio que se extendía entre las mazmorras y el establo.

No había nadie a la vista. Las llamas del cobertizo iluminaban bastante, por lo que enseguida vieron las cuatro ventanucas horizontales de las mazmorras. Grey se arrodilló junto a la más cercana.

—¿Padre Laurent? —llamó en voz baja—. ¿Madame Boyer?

—Grey, ¿eres tú, verdad? —contestó el sacerdote, sorprendido.

—Sí, y hemos venido a sacaros de aquí. —Mientras hablaba probó los barrotes; estaban sólidamente fijados, imposible soltarlos—. ¿Está con Romain y André?

—Aquí estamos —contestó Romain en voz baja—. Viole e Yvette están en la celda de al lado.

Mientras tanto, Cassie había estado examinando las otras ventanucas.

—No lograremos soltar estos barrotes a tiempo —le dijo a él—. Vamos a tener que hacer explotar esta ventana, que es la más alejada de las celdas donde están los prisioneros.

Tenía razón, así que dijo a los hombres:

—Protegeos. Vamos a usar una granada para entrar en la celda más alejada.

—¿Una granada? —dijo la voz de Viole por la otra ventana—. Así que eso era lo que oíamos. Ven, Yvette, nos vamos a acurrucar en ese rincón como zorros.

Se oyó otra ronda de explosiones provenientes del patio delantero, mientras Grey encendía la mecha corta de una granada con menos pólvora, hecha por Cassie para hacer volar la ventana. Afortunadamente no se le había apagado la llama a la linterna durante la subida y bajada de la muralla.

Cuando comenzó a arder la mecha, colocó la granada junto a la cuarta ventana, que daba a una celda desocupada, y los dos corrieron a situarse detrás de un contrafuerte cercano.

La granada explotó en medio de otras dos explosiones en el patio principal. Aunque la explosión fue modesta comparada con las otras, de todos modos fue ensordecedora, e hizo saltar trozos de piedra y mortero que se dispersaron por todo el patio.

—Debería haber puesto menos pólvora —dijo Cassie con loco humor mientras corrían hacia la ventana rota.

Esta ya era un montón de escombros y una abertura lo bastante ancha para pasar por ella, aunque muy justo.

Grey ya había sacado otra soga. Se la amarró a la cintura, se la enrolló con varias vueltas, y dejó caer el otro extremo por la abertura. Cassie se metió por ella, arrastrándose hacia atrás; cuando ya estaba dentro y cogida de la soga con una mano, él le pasó la linterna.

—Yo intentaré ensanchar la abertura.

—Muy bien —dijo ella y desapareció en la oscura y húmeda celda.

Grey sacó la corta palanca de la mochila y comenzó a desprender piedras sueltas por toda la orilla de la abertura en que quedó convertida la estrecha ventanuca.

Por el momento, todo iba de acuerdo con el plan.

No podría durar mucho.

Capítulo 46

Cassie aterrizó sobre los escombros sueltos caídos de la ventana volada, se torció el tobillo y casi se cayó. La soga sujeta a Grey la mantuvo erguida.

Se palpó el tobillo, comprobó que no se había hecho verdadero daño y abrió la linterna para iluminar un poco la infernal oscuridad. Fue hasta la puerta y la alegró comprobar que no estaba cerrada con llave.

Agradeciendo no tener que forzar la cerradura, salió al pasillo. Se veía luz por la rendija de abajo de la puerta del cuarto del guardia. Corrió a probar la puerta; estaba cerrada, y no se oía ni el menor sonido en el interior. Rogando que el guardia hubiera salido a ayudar en la defensa del castillo contra el ataque, sacó su llavero con las ganzúas.

La cerradura era vieja y sencilla y tardó menos de un minuto en abrirla. Con los nervios de punta, abrió cautelosamente la puerta, por si el guardia estaba esperando para dispararle. No había nadie, y, bendito él, el llavero estaba colgado en su clavo en la pared. Lo cogió, junto con la lámpara más grande que estaba encendida y colgando de un gancho.

Le costó acertar con la llave de la celda de los hombres; con la tercera que probó se abrió la puerta.

—¿Madame Renard? —dijo Romain, sorprendido.

A su lado estaba su hijo, con los ojos muy abiertos, y el padre Laurent, con aspecto menos frágil que la primera vez que lo rescató de ese infierno. Los dos hombres necesitaban un buen afeitado, pero en general se veían en buena forma.

—Exactamente —dijo, cayendo en la cuenta de que se le había bajado la bufanda con que se tapaba la cara y sólo le cubría el cuello—. Saldremos por la última celda, cuya ventana se ha agrandado y hay una soga. André, tú eres el más liviano; tu padre te puede levantar hasta la ventana. Después entre tú y Sommers podréis tirar de la soga para sacar al padre Laurent.

—No saldré de aquí sin mi mujer y mi hija —dijo Romain rotundamente.

—Cuando estén fuera André y el padre Laurent, ellas ya estarán libres también. Venga, camine hacia esa celda.

Le pasó la linterna grande y fue hasta la puerta de la celda en que estaban las mujeres. Nuevamente tardó un momento atrozmente largo en acertar con la llave. Tan pronto como se abrió la puerta salieron Viole e Yvette. Viole la abrazó.

—¡Mi ángel!

—No soy un ángel —dijo Cassie, correspodiéndole el abrazo, aliviada al ver lo bien que habían sobrevivido las dos al cautiverio, y al instante se apartó—. Vamos. Cuanto antes salgamos, mejor.

Cuando entraron en la última celda, Romain ya había levantado en alto al padre Laurent y Grey tiraba de la soga desde arriba. La salida tuvo que resultarle dolorosa y difícil al sacerdote, pero él aportó resueltamente toda la fuerza que tenía y no se quejó.

Cuando desapareció el padre Laurent, Romain rodeó en un fuerte abrazo a su mujer y a su hija.

—Yvette, tú primero —dijo, emocionado—. Yo te levantaré, entonces te coges bien de la cuerda y Sommers y André te sacarán jalándola.

—Sí, papá.

La niña atravesó la celda sorteando los escombros, levantó los brazos para cogerse de la soga y su padre la levantó de modo que la cogió ya muy cerca de la abertura. La izaron cogida de la cuerda, se arrastró un poco por la abertura y desapareció.

—Ahora Viole —ordenó Cassie.

Pesaba bastante más que Yvette, así que Cassie tuvo que ayudar a Romain a levantarla. Sus caderas, agradablemente redondeadas, pasaron justito por la abertura agrandada.

—Ahora usted, milady zorro —dijo Romain—. Hará falta unir las fuerzas de todos para sacarme a mí.

Tenía razón el hombre, así que se dejó levantar. Fue enorme el alivio que sintió al salir y no ver a ningún guardia armado corriendo hacia ellos. Le apretó el brazo a Grey con sincero alivio.

—¿Crees que Romain podrá pasar por esa abertura?

—Muy justito, pero pasará —repuso él. Se desamarró la soga y la extendió para que la cogieran—. Todo el que se sienta fuerte puede ayudar.

Cassie y todos los Boyer cogieron la soga.

—Yo sólo sirvo para rezar —dijo el padre Laurent tristemente.

—¡Rece, padre! —exclamó Cassie.

Entonces sintió el peso de Romain en la soga. Tenían que levantarlo desde el suelo de la celda y su corpulento cuerpo y músculos de granjero lo hacían pesado.

Apareció la cabeza de Romain y luego sus hombros. Cabía muy justito, pero consiguió arrastrarse por la ventanuca destrozada.

Cassie exhaló un suspiro de alivio. Ya casi estaban...

El alivio fue prematuro. Romain acababa de salir cuando en las paredes resonó una estentórea voz:

—¡Wyndham! ¡Sabía que vendrías!

Cassie levantó la vista y vio a Durand caminando hacia ellos, su capa oscura ondeando, enmarcada por la luz de las antorchas de los seis guardias armados que lo seguían.

Se les había acabado el tiempo.

—Saca a todos por el postigo mientras yo lo distraigo —le susurró Grey.

Ella emitió un gemido de angustia, pero no discutió.

—Tú ten cuidado, maldita sea.

—Prefiero ser un cobarde vivo que un héroe muerto —repuso él.

Pero cuando se volvió hacia Durand comprendió que tal vez no tendría opción. El destino había completado el círculo trayéndolo de vuelta a ese lugar y a su enemigo.

Supuso que la oscuridad impediría que Durand y sus hombres vieran a los fugitivos. Si lograba mantener su atención centrada en él, no se fijarían en Cassie, que los iba llevando hacia la puerta.

Era el momento de dar esa distracción. Se bajó la bufanda, dejando ver su cara. Oyendo los pasos alejándose detrás de él, echó a caminar hacia Durand con la arrogante seguridad en sí mismo de un aristócrata, suponiendo que eso atraería la atención del hombre.

—Pues claro que vine, Durand —dijo con la voz burlona—. Hiciste muy mal al apresar a personas inocentes para obligarme a volver a Francia. Podrías haberme matado en cualquier momento durante los diez años que estuve aquí. Mejor eso que jugar a estos juegos infantiles del gato y el ratón.

—¡Ese es un error que voy a corregir!

Diciendo eso Durand levantó la pistola y la amartilló, con las manos temblando de furia.

¿Qué posibilidades había de que la pistola se encasquillara o Durand errara el tiro? En realidad eso no importaba, pues el hombre estaba respaldado por seis soldados armados con rifles, y estos eran profesionales, no locos aficionados.

—¿Por qué me odias tanto? —le preguntó en tono coloquial—. Lo habría comprendido si me hubieras matado de un disparo al comienzo. Un crimen pasional es muy tradicional. Pero ¿con qué fin arrojar a un chico tonto en una mazmorra y tenerlo ahí diez años?

—¡Quería que sufrieras! —gritó Durand. Parecía estar bastante loco, y tenía cogida la pistola como si quisiera saborear el momento y no deseara disparar demasiado pronto—. Aristócratas mimados y egoístas como tú trajeron la ruina a Francia. Te habría enviado a la guillotina, pero eso te habría dado una muerte muy fácil, y todo en tu vida había sido fácil. Te merecías una muerte difícil.

—Tienes razón, yo era mimado y egoísta, pero al menos una parte de eso se debía a que era joven, no a mi sangre noble.

Se detuvo a unos veinte pasos del hombre. Buscó en su cabeza un buen insulto para poder caer como un inglés valiente, despreocupado. Curioso que los acontecimientos lo hubieran traído a morir ahí. Pero había pasado las mejores semanas de su vida desde que Cassie lo rescató.

Eso le dio una idea. En lugar de un insulto dijo indolentemente:

—Te horrorizará saber que no sólo soy un hombre mucho mejor gracias a la prisión, sino que también en los meses que he estado libre he tenido una felicidad que vale toda una vida.

—¡No la tendrás más! —Miró el cañón de su pistola con los ojos entrecerrados—. ¿Te disparo a la rodilla para que tardes días en morir chillando de dolor? ¿O te meto una bala en el corazón y acabamos de una vez por todas esta tontería?

—¿Me das a elegir? Qué caballeroso. —Irónico, se inclinó en una venia—. Tendré que pensarlo. Podría sobrevivir si me disparas a la rodilla, aunque si no, es una muerte fea. Pero un disparo en el corazón es muy definitivo.

—¡No te he dado a elegir, maldito inglés! —gruñó Durand.

Estaba estabilizando la mano para apuntar, cuando por un lado de Grey pasó una figura oscura. ¡Santo cielo, el padre Laurent! El anciano sacerdote podía estar muy desaliñado, pero llevaba muy erguida la cabeza.

—No mates a un hombre inocente, Claude —dijo con una voz sonora que llenaría toda una iglesia—. Tienes bastantes pecados en tu alma.

Le tembló la mano a Durand y la pistola se movió.

—¡Aléjate de mí, viejo infame! No eres mi juez.

—Sólo fui tu confesor —dijo tranquilamente el padre Laurent, situándose entre Durand y Grey—. Dios es tu juez, pero es misericordioso. La redención es posible incluso para grandes pecadores si hay verdadera contrición. Arrepiéntete antes que sea demasiado tarde.

—¡Ya estoy condenado!

Movió el dedo para apretar el gatillo y en ese mismo instante de la oscuridad salió volando una daga que se le deslizó por la mano haciéndole un corte.

Cassie, comprendió Grey.

Durand soltó una maldición, sacudió la mano y la pistola se disparó. El ruido del disparo resonó entre las paredes y el padre Laurent cayó al suelo.

¡El padre Laurent! Sintiéndose como si la daga se le hubiera clavado en el corazón, Grey corrió, pasó por un lado del sacerdote y se abalanzó sobre Durand antes que pudiera volver a cargar la pistola. Él y el padre Laurent podían estar perdidos, pero que lo colgaran si no se llevaba a Durand con ellos.

Cayeron al suelo en un enredo de puños y piernas en movimiento tratando de golpear. Mientras el sargento les gritaba a sus hombres que no dispararan porque podrían errar el tiro y matar a Durand, este siseó:

—¡Estúpido goddam hedonista! ¿Crees que puedes escapar vivo?

—Tal vez no. —Recordó la vez que intentó luchar con Durand cuando estaba debilitado por la prisión. El hombre seguía siendo sorprendemente fuerte para su edad, y era un luchador duro, tramposo. Pero él ahora estaba más fuerte y dominado por una rabia asesina—. ¡Pero no me voy a ir solo!

Cerró las manos alrededor de su cuello, poniendo fin a su sarta de maldiciones. Por el rabillo del ojo vio a los soldados acercándose a separarlos. Era el momento de poner fin a eso.

—En nombre de la justicia, te ejecuto, Claude Durand.

Le retorció el cuello, se oyó el crac que hizo al romperse y la luz de la vida se desvaneció en los ojos de Durand.

Pasado un momento unas manos bruscas lo cogieron y lo pusieron de pie. El sargento levantó su rifle y lo apuntó al pecho, desde una distancia en que no podía errar el tiro. Grey no sintió miedo sino sólo un pesar: «Debería haberle dicho a Cassie que la amo».

El sargento estaba amartillando el rifle cuando una sonora voz femenina gritó:

—¡Alto! ¡No le disparéis!

Grey y los soldados miraron hacia el lugar de donde venía la voz. Una mujer alta, de cuerpo rellenito, venía corriendo hacia ellos, su capote flotando ondulante alrededor; un ángel negro enmarcado por las llamas del cobertizo incendiado.

Se detuvo jadeante a tres yardas de Grey.

—No más muertes, no más violencia, si queréis recibir la paga por vuestro trabajo aquí. Añadiré una prima a todos si obedecéis ahora.

—Madame —farfulló el sargento—, este cerdo asesinó a su marido. ¡Un ministro del gobierno!

—Actuó en defensa propia —dijo Camille, mirando el cadáver de su marido. Se santiguó y añadió—: Durand le disparó a un sacerdote. Rechazó la misericordia de Dios y recibió su castigo.

Los hombres soltaron a Grey, aunque él oyó maldiciones mascalladas. Pero puesto que esos hombres eran mercenarios, la promesa de dinero bastó para conseguir su colaboración.

—Sargento Dupuy, lleve a sus hombres a combatir el fuego —ordenó Camille—. Este castillo ha resistido aquí cinco siglos, no quiero verlo caer quemado en una noche. —Tragó saliva—. Dígale al administrador del castillo que haga llevar el cadáver de mi marido a la capilla y ordene al carpintero que haga un ataúd.

Enfurruñado, Dupuy reunió a sus hombres con una sola mirada y se dirigió con ellos hacia los incendios. Grey se inclinó en una profunda reverencia ante su salvadora.

—Mi más profunda gratitud, madame Durand.

—Grey, cuánto tiempo ha pasado —dijo ella en voz baja—. Prefiero que me llames Camille.

—Estás muy bien, Camille. —Y era cierto; estaba más rellenita, con vetas plateadas en su pelo moreno, pero de todos modos, una mujer guapa—. Lamento que me hayas visto matar a tu marido.

—Yo no. —Hizo varios gestos con la cara esforzándose por conservar la serenidad—. Había... mucho entre nosotros, pero era un monstruo.

Por el rabillo del ojo Grey vio movimiento y se giró a mirar; Cassie estaba ayudando al padre Laurent a ponerse de pie.

—¡Padre Laurent, está vivo!

—Pues sí, muy vivo, la bala apenas me rozó. —Le dio una palmadita en la mano a Cassie—. El cuchillo de madame Renard estropeó la puntería de Durand, pero como soy viejo, el roce de la bala en el hombro me lanzó al suelo.

—¡Gracias sean dadas a Dios! —exclamó Camille cogiéndole las manos al sacerdote—. Juro que no sabía lo que les hizo Durand a usted y a lord Wyndham. Nunca me lo dijo y yo nunca venía al castillo porque no me gusta.

—Esta no ha sido una casa feliz —convino el padre Laurent.

Ella miró las lúgubres murallas y se estremeció.

—Prefiero con mucho París. Pero Durand insistió en que viniera esta vez porque tenía algo aquí para divertirme.

Durand deseaba que ella lo viera morir a él y al padre Laurent, comprendió Grey; eso indicaba que el hombre estaba muy torcido y obligaba a su mujer a presenciar sus locos caprichos.

—Nunca he creído que aprobaras su conducta —dijo el padre Laurent en tono tranquilizador.

Camille le soltó las manos y miró a Grey.

—Lo siento, mi niño dorado. Nunca pensé que un ratito de diversión pudiera tener consecuencias tan terribles. —Torció la boca—. A Durand lo excitaban mis indiscreciones, pero yo tendría que haber sabido que no debía llevar a mi cama a un inglés. Eso no lo pudo soportar.

Eso era demasiado francés para Grey. Le cogió la mano y se inclinó sobre ella, rozándosela con los labios.

—No es necesaria ninguna disculpa. Los dos cometimos un error. Eso es pasado. Lo que importa es el presente. ¿Pueden la sobrina del padre Laurent y su familia volver a su casa tranquilamente sin temor a represalias?

—Por supuesto. No deberían haberlos tomado prisioneros. Puedes coger un coche del establo para llevarlos a su casa. Padre Laurent, ¿me hará al favor de quedarse aquí hasta mañana? Es necesario curarle la herida y yo estoy necesitada de confesión. —Camille volvió a mirar el cadáver de su marido—. Además, hay que organizar un funeral.

—Por supuesto, mi querida hija.

El sacerdote, que se había arrodillado a cerrarle los ojos a Durand, se incorporó, se cogió del brazo de Camille y juntos se alejaron en dirección a la puerta del castillo.

Grey volvió a mirar el cadáver de Durand. No se sentía triunfante. Tampoco se sentía culpable por haber matado a un monstruo. Se sentía estremecido, cansado y contento de que hubiera terminado la larga pesadilla y de que él y sus amigos hubieran sobrevivido.

Cassie se había mantenido discretamente en la parte oscura, pero en ese momento fue a ponerse a su lado.

—Es interesante tu gusto para elegir amantes, y eso lo agradezco a Dios.

Él la rodeó con un brazo, tan cansado que apenas podía tenerse en pie.

—Tal vez las oraciones del padre Laurent la trajeron aquí a tiempo para el milagro. Ahora necesitamos una buena noche de sueño y un viaje sin problemas de vuelta a Inglaterra. Sería demasiada ironía haber sobrevivido a esto y que nos maten cuando vamos saliendo de Francia.

—Eso no ocurrirá —dijo ella, muy segura—. Pronto estaremos de vuelta en Londres y Kirkland exhalará un largo suspiro de alivio.

Volviendo al presente él preguntó:

—¿Los Boyer lograron escapar?

—No quisieron marcharse, por si tú necesitabas ayuda.

Él se giró y vio a Viole, Romain y a sus hijos caminando a toda prisa hacia él. Estaban en terrible necesidad de bañarse, pero en sus caras tenían anchas sonrisas.

Viole se dirigió directamente a él y lo besó en la mejilla.

—Tiene el valor de diez leones, monsieur Sommers.

Él sonrió cansinamente.

—Pues entonces su tío tiene el valor de cien leones.

—Creo que rezó para que nos ocurriera un milagro —dijo ella. Pasó un brazo por la cintura de Romain y lo abrazó fuertemente—. Es largo el camino de vuelta a la granja. ¿Dónde podríamos encontrar ese coche que ofreció madame Durand?

—En el establo. —Grey pasó el brazo por los hombros de Cassie y echó a caminar delante—. Milady zorro y yo iremos a caballo. ¿Podríamos descansar en la granja uno o dos días antes de marcharnos?

—Pueden quedarse todo el tiempo que quieran, son mis héroes —dijo Romain con mucho fervor.

Cuando pasaron por el patio principal, Grey vio que estaban ardiendo dos cobertizos, pero las llamas ya estaban controladas, gracias al trabajo de los soldados y varios criados del castillo.

No se veían señales de los granaderos. Debieron esconderse en el bosque para mirar desde lejos. Aunque aquí y allá había numerosos agujeros de granadas en el patio interior, no se veía ningún cuerpo ensangrentado.

Viole tenía razón. Había ocurrido un milagro.

Capítulo 47

*E*ra tardísimo cuando Cassie y Grey llegaron a la granja. Juntaron las dos camas y durmieron abrazados a pesar de la incómoda hendedura que quedaba entre los dos colchones. Cassie estaba tan cansada que habría podido dormir en una cama de clavos.

Cuando despertó ya se acercaba el mediodía. Continuó adormilada un rato sin abrir los ojos. Había tenido serias dudas acerca de volver a ver otro día, y sin embargo ahí estaba. Y tendría otras dos semanas más o menos para estar con Grey, hasta que llegaran a Inglaterra y se dijeran adiós.

—Estás sonriendo como una gata feliz —le susurró Grey al oído, echándole su cálido aliento—. ¿Nos levantamos y salimos a buscar algo para comer? Tengo un hambre canina.

—Ah, sí, las aventuras en que se arriesga la vida abren el apetito.

Debatió consigo misma si intentaba seducirlo o no; nunca era difícil. Pero tenía hambre y, además, deseaba comprobar que todos estuvieran bien.

Se bajó de la cama, se lavó rápidamente en la jofaina y se puso el soso vestido de madame Harel. Cuando llegara a Inglaterra quemaría esa horrible prenda.

Guiándose por el sonido de risas llegaron a la cocina. Ahí estaban reunidos los Boyer y los Duval, conversando felicísimos. Los recibieron con cordiales exclamaciones y los invitaron a sentarse a la larga mesa frente al padre Laurent, que acababa de llegar de vuelta del castillo Durand después de haber prestado sus servicios.

Cassie sintió una secreta satisfacción al ver que Grey no se angustiaba por estar con tantas personas.

—Le veo bien, padre —dijo. El sacerdote estaba limpio y relajado, sirviéndose una enorme tortilla de hierbas y queso—. ¿La herida en el hombro no era profunda?

El padre Laurent sonrió travieso.

—Han predicho mi inminente muerte desde que era un niño pequeño enfermizo, sin embargo, sigo vivo. La bala apenas me rozó; creo que me tiró al suelo porque se quedó atrapada en la tela de mi chaqueta.

Grey le estrechó la mano con gran entusiasmo.

—No lo podía creer cuando le vi enfrentar a Durand. Ha sido el acto más valiente que he visto en mi vida.

El sacerdote se encogió de hombros.

—Lo peor que podía hacer era matarme, lo que no es un desastre para un hombre de fe. Pero me gustará volver a una iglesia y a una congregación. —Lo miró severo—. No habría deseado que arriesgaras tu vida por un viejo como yo, pero por mi Viole y su familia tienes mi más profunda gratitud.

Grey no supo qué decir, incómodo por esa gratitud. Justo en ese momento Viole puso dos humeantes tazas de café, del verdadero y caro, delante de él y de Cassie.

—¿No es maravilloso el gran afecto que nos tenemos?

—Lo que demuestra que los franceses y los ingleses pueden ser amigos si se les da la mitad de una oportunidad —dijo Cassie.

Añadió leche y azúcar a su café y bebió un trago largo. Estaba delicioso, caliente y fortalecedor. Sintió pasar calor y energía por todo su cansado cuerpo.

—Que en el futuro haya paz, y pronto —dijo Grey, levantando su taza hacia Cassie, a modo de brindis, mirándola con cariño.

Siendo ella tanto francesa como inglesa, no podía estar más de acuerdo. Nunca había deseado que hubiera guerra entre sus dos patrias.

Acababa de comenzar a comer la tortilla que le puso Yvette delante cuando el padre Laurent dijo, pensativo:

—El color natural de tu pelo es castaño rojizo como el del pelaje de tu tocayo el zorro, ¿verdad?

Ella tragó para poder contestar:

—Ahora se parece más a un zorro que a una zanahoria como cuando era niña.

Él se rió.

—¿Irá a tener ese color de pelo tu hijo?

Ella detuvo la taza a medio camino hacia la boca y lo miró sorprendida.

—¿No sabías que estás embarazada?

Todos la miraron con gran interés y ella sintió arder la cara, seguro que la tenía roja, roja.

Grey, que estaba a su lado, se levantó y le cogió firmemente el brazo.

—Si nos disculpáis —dijo amablemente—, mi prometida y yo tenemos que hablar.

Resueltamente la levantó de la silla y la llevó de vuelta al dormitorio. Después de dejarla sentada toda temblorosa en una de las camas, se acuclilló a encender el fuego. Ella agradeció el calor, porque estaba conmocionada.

Él se incorporó y la miró intensamente, tan guapo, alto y de hombros anchos.

—Colijo que eso ha sido una novedad para ti.

Ella asintió, sintiendo revuelto el estómago.

—Jeanne me dijo que el padre Laurent es famoso por su talento para decir si una mujer está embarazada. He... me he sentido algo indispuesta, pero lo atribuía a la precupación y al peligro.

—¿No dijiste que tenías un método fiable de prevención?

—Semillas de zanahora silvestre. Dan muy buen resultado, pero ningún método es perfecto. —Lo miró con una sonrisa sesgada—. Y Dios sabe que hemos desafiado muchísimo a las semillas de zanahoria.

—Me siento... —Movió la cabeza, buscando las palabras—. Me siento impresionado. Asombrado, encantado. Nunca pensé que viviría para llegar a ser padre. —Se sentó en la otra cama, casi tocándole las rodillas con las de él, y la miró intensamente—. Pero ¿cómo te sientes tú ante este repentino cambio de las circunstancias?

Ella intentó ordenar sus revueltos pensamientos.

—Encantada porque yo tampoco creía que tendría un hijo. Consternada porque el momento es... inoportuno. —Lo miró enfurruñada—. Y francamente irritada porque ahora te vas a sentir obligado a casarte conmigo.

—Error.

Ella pestañeó, sorprendida.

—¿No te vas a volver todo caballeroso y honorable e insistir en que nos casemos porque voy a tener un bebé?

—No. —Se inclinó y le cogió las manos—. El bebé será una alegría, una dicha, pero en lo que a matrimonio se refiere, no tiene nada que ver. Ya tenía la intención de convencerte de que te casaras conmigo. Simplemente estamos teniendo esta conversación un poco antes de lo que yo esperaba.

Ella intentó retirar las manos, sin éxito, porque él se las tenía firmemente cogidas. No era el momento para iniciar una lucha cuerpo a cuerpo.

—A menos que me falle la memoria —dijo exasperada—, tuvimos una conversación en que yo te expliqué que necesitarme no es un buen motivo para casarnos y que dentro de un año desearás algo diferente de lo que deseas ahora. Creí que estabas de acuerdo conmigo.

Él sonrió de oreja a oreja, tan guapo y atractivo que ella casi se derritió.

—Sólo estaba de acuerdo con una parte. En ese momento yo pensaba que tendrías que estar loca para aceptar a un hombre medio loco como yo. Pero he mejorado. Durante casi un mes no he intentado matar a nadie sin un buen motivo.

Ella puso los ojos en blanco.

—He oído argumentos más convincentes.

—Muy bien. —Se inclinó hacia ella, sin dejar de mirarla con sus penetrantes ojos grises enmarcados por pestañas oscuras—. He cambiado muchísimo estos dos últimos meses, pero tú también.

Ella pensó en la espía endurecida y recelosa que era cuando Kirkland la envió al castillo Durand, y asintió.

—Tu legendario encanto funciona incluso cuando estás medio loco.

Le tocó a él poner los ojos en blanco por aquello de su legendario encanto.

—No hay nada malo en necesitar a otra persona —dijo con firmeza—. Mis padres se necesitan cada hora de cada día, porque se adoran. Son las personas más felices del mundo cuando están juntos.

—Sí, se ve que se quieren mucho.

Él debió detectar una nota de duda en su voz, porque dijo sagazmente:

—¿Temes que porque a mí siempre me han gustado las mujeres sea incapaz de ser fiel? En eso te equivocas. Mi padre era muy semejante a mí, me han dicho. Todo él el joven galante, incluso sintió una enorme admiración por tu madre. Entonces conoció a mi madre. Desde entonces no ha mirado a ninguna otra mujer. Yo me parezco mucho a él. He tenido mi cuota de diversión y las he corrido, hasta que conocí a la mujer ideal para mí, tú. Te amo, y eso no va a cambiar si esperamos un año.

Ella lo miró indecisa, deseosa de creerle, incapaz de creerle.

Él le levantó las manos y le besó el dorso de cada una.

—Te quiero, te amo, Cassie, Catherine, Cat —dijo dulcemente—. Nunca había conocido a una mujer con tu fuerza y amabilidad ni tan absolutamente fiable. Tampoco logro imaginarme otra esposa que me comprenda mejor, y es muchísimo lo que hay que comprender de mí.

Ella no había pensado en eso. ¿Qué pensaría una damita resguardada del hombre complicado, marcado por sus heridas, en que él se había convertido? Sintiéndose protectora cerró las manos sobre las de él, comprendiendo que no deseaba dejarlo a la tierna merced de una mujer que no sabría valorar su fuerza, su valor y capacidad de recuperación tan arduamente conseguidos.

Al ver cambiar su expresión, él dijo, muy serio:

—Estoy funcionando bastante bien, pero aún no soy la idea de normal de nadie. Es posible que nunca sea capaz de tolerar los grupos grandes ni las multitudes, y mi temperamento podría seguir siendo peligroso. ¿Estás dispuesta a aceptarme? Yo estaba dispuesto a esperar un año si tú insistías, pero ha cambiado la situación. —Colocó su enorme y cálida mano sobre su abdomen plano y se lo friccionó suavemente—. Preferiría que nuestro hijo fuera legítimo.

Ella puso la mano sobre la de él y se la apretó a su vientre, pensando en el bebé que habían hecho juntos. Tan pronto como lo dijo el padre Laurent ella comprendió que era cierto. ¿No le debía un padre a su hijo?

Sin embargo...

—He visto demasiado y experimentado demasiado —dijo—. No deseo que algún día lamentes eso.

—¿Qué hace falta para convencerte de que jamás desearé a una inocente aburrida? —preguntó él, exasperado—. Son tus experiencias las que te hacen ser lo que eres, una mujer de fuerza y sabiduría irresistibles. —De un salto se arrojó sobre ella, haciéndola caer de espaldas sobre la cama, y comenzó a besarle el cuello al tiempo que le delizaba una mano por el muslo por debajo de la respetable falda de madame Harel—. Que también seas la mujer más deliciosamente atractiva que he conocido no es lo más importante de ti. —Levantó la cabeza y pensó un momento—. Aunque se acerca.

Ella se echó a reír. Empezaba a creerle, y ya sentía vibrar el deseo por toda ella.

—¿Y si soy una mujer superficial y lujuriosa que sólo se casaría contigo debido a tu magnífico cuerpo y a tu cara y... avanzadas técnicas amatorias?

—Eso también está bien. —La miró esperanzado—. ¿De veras deseas casarte conmigo por mi apariencia y usarme desvergonzadamente? Eso me gusta mucho más que ser perseguido por mi título y mi riqueza.

Con un nudo en la garganta ella le acarició el pelo castaño que debería ser dorado. Mutuamente se habían hecho cambiar, y para mejor. Ella lo había rescatado y cuidado, y le había enseñado a vivir nuevamente en el mundo. Él le había enseñado a abrir el corazón, a dar amor y, más difícil aún, a recibir amor.

—No deseo casarme contigo por tu apariencia ni por tu pasión ni por tu posición y riqueza —dijo con la voz ronca de emoción. Tuvo que tragar saliva para poder hacer salir las palabras—. Sólo porque... te amo.

A él se le iluminó la cara por una alegría igual a la de ella.

—Ese es el mejor motivo de todos, milady zorro. —La risa le

arrugó las comisuras de los ojos—. ¿Puedo usarte desvergonzadamente ahora?

Ella le rodeó el ancho tórax con los brazos.

—Ah, sí, por favor.

Se unieron en una dulce relación carnal en la que desaparecieron todas las barreras a la intimidad de mentes y almas. La pasión fue rápida y más satisfactoria que nada que ella hubiera conocido. A juzgar por la letra de la canción de amor que Grey le cantó suavemente al oído, para él fue igual.

Después cuando los dos yacían enredados en la estrecha cama, ella dijo, soñadora.

—¿El padre Laurent nos casaría sin proclamas? Eso haría menos irregular la fecha del nacimiento del bebé.

Grey le besó la sien.

—No me cabe duda de que nos casará, aunque te aseguro que nuestras familias querrán una segunda boda, un matrimonio del todo correcto por la Iglesia de Inglaterra también.

—No me importará. Si casarse una vez es bueno, dos veces tendría que ser mejor.

—Eso no es lo único que una vez es bueno y dos veces mejor —dijo él deslizando seductoramente la mano por su pecho.

Sintiendo pasar por ella la espiral del deseo, dijo con la voz ahogada:

—Si estás pensando lo que creo que estás pensando, me impresiona tu vigor.

Él le sonrió con los ojos brillantes de travesura.

—¿Le pedimos a Viole una segunda taza de café?

Epílogo

Os declaro marido y mujer.

Terminada la ceremonia de bodas, Grey se situó al lado de su radiante esposa y juntos echaron a andar por el pasillo de la iglesia parroquial de su familia, acompañados por una jubilosa música de órgano.

Sí, casarse una vez era bueno y dos veces mejor aún.

La primera boda la celebró el padre Laurent en la granja de los Boyer a la mañana siguiente de la incursión en el castillo. Él no creía que Cassie se echaría atrás, pero, por si acaso, no quiso correr el riesgo.

A los Boyer y a los Duval los consideraba familiares después de haber compartido el peligro con ellos, y pensó que no podría ser más feliz que cuando el padre Laurent los declaró marido y mujer. Cassie resplandecía de felicidad y la sonrisa de él era tan radiante como el sol de verano. El desayuno normal se convirtió rápidamente en el desayuno de bodas, con el añadido de una botella de excelente vino que los Boyer tenían reservado para una ocasión especial.

Salieron al porche de la iglesia como recién casados. Mientras los invitados les lanzaban puñados de pétalos de flores, Cassie acercó la cabeza a la de él para susurrarle:

—Esta boda es mejor aún porque los dos tenemos el pelo del color natural.

Riendo él le depositó un ligero beso en su lustroso pelo cobrizo oscuro. En las dos semanas transcurridas desde su vuelta a Inglaterra había llegado la primavera en todo su esplendor y por todas partes se oían trinos de pájaros y el aire estaba impregnado por el perfume de las flores.

—Hueles a rosas —musitó.

La tía Patience había asumido el papel de madre de la novia y contribuido con un ajuar, comenzando por un vestido color bronce que realzaba el maravilloso color de su pelo. Él se encargó de conseguir la licencia especial. Habiendo un bebé en camino, cuanto antes, mejor. Además, detestaba tener que recorrer sigiloso toda la casa para pasar las noches con Cassie.

Lady Kiri Mackenzie fue la dama de honor, y el par formado por la exótica Kiri de pelo moreno y la pelirroja Cassie era tan pasmoso como para hacer desmayar a cualquier hombre. Peter actuó en el papel de padrino de él, y no faltaron comentarios femeninos susurrados sobre lo guapísimos que se veían los dos juntos.

Puesto que él ya no estaba disponible, las evaluadoras miradas femeninas se centraron en Peter, aun cuando eso no les serviría de nada. Una vez que Peter fue aceptado en la compañía de teatro del señor Burke, a lord y lady Costain no les quedó más remedio que resignarse. Poco antes de la ceremonia, Peter lo había instado a engendrar un hijo varón para no tener que preocuparse nunca más del asunto de ser el heredero.

Los invitados estaban formando cola en el porche para manifestarles sus buenos deseos, y él vio encantado que dos de sus antiguos compañeros de colegio habían conseguido llegar a tiempo para estar presentes en la ceremonia

—¡Ashton! ¡Randall! ¡Cuánto me alegra veros aquí!

Con una ancha sonrisa, el duque de Ashton le cogió la mano entre las suyas.

—Nos retrasamos debido a que se rompió una rueda del coche, pero estábamos resueltos a llegar aunque tuviéramos que cabalgar los caballos de posta. ¡Nunca creí que vería este día!

Randall, delgado, rubio y de aire militar, le puso una mano en el hombro y se lo apretó.

—Yo tampoco. Francamente, te había dado por perdido, Wyndham.

—Y que el diablo me llevara, sin duda. —Sonriendo de oreja a oreja, le estrechó la mano—. Me han dicho que tienes un hijo adoptivo que es uno de los alumnos de lady Agnes. ¿Cómo te sienta la paternidad?

Randall esbozó una sonrisa mucho más feliz de las que esbozaba cuando era niño.

—La recomiendo, sobre todo si puedes comenzar por un niño de doce años como Benjamin. Así te saltas las fases complicadas.

Lady Agnes, el general Rowlings y la señorita Emily habían venido desde la Academia Westerfield a participar en la celebración. Lógicamente estaba ahí toda la comunidad de Summerhill. Les gustaba saber que estaba asegurada la siguiente generación Costain.

Estaban también todos los Saint Ives, incluso George, el hijo menor, que vino desde Oxford. No podrían haber estado más felices si Cassie hubiera sido realmente hija y hermana. Su tío la acompañó en la entrada por el pasillo, aunque no hubo nada de la tontería de «entregarla» a él. Cassie llevaba muchísimos años siendo su propia dueña.

El último de la cola era Kirkland, con su guapa y taciturna cara relajada.

—¿Te acuerdas de esas listas que hacía yo siempre en el colegio para llevar la cuenta de las cosas que necesitaba hacer?

Grey se rió.

—¿Quién podría olvidarlas? Ya entonces eras tremendamente organizado.

Kirkland sacó del bolsillo interior de la chaqueta un papel y un lápiz y le puso el papel ante los ojos. A la mitad de una lista estaba escrito «Wyndham», y era lo único que no estaba tachado. Con un ostentoso ademán, Kirkland trazó una raya encima, tachándolo.

—Ahora tengo una cosa menos de qué preocuparme.

Grey se rió y al instante se puso serio.

—Jamás podré agradecerte todo lo que has hecho. Me has dado la libertad y a Cassie. —La rodeó con un brazo—. Lo único que necesito para que mi felicidad sea completa es a Régine.

Kirkland sonrió de oreja a oreja.

—Espero que Cassie no se sienta ofendida por la comparación insinuada.

Cuando Kirkland se alejó, Cassie se apretó a su costado.

—Dentro de unas dos semanas lady Agnes te permitirá ir a buscar a Régine.

—Sólo porque se va a dejar un cachorrito para malcriar.

Cassie levantó la cara hacia él y lo miró a los ojos. Él podría ahogarse feliz en las profundidades azules de esos pozos de paciencia y sabiduría.

—¿Te angustia esta multitud? —preguntó ella entonces.

Él sabía muy bien que no podía mentirle porque ella le veía hasta el alma.

—Un poco —dijo—, pero este es mi hogar y estas son personas amigas, y durante el desayuno de bodas puedo ausentarme unos minutos cuando lo necesite. ¿Te ausentarás conmigo?

Ella sonrió de oreja a oreja.

—Por supuesto. Todos se fijarán y les encantará tener pensamienos escandalosos.

Un coche de los Costain se detuvo ante la puerta de la iglesia para llevarlos a Summerhill para el desayuno de bodas. Otro coche ya había llevado a los Costain y a los tíos de Cassie, mientras otros invitados iban a hacer a pie el camino hasta la casa grande. Habría un festín en el interior de la casa para los amigos íntimos y los familiares y un festival al aire libre para la comunidad. Lógicamente habría intercambio de saludos y comentarios entre los dos grupos.

Después de ayudar a subir a Cassie, subió él. Tan pronto como se cerró la portezuela la cogió en sus brazos para darle el apasionado beso que habría sido escandaloso en la iglesia.

Cuando se apartaron para respirar, vieron que a ella se le había caído la guirnalda de flores dejando una estela de pétalos rosa claro sobre sus hermosos hombros desnudos. Cassie le sonrió con una ternura que le hizo dar un vuelco al corazón.

—Esta noche dormiremos en nuestra casita junto al mar, milord dorado, aun cuando realmente sea una granja.

—Haberte encontrado hace valer la pena los diez años pasados en prisión mi solo y único amor —dijo él dulcemente.

Ella ahuecó la mano en su mejilla.

—Nunca creí que el destino me fuera a traer tanta felicidad. —Su seriedad le cedió el paso a la risa—. A lo largo del camino, varias personas me advirtieron que tú jamás te casarías conmigo, y yo siempre acepté eso de todo corazón.

Él también se rió.

—Ese es un buen motivo para celebrar dos bodas. —Besó uno de los delicados pétalos que se le había pegado en el cuello—. Así no queda ni la menor duda de que estamos casados y bien casados. —Dejando de lado la seriedad, añadió—: Siempre que desees que me vuelva a casar contigo, sólo tienes que decirlo.

Nota de la autora

La Paz o Tregua de Amiens

*L*as guerras entre Gran Bretaña y Francia fueron intermitentes durante siglos. La guerra desencadenada por la Revolución Francesa duró casi sin interrupción desde 1793 hasta 1815, cuando la batalla de Waterloo puso fin al imperio de Napoleón. El principal cese de hostilidades fue la tregua que siguió al Tratado de Amiens, que estuvo en vigor desde marzo de 1802 a mayo de 1803.

La guerra era cara, y las naciones aliadas que combatían a Napoleón deseaban la paz. Después que se firmó el tratado muchos aristócratas británicos fueron en tropel a París a divertirse. Sin embargo, Napoleón aprovechó la tregua para consolidar su poderío militar y continuar su agresivo expansionismo. Cuando se deterioraron las relaciones entre Francia, Gran Bretaña y Rusia, muchos visitantes volvieron prudentemente a sus países.

Gran Bretaña retiró de París a su embajador en Francia y declaró la guerra el 18 de mayo de 1803. El 22 de este mes Napoleón ordenó intempestivamente tomar prisioneros a todos los hombres británicos de dieciocho a sesenta años. Las principales potencias censuraron este acto y lo declararon ilegal, pero a Napoléon nunca le interesó mucho nada que no fuera su poder. Cientos de hombres fueron recluidos y muchos sólo volvieron a Gran Bretaña en 1814, después de la abdicación de Napoleón.

La provinciana ciudad de Verdún fue el lugar oficial de residencia de los británicos de buena cuna reclusos; en muchos casos sus mujeres fueron a reunirse ahí con ellos. Comerciantes británicos también recluidos montaron sus negocios para proveer a los adinerados, y así surgieron colmados y sastrerías británicos. Se formó una comunidad de expatriados que llevaban una vida bastante cómoda aunque de libertad limitada.

Es fácil imaginar que en medio de todos estos trastornos un joven noble inglés particularmente insolente desapareciera en una mazmorra de un castillo particular.